Learn French by Reading

A Fantasy Novel Edition: Volume 1

The Sorcery Code by Dima Zales

♠ Mozaika Educational ♠

Translated into French by Suzanne Voogd.

Published by Mozaika Educational, an imprint of Mozaika LLC.
www.mozaikallc.com

e-ISBN: 978-1-63142-043-6
ISBN: 978-1-63142-045-0

FOREWORD

The basic idea for this project was conceived shortly after Dima Zales immigrated to America in 1991 as a teenager. He had a goal that was similar to yours—to master a brand-new language. He was able to learn English well enough to succeed academically (Master's degree from NYU) and professionally (13 years on Wall Street). He also became a *USA Today* bestselling author who writes fantasy and science fiction in his second language. One of the ways he achieved his goal is now the basis for this project.

From Dima Zales:
I had a favorite book, a book that was actually a translation of its English version. When I developed some basic English vocabulary, I decided to read that book in its original English and armed myself with a thick dictionary. Because I knew the book quite well, reading it was easier than I had expected. The enjoyment of reading a novel, rather than a textbook, was a powerful motivator, and I was able to finish it quickly. Having read the English book once, I proceeded to read it a few more times. After that, I was ready to tackle reading something I didn't know inside and out—and I did, going on to read thousands of books in my second language.

The idea behind this project is to bring you the kind of experience Dima Zales had back then, only enhanced. If you happen to have a favorite book that you know inside and out, and you can get your hands on a great French translation of it, that might work better for you than this project. However, for those who don't already have a book in mind, we are providing this excellent fantasy novel to use along with its translation.

Ebook reading devices give you advantages that Dima Zales didn't have back in the 1990s. In most, you can highlight French words and have them defined automatically. It is our hope that this project will take your French to more advanced levels and enable you to have fun in the process.

HOW TO USE THIS BOOK

We have interspersed French chapters with English chapters. This will allow you to read and verify your comprehension. Regardless of your proficiency level, we encourage you to read the French version of each chapter before you read the English. Once you're done with the book, we recommend that you try reading it at least one more time. The more you read, the more familiar you will get with the content, which will enable your brain to process previously unknown words in their proper context.

CHAPITRE 1 : BLAISE

Il y avait une femme nue sur le plancher du bureau de Blaise.

Une magnifique femme nue.

Stupéfait, Blaise fixait des yeux la superbe créature qui venait de se matérialiser. Elle regardait autour d'elle d'un air perplexe, visiblement aussi choquée d'être là que ce qu'il était étonné de l'y voir. Ses cheveux blonds ondulés tombaient en cascade sur son dos, couvrant partiellement un corps qui semblait être la perfection même. Blaise essaya de ne pas penser à ce corps et de se focaliser plutôt sur la situation.

Une femme. Une personne, pas une chose. Blaise n'arrivait pas à le croire. Était-ce possible ? Cette fille pouvait-elle être l'objet ?

Elle était assise avec les jambes pliées sous elle, s'appuyant sur un seul bras mince. Cette pose avait quelque chose d'étrange, comme si elle ne savait pas quoi faire de ses membres. Malgré les courbes qui faisaient d'elle une femme, il y avait une espèce d'innocence enfantine dans sa façon de rester assise là, sans gêne et totalement ignorante de son attrait.

En s'éclaircissant la gorge, Blaise essaya de chercher quoi dire. Même dans ses rêves les plus fous, il n'aurait pu imaginer une telle issue au projet qui avait demandé tout son temps ces derniers mois.

En entendant son bruit, elle tourna la tête pour le regarder et Blaise fut absorbé par deux yeux bleu exceptionnellement clair.

Elle cligna des yeux, puis pencha la tête d'un côté en l'étudiant avec une grande curiosité. Blaise se demanda ce qu'elle voyait. Il n'avait pas vu la lumière du jour depuis des semaines et il n'aurait pas été surpris s'il avait maintenant l'apparence d'un sorcier fou. Son visage était probablement couvert d'une barbe d'une semaine et il savait que ses cheveux foncés n'étaient pas brossés et qu'ils pointaient dans tous les sens. S'il avait su qu'il se retrouverait face à une jeune femme magnifique aujourd'hui, il aurait lancé un sort de toilette ce matin-là.

— Qui suis-je ? demanda-t-elle en faisant sursauter Blaise. Sa voix était douce et féminine, tout aussi séduisante que le reste de sa personne.

— Quel est cet endroit ?

— Ne le sais-tu pas ? Blaise était content de parvenir à bafouiller une phrase presque cohérente. Ne sais-tu pas qui tu es ni où tu te trouves ?

Elle secoua la tête.

— Non.

Blaise avala sa salive.

— Je vois.

— Que suis-je ? demanda-t-elle encore en le regardant de ses yeux incroyables.

— Eh bien, dit lentement Blaise, si tu ne me fais pas une farce cruelle et que tu n'es pas le fruit de mon imagination, alors c'est un peu compliqué à expliquer...

Elle regardait sa bouche pendant qu'il parlait et quand il s'arrêta, elle releva la tête pour croiser son regard.

— C'est étrange, dit-elle, d'entendre des mots de cette façon. Ce sont les premiers véritables mots que j'entends.

Blaise sentit un frisson lui parcourir l'échine. Il se leva de sa chaise et il se mit à arpenter la pièce en essayant de ne pas regarder son corps nu. Il s'était attendu à ce que *quelque chose* apparaisse. Un objet magique, une chose. Il n'avait simplement pas su quelle forme cette chose prendrait. Un miroir, peut-être, ou une lampe. Peut-être quelque chose d'aussi rare que la Sphère de Capture Vitale posée sur son bureau comme une sorte de gros diamant rond.

Mais une personne ? Et une personne de sexe féminin en plus ?

Pour être honnête, il avait bien essayé de rendre l'objet intelligent pour s'assurer que la chose aurait la capacité de comprendre le langage humain et de le retranscrire en code. Peut-être ne devrait-il pas être si surpris que l'intelligence qu'il avait invoquée prenne une apparence humaine.

Une forme magnifique, féminine et sensuelle.

Concentre-toi, Blaise, concentre-toi.

— Pourquoi marches-tu comme ça ? Elle se leva lentement,

ses mouvements étaient peu assurés et étrangement maladroits. Je devrais marcher aussi ? C'est comme ça que les gens discutent ?

Blaise s'arrêta devant elle en faisant de son mieux pour ne pas regarder plus bas que son cou.

— Je suis désolé. Je n'ai pas l'habitude d'avoir des femmes nues dans mon bureau.

Elle fit descendre ses mains le long de son corps, comme pour essayer de le toucher pour la première fois. Quelle qu'ait été son intention, Blaise trouva le geste extrêmement érotique.

— Est-ce qu'il y a un problème avec mon apparence ? demanda-t-elle. C'était une inquiétude si typiquement féminine que Blaise dut retenir un sourire.

— Au contraire, assura-t-il. Tu es magnifique. Si belle, en fait, qu'il avait du mal à se concentrer sur autre chose que ses courbes délicates. Elle était de taille moyenne et si bien proportionnée qu'elle aurait pu servir de modèle pour un sculpteur.

— Pourquoi est-ce que je suis comme ça ? Un léger froncement vint plisser son front lisse. Que suis-je ? Cette dernière question semblait tout particulièrement la préoccuper.

Blaise inspira profondément, essayant de ralentir son pouls.

— Je crois que je peux hasarder une conjecture, mais avant, je voudrais te donner des vêtements. S'il te plaît, attends-moi ici, je reviens.

Et sans attendre sa réponse, il sortit en trombe de son bureau.

* * *

Blaise marcha vite jusqu'à l'autre côté de sa maison, jusqu'à sa chambre à 'elle'. C'était toujours ainsi qu'il considérait la chambre à moitié vide où Augusta avait conservé ses affaires. C'était quand ils étaient encore ensemble, une époque qui semblait déjà loin. Malgré cela, c'était toujours aussi douloureux d'entrer dans la chambre poussiéreuse que cela l'était deux ans plus tôt. La séparation avec la femme qui avait partagé sa vie pendant huit ans — la femme qu'il était sur le point d'épouser — n'avait pas été facile.

Essayant de se concentrer sur ce qu'il faisait, Blaise s'approcha du placard et examina son contenu. Il y avait quelques douzaines de robes accrochées là, ainsi qu'il l'avait espéré. De très belles robes longues faites de soie et de velours, les tissus préférés d'Augusta. Seuls les sorciers — l'échelon supérieur dans leur société — pouvaient s'offrir un tel luxe. Les gens ordinaires étaient bien trop pauvres pour porter autre chose que du tissu grossièrement tissé par leurs soins. Chaque fois que Blaise y pensait, l'inégalité terrible qui teintait encore chaque aspect de la vie à Koldun le rendait malade.

Il se souvint qu'Augusta et lui s'étaient toujours disputés à ce sujet. Elle n'avait jamais partagé son souci pour les gens communs. Au lieu de cela, elle profitait de la situation et des privilèges que le statut de sorcier respectable pouvait octroyer. Si Blaise s'en souvenait correctement, elle avait porté une robe différente chaque jour de sa vie, affichant sa richesse sans la moindre gêne.

Enfin, les robes qu'elle avait laissées chez lui allaient au moins servir à quelque chose. Il attrapa une robe — une création de soie bleue qui coûtait sans doute une fortune — et une paire de chaussons raffinés en velours noir, puis quitta la pièce en laissant derrière lui des couches de poussière et d'amers souvenirs.

En revenant, il rencontra l'Être dénudé. Elle était debout près de l'entrée de son bureau et regardait une peinture faite par son frère Louie. Elle représentait un village du territoire de Blaise avec une scène idyllique de fête après une bonne moisson. Des paysans rieurs aux joues roses dansaient ensemble tandis qu'un harpiste ambulant jouait en arrière-plan. Blaise aimait regarder ce tableau. Il lui rappelait que ses sujets prenaient aussi du bon temps, que leurs vies n'étaient pas faites que de travail.

La fille avait elle aussi l'air d'aimer le regarder — et le toucher. Ses doigts caressaient le cadre comme si elle essayait d'en apprendre la texture. Son corps nu avait l'air aussi magnifique de dos que de face et Blaise sentit de nouveau ses pensées s'égarer dans des directions inappropriées.

— Tiens, dit-il d'un ton bourru en entrant dans le bureau et en posant la robe et les chaussures sur le canapé poussiéreux. Mets ça s'il te plaît.

Pour la première fois depuis la mort de Louie, il se rendit compte de l'état de sa maison et en eut honte. La chambre d'Augusta n'était pas la seule à être couverte de poussière. Même ici, où il passait le plus clair de son temps, l'air était vicié et sentait le moisi.

Esther et Maya avaient proposé de façon répétée de venir nettoyer, mais il avait refusé, car il ne voulait voir personne. Même pas deux paysannes qui avaient été comme des mères pour lui. Après la débâcle avec Louie, tout ce qu'il voulait, c'était qu'on le laisse tranquille, c'était pouvoir se cacher du reste du monde. Selon les autres sorciers, Blaise était un paria, un marginal, et cela lui allait bien. Lui aussi les détestait tous maintenant. Parfois, il pensait que l'amertume allait le consumer — et cela aurait sans doute pu se produire, s'il n'avait pas eu son travail.

Et maintenant, le résultat de ce travail tenait la robe et l'étudiait avec curiosité, toujours aussi nue qu'un nouveau-né.

— Comment je la mets ? demanda-t-elle en levant les yeux vers lui.

Blaise cligna des yeux. Il avait de l'expérience pour enlever les robes des femmes, mais pour les mettre ? Malgré tout, il s'y connaissait sans doute plus en vêtements que l'Être mystérieux qui se tenait devant lui. Il lui prit la robe des mains, défit le lacet du dos et la lui tendit.

— Voilà. Mets-toi dedans et remonte-la en t'assurant que tes bras passent dans les manches. Il se détourna en faisant de son mieux pour contrôler la réaction occasionnée par sa beauté.

Il l'entendit tâtonner.

— J'aurais peut-être besoin d'un coup de main, dit-elle.

En se retournant, Blaise fut soulagé de voir qu'elle n'avait besoin de lui que pour attacher le lacet dans son dos. Elle avait déjà compris comment mettre les chaussures. La robe lui allait étonnamment bien. Augusta et elle faisaient la même taille, même si cette fille paraissait en quelque sorte plus délicate.   —
Soulève tes cheveux, lui dit-il. C'est ce qu'elle fit en tenant ses longues boucles blondes avec une grâce innocente. Il attacha rapidement le lacet et recula, car il avait besoin de mettre un peu de distance entre eux.

Elle se retourna pour lui faire face et leurs regards se croisèrent. Blaise ne pouvait pas faire autrement que de remarquer la froide intelligence réfléchie par ses yeux. Elle ne savait peut-être encore rien, mais elle apprenait vite. Et elle fonctionnait incroyablement bien, si ce qu'il soupçonnait de son origine s'avérait exact.

Pendant quelques secondes, ils se contentèrent de se regarder, partageant un silence confortable. Elle n'avait pas l'air pressée de parler. Elle l'étudiait, ses yeux parcourant son visage et son corps. Elle semblait le trouver aussi fascinant que lui la trouvait intéressante. Et ce n'était pas étonnant : Blaise était sans doute le premier humain qu'elle rencontrait.

Finalement, elle brisa le silence.

— On peut parler maintenant ?

— Oui, sourit Blaise. On peut et on doit. Il marcha en direction du canapé et s'assit dans un des fauteuils près de la petite table ronde. La femme suivit son exemple et s'assit en face de lui.

— Je crains que nous allions devoir trouver les réponses à tes questions ensemble, lui dit Blaise et elle hocha la tête.

— Je veux comprendre, dit-elle. Que suis-je ?

Blaise inspira profondément.

— Je vais commencer par le début, dit-il en se creusant la cervelle pour trouver la meilleure façon d'aborder la chose. Vois-tu, je cherche depuis longtemps une façon de rendre la magie plus abordable pour les gens ordinaires.

— Elle ne leur est pas accessible pour le moment ? demanda-t-elle en le fixant avec attention. Il voyait qu'elle était extrêmement curieuse à propos de tout et n'importe quoi, absorbant comme une éponge tout ce qui l'entourait et chaque mot qu'il disait.

— Non. Pour l'instant, la magie n'est possible que pour une petite élite, pour ceux qui sont prédisposés par leur esprit analytique et mathématique. Même ces chanceux-là doivent étudier assidûment pour arriver à lancer des sorts complexes.

Elle acquiesça comme si cela lui semblait compréhensible.

— D'accord. Mais quel est le rapport avec moi ?

— Tout, dit Blaise. Tout a commencé avec Lenard le Grand. C'est le premier à avoir appris à exploiter le Domaine des Sorts.

— Le Domaine des Sorts ?

— Oui. Le Domaine des Sorts est le nom que l'on donne à l'endroit où sont créés les sorts, l'endroit qui nous permet de faire de la magie. Nous ne connaissons pas grand-chose à cet endroit, car nous vivons dans le Domaine Physique, ce que nous considérons comme le monde réel. Blaise fit une pause pour voir si elle avait des questions. Il pensait que cela devait être bouleversant pour elle.

Elle pencha la tête sur le côté.

— D'accord. Continue s'il te plaît.

— Il y a environ deux cent soixante-dix ans, Lenard le Grand inventa les premiers sorts verbaux : c'était une façon pour nous d'échanger avec le Domaine des Sorts et de modifier la réalité du Domaine Physique. Ces sorts étaient extrêmement difficiles à réussir, car ils nécessitaient un langage ésotérique spécialisé. Il fallait prononcer et planifier le tout avec précision pour obtenir le résultat voulu. Un langage magique plus simple et une façon plus facile de lancer des sorts ne furent inventés que récemment.

— Qui l'a inventé ? demanda la femme d'un air intrigué.

— Eh bien, Augusta et moi, en fait, admit Blaise. C'est mon ex-fiancée. Nous sommes ce que vous appelleriez des sorciers, ceux qui ont les aptitudes pour l'étude de la magie. Augusta a créé un objet magique nommé Pierre d'Interprétation et j'ai inventé un langage magique plus simple pour l'accompagner. Maintenant, au lieu de réciter un sort compliqué à voix haute, un sorcier peut utiliser le langage simplifié pour écrire son sort sur des cartes qu'il soumet à la pierre.

Elle cligna des yeux.

— Je vois.

— Notre travail était censé améliorer le monde, continua Blaise en essayant de ne pas laisser filtrer l'amertume dans sa voix. Ou du moins, c'est ce que j'avais espéré. Je pensais qu'une façon plus simple de faire de la magie permettrait à davantage de gens de la pratiquer, mais ce n'est pas ce qui s'est passé. La classe puissante des sorciers devint encore plus puissante, et plus réticente à partager son savoir avec les gens ordinaires.

— C'est une mauvaise chose ? demanda-t-elle en le regardant de ses yeux bleu clair.

— Ça dépend de la personne à laquelle tu poses la question, dit Blaise en pensant au mépris d'Augusta pour les paysans. Je pense que c'est horrible, mais je fais partie de la minorité. La plupart des sorciers sont contents de la situation. Ils sont riches et puissants et cela ne les gêne pas que leurs sujets vivent dans la misère.

— Mais toi, oui.

— Oui, ça me gêne, confirma Blaise. Et quand j'ai quitté le Conseil des Sorciers il y a un an, j'ai décidé d'agir. Je voulais créer un objet magique qui comprendrait notre langage verbal ordinaire, un objet que tout le monde pourrait utiliser. De cette façon, une personne normale pourrait faire de la magie. Il leur suffirait de dire ce dont ils ont besoin, et l'objet le ferait apparaître.

Ses yeux s'écarquillèrent et Blaise pu voir la compréhension s'inscrire sur son visage.

— Tu veux dire que ?

— Oui, dit-il en l'observant. Je crois que j'ai réussi à créer cet objet. Je crois que tu es le résultat de mon travail.

Ils restèrent assis là en silence un moment.

— Je dois avoir mal compris le mot 'objet', finit-elle par dire.

— Probablement pas. La chaise sur laquelle tu es assise est un objet normal. Si tu regardes dehors par la fenêtre, tu verras une voiture dans la cour. C'est un objet magique : elle peut voler.

Les objets sont inanimés. Je m'attendais à ce que tu sois quelque chose comme un miroir parlant, mais tu es toute autre chose.

Elle fronça légèrement les sourcils.

— Si tu m'as créée, est-ce que ça veut dire que tu es mon père ?

— Non, la contredit Blaise immédiatement. Tout son être rejetait cette idée. Je ne suis certainement pas ton père. Pour une raison quelconque, cela lui semblait très important de s'assurer qu'elle ne le voie pas comme son père. *Regarde un peu où s'égare encore ton esprit*, se reprocha-t-il.

Elle avait toujours l'air perdue, donc Blaise essaya de lui expliquer davantage.

— Je crois que ce serait plus correct de dire que j'ai créé la conception de base d'une intelligence. J'ai pris soin qu'elle ait assez de connaissances pour s'en nourrir et à partir de là, tu dois t'être créée toute seule.

Il put voir une étincelle de souvenir dans son regard. Quelque chose dans cette affirmation avait fait écho en elle, elle devait donc en savoir plus qu'il y paraissait au premier abord.

— Peux-tu me raconter quoi que ce soit à ton sujet ? demanda Blaise en examinant la créature magnifique devant lui. Pour commencer, comment t'appelles-tu ?

— Je ne m'appelle pas, dit-elle. Comment t'appelles-tu, *toi* ?

— Je m'appelle Blaise, fils de Dasbraw. Appelle-moi Blaise.

— Blaise, dit-elle lentement, comme pour goûter son nom. Sa voix était douce et sensuelle, naïvement séduisante. Blaise prit douloureusement conscience que cela faisait deux ans qu'il n'avait pas été aussi proche d'une femme.

— Oui, c'est ça, parvint-il à dire calmement. Et nous devrions te trouver un nom aussi.

— Tu as des suggestions ? demanda-t-elle avec curiosité.

— Eh bien, ma grand-mère s'appelait Galina. Voudrais-tu faire honneur à ma famille en prenant son nom ? Tu pourrais être Galina, fille du Domaine des Sorts. Je pourrais t'appeler Gala pour faire court. L'indomptable vieille dame ne ressemblait en rien à la jeune femme assise en face de lui, pourtant l'intelligence vive de son visage lui rappelait sa grand-mère. Ces souvenirs le firent sourire tendrement.

— Gala, essaya-t-elle de dire. Il vit qu'elle aimait le prénom, car elle lui sourit en découvrant même un peu ses dents blanches. Le sourire illumina entièrement son visage et la fit rayonner.

— Oui. Blaise n'arrivait pas à détacher son regard de cette

beauté lumineuse. Gala. Ça te va bien.

— Gala, répéta-t-elle doucement. Gala. Oui, je suis d'accord. Ça me va bien. Mais tu as dit que j'étais fille du Domaine des Sorts. C'est mon père ou ma mère ? Elle le regarda avec espoir.

Blaise secoua la tête.

— Pas dans le sens traditionnel, non. Le Domaine des Sorts est l'endroit où tu es devenue ce que tu es maintenant. Est-ce que tu sais quelque chose de cet endroit ? Il s'arrêta pour regarder sa création inattendue. De quoi te souviens-tu avant d'être apparu ici, sur le plancher de mon bureau ?

CHAPTER 1: BLAISE

There was a naked woman on the floor of Blaise's study.

A beautiful naked woman.

Stunned, Blaise stared at the gorgeous creature who just appeared out of thin air. She was looking around with a bewildered expression on her face, apparently as shocked to be there as he was to be seeing her. Her wavy blond hair streamed down her back, partially covering a body that appeared to be perfection itself. Blaise tried not to think about that body and to focus on the situation instead.

A woman. A *She*, not an *It*. Blaise could hardly believe it. Could it be? Could this girl be the object?

She was sitting with her legs folded underneath her, propping herself up with one slim arm. There was something awkward about that pose, as though she didn't know what to do with her own limbs. In general, despite the curves that marked her a fully grown woman, there was a child-like innocence in the way she sat there, completely unselfconscious and totally unaware of her own appeal.

Clearing his throat, Blaise tried to think of what to say. In his wildest dreams, he couldn't have imagined this kind of outcome to the project that had consumed his entire life for the past several months.

Hearing the sound, she turned her head to look at him, and Blaise found himself staring into a pair of unusually clear blue eyes.

She blinked, then cocked her head to the side, studying him with visible curiosity. Blaise wondered what she was seeing. He hadn't seen the light of day in weeks, and he wouldn't be surprised if he looked like a mad sorcerer at this point. There was probably a week's worth of stubble covering his face, and he knew his dark hair was unbrushed and sticking out in every direction. If he'd known he would be facing a beautiful woman today, he would've done a grooming spell in the morning.

"Who am I?" she asked, startling Blaise. Her voice was soft and feminine, as alluring as the rest of her. "What is this place?"

"You don't know?" Blaise was glad he finally managed to string together a semi-coherent sentence. "You don't know who you are or where you are?"

She shook her head. "No."

Blaise swallowed. "I see."

"What am I?" she asked again, staring at him with those incredible eyes.

"Well," Blaise said slowly, "if you're not some cruel prankster or a figment of my imagination, then it's somewhat difficult to explain . . ."

She was watching his mouth as he spoke, and when he stopped, she looked up again, meeting his gaze. "It's strange," she said, "hearing words this way. These are the first real words I've heard."

Blaise felt a chill go down his spine. Getting up from his chair, he began to pace, trying to keep his eyes off her nude body. He had been expecting *something* to appear. A magical object, a thing. He just hadn't known what form that thing would take. A mirror, perhaps, or a lamp. Maybe even something as unusual as the Life Capture Sphere that sat on his desk like a large round diamond.

But a person? A female person at that?

To be fair, he *had been* trying to make the object intelligent, to ensure it would have the ability to comprehend human language and convert it into the code. Maybe he shouldn't be so surprised that the intelligence he invoked took on a human shape.

A beautiful, feminine, sensual shape.

Focus, Blaise, focus.

"Why are you walking like that?" She slowly got to her feet, her movements uncertain and strangely clumsy. "Should I be walking too? Is that how people talk to each other?"

Blaise stopped in front of her, doing his best to keep his eyes above her neck. "I'm sorry. I'm not accustomed to naked women in my study."

She ran her hands down her body, as though trying to feel it for the first time. Whatever her intent, Blaise found the gesture extremely erotic.

"Is something wrong with the way I look?" she asked. It was such a typical feminine concern that Blaise had to stifle a smile.

"Quite the opposite," he assured her. "You look unimaginably good." So good, in fact, that he was having trouble concentrating on anything but her delicate curves. She was of medium height, and so perfectly proportioned that she could've been used as a sculptor's template.

"Why do I look this way?" A small frown creased her smooth forehead. "What am I?" That last part seemed to be puzzling her the most.

Blaise took a deep breath, trying to calm his racing pulse. "I think I can try to venture a guess, but before I do, I want to give you some clothing. Please wait here—I'll be right back."

And without waiting for her answer, he hurried out of the room.

* * *

Leaving his study, Blaise briskly walked to the other end of his house, to 'her room' as he still thought about the half-empty chamber. This was where Augusta used to keep her things when they were together—a time that now seemed like ages ago. Despite that, entering the dusty room was just as painful now as it had been two years ago. Parting with the woman he'd been with for eight years—the woman he'd been about to marry—had not been easy.

Trying to keep his mind on the task at hand, Blaise approached the closet and surveyed its contents. As he'd hoped, there were a few dozen dresses hanging there. Beautiful long dresses made of silk and velvet, Augusta's favorite materials. Only sorcerers—the upper echelon of their society—could afford such luxury. The regular people were far too poor to wear anything but rough homespun cloth. It made Blaise sick when he thought about it, the terrible inequality that still permeated every aspect of life in Koldun.

He and Augusta had always argued about that, he remembered. She had never shared his concern about the commoners; instead, she enjoyed the status quo and all the privileges that came with being a respected sorcerer. If Blaise recalled correctly, she'd worn a different dress every day of her life, flaunting her wealth without shame.

Well, at least the dresses she left at his house would come in handy now. Grabbing one of them—a blue silk concoction that undoubtedly cost a fortune—and a pair of finely made black velvet slippers, Blaise exited the room, leaving behind layers of dust and bitter memories.

He ran into the naked being on his way back. She was standing near the entrance of his study, looking at a painting his brother Louie had made. It was of a village in Blaise's territory, and the scene it depicted was an idyllic one—a festival after a big harvest. Laughing, rosy-cheeked peasants were dancing with each other, a traveling harpist playing in the background. Blaise liked looking at that painting. It reminded him that his subjects had good times too, that their lives were not solely work.

The girl also seemed to like looking at it—and touching it. Her fingers were stroking the frame as though trying to learn its texture. Her nude body looked just as magnificent from the back as it did from the front, and Blaise again found his thoughts straying in inappropriate directions.

"Here," he said gruffly, entering the study and putting the dress and the shoes down on the dusty couch. "Please put these on." For the first time since Louie's death, he was cognizant of the state of his house—and ashamed of it. Augusta's room was not the only one covered with dust. Even here, where he spent most of his time, the air was musty and stale.

Esther and Maya had repeatedly offered to come over and clean, but he'd refused, not wanting to see anyone. Not even the two peasant women who had been like mothers to him. After the debacle with Louie, all he'd wanted was to be left alone, to hide away from the rest of the world. As far as the other sorcerers were concerned, he was a pariah, an outcast, and that was fine with Blaise. He hated them all now too. Sometimes he thought the bitterness would consume him—and it probably would have, if it hadn't been for his work.

And now the outcome of that work was lifting the dress and studying it curiously, still as naked as a newborn baby. "How do I put it on?" she asked, looking up at him.

Blaise blinked. He'd had practice taking dresses off women, but putting them on? Still, he probably knew more about clothes than the mysterious being standing in front of him. Taking the dress from her hands, he unlaced the back and held it out to her. "Here. Step into it and pull it up, making sure that your arms go into the sleeves." Then he turned away, doing his best to control his reaction to her beauty.

He heard some fumbling.

"I might need a little help," she said.

Turning back, Blaise was relieved to see that all she needed help with was tying the lace on the back. She had already figured out how to put on the shoes. The dress fit her surprisingly well; she and Augusta had to be of similar size, though this girl appeared more delicate somehow. "Lift your hair," he told her, and she did, holding the long blond locks with unconscious grace. He quickly laced the dress and stepped back, needing to put a little distance between them.

She turned to face him, and their eyes met. Blaise couldn't help but notice the cool intelligence reflected in her gaze. She might not know anything yet, but she was learning fast—and functioning incredibly well, if what he suspected about her origin was true.

For a few seconds, they just looked at each other, sharing a comfortable silence. She didn't appear to be in a rush to speak. Instead, she studied him, her eyes roaming over his face, his body. She seemed to find him as fascinating as he found her. And no wonder—Blaise was probably the first human she'd encountered.

Finally, she broke the silence. "Can we talk now?"

"Yes." Blaise smiled. "We can, and we should." Walking over to the couch area, he sat down on one of the lounge chairs next to the small round table. The woman followed his example, taking a seat in the chair opposite him.

"I'm afraid we're going to have to work out the answers to your many questions together," Blaise told her, and she nodded.

"I want to understand," she said. "What am I?"

Blaise took a deep breath. "Let me start at the beginning," he said, racking his brain for the best way to go about this. "You see, I have been searching for a long time for a way to make magic more accessible for the commoners—"

"Is it not accessible currently?" she asked, looking at him intently. He could tell she was extremely curious about anything and everything, absorbing her surroundings and every word he said like a sponge.

"No, it's not. Right now, magic is only possible for a select few—those who have the right predisposition in terms of how analytical and mathematically inclined their minds are. Even those lucky few have to study very hard to be able to cast spells of any complexity."

She nodded as though it made sense to her. "All right. So what does it have to do with me?"

"Everything," Blaise said. "You see, it all started with Lenard the Great. He's the one who first learned how to tap into the Spell Realm—"

"The Spell Realm?"

"Yes. The Spell Realm is what we call the place where spells are formed—the place that enables us to do magic. We don't know much about it because we live in the Physical Realm—what we think of as the real world." Blaise paused to see if the woman had any questions. He imagined it must all be overwhelming for her.

She cocked her head to the side. "All right. Please continue."

"Some two hundred and seventy years ago, Lenard the Great invented the first oral spells—a way for us to interact with the Spell Realm and change the reality of the Physical Realm. These spells were extremely difficult to get right because they involved a specialized arcane language. It had to be spoken and planned very exactly to get the desired result. It wasn't until recently that a simpler magical language and an easier way to do spells was invented."

"Who invented it?" the woman asked, looking intrigued.

"Well, Augusta and I did, actually," Blaise admitted. "She's my former fiancée. We are what you would call sorcerers—those who have the aptitude for the study of magic. Augusta created a magical object called the Interpreter Stone, and I came up with a simpler magical language to go along with it. So now, instead of reciting a difficult verbal spell, a sorcerer can use the simpler language to write his spell on cards and feed it to the stone."

She blinked. "I see."

"Our work was supposed to change society for the better," Blaise continued, trying to keep the bitterness out of his voice. "Or at least that's what I had hoped. I thought an easier way to do magic would enable more people to do it, but it didn't turn out that way. The powerful sorcerer class got even more powerful—and even more averse to sharing their knowledge with the common people."

"Is that bad?" she asked, regarding him with her clear blue gaze.

"It depends on whom you ask," Blaise said, thinking of Augusta's casual disregard for the peasants. "I think it's terrible, but I'm in the minority. Most sorcerers like the status quo. They have wealth and power, and they don't mind that their subjects live in abject poverty."

"But you do," she said perceptively.

"I do," Blaise confirmed. "And when I left the Sorcerer Council a year ago, I decided to do something about it. You see, I wanted to create a magical object that would understand our normal spoken language—an object that anyone could use. This way, a regular person could do magic. They would just say what they needed, and the object would make it happen."

Her eyes widened, and Blaise could see the dawning comprehension on her face. "Are you saying—?"

"Yes," he said, staring at her. "I believe I succeeded in creating that object. I think you are the result of my work."

They sat there in silence for a few moments.

"I must have the wrong understanding of the word 'object'," she finally said.

"You probably don't. The chair you sit on is a regular object. If you'll look out the window, you'll see a chaise in the yard. That's a magical object; it can fly. Objects are inanimate. I expected you to be something like a talking mirror, but you are something else entirely."

She frowned a little. "If you created me, does that mean you are my father?"

"No," Blaise denied immediately, everything inside him rejecting that idea. "I am most certainly not your father." Somehow it was important to make sure she did not think of him that way. *Look at where my mind is going again*, he chided himself.

She continued looking confused, so Blaise tried to explain further. "I think it might make more sense to say that I created the basic design for an intelligence—and made sure it had some knowledge to build on—but from there, you must have created yourself."

He could see a spark of recognition in her gaze. Something about that statement resonated with her, so she had to know more than it seemed at first.

"Can you tell me anything about yourself?" Blaise asked, studying the beautiful creature in front of him. "For starters, what do you call yourself?"

"I don't call myself anything," she said. "What do *you* call yourself?"

"I am Blaise, son of Dasbraw. You would just call me Blaise."

"Blaise," she said slowly, as though tasting his name. Her voice was soft and sensual, innocently seductive. It made Blaise painfully aware that it had been two years since he had been this close to a woman.

"Yes, that's right," he managed to say calmly. "And we should come up with a name for you as well."

"Do you have any ideas?" she asked curiously.

"Well, my grandmother's name was Galina. Would you like to honor my family by taking her name? You can be Galina, daughter of the Spell Realm. I would call you 'Gala' for short." The indomitable old lady had been nothing like the girl sitting in front of him, yet something about the bright intelligence on this woman's face reminded him of her. He smiled fondly at the memories.

"Gala," she tried saying. He could see that she liked it because she smiled back at him, showing even white teeth. The smile lit her entire face, making her glow.

"Yes." Blaise couldn't tear his eyes away from her luminous beauty. "Gala. It suits you."

"Gala," she repeated softly. "Gala. Yes, I agree. It does suit me. But you said that I am daughter of the Spell Realm. Is that my mother or father?" She gave him a hopeful look.

Blaise shook his head. "Not in the traditional sense, no. The Spell Realm is where you developed into what you are now. Do you know anything about the place?" He paused, looking at his unexpected creation. "In general, how much do you recall before you showed up here, on the floor of my study?"

CHAPITRE 2 : AUGUSTA

Augusta glissa de son lit et fit un sourire séducteur à son amant. Elle apprécia la lueur passionnée dans ses yeux lorsqu'elle se baissa pour ramasser par terre sa robe magenta. Le magnifique vêtement ne présentait qu'une petite déchirure, rien qu'elle ne pourrait réparer avec un simple sort verbal. Ses habits survivaient rarement intacts à ses visites chez Barson. Ce qu'elle aimait chez le chef de La Garde des Sorciers, c'était le désir brutal et pressant avec lequel il l'accueillait toujours.

— C'est déjà l'heure de partir ? demanda-t-il en se relevant sur un coude pour la regarder s'habiller.

— Tes hommes ne sont-ils pas en train de t'attendre ? Augusta se faufila dans la robe et rassembla ses longs cheveux bruns pour faire un chignon lisse à l'arrière de sa tête.

— Qu'ils attendent. Son ton était arrogant, comme d'habitude. Augusta aimait ça chez Barson, cette confiance inébranlable qui imprégnait tout ce qu'il faisait. Ce n'était peut-être pas un sorcier, mais il détenait pas mal de pouvoir en tant que chef d'une force militaire d'élite qui maintenait la loi et l'ordre dans leur société.

— Les rebelles n'attendront pas, eux, lui rappela Augusta. Nous devons les intercepter avant qu'ils ne se rapprochent davantage de Turingrad.

— Nous ? Ses sourcils épais s'arquèrent de surprise. Avec ses cheveux courts et foncés et sa peau olive, c'était un des hommes les plus attirants qu'elle connaisse. À l'exception peut-être de son ex-fiancé.

Non, ne pense pas à Blaise maintenant.

— Ah oui ! dit Augusta avec nonchalance, est-ce que j'ai oublié de te dire que je venais avec toi ?

Barson s'assit dans le lit, tandis que les muscles de sa grande carrure se tendaient et roulaient à chaque mouvement.

— Tu sais que oui, grogna-t-il, mais Augusta pouvait voir qu'il était content qu'elle vienne. Il lui avait demandé de passer plus de temps avec lui, de montrer leur relation au grand jour et Augusta se dit qu'il était peut-être temps de céder un peu.

Après sa séparation douloureuse avec Blaise deux ans auparavant, tout ce qu'elle souhaitait c'était une liaison sans complications, un arrangement de désir mutuel et rien de plus. Sa relation de huit ans avec Blaise avait pris fin six mois avant la date de leur mariage et elle ne savait pas alors si elle pourrait un jour refaire confiance à un homme. Elle avait cru que tout ce dont elle avait besoin c'était un compagnon pour le lit, un corps chaud qui lui ferait oublier son vide intérieur : elle avait choisi le Capitaine de la Garde pour ce rôle.

À sa grande surprise, ce qui avait commencé comme un simple batifolage avait grandi et évolué. Au fil du temps, Augusta se mit à apprécier et à admirer son nouvel amant. Ce n'était pas un intellectuel comme Blaise, mais il était assez intelligent à sa façon, et elle se rendit compte qu'elle aimait également sa compagnie en dehors de la chambre à coucher. Par conséquent, lorsqu'elle avait entendu parler de la rébellion dans le nord, elle avait décidé que c'était une opportunité parfaite pour voir Barson en action. Elle le verrait faire ce qu'il faisait de mieux : protéger leur mode de vie et contrôler les paysans.

En se levant, il mit son armure et se tourna vers elle.

— Est-ce le Conseil qui t'a demandé de nous accompagner ?

— Non, le rassura Augusta. C'est de ma propre initiative. Ce serait une insulte envers la Garde si le Conseil les pensait incapables de réprimer une révolte et lui demandait de les aider. Elle les accompagnait uniquement parce qu'elle voulait passer du temps avec Barson — et parce qu'elle avait envie de voir les rebelles se faire écraser comme la vermine qu'ils étaient.

— Dans ce cas, dit-il avec des yeux sombres brillants d'anticipation, allons-y.

* * *

Augusta chevauchait à côté de Barson et sentait le mouvement rythmé du cheval sous elle. Elle remarquait les regards curieux des autres soldats, mais elle s'en fichait. En tant que sorcière du Conseil, elle avait l'habitude de se faire remarquer. Cela lui plaisait même dans une certaine mesure.

C'était étrange de monter un cheval vivant. Elle s'était habituée à la chaise volante — une invention récente de sa part et qui avait révolutionné les voyages des sorciers — et elle ne se rappelait plus la dernière fois qu'elle s'était rendue quelque part à l'ancienne. La seule raison pour laquelle elle le faisait maintenant était que Barson refusait de monter dans la chaise avec elle pendant le service et qu'elle ne voulait pas planer toute seule dans les airs au-dessus des gardes.

— Combien y a-t-il de rebelles ? demanda-t-elle à Barson, surprise de voir que seuls cinquante hommes environ les accompagnaient.

— Ganir a dit qu'il y en avait environ trois cents, répondit Barson. Augusta fronça le nez en entendant le nom du Chef du Conseil. Ganir semblait avoir des espions partout ces temps-ci. Sous couvert de protéger le Conseil, le vieux sorcier semblait devenir de plus en plus puissant, ce qui gênait Augusta. Elle avait toujours eu l'impression que le vieil homme ne l'aimait pas et elle ne voulait pas penser à ce qui pourrait arriver s'il décidait de se retourner contre elle pour une raison ou pour une autre.

Elle reporta son attention sur le sujet qui les occupait et interrogea Barson du regard.

— Et tu n'as pris que cinquante gardes ?

Il gloussa.

— Que cinquante ? C'est probablement vingt de trop. Chacun de mes hommes vaut au moins dix de ces paysans. Puis il ajouta, plus sérieusement : de plus, étant donné les troubles un peu partout, je pense qu'il vaut mieux ne pas laisser Turingrad et la Tour sans protection sauf s'il y a une bonne raison. Et crois-moi, trois cents paysans ne constituent pas une raison suffisante.

Augusta lui sourit, à nouveau charmée par son arrogance.

— Oui, bien sûr. Et puis je suis là aussi. Les sorciers n'utilisaient que rarement leur magie contre la population ordinaire, mais ils pouvaient très bien le faire, en particulier lorsqu'ils étaient en danger. Augusta savait qu'elle pouvait soumettre tous les rebelles à elle seule, mais ce n'était pas son travail. Les soldats étaient là pour ça.

Cette petite rébellion, comme beaucoup d'autres au cours des deux dernières années, était sans aucun doute motivée par la sécheresse. C'était une circonstance malheureuse, et Augusta pouvait comprendre le mécontentement des paysans qui voyaient leurs récoltes se perdre et le prix de la nourriture flamber. Mais cela ne rendait pas acceptable le fait qu'ils marchent sur

Turingrad comme Ganir avait dit qu'ils le faisaient.

Le nord de Koldun, d'où venaient les rebelles, était particulièrement touché. Le territoire d'Augusta se trouvait plus au sud, mais même ses sujets grommelaient au sujet de la nourriture. Ils n'oseraient jamais se soulever, bien sûr, mais Augusta avait conscience qu'ils étaient malheureux. La pluie avait été rare pendant presque deux ans et le grain devenait de plus en plus difficile à obtenir. Augusta faisait de son mieux pour acheter tout le grain qu'elle pouvait trouver et pour l'envoyer à son peuple, mais ces misérables ingrats continuaient à se plaindre.

— Qui règne sur le territoire des rebelles ? Jandison ou Moriner ? s'enquit-elle en se demandant quel sorcier ne parvenait pas à contrôler ses propres paysans.

— Jandison.

Jandison. Ceci expliquait cela, pensa Augusta. Malgré son âge avancé et sa position dans le Conseil, Jandison était un peu considéré comme un faible. Il était bon en téléportation, un talent utile, il est vrai, mais pas à grand-chose d'autre. Augusta ne comprendrait jamais comment il avait pu entrer au Conseil — une instance dirigeante constituée des sorciers les plus puissants.

— Certains de ses paysans se sont échappés dans les montagnes, dit Barson, que la situation avait l'air d'ennuyer. Et d'autres ont décidé de faire des émeutes. C'est le bazar là-bas.

— Dans les montagnes ? Augusta ne put retenir son étonnement. Les montagnes entouraient les terres de Koldun et servaient de barrière contre les tempêtes féroces qui faisaient rage de l'autre côté. Seuls les explorateurs les plus intrépides s'y aventuraient à cause de la météo imprévisible et de la proximité du dangereux océan. Et ces paysans y étaient allés ?

— Oui, confirma Barson. Au moins, une vingtaine d'habitants du village qui se situe le plus au nord de Jandison s'y sont enfuis.

— Ils doivent être suicidaires, dit Augusta en secouant la tête. Quelle personne saine d'esprit irait faire quelque chose de pareil ?

— Quelqu'un de désespéré et d'affamé, j'imagine. Son amant la regarda avec ironie. Tu ne connais pas la faim, n'est-ce pas ?

— Non, admit Augusta. La plupart des sorciers ne mangeaient que pour le plaisir. Les sorts permettant de maintenir l'énergie du corps étaient simples. C'était une des premières choses que les parents apprenaient à leurs enfants. Augusta avait maîtrisé ces sorts à l'âge de trois ans et elle n'avait plus jamais eu faim ensuite.

Barson sourit en réponse et tendit le bras pour serrer son

genou de sa grande main calleuse.

CHAPTER 2: AUGUSTA

Augusta slid out of bed and smiled seductively at her lover, enjoying the heated gleam in his eyes as she bent down to pick up her magenta-colored dress from the floor. The beautifully made garment had only one small rip in it—nothing that she wouldn't be able to fix with a simple verbal spell. Her clothes rarely survived her visits to Barson's house intact; if there was one thing she enjoyed about the leader of the Sorcerer Guard, it was the rough, urgent hunger with which he always greeted her arrival.

"Is it already time to go?" he asked, propping himself up on one elbow to watch her get dressed.

"Aren't your men waiting for you?" Augusta wriggled into the dress and reached up to gather her long brown hair into a smooth knot at the back of her neck.

"Let them wait." He sounded arrogant, as usual. Augusta liked that about Barson—the unshakable confidence that permeated everything he did. He might not be a sorcerer, but he wielded quite a bit of power as the leader of the elite military force that kept law and order in their society.

"The rebels won't wait, though," Augusta reminded him. "We need to intercept them before they get any closer to Turingrad."

"We?" His thick eyebrows arched in surprise. With his short dark hair and olive-toned skin, he was one of the most attractive men she knew—with the possible exception of her former fiancé.

No, don't think about Blaise now. "Oh yes," Augusta said nonchalantly. "Did I forget to mention that I'm coming with you?"

Barson sat up in bed, the muscles in his large frame flexing and rippling with each movement. "You know you did," he growled, but Augusta could tell he was pleased with this development. He had been trying to get her to spend more time with him, to get their relationship out in the open, and Augusta thought it might be time to start giving in a little.

After her painful breakup with Blaise two years ago, all she'd wanted was an uncomplicated affair—an arrangement of mutual desire and nothing more. Her eight-year relationship with Blaise had ended six months before their wedding was to take place, and at the time, she didn't know if she would ever be able to trust another man again. She'd thought that all she needed was a bed companion, a warm body to make her forget the emptiness within—and she'd chosen the Captain of the Guard for that role.

To her surprise, what started off as a simple dalliance grew and evolved. Over time, Augusta found herself both liking and admiring her new lover. He was not an intellectual, like Blaise, but he was quite intelligent in his own way—and she found that she enjoyed his company outside of the bedroom as well. As a result, when she'd heard about the rebellion in the north, she decided it was the perfect opportunity to witness Barson in action, doing what he did best—protecting their way of life and keeping the peasants in check.

Getting up, he pulled on his armor and turned to face her. "Did the Council ask you to come with us?"

"No," Augusta reassured him. "I'm coming of my own initiative." It would be an insult to the Guard if the Council thought them incapable of quelling a minor uprising and asked her to aid them. She was accompanying them solely because she wanted to spend some time with Barson—and because she wanted to see the rebels crushed like the vermin they were.

"In that case," he said, his dark eyes glittering with anticipation, "let's go."

* * *

Augusta rode beside Barson, feeling the rhythmic movements of the horse beneath her. She could see the curious looks she was getting from the other soldiers, but she didn't care. As a sorceress of the Council, she was used to the attention; she even craved it on some level.

It was strange riding an actual living horse. She had gotten used to the flying chaise—her recent invention that had revolutionized travel for sorcerers—and she couldn't remember the last time she'd gone somewhere the old-fashioned way. The only reason why she was doing so now was because Barson refused to get on the chaise with her while on duty, and she didn't want to hover in the air above the guards all by herself.

"How many rebels are there?" she asked Barson, surprised that there were only about fifty men accompanying them.

"Ganir said there were about three hundred," Barson replied, and Augusta wrinkled her nose at the mention of the Council Leader's name. Ganir appeared to have his spies everywhere these days. Under the guise of protecting the Council, the old sorcerer seemed to be growing more and more powerful every day, a development that bothered Augusta. She had always gotten a sense that the old man didn't like her, and she didn't want to think about what could happen if he decided to turn on her for any reason.

Bringing her attention back to the subject at hand, she gave Barson a questioning look. "And you took only fifty guards?"

He chuckled. "Only fifty? That's probably twenty too many. Any one of my men is worth at least ten of these peasants." Then he added, more seriously, "Besides, given the unrest everywhere, I thought it best not to leave Turingrad and the Tower unprotected without a good reason—and believe me, three hundred peasants are not a good reason."

Augusta grinned at him, again charmed by his arrogance. "Right, of course. Plus you've got me." Sorcerers rarely used their magic against the common population, but they could certainly do so, particularly if they were in danger. Augusta had no doubt that she could subdue all the rebels singlehandedly, but that wasn't her job. That's what the soldiers were for.

This little rebellion, like so many others in the past couple of years, was no doubt motivated by the drought. It was an unfortunate occurrence, and Augusta could understand the peasants' unhappiness with ruined crops and high food prices— but that didn't make it acceptable for them to march on Turingrad like Ganir claimed they were doing.

The north of Koldun—where these rebels were coming from— was particularly hard-hit. Augusta's own territory was further south, but even her subjects were grumbling about the lack of food. They wouldn't dare do any rioting, of course, but Augusta was not oblivious to the fact that they were unhappy. For almost two years, the rain had been sparse, and grain was becoming increasingly difficult to obtain. Augusta did her best to purchase whatever grain was available and send it to her people, but the ungrateful wretches still complained.

"Who's ruling over the territory of the rebels? Is it Jandison or Moriner?" she asked, wondering which sorcerer couldn't control his own peasants.

"Jandison."

Jandison. Well, that explained it, Augusta thought. Despite his advanced age and position on the Council, Jandison was considered to be something of a weakling. He was good at teleportation (admittedly, a useful skill) and not much else. How he had ended up on the Council—a ruling body consisting of the most powerful sorcerers—Augusta would never understand.

"Some of his peasants ran off to the mountains," Barson said, looking annoyed with the situation. "And some decided to riot. It's a mess over there."

"To the mountains?" Augusta couldn't suppress her shock. The mountains surrounded the land of Koldun, serving as a natural barrier against the fierce storms that raged beyond them. Only the most intrepid explorers ever ventured out there, given the unpredictable weather and proximity to the dangerous ocean. And these peasants actually went there?

"Yes," Barson confirmed. "At least twenty of them from Jandison's northernmost village fled there."

"They must be suicidal," Augusta said, shaking her head. "Who in their right mind would do something like that?"

"Someone desperate and hungry, I would imagine." Her lover gave her an ironic look. "You don't know hunger, do you?"

"No," Augusta admitted. Most sorcerers only ate for pleasure; spells to sustain the body's energy were simple to do—and were one of the first things parents taught their children. Augusta had mastered those spells at the age of three, and she'd never felt hungry since.

Barson smiled in response and reached over to squeeze her knee with his large callused hand.

CHAPITRE 3 : GALA

Gala fixa des yeux le grand homme aux épaules larges, son créateur, en essayant de trouver la meilleure façon de répondre à sa question. Elle avait du mal à se concentrer, ses sens étaient submergés par le fait d'être là, dans cet endroit que Blaise appelait le Domaine Physique. Son corps réagissait aux stimuli différents de façon étrange et imprévisible, tandis que son esprit essayait de traiter toutes les images, les sons et les odeurs afin de tout comprendre.

Une des plus grandes distractions s'avérait être Blaise lui-même. Elle ne pouvait pas s'arrêter de le regarder parce qu'il ne ressemblait à rien de ce qu'elle avait vu auparavant. Quelque chose dans la symétrie anguleuse de son visage l'attirait et faisait écho en elle d'une façon qu'elle ne pouvait comprendre tout à fait. Elle aimait tout, depuis la couleur bleue de ses yeux jusqu'à la barbe naissante qui obscurcissait sa mâchoire ferme. Elle se demanda si ce serait acceptable de tendre la main pour toucher ses cheveux, ces boucles courtes et presque noires qui étaient si différentes de ses propres mèches pâles.

Pourtant elle voulait d'abord répondre à sa question. En se concentrant, elle repensa à *avant*, à ce qui lui était arrivé avant qu'elle fasse l'expérience de la réalité pour la première fois.

— Je me souviens d'avoir pris conscience que j'existe, dit-elle lentement, essayant de mettre des mots sur les sensations étranges du début.

— Tu veux dire que tu as existé pendant un moment avant d'en avoir conscience ? demanda-t-il en fronçant légèrement ses sourcils foncés. Gala pensa que cette expression indiquait probablement la confusion, car ses propres sourcils faisaient la même chose quand elle ne comprenait pas quelque chose.

— C'est comme si j'avais existé de deux façons, essaya-t-elle d'expliquer. L'une se laissait exister. C'est ce qui dura le plus longtemps. Quand je dis que j'ai réalisé que j'existe, c'est quand cette autre partie de moi comprit que j'étais *moi*. Ces parties ne sont pas séparées, en fait c'est la même chose. Il y a une sorte d'organisation en boucles entre les deux parties que je ne comprends pas entièrement et que je ne sais pas comment exprimer.

— Je crois que je comprends, dit-il en se penchant en avant et en l'observant attentivement. Tu as acquis la conscience de toi. Au début, tu existais de façon subconsciente et puis, en atteignant une espèce de seuil critique, tu es parvenue à une existence consciente. Il avait l'air enthousiasmé, pensa Gala qui d'une manière ou d'une autre trouva le mot adéquat pour décrire l'état émotionnel de son créateur.

— Quelle est la différence entre un état conscient et un état subconscient ? demanda-t-elle, ayant soif de plus de connaissances.

— Chez l'être humain, les parties subconscientes de l'esprit sont chargées de choses comme la respiration ou les battements du cœur, dit-il avec des yeux brillants. Quand je cours, mon subconscient calcule les trajectoires complexes des mouvements de mes membres. Certains sorciers pensent aussi que les rêves se forment dans cette partie de l'esprit.

— Je ne suis pas un être humain, dit Gala en le regardant. Elle le savait maintenant. Elle était quelque chose de différent, et il fallait qu'elle découvre quoi.

Il sourit : c'était une expression qui rendait son visage encore plus fascinant pour elle.

— Non, dit-il doucement, tu ne l'es pas. Mais tu en as certainement l'apparence.

— Mais ce n'était pas ton intention, si ?

— C'est vrai, confirma-t-il. Toutefois, les parties de toi que j'ai conçues sont basées sur mes théories concernant le fonctionnement des humains. Lenard le Grand est celui qui a le premier découvert le rapport entre conscient et subconscient et j'ai toujours été fasciné par son travail. J'ai lancé des sorts sur des gens pour me donner un aperçu de leur façon d'être et ce fut le cadre dont je me suis servi pour toi. De plus, j'ai trouvé de l'aide dans les écrits de Lenard. Le sort qui t'a créé était censé faire une structure interconnectée de nœuds, des nœuds qui peuvent apprendre. Des milliards et des milliards de nœuds dans le

Domaine des Sorts, tous connectés entre eux.

— Comme c'est intéressant, pensa Gala en observant la manière dont son visage s'animait pendant qu'il parlait.

— Et ensuite, une fois que j'ai lancé le sort, continua-t-il, j'ai envoyé des douzaines de Captures Vitales dans le Domaine des Sorts, toutes les Captures Vitales que j'ai pu trouver.

— Captures Vitales ? Gala ne comprenait pas le terme.

Blaise acquiesça et son expression s'assombrit.

— Oui, les Captures Vitales sont un exemple d'objet magique. Un sorcier nommé Ganir les a inventées récemment. C'est un peu difficile à expliquer. En gros, lorsque tu prends une Capture Vitale, tu vois ce que quelqu'un d'autre a vu, tu sens ce qu'il a senti, et tu penses être à sa place pendant la durée du sort. Il faut en faire l'expérience pour vraiment comprendre.

— Je crois que je comprends, dit Gala en repensant aux étranges expériences qu'elle avait vécues avant d'arriver ici. Cela explique probablement mes visions.

— Tes visions ?

— Je crois que j'ai entraperçu le Domaine Physique, lui raconta Gala, et c'était comme si j'y étais. Ces souvenirs n'étaient pas agréables, elle s'était sentie perdue pendant très longtemps, ne sachant pas qu'elle vivait la vie d'autres personnes.

— Bien sûr ! Ses yeux s'élargirent sous la compréhension. J'aurais dû comprendre qu'une fois que ton esprit était suffisamment développé, tu ferais l'expérience des Captures Vitales de la même façon que nous — sauf que tu n'avais jamais été dans le monde réel et que tu n'avais aucune idée de ce qui t'arrivait. Je suis désolé. Cela a dû être très déconcertant pour toi.

Gala haussa les épaules, un geste qu'elle avait vu une ou deux fois dans ses visions. Elle en avait déduit qu'il indiquait l'incertitude. Elle ne savait pas vraiment quoi penser des Captures Vitales. Voir le monde à travers elles avait effectivement été troublant, mais elle avait acquis beaucoup de connaissances sur le Domaine Physique de cette façon-là. Il y avait bien sûr encore beaucoup de choses qu'elle ne savait pas, mais elle n'était pas aussi perdue qu'elle aurait pu l'être autrement.

Blaise lui sourit et elle repensa à quel point elle aimait son sourire. C'était quelque chose de si simple : les lèvres se courbent vers le haut et offrent un aperçu des dents blanches. Pourtant cela avait un effet sur elle, cela la réchauffait à l'intérieur et lui donnait envie de sourire à son tour. Alors c'est ce qu'elle fit, imitant son expression. Les yeux de Blaise brillèrent plus vivement et Gala sentit qu'elle avait bien fait, qu'elle lui avait fait plaisir d'une certaine façon.

— Alors, de quoi avait l'air le Domaine des Sorts ? demanda-t-il, toujours en la regardant avec ce sourire. Je n'arrive pas à imaginer comment c'est là-bas... Sa voix s'éteignit et Gala comprit qu'il espérait qu'elle lui en parlerait.

Elle y réfléchit, essayant de trouver la meilleure manière de l'expliquer.

— C'est très... différent, finit-elle par dire. Je ne sais pas vraiment comment te le décrire. Il n'y avait pas beaucoup de temps entre les visions, et quand je n'avais pas une vision, je ne pouvais pas utiliser les sens humains. C'est comme s'il y avait des flashs de lumière, de son, de goût et d'odeur, mais qu'ils me parvenaient autrement. Je ne pouvais jamais les analyser complètement avant d'être absorbée par une autre vision. Et puis je fus tirée jusqu'ici.

— Tirée jusqu'ici ?

— Oui, c'est l'impression que ça donnait, dit Gala. C'était comme si quelque chose m'avait attiré jusqu'ici, dans cet endroit que tu appelles le Domaine Physique. Elle s'arrêta un instant. Tiré jusqu'à toi.

CHAPTER 3: GALA

Gala stared at the tall, broad-shouldered man who was her creator, trying to figure out the best way to answer his question. She found it difficult to focus, her senses overwhelmed by being here, in this place Blaise called the Physical Realm. Her body was reacting to the different stimuli in strange and unpredictable ways, her mind attempting to process all the images, sounds, and smells so she could understand everything.

One particularly strong distraction was Blaise himself. She couldn't stop looking at him because he was unlike anything she had seen before. Something about the angular symmetry of his face appealed to her, resonating with her in a way she didn't fully comprehend. She liked everything about it, from the blue color of his eyes to the darkness of the stubble shadowing his firm jaw. She wondered if it would be acceptable to reach out and touch his hair—those short, almost-black locks that looked so different from her own pale strands.

First, though, she wanted to answer his question. Concentrating, she thought back to *before*, to what had happened prior to her experiencing reality for the first time. "I remember realizing that I exist," she said slowly, trying to put into words the strange sensations at the beginning.

"You mean you existed for a time without realizing it?" he asked, his dark eyebrows coming together slightly. Gala thought that expression likely meant confusion because her own eyebrows did the same thing when she didn't understand something.

"It's like there were two ways I existed," she tried to explain. "One way would just happen. This went on longer. When I say I realized that I exist—that's when this other part of me first realized that I am *me.* These parts are not separate; in fact, they are the same thing. There is a strange looping arrangement between the two parts that I don't fully understand and don't know how to put into words—"

"I think I do understand," he said, leaning forward and staring at her intently. "You became self-aware. At first, you existed on a subconscious level, and then, at some critical threshold, you achieved a conscious state of being." He appeared excited, Gala thought, somehow finding the right word to describe her creator's emotional state.

"What is the difference between a conscious and a subconscious state?" she asked, hungering for more information.

"In a human being, the subconscious parts of the mind are in charge of things like breathing or the heart beating," he said, his eyes gleaming brightly. "When I run, my subconscious figures out the complex trajectories of how my limbs move. Some sorcerers also think dreams form in that part of our minds."

"I am not a human being," Gala said, looking at him. That much she knew now. She was something different, and she needed to learn what that something was.

He smiled—an expression that made his face even more fascinating to her. "No," he said softly, "you're not. But you definitely seem like one to me."

"But that was not your intention, right?"

"Right," he confirmed. "However, the parts of you that I designed are based on how I theorized human minds might work. Lenard the Great is the one who first discovered the conscious-subconscious dynamic, and I've always been fascinated by his work. I've done spells on people that gave me insight into their states of being, and that was my framework for you. Additionally, I had some help from Lenard's writings. The spell that created you was supposed to make an interconnected structure of nodes— nodes that can learn. Billions and billions of nodes in the Spell Realm, all magically connected together—"

How interesting, Gala thought, observing the way his face became more animated as he spoke.

"And then, once I performed the spell," he continued, "I sent dozens of Life Captures to the Spell Realm, as many Life Captures as I could get my hands on—"

"Life Captures?" The term didn't make sense to Gala.

Blaise nodded, his expression darkening for some reason. "Yes. Life Captures are an example of a magical object. A sorcerer named Ganir recently invented these things. It's a little hard to explain what they are. Basically, when you take a Life Capture, you see what someone else saw, you smell what they smelled, and you think you are them for the duration of the spell. You have to experience it to truly understand."

"I think I do understand," Gala said, thinking back to the strange experiences she'd had prior to coming here. "This probably explains my visions."

"Your visions?"

"I think I saw glimpses of the Physical Realm," Gala told him, "and it was like I was in them." The memories were not pleasant; for the longest time, she'd felt lost, not knowing that she was living other people's lives.

"Of course." His eyes widened with understanding. "I should've realized that once your mind was sufficiently developed, you would simply experience the Life Captures like we do—except that you had never been in the real world and probably had no idea what was happening to you. I'm sorry about that. It must've been terribly confusing for you."

Gala shrugged, a gesture she'd seen used once or twice in her visions. She had deduced that it indicated uncertainty. She wasn't sure how she felt about the Life Captures. Seeing the world through them had definitely been confusing, but she *had* gained a lot of knowledge about the Physical Realm that way. There was still a lot she didn't know, of course, but she was not nearly as lost now as she would've been otherwise.

Blaise smiled at her, and she thought again how much she liked his smile. Such a simple thing, just lips curving upwards and a flash of white teeth, and yet it had an effect on her, warming her on the inside and making her want to smile back at him in return. So she did, mimicking his expression. His eyes gleamed brighter, and Gala sensed that she'd done the right thing, that she'd pleased him in some way.

"So what was the Spell Realm itself like?" he asked, still looking at her with that smile. "I can't even imagine what it must be like there . . ." His voice trailed off, and Gala understood that he was hoping she'd tell him about it.

She thought about it, trying to figure out the best way to explain. "It's very . . . different," she finally said. "I don't really know how to describe it to you. There wasn't a lot of time between visions, and when I wasn't experiencing the visions, I couldn't use human senses. It's like there were flashes of light, sound, taste, and smell, but they were coming at me in some other way. I was never able to process them fully before I would get absorbed in another vision. And then I was pulled here—"

"Pulled here?"

"Yes, that's what it felt like," Gala said. "It was like something pulled me here, into this place you're calling the Physical Realm." She paused for a second. "Pulled me to you."

CHAPITRE 4 : BLAISE

Tirée jusqu'à lui. Elle avait été tirée jusqu'à lui.

Blaise comprit que ce devait être ce dernier sort qu'il avait lancé qui avait mené Gala jusqu'à son bureau. Il avait essayé de créer une manifestation physique de l'objet et au lieu de cela il avait fini par faire venir Gala ici, au Domaine Physique.

Elle le regardait avec ses grands yeux bleus, elle l'étudiait avec cet étrange mélange de curiosité et d'intelligence vive. Blaise se demanda ce qu'elle pensait. Avait-elle les mêmes émotions qu'un être humain normal ? Comprenait-elle le concept d'émotion ? Ses réactions semblaient indiquer que oui. Elle avait souri en réponse à son sourire, donc elle connaissait au moins les expressions faciales.

— Je veux le voir, dit-elle soudain en se penchant en avant. Blaise, je veux davantage découvrir ce monde. Je veux apprendre à connaître cet endroit. Tu peux me le montrer, s'il te plaît ?

— Bien sûr, dit Blaise en se levant. Il avait encore un million de questions à lui poser, mais elle avait probablement une plus grande soif de connaissances que lui. Laisse-moi commencer par te montrer ma maison.

Il commença le tour par l'étage, où se trouvaient son bureau et les chambres. Gala le suivait en écoutant attentivement ses explications sur l'usage de chaque pièce. Tout semblait la fasciner, depuis l'armoire pleine de robes d'Augusta jusqu'aux fenêtres de la chambre de Blaise.

En s'approchant de l'une d'elles particulièrement grande, elle grimpa sur le rebord et regarda dehors en collant son nez contre la vitre. Blaise ne put s'empêcher de sourire tant il était charmé par cette image.

— Qu'est-ce qu'il y a dehors ? demanda-t-elle en tournant la tête pour le regarder. Je veux y aller.

— C'est mon jardin, expliqua Blaise en s'approchant pour l'aider à descendre du rebord de la fenêtre. On pourra y aller après.

Il tendit la main et il prit la sienne avant de la guider prudemment jusqu'en bas. Sa main était petite et chaude au creux de la sienne et Blaise s'émerveilla à nouveau de la beauté stupéfiante de sa création... et de la puissance de sa réaction envers elle. Cela faisait longtemps qu'il n'avait pas été à ce point attiré par une femme. Ce n'était pas arrivé depuis Augusta —

Non, ne pense pas à elle, se dit-il en ressentant la douleur familière dans sa poitrine. Le fait que son ex-fiancée obsède toujours ses pensées à ce point le rendait furieux. Après la façon dont elle l'avait trahi, il avait fait de son mieux pour l'effacer de sa mémoire, mais ce n'était pas si facile.

Il connaissait Augusta depuis une décennie, l'ayant rencontrée à l'Académie quand ils étaient tous deux des apprentis au bas de l'échelle. Il avait toujours pensé qu'elle était magnifique avec son apparence sombre et sensuelle, mais ce fut lorsqu'ils commencèrent à travailler ensemble sur la Pierre d'Interprétation qu'il se sentit tomber amoureux d'elle. Jeunes et ambitieux, ils semblaient être parfaitement compatibles, même s'ils n'étaient pas toujours d'accord sur certains sujets. Pendant des années, leur passion — pour leur travail et l'un pour l'autre — avait suffi à faire fi de leurs différences. Ce n'était qu'au moment du procès de Louie que Blaise se rendit compte de la profondeur du fossé qui les séparait.

— Viens, suis-moi, dit-il en se forçant à lâcher la main de Gala. Descendons.

Ils descendirent les escaliers et sortirent dans le grand hall. Gala touchait à tout le long du chemin, passant ses doigts sur chaque nouvelle surface qu'elle rencontrait.

Ils finirent par arriver dehors.

— C'est mon jardin, dit Blaise en montrant une grande étendue verte devant eux. L'herbe a un peu trop poussé maintenant. —

— Il est magnifique, dit Gala lentement en tournant sur elle-même. Son visage affichait presque une expression d'extase. Oh, ton Domaine Physique est si beau, Blaise...

— Oui, murmura-t-il, ensorcelé. Tu as raison. En clignant des yeux, il se força à regarder ailleurs, à observer autre chose que les traits splendides de Gala.

Elle rit joyeusement, attirant de nouveau son regard, et il vit qu'elle essayait d'attraper un papillon aux couleurs vives posé sur une fleur blanche. Elle ressentait des émotions, constata-t-il en voyant son visage rayonner de bonheur et d'enthousiasme.

Il essaya de voir cet environnement familier avec les yeux de Gala et il dut admettre que le jardin avait une certaine beauté sauvage. Sa mère avait excellé avec les plantes. Elle avait judicieusement utilisé des sorts pour aider à la pousse des fleurs et des arbres, et Blaise pouvait encore voir des traces de magie partout.

— Ça te dit de voir quelque chose d'intéressant ? demanda-t-il impulsivement, dans l'attente de voir encore cette joie radieuse sur le visage de Gala.

— Oui, dit-elle immédiatement. S'il te plaît.

— Alors, regarde, dit Blaise avant de commencer un sortilège verbal simple. Il tendit la main et se concentra pour manipuler les particules de lumière. Il les conduisit à se rassembler au-dessus de sa paume tournée vers le ciel. Chaque mot, chaque phrase qu'il prononçait faisaient partie du code complexe qui lui permettait de faire de la magie. Lorsqu'il jugea que la logique et les instructions du sort étaient correctes, il utilisa le Sort d'Interprétation — une litanie complexe requise à la fin de chaque sort verbal — pour tout transmettre au Domaine des Sortilèges. Puis il attendit.

Quelques secondes plus tard, l'air au-dessus de sa paume tendue se mit à miroiter et une forme brillante apparut. Peu après, une rose entièrement faite de lumière prit forme à quelques centimètres au-dessus de sa main.

— C'est tellement beau, souffla Gala en observant sa petite démonstration d'un regard admiratif sur son visage parfait. Elle tendit la main et toucha la rose. Ses doigts passèrent à travers l'assemblage de lumière.

Blaise sourit, ravi d'avoir pu l'impressionner avec quelque chose d'aussi simple. Étant donné son origine, elle devait sans doute être capable de faire la même chose, et bien plus encore.

Bien, bien plus, pensa-t-il en essayant d'imaginer la puissance que pourrait avoir une personne née dans le Domaine des Sortilèges. C'était un peu trop tôt pour commencer à explorer les capacités de Gala, mais Blaise avait le sentiment qu'elles seraient différentes de tout ce que le monde avait connu jusque là.

* * *

Quand Gala eut assez vu les jardins, Blaise la ramena à l'intérieur de la maison.

— Je veux en apprendre davantage, dit-elle lorsqu'ils furent de retour dans l'entrée. Blaise, je veux tout apprendre. Peux-tu m'aider ?

Il considéra sa demande. Il pouvait lui donner plus de Captures Vitales et lui laisser faire l'expérience de la vie de cette façon, ou bien il pourrait essayer de l'introduire à la lecture. Il était possible qu'elle comprenne le langage écrit en plus du langage parlé, puisque certaines des Captures Vitales qu'il avait envoyées dans le Domaine des Sortilèges pour l'aider à construire sa base de connaissances existante venaient de professeurs de lecture.

Il choisit de commencer par la seconde option, pour qu'elle puisse d'abord apprendre à l'ancienne. Quel que soit l'intérêt de se plonger dans la vie d'autres personnes, cela ne remplaçait pas la structure d'un bon livre.

— Pourquoi n'irions-nous pas dans ma bibliothèque ? suggéra-t-il. Je veux voir si tu es capable de lire.

Gala hocha la tête avec enthousiasme et il la guida dans la pièce renfermée qui abritait ses livres. Il pouvait voir quelques livres d'Augusta coincés entre les gros volumes anciens. Il y avait même une paire de romans d'amour que son ancienne amante lisait pour ses loisirs.

— Tiens, dit-il en prenant un de ces livres et en le passant à Gala. Essaie de lire ça.

Ce qu'elle fit ensuite lui sembla très étrange. Elle regarda lentement la première page. Puis elle jeta un coup d'œil rapide sur la suivante. Elle se mit ensuite à feuilleter les pages avec une vitesse grandissante, jusqu'à ce qu'elle les tourne si vite qu'elle avait l'air de ne lire que quelques mots par page.

Quand elle eut fini, Blaise la regarda, abasourdi.

— Tu viens de lire et de comprendre ce livre en entier ?

— Oui.

Incrédule, Blaise lui prit le livre des mains et l'ouvrit au hasard. Il se pencha sur quelques paragraphes qu'il lut en diagonale.

— Comment s'appelle le héros principal ?

— Ludvig.

— Et que s'est-il passé quand il parla de Lura à sa femme ?

— Jurila cria et frappa son mari avec sa cravache. Ses yeux noirs étincelaient d'une fureur brûlante et ses traits merveilleux étaient tordus de colère. Ludvig essaya de la calmer, craignant ce qu'elle pouvait faire.

— Attends une minute, dit Blaise incrédule en l'entendant réciter le paragraphe qu'il venait de lire. Tu viens de mémoriser le livre en entier ?

Gala haussa les épaules.

— Je crois. C'était intéressant, mais j'en voudrais plus. Beaucoup plus.

En secouant la tête de stupeur, Blaise attrapa un autre livre. Cette fois-ci, il s'agissait d'un gros volume relatant l'histoire des évolutions technologiques depuis la Sorcellerie des Lumières jusqu'à l'époque moderne. Dense et complète, sa lecture était obligatoire pour les étudiants de l'Académie de Sorcellerie. En le passant à Gala il lui dit :

— Essaye celui-ci. Il sera peut-être un peu plus difficile.

Elle prit le livre et elle tourna les pages à toute vitesse. Elle eut fini en deux minutes.

Lorsqu'elle leva la tête vers lui, son visage rayonnait.

— Blaise, c'est tellement intéressant, s'exclama-t-elle. Je n'arrive pas à croire qu'il y ait eu si peu de connaissances avant l'arrivée de Lenard le Grand. Il a découvert toutes ces choses sur la nature et le fonctionnement de l'esprit, sans parler du Domaine des Sortilèges —

Blaise acquiesça. Il souriait malgré le choc.

— Oui, c'était un génie. Et ses étudiants ont continué son travail. C'était ça, le temps des Lumières. Lenard et les sorciers qui lui ont emboîté le pas ont éclairé notre monde, la nature et les mathématiques de notre réalité, la psychologie humaine et les sciences physiques.

— Oh, j'aurais adoré le rencontrer, souffla Gala avec des yeux immenses d'excitation. Il me fait penser à toi...

— À moi ? Blaise ne put s'empêcher de rire. Je suis très flatté, mais je ne pourrai jamais être à la hauteur des réalisations de Lenard.

Gala pencha la tête sur le côté en ayant l'air pensive.

— Je ne sais pas, dit-elle. Tu m'as créée, après tout.

— C'est vrai, dû admettre Blaise. Je suis sûr que Lenard aurait adoré te rencontrer aussi. C'est dommage qu'il ait disparu il y a deux siècles. Ses inventions perdurent cependant dans tous ces livres. Il montra l'ensemble de la pièce.

Elle se tourna pour regarder les étagères et s'avança vers l'une d'entre elles en faisant doucement glisser ses doigts sur les reliures poussiéreuses.

— Si tu as envie d'en lire plus, ma bibliothèque est à toi,

proposa Blaise en voyant à quel point elle semblait attirée par les livres. Elle n'est pas aussi complète que ce que tu pourrais trouver dans la Tour, mais même toi, cela devrait t'occuper un peu.

— Je vais commencer, par d'autres romans d'amour, je crois, dit-elle en tournant la tête pour lui faire un sourire éblouissant. Ce premier livre était plus difficile pour moi.

— Tu as trouvé que le roman d'amour était plus difficile ?

— Bien sûr, répondit-elle sérieusement. Le deuxième livre était beaucoup plus sensé et il était très fluide, alors que le roman d'amour était plus compliqué. Je n'ai pas compris tous les aspects des actions de ces gens.

Blaise la dévisagea.

— Je vois. Eh bien, lis ce que tu veux. Ma bibliothèque est à ta disposition.

Gala lui fit un grand sourire d'enthousiasme enfantin et elle se plongea dans un nouveau livre, en tournant ses pages avec la même vitesse surhumaine.

Blaise prit une inspiration profonde et apaisante, puis il décida de la laisser faire et il sortit en silence de la bibliothèque.

Il avait besoin de temps pour lui afin de réfléchir à ce qui venait de se passer et pour décider de ce qu'il allait faire.

* * *

En entrant dans son bureau, Blaise s'assit et se piqua un doigt pour commencer une session de Capture Vitale comme à son habitude. Il s'enregistrait toujours au travail ces derniers jours, au cas où il découvrirait quelque chose d'important qu'il aurait besoin de revivre plus tard.

Bien sûr, il ne s'attendait pas à avoir une quelconque révélation au sujet de Gala maintenant. Ce qui s'était produit aujourd'hui était si incroyable qu'il avait du mal à en prendre conscience.

Il avait créé un Être magique. Un Être magique super-intelligent avec le potentiel pour des pouvoirs inimaginables.

Un être qui était également la plus belle femme que Blaise ait jamais vue.

Après coup, le fait que Gala ait pris une apparence humaine était parfaitement logique. Blaise avait essayé de créer un esprit similaire à celui d'un humain, un esprit qui pouvait comprendre le langage oral normal et le convertir directement en code sorcier sans avoir besoin d'objets magiques ou de sorts. Il aurait dû envisager la possibilité qu'un tel esprit adopte une apparence humaine.

Mais il ne l'avait pas fait. Il s'était concentré uniquement sur l'idée qu'un objet magique créé dans le Domaine des Sortilèges puisse être utilisé par n'importe qui, quelle que soit son aptitude pour la sorcellerie. Un objet comme celui-là, particulièrement s'il était produit en grande quantité, aurait transformé le monde, changeant pour toujours les dynamiques de classes sociales et complétant le processus commencé au temps des Lumières.

Gala n'était pas l'objet qu'il avait eu l'intention de créer, mais cela ne faisait rien. Elle était autre chose, quelque chose d'encore plus merveilleux.

Son frère Louie aurait été fier de lui, pensa Blaise en attrapant son journal.

CHAPTER 4: BLAISE

Pulled to him. She had been pulled to him.

It must've been that last spell he performed that brought Gala to his study, Blaise realized. He had been trying to do a physical manifestation of the magical object, and instead he'd ended up bringing Gala here, to the Physical Realm.

She was looking at him with her large blue eyes, studying him with that odd mixture of childlike curiosity and sharp intelligence. Blaise wondered what she was thinking. Did she have the same emotions as a regular human being? Did she even understand the concept of emotions? Her reactions seemed to indicate that she did. She had smiled in response to his smile, so, at the very least, she knew facial expressions.

"I want to see it," she said suddenly, leaning forward. "Blaise, I want to experience more of this world. I want to learn about this place. Can you show it to me, please?"

"Of course," Blaise said, getting up. He had a million more questions for her, but she was probably even more eager for knowledge than he was. "Let me start by showing you my house."

He began the tour upstairs, where his study and the bedrooms were located. Gala trailed in his wake, listening attentively as he explained the purpose of each room. Everything seemed to fascinate her, from the closet filled with Augusta's dresses to the glazed windows in Blaise's bedroom.

Approaching one particularly large window, she climbed onto the windowsill and stared outside, pressing her nose against the glass. Blaise couldn't help smiling at that, charmed by the picture she presented.

"What is out there?" she asked, turning her head to look at him. "I want to go down there."

"It's my gardens," Blaise explained, coming closer to help her climb down from the windowsill. "We can go there next."

Reaching up, he took her hand and carefully guided her down. Her hand was small and warm within his grasp, and Blaise again marveled at the striking beauty of his creation . . . and at the strength of his own reaction to her. He hadn't been this attracted to a woman in a long time, not since Augusta—

No, don't think about her, he told himself, feeling the familiar ache in his chest. The fact that his former fiancée still occupied his thoughts to such extent made him furious. After the way she had betrayed him, he had done his best to erase her from memory, but it was not that easy.

He had known Augusta for over a decade, having met her in the Academy when they were both lowly acolytes. He'd always thought she was beautiful, with her dark, sultry looks, but it wasn't until they began working together on the Interpreter Stone that he found himself falling for her. Young and ambitious, they had seemed like the perfect match, even if they didn't always see eye-to-eye on certain matters. For years, their passion—both for their work and for each other—had been enough to bridge their differences, and it wasn't until Louie's trial that Blaise had found out just how deep the divide between them truly was.

"Here, come with me," he said, forcing himself to release Gala's hand. "Let's go downstairs."

They walked down the stairs and out through the long hallway. Gala kept touching everything along the way, running her fingers over each new surface she encountered.

Finally, they were outside.

"These are my gardens," Blaise said, pointing at the wide green expanse in front of them. "They are a little overgrown at this point—"

"They are beautiful," Gala said slowly, turning in a circle. The look on her face was almost rapturous. "Oh, your Physical Realm is so beautiful, Blaise . . ."

"Yes," Blaise murmured, mesmerized by her. "You're right, it is." Blinking, he forced himself to look away, to stare at something other than her gorgeous features.

She laughed joyously, drawing his gaze back to her, and he saw that she was reaching for a bright-colored butterfly sitting on a white flower. She did feel emotions, he realized, seeing her face glowing with happiness and excitement.

He tried to view the familiar surroundings as Gala must be

seeing them, and he had to admit that the gardens had a certain wild beauty to them. His mother had been excellent with plants, judiciously using spells to promote the growth of flowers and fruit trees, and Blaise could still see traces of her magic everywhere.

"Would you like to see something interesting?" he asked impulsively, wanting to see more of that radiant joy on Gala's face.

"Yes," she said immediately. "Please."

"Then watch," Blaise said, and began a simple verbal spell. Holding out his hand, he concentrated on manipulating the particles of light, directing them to gather above his upturned palm. Each word, each sentence that he spoke, was part of the intricate code that enabled him to do sorcery. When he was satisfied that the logic and instructions of the spell were correct, he used the Interpreter Spell—a complex litany that every verbal spell required at the end—to transmit everything to the Spell Realm. And then he waited.

A few seconds later, the air above his outstretched palm began to shimmer, and a bright, shiny shape began to take place. Before long, there was a rose made entirely of light hovering a couple of inches above his hand.

"It's so beautiful," Gala breathed, watching his little demonstration with a look of awe on her perfect face. Reaching out, she touched the rose, her fingers passing right through the cluster of light.

Blaise grinned, glad that he had been able to impress her with something so simple. Given her origins, she would likely be able to do the same and more.

Much, much more, he thought, trying to imagine how powerful someone born in the Spell Realm could be. It was a little too soon to start exploring Gala's abilities, but Blaise had a feeling they would be unlike anything the world had ever seen.

* * *

After Gala got her fill of the gardens, Blaise took her back inside the house.

"I want to learn more," she said when they entered the hallway. "Blaise, I want to learn everything. Can you help me?"

He considered her request. He could give her more Life Captures and let her experience the world that way, or he could try introducing her to books. There was a possibility she might understand written language, as well as the spoken one, since some of the Life Captures he'd sent to the Spell Realm—the Life Captures that helped build her existing knowledge base—were from reading teachers.

He decided to go with the second option for now, to let her learn the old-fashioned way at first. As interesting as it was to immerse oneself into other people's lives, there was still no substitute for the structure of a good book. "Why don't we head to my library?" he suggested. "I want to see if you're able to read."

Gala nodded eagerly, and he led her into the musty room that housed his books. Interspersed with the heavy old tomes, he could see some of Augusta's books, including a couple of romances his former lover had enjoyed in her spare time. "Here," he said, picking up one of them and handing it to Gala, "try reading this."

What she did next seemed very odd to him. She slowly looked over the first page. Then she quickly glanced at the next. And then she started flipping pages with increasing speed, until she was turning them so fast it looked like she was just riffling through the book.

When she was done, Blaise stared at her in astonishment. "Did you just read and understand that whole book?"

"Yes."

Unable to believe his ears, Blaise took the book from her and opened it to a random page, glancing down to quickly skim a couple of paragraphs. "What was the name of the main hero?"

"Ludvig."

"And what happened when he told his wife about Lura?"

"Jurila screamed, lashing out at her husband with her riding crop. Her dark eyes flashed with fire and fury, and her beautiful features were distorted by anger. Ludvig tried to calm her, fearing what she could do—"

"Wait a minute," Blaise said incredulously, listening to her recite the paragraph he'd just read. "Did you just memorize the whole book?"

Gala shrugged. "I think so. It was interesting, but I would like more. Much more."

Shaking his head in amazement, Blaise reached for another book, this one a thick tome covering the history of scientific advancements from the time of the Sorcery Enlightenment to the modern era. Dense and comprehensive, it was required reading for students at the Academy of Sorcery. Handing it to Gala, he said, "Try this one. It might be a bit more challenging."

She took the book and started flipping through it. Within two minutes, she was done.

When she looked up at him, her face was glowing. "Blaise, this is so interesting," she exclaimed. "I can't believe so little was known before Lenard the Great came along. He discovered all these things about nature and how the mind works, not to mention the Spell Realm—"

Blaise nodded, smiling despite his shock. "Yes, he was a genius. And his students continued his work. That's what the Enlightenment was about. Lenard and the sorcerers who followed in his footsteps shed light on our world, on the nature and mathematics of reality, on human psychology and physics—"

"Oh, I would've loved to meet him," Gala breathed, her eyes huge with excitement. "He reminds me of you . . ."

"Of me?" Blaise couldn't help laughing at that. "I'm very flattered, but I could never live up to Lenard's achievements."

Gala tilted her head to the side, looking thoughtful. "I don't know about that," she said. "You did create me, after all."

"That's true." Blaise had to concede that point. "I'm sure Lenard would've loved to meet you as well. It's too bad he disappeared over two centuries ago. His achievements live on, however, in all these books." He gestured around the room.

She turned to look at the bookshelves and walked up to one of them, gently running her fingers over the dusty book spines.

"If you'd like to read more, my entire library is yours," Blaise offered, seeing how she appeared to be drawn to the books. "It's not as comprehensive as what you'd find in the Tower, but it should occupy even you for a bit."

"I'll start with more romances, I think," she said, turning her head to flash him a dazzling smile. "That first book was more difficult for me."

"You found the romance more difficult?"

"Of course," she said seriously. "The second book made so much sense, and it flowed so easily, but the romance was more challenging. I didn't fully understand all aspects of those people's actions."

Blaise stared at her. "I see. Well, read whatever you want. My library is at your disposal."

Gala grinned at him, as eager as a child, and dove into another book, flipping through it with the same inhuman speed.

Taking a deep, calming breath, Blaise decided to leave her to it and quietly exited the library.

He needed some time to himself to figure out what happened and to think about what to do next.

* * *

Entering his study, Blaise sat down at his desk and pricked his finger, starting a Life Capture session out of habit. He always recorded himself at work these days, just in case he had some kind of a revelation and needed to relive it later.

Of course, he wasn't expecting to have any kind of revelation about Gala right now. What happened today was so incredible, he could barely begin to process it.

He had created a magical being. A super-intelligent magical being with potential for unimaginable powers.

A being who was also the most beautiful woman Blaise had ever seen.

In hindsight, the fact that Gala took on a human shape made perfect sense. Blaise had been striving to create a mind that was similar to a human's—a mind that could understand regular spoken language and convert it into the sorcery code directly, without having to use any kind of magical objects or spells. He should've considered the possibility that a mind like that would take on a human appearance.

But he hadn't, focusing instead only on the idea that an intelligent object created in the Spell Realm could be used by anyone, regardless of their aptitude for sorcery. An object like that—particularly if made in large quantities—would've been a game changer, forever altering the class dynamics in their society and completing the process started by the Enlightenment.

Gala was not the object he'd meant to create, but it didn't matter. She was something else—something even more wonderful.

His brother Louie would've been proud, Blaise thought, reaching for his journal.

CHAPITRE 5 : AUGUSTA

Le soleil commençait à se coucher quand Barson donna l'ordre de s'arrêter pour la nuit. Augusta fut ravie de descendre de cheval. Elle s'étira. Son corps était douloureux à cause de l'effort inhabituel. Il lui faudrait pratiquer un sort de guérison plus tard, sinon elle aurait mal demain.

— Est-ce l'heure du repas de tes hommes ? demanda-t-elle en suivant Barson jusqu'à une tente que les soldats étaient déjà en train d'installer pour lui.

— D'abord l'entraînement, puis le repas, dit-il en soulevant courtoisement le rabat de la tente pour elle. Tu peux te reposer si tu veux. Je devrais être de retour dans une heure environ.

— Me reposer dans une tente pendant que tes hommes jouent à l'épée ! Augusta leva les sourcils. C'est une blague, non ? Je ne raterai ça pour rien au monde.

Il lui fit un grand sourire.

— Alors, viens regarder.

Ils marchèrent ensemble jusqu'à une petite clairière où la plupart des autres gardes étaient assemblés. Quand ils s'approchèrent, les hommes de Barson s'écartèrent respectueusement pour leur faire de la place.

— Pourquoi ne monterais-tu pas dans ta chaise ? suggéra Barson en se tournant vers elle. Tu y verras bien mieux et tu y seras en sécurité.

Augusta sourit, charmée par l'attention qu'il portait à son bien-être.

— Oui, je vais la faire venir. Bien qu'Augusta soit venue jusqu'ici à cheval, elle avait fait suivre sa chaise à distance, en cas de besoin.

Augusta sortit sa Pierre d'Interprétation, une roche noire

luisante faite de charbon poli avec une fente au milieu, et la chargea du sortilège déjà écrit pour invoquer la chaise. Elle attendit. Deux minutes plus tard, la chaise arriva et atterrit doucement dans l'herbe. D'une couleur rouge sombre, elle avait la forme d'une sorte de fauteuil. Cependant, elle était faite d'un matériau cristallin spécial qui ressemblait à du verre, mais qui était chaud et doux au toucher, comme un siège rembourré pelucheux. Augusta avait inventé cet objet magique particulier assez récemment, et il avait tout de suite eu du succès auprès de la communauté des sorciers. Il était incongru ici, au milieu des arbres, et Augusta faillit rire des expressions sur les visages des soldats qui regardaient l'objet.

Augusta grimpa sur la chaise et lança un sort verbal rapide pour la faire planer dans les airs, légèrement sur la droite de la clairière. Puis, passant confortablement ses jambes sous elle, elle s'appuya sur un des côtés et se prépara à regarder le spectacle qui allait se dérouler sous elle.

* * *

L'entraînement au tir à l'arc vint en premier.

Augusta vit avec fascination un homme lâcher une flèche étrange. Elle était grande et recouverte de plumes supplémentaires et elle semblait voler un peu plus lentement que d'habitude, la rendant plus facile à voir en cours de vol.

Avant qu'elle ait pu s'interroger sur son utilisation, elle vit la flèche à plumes se faire frapper par une autre flèche — une flèche ordinaire cette fois. Apparemment, la grande flèche avait été la cible : une cible qu'un soldat avait réussi à atteindre avec une précision incroyable.

En regardant plus bas, elle vit que les hommes étaient divisés en paires ; l'un des gardes envoyait les grandes flèches et son partenaire les visait. Chaque fois que la cible était atteinte, les autres soldats applaudissaient. Si Augusta ne l'avait pas vu de ses propres yeux, elle n'aurait jamais cru qu'il était possible de faire une chose pareille, même une seule fois. Pourtant, chacun des hommes de Barson parvint à le faire. Les mathématiques impliquées dans ces actes étaient stupéfiantes. Augusta s'émerveilla de la capacité de l'esprit humain à faire quelque chose de si compliqué sans aucun calcul conscient.

Finalement, ce fut au tour de Barson. Il lui fit un clin d'œil en levant la tête, puis fit signe à ses soldats. A la grande surprise d'Augusta, pas un, mais deux hommes envoyèrent en l'air les flèches spéciales, et la flèche de son amant les transperça toutes deux en un seul tir. Les soldats l'acclamèrent, mais pas plus que pour les autres. Apparemment, ce n'était pas la première fois que leur Capitaine faisait quelque chose d'aussi improbable.

Après le tir à l'arc, les gardes s'entraînèrent à l'épée. Augusta retint son souffle en regardant l'acier frapper l'acier. Elle sursautait chaque fois que quelqu'un évitait une blessure de justesse. Même si ce n'était qu'un entraînement, les épées utilisées par ces hommes étaient des vraies, donc potentiellement mortelles.

Tous les soldats semblèrent hautement qualifiés toutefois, et personne ne fut blessé, ce qui permit à Augusta de se détendre quelque peu. En observant les combattants, elle ne put s'empêcher de prendre plaisir à la vue de ces corps puissants et en bonne santé qui se tordaient et tournaient en une sorte de danse macabre. La guerre avait une certaine beauté, pensa-t-elle en regardant leurs attaques et leurs parades incroyablement élégantes.

Barson faisait le tour de la clairière en donnant des indications et des instructions à ses soldats. Elle se demanda s'il allait se battre lui aussi, et si oui, s'il serait aussi doué à l'épée qu'il l'était au tir-à-l'arc.

Comme pour répondre à sa question silencieuse, Barson se dirigea vers le milieu de la clairière et interrompit le combat des hommes qui se trouvaient là.

— Vous quatre, dit-il en les pointant du doigt, j'ai besoin de m'échauffer.

S'échauffer ? Augusta ricana en constatant que son amant essayait probablement de l'impressionner.

Les quatre grands hommes s'approchèrent prudemment de Barson. Avaient-ils peur de l'attaquer à quatre contre un ? Augusta savait que le Capitaine de La Garde des Sorciers était doué dans son domaine, mais elle ne l'avait jamais vu en pleine action.

Les quatre soldats prirent position, entourant leur chef. Ce qui se produisit ensuite fut si stupéfiant qu'Augusta ne put retenir une exclamation.

Barson commença à se déplacer lentement en décrivant un motif étrange, parvenant d'une manière ou d'une autre à ne jamais perdre de vue les quatre hommes. Puis il attaqua à la vitesse de l'éclair, ayant apparemment trouvé une ouverture. Augusta vit une gouttelette rouge apparaître sur une éraflure au poignet d'un des soldats.

Premier sang, pensa-t-elle, ensorcelée par ce qui se déroulait au-dessous.

Le sang eut l'air de faire office d'une sorte de signal et les quatre gardes attaquèrent en même temps. Pour l'œil non entraîné d'Augusta, il n'y eut qu'une confusion de mouvements. La lame de Barson semblait être partout à la fois, parant chaque mouvement de ses adversaires avec un talent et une rapidité qui avaient l'air surhumains. Il y avait quelque chose d'hypnotique dans la façon dont Barson bougeait. Chaque geste, chaque coup étaient parfaitement calibrés. Il évitait les attaques en utilisant le même mouvement pour plonger à son tour. Sa compétence mortelle était à couper le souffle.

— Encore, cria-t-il au bout de quelques minutes. Il m'en faut encore.

Quatre combattants de plus se joignirent à eux. Augusta dirigea sa chaise pour se rapprocher, car tout ce qu'elle voyait maintenant c'était une rangée de corps entourant la silhouette puissante de Barson.

Soudain, il y eut un cri.

Le cœur d'Augusta s'arrêta un instant, mais elle vit alors que l'un des soldats — et non Barson — était à terre, se tenant la cuisse. Les autres arrêtèrent le combat et formèrent un cercle autour de l'homme blessé.

Augusta fit atterrir sa chaise et en bondit pour courir vers eux. Barson était agenouillé à côté de l'homme, il avait l'air consterné. Les soldats s'écartèrent pour la laisser passer et elle retint son souffle en voyant le sang jaillir de sa jambe blessée. À son grand étonnement, Augusta vit que l'homme était très jeune, c'était à peine plus qu'un adolescent.

Barson arracha une bande de tissu de sa chemise et l'attacha autour de la cuisse du soldat.

— Cela devrait aider contre le saignement. Je suis désolé, Kiam, dit-il sombrement.

— Ces choses-là arrivent à l'entraînement, dit Kiam en essayant visiblement de ne pas montrer sa douleur.

— Non, c'est de ma faute, dit Barson. Je n'aurais pas dû m'attaquer à autant d'entre vous. Comme un bleu, je ne pouvais plus contrôler l'endroit où je pointais l'épée.

Il parut alors remarquer la présence d'Augusta et elle sut ce que Barson allait lui demander avant qu'il le fasse.

— Est-ce que tu peux l'aider ? demanda-t-il en levant les yeux vers elle.

Augusta acquiesça et retourna à la chaise où elle avait laissé son sac. Normalement, l'utilisation de la sorcellerie sur des non-sorciers était mal vue. Toutefois, il s'agissait de circonstances spéciales. Maintenant qu'elle n'était plus aussi paniquée, Augusta reconnut le garçon. Kiam était le fils de Moriner, un membre du Conseil venant du nord. Elle se souvenait que le Conseiller avait dit que son plus jeune fils n'était pas doué pour la magie, seulement pour le combat. Mais même si Kiam n'avait pas été quelqu'un d'important, elle l'aurait aidé pour rendre service à Barson.

En attrapant sa Pierre d'Interprétation, Augusta choisit soigneusement les cartes dont elle avait besoin. Le garçon avait de la chance que Blaise et elle avaient imaginé cette invention. Si elle avait dû s'en remettre aux anciens sorts oraux, Kiam aurait probablement saigné à mort pendant qu'elle planifiait puis scandait quelque chose d'aussi complexe. Même Moriner, qui était considéré comme le plus grand expert des sorts verbaux, n'aurait pas eu le temps d'aider son fils à temps.

La sorcellerie écrite était beaucoup plus rapide, en particulier parce que certains des éléments étaient déjà tout prêts dans le sac d'Augusta. Tout ce qu'il lui restait à faire c'était d'adapter ces éléments au poids, à la taille et aux particularités de la blessure de Kiam. Quand elle fut prête, elle retourna vers Kiam et posa la Pierre d'Interprétation près de lui. Elle y avait mis les cartes en chemin.

Le flot de sang ralentit jusqu'à n'être plus qu'un filet, puis s'arrêta. En moins d'une minute, il ne resta plus aucune trace de la blessure et le visage de Kiam avait perdu de sa pâleur. Il avait l'air en bonne santé à nouveau. Le jeune homme se leva comme si de rien n'était, et Augusta put voir les regards de respect et d'admiration sur les visages des soldats. Elle sourit, rayonnante de fierté.

Sans dire un mot, Barson serra son épaule d'un geste affectueux et bourru. Elle lui fit un grand sourire en attendant avec impatience la nuit à venir.

L'entraînement était terminé pour la journée.

CHAPTER 5: AUGUSTA

The sun was beginning to set, and Barson issued the order to stop for the night. Augusta gladly dismounted and stretched, her body aching from unaccustomed exercise. She would have to do a healing spell on herself later; otherwise, she might be sore tomorrow.

"Dinnertime for your men?" she asked, following Barson toward a tent that the soldiers were already setting up for him.

"First practice, then dinner," he said, courteously lifting the tent flap for her. "You can rest if you'd like. I should be with you in an hour or so."

"Rest in a tent while your boys play with swords?" Augusta lifted her eyebrows at him. "You're joking, right? I wouldn't miss this for the world."

He grinned at her. "Then come and watch."

They walked together to a small clearing where most of the other guards were gathered. As they approached, Barson's men respectfully stepped aside, clearing the way for them.

"Why don't you get on your chaise?" Barson suggested, turning toward her. "It will provide you with a good view and keep you safely out of the way."

Augusta smiled, charmed by his concern for her. "Sure, let me get it." Although she'd ridden here on the horse, she'd had the chaise follow them at some distance, just in case it was needed.

Pulling out her Interpreter Stone—a shimmering black rock that resembled a large piece of polished coal with a slot in the middle—Augusta loaded it with a pre-written spell for summoning her chaise and waited. Two minutes later, the chaise arrived, landing softly on the grass. Deep red in color, it was shaped like the piece of furniture it had been named after. However, it was made of a special crystalline material that looked like glass but was warm and soft to the touch, like a plush, padded armchair. Augusta had invented this particular magical object fairly recently, and it had caught on among the sorcerer community immediately. It looked quite incongruous here, among all the trees, and Augusta almost laughed at the looks on the men's faces as they stared at it.

Climbing onto the chaise, Augusta did a quick verbal spell to get it hovering in the air a little to the right above the clearing. Then, comfortably tucking her feet underneath herself, she leaned on one of the sides and prepared to watch the spectacle that was about to unfold.

* * *

Archery practice was first.

Augusta watched in fascination as one man let loose a strange-looking arrow. Large and covered with extra feathers, it appeared to be flying a little slower than usual, making it easier to see mid-flight.

Before she could wonder about its purpose, she saw the feathery arrow get hit by another arrow—an ordinary one this time. Apparently, the large arrow was the target—a target that some soldier had managed to hit with unbelievable accuracy.

Looking down on the ground, she saw that the men were divided into pairs, with one guard sending up those arrows and his partner shooting them down. Every time the target was reached, there would be cheers from the other soldiers. If Augusta hadn't seen this herself, she wouldn't have believed it was possible to perform this feat even once—yet every single one of Barson's men managed to do this. The mathematics involved were staggering, and Augusta marveled at the ability of the human mind to do something so complicated without any conscious calculations.

Finally, it was Barson's turn. Looking up, he gave her a wink, then motioned to his soldiers. To Augusta's shock, not one, but two men sent up the special feathery arrows—and her lover's arrow pierced them both in one shot. The other soldiers cheered, but not any louder than for any of the others. Apparently, it wasn't the first time their Captain had done something so impossible.

After archery, the guards sparred with swords. Augusta watched with bated breath as steel clashed against steel, making her flinch every time someone narrowly avoided an injury. Even though this was only practice, the swords used by the men were quite real—and potentially quite deadly.

All of the soldiers appeared to be highly skilled, however, and nobody was getting hurt, causing Augusta to relax a little. Observing the fighters, she couldn't help but take pleasure in the sight of their strong, fit bodies twisting and turning as they engaged in a kind of macabre dance. There was beauty to war, she thought, watching as they thrust and parried with incredible grace.

Barson was walking around the clearing, giving pointers and instructions to his soldiers. She wondered if he would fight as well—and if so, whether he would be as skilled with the sword as he was with the arrow.

As though in answer to her unspoken question, Barson walked to the middle of the clearing, stopping the fight between the men who were there. "You four," he said, pointing at them, "I need some warm-up."

Warm-up? Augusta grinned, realizing that her lover was probably trying to impress her.

The four big men approached Barson gingerly. Were they actually scared to go four against one? Augusta knew the Captain of the Sorcerer Guard was good at what he did, but she had never actually seen him in action.

The four soldiers took their positions, surrounding their leader. What happened next was so amazing, Augusta couldn't help but gasp.

Barson started moving slowly, in a strange pattern, somehow keeping all four men in his sight at all times. Then he lashed out with lightning speed, apparently spotting an opening, and Augusta saw a droplet of red welling up from a scratch on one of the soldiers' wrists.

First blood, she thought, mesmerized by what was happening.

The blood seemed to serve as some kind of a signal, and all four guards attacked at once. To Augusta's untrained eye, there was only a flurry of movement. Barson's blade seemed to be everywhere, blocking every move his opponents made with a skill and speed that seemed superhuman. There was something hypnotic in the way Barson moved. Every gesture, every move, was perfectly calibrated. He dodged thrusts, while using the same turn to deliver an attack. His deadly proficiency was breathtaking.

"More," he shouted after a few minutes. "I need more."

Four more fighters joined in. Augusta directed her chaise to fly closer, because all she could see now was a row of bodies surrounding Barson's powerful figure.

Suddenly, there was a scream.

Augusta's heart skipped a beat, but then she saw that one of the other soldiers—not Barson—was on the ground, clutching his thigh. The others stopped fighting, forming a circle around the wounded man.

Landing her chaise, Augusta quickly jumped off and ran toward them. Barson was kneeling beside the man, a look of dismay on his face. The soldiers stepped aside, letting her through, and her breath caught in her throat at the sight of the gushing wound in the man's leg. To her astonishment, Augusta saw that the man was very young—barely more than a boy.

Barson ripped a strip of cloth from his shirt and tied it around the soldier's thigh. "This should help the bleeding. I am sorry, Kiam," he said somberly.

"These things happen in practice," said Kiam, clearly trying to keep the pain out of his voice.

"No, it's my fault," Barson said. "I shouldn't have taken on so many of you. Like a rookie, I couldn't control where I aimed my thrust."

At that point, he seemed to notice Augusta's presence, and she knew what Barson was going to ask before he even said it.

"Can you help him?" he said, looking up at her.

Augusta nodded and walked back to the chaise, where she'd left her bag. Strictly speaking, using sorcery on non-sorcerers was frowned upon. However, these were special circumstances. Now that she wasn't so panicked, Augusta recognized the boy. Kiam was the son of Moriner, a Council member from the north. She remembered the Councilor saying that his youngest son didn't seem to have any aptitude for magic, only for fighting. But even if Kiam had been a nobody, she would've still helped him as a favor to Barson.

Grabbing her Interpreter Stone, Augusta carefully chose the cards she needed. The boy was lucky that she and Blaise had come up with this invention. If she'd had to rely on the old oral spells, Kiam would've likely bled to death while she planned and chanted something of this complexity. Even Moriner, who was considered the foremost expert on verbal spell casting, would've been unable to help his son in time.

Written sorcery was much quicker, especially since Augusta

already had some of the components of the spell in her bag. All she had to do now was tailor those components to Kiam's body weight, height, and the specifics of his injury. When she was ready, she walked back and set the Stone next to Kiam, loading the paper cards into it on the way.

The flow of blood from Kiam's thigh slowed to a trickle, then stopped. Within a minute, no trace of the injury remained, and Kiam's face lost its pallor, looking healthy again. The young man got up, as though nothing had happened, and Augusta could see the looks of awe and admiration on the soldiers' faces. She smiled, glowing with pride at her accomplishment.

Without saying a word, Barson squeezed her shoulder with rough affection, and she grinned at him, looking forward to the night to come.

Practice was over for the day.

CHAPITRE 6: BARSON

Barson regarda Augusta s'éloigner en se déhanchant avec la grâce séduisante qui la caractérisait autant que ses yeux marron doré. C'était une femme magnifique et il était ravi qu'elle l'ait choisi pour amant. Il savait qu'elle se languissait toujours pour ce sorcier exilé, mais pas quand elle était au lit avec Barson. Il s'assurait que cela n'arrive pas.

— Ce n'était pas particulièrement malin, je dois dire. Une voix traînante interrompit son train de pensée.

En tournant la tête, Barson vit son bras droit qui serait bientôt son beau-frère.

— Ta gueule, Larn, dit-il calmement. Kiam ira bien et la prochaine fois il saura qu'il ne faut pas sauter sous mon épée.

Larn secoua la tête.

— Je ne sais pas, Barson. Ce gosse est une tête brûlée, je t'ai déjà prévenu à son sujet.

— Ouais, ouais, faut voir qui parle. Tu crois que je ne me souviens pas de tous les problèmes dans lesquels tu t'étais fourré à son âge ?

Larn ricana.

— Oh, ça va, venant de toi. Combien de fois Dara a-t-elle dû plaider ta cause ? Sans ta sœur, tu serais toujours puni à ce jour.

Barson fit un grand sourire à son ami en se rappelant tous les incidents dans lesquels ils avaient été impliqués dans leur jeunesse.

— En fait, il me fait assez penser à toi, dit Larn en regardant dans la direction de Kiam qui avait ramassé son épée et qui se préparait à s'entraîner pendant son temps libre. Puis, en baissant la voix, il dit d'un ton plus sérieux :

— *Elle* peut nous entendre ?

— Je ne crois pas, dit Barson bien qu'il n'en soit pas vraiment sûr. On ne savait jamais avec les sorciers, ils étaient sournois et avaient des sorts qui pouvaient améliorer leurs capacités à écouter. Augusta n'avait cependant aucune raison de faire un tel sort maintenant, alors qu'elle se préparait à se coucher dans sa tente. Dans tous les cas, c'est beaucoup plus sûr de parler ici que près de la Tour.

— Tu as probablement raison, acquiesça Larn, toujours à voix basse. Pourquoi est-elle venue, d'ailleurs ?

Barson haussa les épaules.

— Ah, le légendaire Barson a encore frappé. Larn remua les sourcils de façon suggestive.

La main de Larson sauta à la gorge de Larn à la vitesse d'un cobra en attaque et elle se mit à serrer.

— Tu seras respectueux envers elle, ordonna-t-il, soudain furieux.

— Bien sûr, je suis désolé... Larn semblait s'étouffer. Je n'avais pas compris que...

— Eh bien, maintenant tu sais, grommela Barson en relâchant son ami. Et tu ferais mieux d'espérer qu'elle n'a rien entendu de tout ça.

Larn pâlit.

— Tu as dit qu'elle ne pouvait pas —

— Et elle ne peut probablement pas, admit Barson. Le fait que tu sois encore en vie le prouve. Comme tous les membres du Conseil, Augusta pouvait être assez dangereuse si on la provoquait.

Larn fit un pas en arrière en se frottant la gorge.

— Sans parler de ta sorcière, dit-il à voix basse, nous devons parler de certaines affaires.

Barson hocha la tête en se sentant un peu coupable pour son manque de contrôle.

— Raconte-moi, dit-il sèchement. Larn était son meilleur ami et son soldat le plus fiable. Il ferait bientôt également partie de la famille. Barson n'aurait pas dû réagir aussi vivement aux taquineries de son camarade. Ce que les autres pensaient de sa relation avec Augusta n'avait pas d'importance. Il devait se sentir particulièrement violent après le combat d'entraînement, décida-t-il, ne voulant pas analyser ses actions trop en profondeur.

— J'ai fait une liste des candidats les plus probables. Larn sortit un rouleau de parchemin et le tendit à Barson. Avant, j'aurais parié qu'aucun de ces hommes ne pourrait faire ça, mais à présent je ne suis plus aussi sûr de moi.

Barson déroula le parchemin et étudia les onze noms inscrits là. Sa colère augmenta de nouveau. Il leva la tête et fixa Larn d'un regard glacial.

— Ils correspondent tous au schéma comportemental ?

— Oui, tous. Bien sûr, il peut toujours y avoir une autre raison pour expliquer leurs actions — une maîtresse ou quelque chose du genre.

— Oui, convint Barson. Pour dix d'entre eux, c'est probablement quelque chose du genre. Ses mains formèrent des poings et il se força à se détendre. Chacun des onze hommes de cette liste était comme un frère pour lui et l'idée que l'un d'entre eux ait pu le trahir était comme un poison dans les veines de Barson.

Il inspira profondément et relut la liste, passant mentalement en revue chaque nom. Un nom en particulier lui sautait aux yeux.

— Siur est sur cette liste, dit-il lentement.

— Oui, dit Larn. Je l'ai remarqué moi aussi. Il n'est pas venu avec nous cette fois. T'a-t-il dit pourquoi ?

— Non. Il a dit qu'il devait rester à Turingrad. C'est Siur, pas un bleu, alors je n'ai pas insisté pour avoir des explications.

Larn hocha pensivement la tête.

— D'accord. Je vais continuer à travailler sur cette liste et à conserver un œil sur ceux qui y figurent déjà.

— Bien, dit Barson en se détournant pour cacher la fureur sur son visage.

Peu importe ce que cela lui coûterait, il irait au fond de cette affaire et à ce moment-là, l'homme qui l'avait trahi allait payer.

CHAPTER 6: BARSON

Barson watched Augusta as she walked away, her hips swaying with the seductive grace that was as much a part of her as her golden brown eyes. She was a beautiful woman, and he was glad she'd chosen him to be her lover. She still pined for that exiled sorcerer, he knew, but not when she was in Barson's bed. He'd made certain of that.

"That was not particularly smooth, I have to say," a voice drawled next to him, interrupting his musings.

Turning his head, Barson saw his right-hand man and soon-to-be brother-in-law. "Shut up, Larn," he said without much heat. "Kiam will be fine, and he'll know better than to jump under my sword the next time."

Larn shook his head. "I don't know, Barson. That kid is a hothead; I've warned you about him before—"

"Yeah, yeah, look who's talking. You think I don't remember all the trouble you got into when you were his age?"

Larn snorted. "Oh please, you're a fine one to talk. How many times did Dara have to plead your case? If it weren't for your sister, you'd still be grounded to this day."

Barson grinned at his friend, remembering all the mishaps they'd gotten into as children.

"He reminds me of you quite a bit actually," Larn said, glancing in the direction of Kiam, who had picked up his sword again, apparently getting ready to practice on his own time. Then, lowering his voice, he said in a more serious tone, "Can *she* hear us?"

"I don't think so," Barson said, though he wasn't entirely sure. One could never be certain with sorcerers; they were sneaky and had spells that could enhance their eavesdropping abilities.

However, Augusta would have no reason to do such a spell right now—not when she was getting ready for bed in his tent. "In any case, it's far safer to talk here than anywhere in the vicinity of the Tower."

"That's probably true," Larn agreed, still keeping his voice low. "Why did she come along, anyway?"

Barson shrugged.

"Oh, the legendary Barson strikes again." Larn wiggled his eyebrows lasciviously.

Barson's hand shot out with the speed of a striking cobra, grabbing Larn's throat. "You will show her respect," he ordered, filled with sudden anger.

"Of course, I'm sorry . . ." Larn sounded choked. "I didn't realize—"

"Well, now you do," Barson muttered, releasing his friend. "And you better hope she didn't hear any of this."

Larn paled. "You said she couldn't—"

"And she probably can't," Barson agreed. "The fact that you're still alive is evidence of that." Like all members of the Council, Augusta could be quite dangerous if provoked.

Larn stepped back, rubbing his throat. "Your sorceress aside," he said in a low, raspy voice, "we have some business to discuss."

Barson nodded, feeling a small measure of guilt at his lack of control. "Tell me," he said curtly. Larn was his best friend and his most trusted soldier; soon, he would be family as well. Barson shouldn't have reacted so strongly to his good-natured ribbing. What did it matter what anyone thought of his relationship with Augusta? He must be feeling particularly violent after the practice fight, he decided, not wanting to analyze his actions too much.

"I made a list of the most likely candidates." Larn pulled out a small scroll and handed it to Barson. "Before, I could've sworn that none of these men could do this, but now I'm not so sure."

Barson unrolled the scroll and studied the eleven names written on there, his anger growing again. Lifting his head, he pinned Larn with an icy stare. "They all fit the behavior pattern?"

"Yes. All of them. Of course, there could always be some other reason for their actions—a mistress or some such thing."

"Yes," Barson agreed. "For ten of them, it's probably something like that." His hands clenched into fists, and he forced himself to relax. Every one of the eleven men on that list was like a brother to him, and the thought that one of them could've betrayed him was like poison in Barson's veins.

Taking a deep breath, he glanced at the list again, mentally running through each of the names. One name in particular jumped out at him. "Siur is on there," he said slowly.

"Yes," Larn said. "I noticed that, too. He didn't come with us this time. Did he tell you why?"

"No. He said he needed to stay in Turingrad. It's Siur, not some rookie, so I didn't press him for explanations."

Larn nodded thoughtfully. "All right. I'll continue working on this list and keeping an eye on the ones already there."

"Good," Barson said, turning away to hide the fury on his face.

No matter what it took, he would get to the bottom of this matter—and when he did, the man who betrayed him would pay.

CHAPITRE 7 : BLAISE

Blaise finit l'enregistrement de la Capture Vitale et retourna à la bibliothèque pour voir Gala. Il fut surpris de la voir couchée à terre, inconsciente, au milieu d'une grosse pile de livres.

Inquiet, il courut vers elle et s'agenouilla pour l'examiner de plus près. Il fut soulagé de voir qu'elle avait l'air paisible : sa respiration était lente et régulière. Elle était simplement en train de dormir.

Sans trop y penser, Blaise la prit dans ses bras et la porta jusqu'à une des chambres d'amis. Elle était légère dans ses bras, son corps était doux et féminin. Il s'aperçut qu'il aimait la porter. En atteignant la chambre, il la posa doucement sur le lit et posa une couverture sur elle. Elle ouvrit alors les yeux.

Elle eut l'air perdue pendant un moment, puis son regard s'éclaircit.

— Je crois que je me suis endormie, dit-elle avec étonnement.

Blaise sourit.

— J'aurais cru que tu ne savais pas ce qu'était le sommeil.

— Je ne le savais pas avant, mais j'ai appris beaucoup de choses dans tes livres.

Il l'observa avec fascination en se demandant si elle avait lu les centaines de livres qui étaient éparpillés sur le sol de la bibliothèque.

— Combien de livres as-tu pu lire ? demanda-t-il.

Elle s'assit dans le lit et balaya de la main quelques mèches de cheveux blonds qui cachaient son visage.

— Trois cent quarante-neuf.

Blaise écarquilla les yeux.

— C'est très précis. Tu es sûre que ce n'était pas plutôt trois cent quarante-huit ?

— Oui, j'en suis sûre, dit-elle avec sérieux avant de sourire. En fait, ça faisait 138 902 pages et 32 453 383 mots.

— Ce sont les données exactes ? Il avait du mal à le croire.

Gala hocha la tête, toujours en souriant. Blaise eut l'intuition qu'elle savait à quel point elle l'avait impressionné. Elle semblait aussi beaucoup s'amuser de sa réaction.

— D'accord, dit Blaise lentement. Comment le sais-tu ?

Elle haussa les épaules.

— Je le sais, c'est tout. Dès que j'ai voulu te le dire, les nombres sont venus à moi. J'imagine que j'ai compté pendant que je lisais, mais je ne me souviens pas de l'avoir fait.

— Je vois, dit Blaise en la regardant de près. Un pressentiment lui fit demander : combien font 2 682 multipliés par 5 ?

— 13 410, dit Gala sans hésiter.

Blaise se concentra pendant quelques secondes pour faire les calculs dans sa tête. Elle avait raison. Il était l'une des seules personnes qu'il connaissait à savoir résoudre rapidement ce genre de multiplications, mais Gala avait su la réponse presque instantanément.

— Comment est-ce que tu as fait ça aussi vite ? demanda-t-il, curieux de savoir comment fonctionnait son esprit.

— J'ai pris 2 682, je l'ai divisé par deux pour obtenir 1 341, puis multiplié par 10.

Blaise y réfléchit une seconde et constata que sa méthode était effectivement la plus rapide pour résoudre le problème. Il était surpris de ne pas y avoir pensé lui-même. Il utiliserait ce raccourci la prochaine fois qu'il lui faudra faire des calculs rapides pour un sort.

Étant donné le but de sa création, les capacités mathématiques et analytiques de Gala n'auraient pas dû le surprendre. Pourtant, il était quand même stupéfait. Il ne pouvait pas attendre plus longtemps pour savoir de quoi elle était capable.

— Gala, peux-tu essayer de faire de la magie pour moi ? demanda-t-il en observant son beau visage.

Elle sembla surprise par sa demande.

— Comme ce que tu as fait un peu plus tôt, dans le jardin, tu veux dire ?

— Oui, comme ça, confirma Blaise.

— Mais, je ne sais pas comment tu as fait. Elle eut l'air un peu confuse. Je ne connais pas tous ces sorts que tu as utilisés.

— Tu n'as pas besoin de les connaître, expliqua Blaise. Tu devrais pouvoir faire de la magie directement, sans avoir à apprendre nos méthodes. La magie devrait être aussi facile et naturelle pour toi que la respiration l'est pour moi.

Elle sembla considérer la chose un instant.

— Moi aussi je respire, dit-elle comme si elle parvenait à cette conclusion après s'être examinée.

— Bien sûr. Blaise, amusé, lui sourit. Je ne voulais pas sous-entendre que tu ne respires pas.

Ses lèvres douces se courbèrent en un sourire de réponse.

— D'accord, murmura-t-elle, je vais essayer de faire de la magie. Elle ferma les yeux et Blaise put voir la concentration intense sur son visage.

Il retint sa respiration en attendant, mais rien ne se produisit. Au bout d'une minute, elle ouvrit les yeux et regarda Blaise avec espoir.

Il secoua la tête à regret.

— Je crois que ça n'a pas marché. Qu'as-tu essayé de faire ?

— Je voulais faire ma propre version de cette belle fleur que tu as créée dans le jardin.

— Je vois. Et comment t'y es-tu prise ?

Elle haussa gracieusement les épaules.

— Je ne sais pas. Je me suis repassé le souvenir de ce que tu avais fait et j'ai essayé de m'imaginer à ta place, mais je ne crois pas que cela fonctionne comme ça.

— Non, tu as raison. Ce n'est probablement pas comme ça que ça marchera pour toi. Frustré, Blaise passa la main dans ses cheveux. Le problème, c'est que je ne sais pas exactement comment ça devrait marcher pour toi. J'espérais que tu étais tout simplement capable de le faire, comme pour le problème de mathématiques tout à l'heure.

Gala ferma de nouveau les yeux et le même air de concentration apparut sur son visage.

Rien ne se produisit.

— J'ai échoué, dit-elle en ouvrant les yeux. Elle n'avait pas l'air très ennuyée.

— Qu'as-tu essayé de faire ?

— Je voulais augmenter la température de la pièce de quelques degrés, mais j'ai senti que ça ne marchait pas.

Blaise fronça les sourcils. Outre sa sensibilité inhabituelle à la température, Gala semblait avoir une bonne intuition pour la sorcellerie. Changer la température d'un objet était un sort basique, quelque chose que Blaise pouvait faire simplement en disant quelques phrases dans le vieux langage magique.

Pendant qu'il méditait cela, Gala sauta du lit et s'approcha d'une des fenêtres.

— Je veux aller là-bas, dit-elle en tournant la tête pour le regarder. Je veux davantage explorer ce monde.

Blaise essaya de cacher sa déception.

— Tu ne veux plus essayer de faire de la magie ?

— Non, dit Gala obstinément. Je veux sortir et explorer.

Blaise inspira profondément.

— Peut-être un dernier essai ?

Son visage s'assombrit et un plissement apparut sur son front lisse.

— Blaise, dit-elle doucement, tu me fais me sentir mal, maintenant.

— Quoi ? Blaise ne put déguiser son ton scandalisé. Pourquoi ?

— Parce que je me sens utilisée, comme cet objet que tu avais l'intention de créer, dit-elle en paraissant vexée. Qu'est-ce que tu attends de moi ? Je suis une sorte d'outil que les gens peuvent utiliser pour faire de la magie ? C'est mon but dans la vie ?

— Non, bien sûr que non ! protesta Blaise en écartant une pointe de culpabilité malvenue. D'une certaine façon, c'était exactement ce qu'il avait prévu pour Gala au départ, mais elle n'était pas censée être une personne avec les sentiments et les émotions d'un être humain. Oui, il avait essayé de créer une intelligence, mais elle n'était pas censée devenir comme ça. C'était un moyen de parvenir à une fin, de contrer les pires inégalités de leur société. Tout ce qu'il voulait faire, c'était de faire comprendre le langage humain à l'objet, et il n'avait pas pensé que quelque chose avec ce niveau d'intelligence pourrait avoir ses propres pensées et opinions.

Et maintenant, il était victime de son propre succès. Gala comprenait très bien le langage, peut-être même mieux que Blaise, si l'on considérait ses prouesses en lecture. Cependant, elle n'était pas plus que lui un objet que l'on pouvait utiliser. Son plan originel de créer suffisamment d'objets magiques intelligents pour tout le monde avait été pure folie. S'il avait fonctionné, il aurait simplement transféré le fardeau de l'inégalité d'un groupe d'êtres pensants à un autre. Si tant est que Gala ou d'autres de son genre acceptent de participer à une telle organisation.

En outre, ce n'était pas comme si elle pouvait faire de la magie pour l'instant. Ou peut-être n'en avait-elle pas envie, pensa Blaise avec ironie. Dans sa situation, il hésiterait lui aussi à démontrer des talents pour la magie.

Elle avait toujours l'air troublée, donc Blaise essaya de la rassurer :

— Gala, écoute-moi. Je ne voulais pas que tu te sentes comme un objet. Ce que je t'ai dit au sujet de mes intentions du début est évidemment hors de question maintenant. Je sais que tu n'es pas un objet que l'on peut utiliser. Je suis désolé. C'était bête de ma part de ne pas penser à ce que tu devais ressentir. Il espérait qu'elle verrait la sincérité de ses paroles, car la dernière chose qu'il voulait, c'était que Gala ait peur de lui ou lui en veuille.

Elle détourna le regard pendant un instant, puis se retourna pour le regarder dans les yeux.

— Eh bien maintenant, tu sais, dit-elle doucement. Tout ce que je veux c'est en apprendre plus sur ce monde. Je veux faire l'expérience de tout ce qu'il contient. Je veux voir de mes yeux ce que je viens de lire dans les livres et je veux être témoin des injustices que tu essaies de régler. Je veux vivre comme un être humain, Blaise. Est-ce que tu peux le comprendre ?

CHAPTER 7: BLAISE

Wrapping up the Life Capture recording, Blaise came back to the library to check on Gala. To his surprise, he saw her lying on the floor unconscious, in the middle of a huge pile of books.

Worried, he ran to her and crouched down to take a closer look. To his relief, he saw that she looked quite peaceful, her breathing slow and even. She was simply sleeping.

Without thinking too much about it, Blaise picked her up and carried her to one of the guest bedrooms. She was light in his arms, her body soft and feminine, and he found himself enjoying the experience. Reaching the room, he gently placed her on the bed, and as he was covering her with a blanket, she opened her eyes.

For a moment, she seemed confused, then her gaze cleared. "I think I fell asleep," she said in astonishment.

Blaise smiled. "I would've thought you wouldn't know what sleep was like."

"I didn't before, but I learned quite a bit from your books."

He studied her with fascination, wondering if she'd read all those hundreds of books that were lying on the library floor. "How many books did you get through?" he asked.

She sat up in bed, brushing a few strands of long blond hair off her face. "Three hundred and forty nine."

Blaise blinked. "That's very precise. Are you sure it wasn't three hundred and forty eight?"

"Yes, I'm sure," she said seriously, then smiled. "In fact, it was 138,902 pages and 32,453,383 words."

"Are those the exact figures?" He could hardly believe his ears.

Gala nodded, still smiling. In a flash of intuition, Blaise realized that she knew just how much she had impressed him—and that she was enjoying his reaction tremendously.

"All right," Blaise said slowly. "How do you know this?"

She shrugged. "I just know. As soon as I wanted to tell you, the numbers came to me. I guess I must've counted as I was reading, but I don't remember doing it."

"I see," Blaise said, watching her closely. On a hunch, he asked, "What is 2,682 times 5?"

"13,410," Gala said without hesitation.

Blaise concentrated for a few seconds, doing the calculations in his head. She was right. He was one of the few people he knew who could do this kind of multiplication quickly, but Gala had known the answer almost instantaneously.

"How did you do this so quickly?" he asked, curious about the way her mind worked.

"I took 2,682, halved it to get 1,341, and then multiplied it by 10."

Blaise thought about it for a second and realized that her method was indeed the easiest way to solve the problem. He was surprised he hadn't come up with it himself. He would definitely use this shortcut the next time he needed to do some quick calculations for a spell.

Given the purpose of her creation, Gala's analytical and math skills shouldn't have surprised him, but still, Blaise was amazed. He couldn't wait any longer to see what she was capable of. "Gala, can you try to do some magic for me?" he asked, staring at her beautiful face.

She looked surprised by his request. "You mean, like you did earlier, in the gardens?"

"Yes, like that," Blaise confirmed.

"But I don't know how you did what you did." She seemed a little bewildered. "I don't know all those spells you used."

"You don't have to know them," Blaise explained. "You should be able to do magic directly, without having to learn our methods. Magic should come as easily and naturally to you as breathing does to me."

She appeared to consider that for a second. "I also breathe," she said, as though reaching that conclusion after examining herself.

"Of course you do." Amused, Blaise smiled at her. "I didn't mean to imply that you don't."

Her soft lips curved in an answering smile. "All right," she murmured, "let me try doing magic." She closed her eyes, and

Blaise could see a look of intense concentration on her face.

He held his breath, waiting, but nothing happened. After a minute, she opened her eyes, looking at Blaise expectantly.

He shook his head regretfully. "I don't think it worked. What did you try to do?"

"I wanted to make my own version of that beautiful flower you created in the garden."

"I see. And how did you go about doing it?"

She lifted her shoulders in a graceful shrug. "I don't know. I replayed the memory of you doing it earlier in my mind and tried to picture myself in your place, but I don't think it works like that."

"No, you're right, that's probably not how it would work for you." Frustrated, Blaise ran his fingers through his hair. "The problem is I don't know exactly how it *would* work for you. I was hoping you would simply be able to do it, just like you did the math problem earlier."

Gala closed her eyes again, and that same look of concentration appeared on her face.

Again nothing happened.

"I failed," she said, opening her eyes. She didn't seem particularly concerned about that fact.

"What did you try to do?"

"I wanted to raise the temperature in this room by a couple of degrees, but I could feel that it didn't work."

Blaise lifted his eyebrows. Her unusual temperature sensitivity aside, it seemed that Gala did have a good intuition for sorcery. Changing the temperature of an object was a very basic spell, something that Blaise could do just by saying a few sentences in the old magical language.

While he was pondering this, Gala jumped off the bed and came up to one of the windows. "I want to go out there," she said, turning her head to look at him. "I want to see more of this world."

Blaise tried to hide his disappointment. "You don't want to try any more magic?"

"No," Gala said stubbornly. "I don't. I want to go out and explore."

Blaise took a deep breath. "Maybe just one more try?"

Her expression darkened, a crease appearing on her smooth forehead. "Blaise," she said quietly, "you're making me feel bad right now."

"What?" Blaise couldn't keep the shock out of his voice. "Why?"

"Because you're making me feel used, like that object that you intended me to be," she said, sounding upset. "What do you want from me? Am I to be some tool that people use to do magic? Is that my purpose in life?"

"No, of course not!" Blaise protested, pushing away an unwelcome tendril of guilt. In a way, that had been exactly what he had originally intended for Gala, but she wasn't supposed to be a person, with the feelings and emotions of a human being. He had been trying to build an intelligence, yes, but it wasn't supposed to turn out this way. It was to be a means to an end, a way to address the worst of the inequality in their society. All he had thought about was getting the object to understand regular human language, and he hadn't considered the fact that anything with that level of intelligence might have its—or her—own thoughts and opinions.

And now he was a victim of his own success. Gala could certainly understand language—maybe even better than Blaise, given her reading prowess. However, she was no more an object to be used than he was. His original plan of creating enough intelligent magical objects for everyone was sheer folly; if successful, it would just transfer the burden of inequality from one group of thinking beings to another—provided that Gala or others of her kind would even go along with something like that.

Besides, it wasn't like she could even do magic at this point. Or maybe she just didn't want to, Blaise thought wryly. He would certainly be hesitant to display any kind of magical ability in her situation.

She was still looking upset, so he tried to reassure her, "Gala, listen to me, I didn't mean to make you feel like an object. What I told you about my original intentions for you is obviously out of the question now. I know you're not a thing to be used. I'm sorry. It was thoughtless of me not to realize how you felt." He hoped she could see the truth of his words; the last thing he wanted was for Gala to be afraid of him or to resent him.

She looked away for a second, then turned to meet his gaze. "Well, now you know," she said softly. "All I want to do right now is learn more about this world. I want to experience everything about it. I want to see for myself what I just read about in your books, and I want to witness those injustices you're trying to fix. I want to live like a human being, Blaise. Can you understand that?"

CHAPITRE 8 : GALA

Gala observa le jeu des émotions sur le visage expressif de son créateur. Elle vit qu'il était déçu, et cela lui faisait de la peine, mais il fallait qu'il comprenne qu'elle était une personne avec ses propres besoins et désirs. Elle n'était pas quelque chose que l'on pouvait utiliser pour améliorer la vie de gens qu'elle ne connaissait pas et dont elle se moquait.

Elle pouvait le voir lutter intérieurement, puis il sembla parvenir à une sorte de conclusion.

— Gala, dit-il doucement en la regardant, je comprends ce que tu dis, mais tu ne sais pas ce que tu demandes. Si quelqu'un apprenait pour toi, apprenait ce que tu es, je ne sais pas ce qu'ils pourraient te faire. Les gens ont peur de ce qu'ils ne comprennent pas et même moi je ne comprends pas tout à fait ce que tu es ni de quoi tu es capable. Je ne peux pas te laisser sortir, pas avant qu'on en sache plus sur toi.

Pendant qu'il parlait, Gala sentit le début de quelque chose dont elle n'avait jamais fait l'expérience. C'était une drôle de sensation de remous qui commençait en bas du ventre et qui s'étalait vers le haut, donnant l'impression désagréable que sa poitrine était trop serrée. Elle sentit le sang accélérer dans ses veines et chauffer son visage. Elle avait envie de crier, de frapper. Elle comprit que c'était la colère. Elle détestait ne pas pouvoir faire exactement ce qu'elle voulait.

Blaise, parvint-elle à dire entre ses dents fermement serrées. Je. Veux. Sortir. De. Là. Sa voix semblait monter à chaque mot.

Il eut l'air étonné de sa colère.

— Gala, c'est trop dangereux, ne comprends-tu pas ?

— Trop dangereux ? Pourquoi ? demanda-t-elle furieusement. J'ai l'air humaine, non ? Comment pourrait-on deviner que ce n'est pas le cas ?

Elle le vit considérer son argument.

— Tu as raison, dit-il au bout d'un moment. Tu as l'air entièrement humaine. Mais si nous sortons tous les deux ensemble, nous allons beaucoup attirer l'attention — principalement à cause de moi, pas de toi.

— Toi ? Pourquoi ? Gala sentit sa colère s'apaiser maintenant que Blaise n'était plus aussi déraisonnable.

— Parce que j'ai quitté le Conseil des Sorciers il y a deux ans, expliqua-t-il, et que je suis un paria depuis.

— Un paria ? Pourquoi ? Gala venait tout juste de finir un livre sur le Conseil des Sorciers et sur le pouvoir détenu par ceux qui avaient des aptitudes pour la magie. Blaise semblait être un sorcier particulièrement doué — forcément, puisqu'il avait pu créer quelque chose comme elle — et cela ne lui semblait pas logique qu'il soit un paria dans un monde qui accordait autant d'importance à ce genre de capacités.

— C'est une longue histoire, dit Blaise, et elle entendit l'amertume dans sa voix. Disons que je ne partage pas les idées de la majorité du Conseil — et mon frère ne les partageait pas non plus.

— Ton frère ? Elle avait aussi lu des textes sur les frères et sœurs et elle était fascinée à l'idée que Blaise ait un frère.

Il soupira.

— Tu es sûre que tu veux que je t'en parle ?

— Certaine. Gala voulait tout apprendre sur Blaise. Il l'intéressait plus que tout ce qu'elle avait rencontré au cours de sa courte existence.

— D'accord, dit-il lentement. Tu te souviens de ce que je t'ai dit au sujet des Captures Vitales ?

Gala acquiesça. Bien sûr qu'elle s'en souvenait. Pour autant qu'elle sache, elle était dotée d'une mémoire parfaite. Les Captures Vitales étaient la façon dont elle avait appris l'existence du monde de Blaise.

— Bien, comme je te l'ai dit plus tôt, les Captures Vitales ont été inventées il y a quelques années par un sorcier puissant nommé Ganir. Au début, tout le monde était très enthousiaste à leur sujet. Une seule goutte de Capture Vitale permettait à quelqu'un d'être entièrement immergé dans la vie d'une autre personne, lui faisant ressentir ce qu'elle ressentait, apprendre ce qu'elle apprenait. C'était aussi le premier objet magique qui ne nécessitait pas de connaissance du code sorcier. Pour enregistrer sa vie, il suffit de donner une petite goutte de sang à la Sphère de Capture Vitale. Une autre goutte de sang stoppe l'enregistrement, permettant à la gouttelette de Capture Vitale de se former dans un endroit spécial en haut de la Sphère. Ces gouttelettes peuvent alors être utilisées par n'importe qui, sans nécessiter d'équipement spécial. Pour faire l'expérience de la Capture Vitale, il suffit de placer la gouttelette dans sa bouche.

Gala hocha à nouveau la tête. Elle l'écoutait attentivement. Elle voulait essayer ces Captures Vitales à nouveau, en faire l'expérience dans le Domaine Physique pour la première fois.

— Mon frère, qui était l'assistant de Ganir en ce temps-là, continua Blaise, était l'un des sorciers qui savaient à peu près comment fonctionnait la magie de Capture Vitale. Il comprit de quelle manière elle pourrait être utilisée pour l'apprentissage, pour apprendre la magie à ceux qui n'auraient jamais les moyens d'accéder à l'Académie de Sorcellerie. Il pensa également que c'était une bonne manière d'échapper à la réalité quotidienne pour les plus démunis. Une personne normale pourrait savoir ce que cela faisait d'être un sorcier, et inversement. Il fit une pause pour reprendre son souffle. Mon frère était clairement un idéaliste. Il n'avait pas anticipé les conséquences de ses actes — pour lui comme pour les gens qu'il désirait aider.

— Que s'est-il passé ? demanda Gala dont le cœur battait plus vite en sentant que cette histoire n'avait pas forcément une fin heureuse.

— Louie a réussi à créer en secret un grand nombre de Sphères de Capture Vitale et il les a fait sortir clandestinement de Turingrad pour les distribuer dans l'ensemble des territoires. Il pensait que cela aiderait à partager le savoir et à améliorer notre société, mais ce n'est pas ce qui se produisit. La voix de Blaise devint plus dure, vide d'émotions. Dès que le Conseil a appris ce que Louie avait fait, ils ont interdit la possession et la distribution des Captures Vitales aux non-sorciers, créant ainsi un marché noir et une classe de criminels spécialisés dans la vente de ce type d'objets. Leur fonction d'origine fut ainsi complètement pervertie.

— Qu'est-il arrivé à Louie ?

— Il fut puni, répondit-il et Gala sentit que la colère de Blaise montait. Il fut jugé et déclaré coupable. Il a donné des Captures Vitales aux gens ordinaires et il l'a payé de sa vie.

— Ils l'ont tué ? s'exclama Gala, horrifiée à l'idée que quelqu'un puisse perdre la vie aussi facilement. Elle aimait tellement vivre qu'elle n'arrivait pas à imaginer la mort. Comment pouvaient-ils faire ça ? Comment pouvaient-ils retirer à quelqu'un l'expérience merveilleuse qu'était la vie ?

— Oui. Ils l'ont exécuté. J'ai quitté le Conseil peu de temps après sa mort. Je ne pouvais plus supporter d'en faire partie.

Gala avala sa salive en sentant une sensation douloureuse dans sa poitrine. Elle avait mal, comme si la douleur de Blaise était la sienne. En essayant d'identifier ce sentiment inconnu, elle constata qu'elle devait ressentir de l'empathie.

— Est-ce que je pourrais essayer plus de Captures Vitales, Blaise ? demanda-t-elle prudemment, en espérant qu'elle ne lui causait pas plus de peine en restant sur le sujet. J'aimerais vraiment en faire l'expérience ici, dans le Domaine Physique.

Elle fut surprise de voir son visage s'éclaircir, comme si elle avait dit quelque chose qui le rendait heureux.

— C'est une très bonne idée, dit-il en lui faisant un sourire chaleureux. C'est un excellent moyen pour toi d'explorer le monde.

— Oui, convint Gala, je pense.

Elle avait également l'intention d'explorer le monde en personne, mais pour l'instant les Captures Vitales suffiraient.

CHAPTER 8: GALA

Gala watched the play of emotions on her creator's expressive face. He was disappointed, she could see that, and it hurt, but she needed him to understand that she was a person with her own needs and desires. She wasn't something to be used to better the lives of people she didn't know and didn't care about.

She could see his internal struggle, and then he seemed to come to a conclusion of some kind. "Gala," he said quietly, looking at her, "I understand what you're saying, but you don't know what you're asking. If anyone found out about you—about what you are—I don't know what they would do. People fear what they don't understand—and even I don't fully understand what you are and what you're capable of. I can't let you go out there, not until we know more about you."

As he spoke, Gala felt the beginnings of something she had never experienced before. It was a strange churning sensation that started low in her stomach and spread upward, making her chest feel unpleasantly tight. She could feel her blood rushing faster in her veins, heating up her face, and she wanted to scream, to lash out in some way. It was anger, she realized, real anger. She hated not being able to do exactly what she wanted.

"Blaise," she managed to say through tightly clenched teeth, "I. Want. To Go. Out. There." Her voice seemed to rise with every word.

He appeared taken aback by her temper. "Gala, it's just too dangerous, can't you understand that?"

"Too dangerous? Why?" she demanded furiously. "I look human, don't I? How would anybody guess that I'm not?"

She could see him considering her point. "You're right," he said after a moment. "You do appear completely human. But if we go out there together, we'll attract a lot of attention—mostly because of me, not you."

"You? Why?" Gala could feel her anger cooling now that Blaise was no longer being so unreasonable.

"Because I quit the Sorcerer Council two years ago," he explained, "and I've been an outcast ever since."

"An outcast? Why?" Gala had just finished reading about the Sorcerer Council and the power wielded by those who had the aptitude for magic. Blaise seemed to be an unusually good sorcerer—he had to be, in order to create something like herself—and it didn't make sense to her that he would be an outcast in a world that valued those kinds of skills so much.

"It's a long story," Blaise said, and she could hear the bitterness in his voice. "Suffice it to say, I don't share the views of most on the Council—and neither did my brother."

"Your brother?" She'd also read about siblings, and she was fascinated by the idea of Blaise having one.

He sighed. "Are you sure you want to hear about this?"

"Definitely." Gala wanted to learn everything about Blaise. He interested her more than anything else she'd encountered thus far during her short existence.

"All right," he said slowly, "do you remember what I told you about the Life Captures?"

Gala nodded. Of course she remembered; as far as she could tell, she had a perfect memory. Life Captures were the way she'd initially learned about Blaise's world.

"Well, as I mentioned earlier, Life Captures were invented by a powerful sorcerer named Ganir a couple of years ago. When they first came out, everyone was very excited about them. A single Life Capture droplet could allow a person to get completely immersed in someone else's life, allowing him to feel what they felt, learn what they learned. It was also the first magical object that didn't require knowledge of the sorcery code. All one has to do to record his life is give the Life Capture Sphere a tiny drop of blood. Another drop of blood stops the recording, allowing the Life Capture droplet to form in a special place on top of the Sphere. And then those droplets can be used by anyone, without any special equipment. All one needs to do to experience the Life Capture is put the droplet in his or her mouth."

Gala nodded again, listening attentively. She wanted to try these Life Captures again, to experience them for the first time in the Physical Realm.

"My brother, who was Ganir's assistant at the time," continued Blaise, "was one of the few sorcerers who knew a little bit about how Life Capture magic worked. He saw how it could be used as a learning tool, as a way to teach magic to those who would never be able to gain access to the Academy of Sorcery. He also thought it was a great way for the less fortunate to escape the reality of their everyday life. A regular person could experience what it might be like to be a sorcerer just as easily as the other way around." He paused to take a breath. "My brother was clearly an idealist. He didn't foresee the consequences of his actions—both for himself and for the people he wanted to help."

"What happened?" Gala asked, her heart beating faster as she sensed that this story might not have a happy ending.

"Louie managed to create a large number of Life Capture Spheres in secret and smuggled them out of Turingrad, distributing them throughout all the territories. He thought it might aid the spread of knowledge, improving our society, but that's not what ended up happening." Blaise's voice grew hard, emotionless. "As soon as the Council learned about Louie's actions, they outlawed the possession and distribution of Life Captures for non-sorcerers, creating a black market and a criminal underclass that specializes in the sale of these objects—thus completely perverting their original purpose."

"So what happened to Louie?"

"He was punished," Blaise said, and she could sense the anger burning underneath. "He was tried and found guilty. For giving Life Capture to the commoners, he paid with his life."

"They killed him?" Gala gasped, horrified at the idea that somebody could lose his life so easily. She was enjoying living so much that she couldn't imagine ceasing to exist. How could people do this? How could they deny each other the amazing experience of living?

"Yes. They executed him. I left the Council shortly after his death. I could no longer stand to be a part of it."

Gala swallowed, feeling a painful sensation in her chest. She ached, as though Blaise's pain was her own. She must be experiencing empathy, she realized, identifying the unfamiliar feeling.

"Could I try more Life Captures, Blaise?" she asked cautiously, hoping she was not causing him additional pain by dwelling on this topic. "I would really like to experience them here, in the Physical Realm."

To her surprise, his face brightened, like she had said something that made him happy. "That's a great idea," he said, giving her a warm smile. "It's an excellent way for you to experience the world."

"Yes," Gala agreed. "I think so."

She also intended to experience the world in person, but for the moment, the Life Captures would suffice.

CHAPITRE 9 : AUGUSTA

Augusta regarda son amant se préparer pour le combat à venir. Sa tunique en cuir souple moulait son torse carré et l'armure qu'il passa par-dessus avait l'air assez lourde pour abattre un homme plus petit. Pour Barson, elle était légère comme une plume. Pas à cause de sa force, qui était impressionnante, il est vrai, mais parce que l'armure de la Garde des Sorciers était spéciale. Elle était ensorcelée de façon à sembler légère pour celui qui la portait et pour être presque impénétrable. C'était l'un des avantages quand on était un soldat en Koldun moderne : on avait accès à des armes et à des armures améliorées par la magie.

En voyant que Barson était presque prêt, Augusta se leva et prit son sac qu'elle balança par-dessus son épaule. Sa chaise rouge l'attendait déjà dehors. Elle avait l'intention de survoler la bataille afin de pouvoir tout observer depuis un lieu sûr.

— Nous allons les affronter sur cette colline là-bas, lui dit Barson quand ils sortirent de la tente. C'est un bon endroit. Nos archers auront une vue dégagée sur quiconque essaiera de s'approcher et il n'y a qu'une seule route qui passe par là, donc personne ne pourra nous prendre par surprise.

Augusta lui sourit.

— Ça me paraît bien. Son amant était aussi obsédé de stratégie militaire qu'Augusta l'était de magie. Il dévorait des livres de guerres anciennes pendant son temps libre.

— Je te verrai dans quelques heures. En se penchant, il lui fit un baiser rude et bref puis il partit en se dirigeant vers les soldats.

Augusta observa sa silhouette puissante pendant quelques minutes avant de grimper sur sa chaise. Elle sortit la Pierre d'Interprétation et y chargea un sort d'invisibilité déjà prêt, afin que personne sur le champ de bataille ne puisse la voir sur sa chaise.

Une fois que ce fut fait, elle sortit un autre sort, plus compliqué cette fois. Il améliorait temporairement ses sens, lui permettant de tout voir et de tout entendre aussi clairement que possible. Elle l'avait utilisé plusieurs fois auparavant : dans la Tour de Sorcellerie, il valait mieux entendre tous les chuchotements.

Un sort verbal rapide plus tard et elle s'envolait dans une chaise beaucoup plus confortable que les tapis et les dragons des vieux contes de fées. En s'élevant au-dessus de la colline, elle vit les hommes de Barson se diriger vers le champ de bataille qu'ils avaient choisi et elle aperçut la route étroite qui serpentait dans le lointain. Grâce à sa vision améliorée, Augusta pouvait y voir beaucoup mieux que d'habitude et elle s'émerveilla de la beauté de la partie nord de ce territoire, avec ses grands arbres solides et le sol riche et noir. Même les dégâts de la sécheresse n'avaient pas diminué la beauté des forêts locales.

Augusta n'avait jamais visité cet endroit avant, car elle partageait généralement son temps entre Turingrad et son propre territoire dans la région sud. Turingrad était la plus grande ville de Koldun et c'était l'épicentre de l'art, de la culture et du commerce. Au contraire des territoires alentour habités par les paysans, la majorité de Turingrad était peuplée de sorciers, de membres de La Garde et de quelques marchands particulièrement prospères.

Augusta dirigea sa chaise vers le nord et regarda attentivement une masse sombre au loin. C'était si loin que même sa vision accrue ne lui permettait pas de voir ce que c'était. Curieuse, elle s'en approcha en volant.

Lorsqu'elle fut assez proche pour bien y voir, elle eut du mal à en croire ses yeux.

Au lieu de trois cents hommes, comme les espions de Ganir l'avaient annoncé, il y en avait au moins deux mille.

Deux mille paysans... contre cinquante soldats de Barson.

* * *

Le cœur battant, Augusta regardait la horde qui approchait. Elle n'avait jamais vu un si grand rassemblement de gens communs de sa vie.

Ils marchaient le long du chemin poussiéreux, leurs visages maigres étaient durcis par la colère et leurs corps sales étaient couverts de guenilles en laine. Outre les fourches habituelles, beaucoup d'entre eux portaient des armes : elle vit des massues, des gourdins et même quelques épées. Ils étaient encore loin de

Turingrad, mais le seul fait qu'ils osent se diriger vers la capitale en étant aussi nombreux était très troublant. Ayant grandi avec les histoires de la Révolution, Augusta savait très bien ce qui pouvait se produire lorsque les paysans pensaient qu'ils méritaient mieux, qu'ils avaient le droit de prendre ce qui ne leur avait pas été donné.

Elle devait prévenir Barson.

Augusta retourna vers la colline, elle bondit de la chaise dès qu'elle atterrit et courut vers Barson en lui racontant vite ce qu'elle avait vu. Pendant qu'elle parlait, il serra la mâchoire et ses yeux brillèrent de colère.

— Tu fais demi-tour, n'est-ce pas ? demanda-t-elle, bien que la question ait été purement rhétorique.

— Non, bien sûr que non. Il la regarda comme s'il venait de lui pousser deux têtes. Ça ne change rien. Nous devons enrayer cette rébellion, et nous devons le faire ici, avant qu'ils n'approchent de Turingrad.

— Mais ils vous surpassent énormément en nombre.

Son amant hocha la tête d'un air grave.

— Oui, c'est vrai. L'expression de son visage était sombre comme un ciel avant l'orage et elle se demandait ce qu'il pensait. Était-il vraiment suicidaire au point d'affronter tous ces paysans ? Elle admirait son sens du devoir, mais là c'était vraiment autre chose.

Essayant de garder son calme, Augusta chercha une solution qui pourrait retenir les rebelles et empêcher Barson de se faire tuer.

— Bon, finit-elle par répondre, frustrée, si tu es déterminé à le faire, alors peut-être que je peux t'aider d'une manière ou d'une autre.

Barson l'examina de son regard sombre et indéchiffrable.

— Nous aider ? Comment ? Avec de la sorcellerie ?

— Oui. Les sorciers faisaient rarement ce genre de choses, mais elle ne pouvait pas laisser Barson et ses soldats périr au combat contre de simples paysans.

À son grand soulagement, il eut l'air intrigué.

— Eh bien, dit-il pensivement, il y a peut-être quelque chose que tu peux faire... Crois-tu que tu pourrais tous nous téléporter vers eux, puis nous ramener ici à une heure convenue ?

Augusta considéra sa demande. La téléportation n'était pas un sort facile. Il nécessitait des calculs très précis, car la moindre erreur pouvait être mortelle. Téléporter plusieurs personnes en même temps était encore plus compliqué. Mais elle devait pouvoir le faire, puisque ce n'était que sur une courte distance et qu'elle pourrait voir leur destination pour confirmer que le champ était libre.

— Oui, je peux le faire, dit-elle résolument. Comment est-ce que ça t'aiderait ?

Barson sourit.

— Voici ce que j'ai en tête. Et il commença à lui raconter son plan insensé.

CHAPTER 9: AUGUSTA

Augusta watched her lover getting ready for the upcoming fight. The supple leather tunic hugged his broad frame, and the armor he put on over it looked heavy enough to fell a smaller man. To Barson, however, it was as light as air. Not because of his strength—which was admittedly impressive—but because the armor of the Sorcerer Guard was special. It was spelled to be almost weightless to the wearer and very nearly impenetrable. That was one of the perks of being a soldier in modern-day Koldun: access to sorcery-enhanced weapons and armor.

Seeing that Barson was almost ready, Augusta got up and took her bag, slinging it over her shoulder. Her red chaise was already waiting outside. She planned to fly above the battle, so she could observe everything from a safe vantage point.

"We're going to meet them over on that hill," Barson told her as they walked out of the tent. "It's a good spot. Our archers will have a clear shot at anyone approaching, and there's only one road that goes through there, so nobody will be able to sneak up on us."

Augusta smiled at him. "Sounds good." Her lover was as obsessed with military strategy as Augusta was with magic, devouring ancient war books in his spare time.

"I will see you in a few hours." Leaning down, he gave her a brief, hard kiss and walked off, heading toward his soldiers.

Augusta watched his powerful figure for a couple of minutes before climbing onto her chaise. Pulling out her Interpreter Stone, she loaded in a pre-made concealment spell, so that no one on the battlefield would be able to see her or her chaise. Once that was done, she pulled out another spell, a more complicated one this time. It was a way for her to temporarily boost her senses, enabling her to see and hear everything with as much clarity as possible. She'd used it several times before; in the Tower of Sorcery, it paid to hear every whisper.

A quick verbal spell, and she was flying, her chaise far more comfortable than the carpets and dragons of old fairy tales. Rising high above the hill, she saw Barson's men heading over to their chosen battleground and the narrow road stretching into the far distance. With her enhanced sight, Augusta could see much better than usual, and she marveled at the beauty of this northern part of the land, with its tall sturdy trees and rich dark soil. Even the devastation from the drought was not enough to diminish the beauty of the local forests.

Augusta had never visited this area before, generally splitting her time between Turingrad and her own territory in the southern region. The city was the biggest on Koldun, and it was the epicenter of art, culture, and commerce. In contrast to the peasant-occupied surrounding territories, the majority of Turingrad was populated by sorcerers, members of the Guard, and some particularly prosperous merchants.

Directing her chaise to turn north, Augusta peered at the dark mass in the distance. It was so far away that even with her improved vision, she couldn't tell what it was. Curious, she flew toward it.

And when she got close enough to see, she could hardly believe her eyes.

Instead of three hundred men, as Ganir's spies had said, there were at least a couple of thousand.

A couple of thousand peasants . . . versus fifty of Barson's soldiers.

* * *

Her heart racing, Augusta stared at the approaching horde. She had never seen such a large gathering of commoners in her life.

They were marching up the dirt road, their lean faces hard with anger and their dirty bodies covered with ragged woolen clothes. In addition to the usual pitchforks, many of them were carrying weapons; she saw maces, clubs, and even a few swords. They were still far from Turingrad, but the very fact that they dared to go toward the capital with such numbers was disturbing on many levels. As someone who had grown up with stories of the Revolution, Augusta knew full well what could happen when peasants thought that they deserved better—that they had the right to take what wasn't given to them.

She had to warn Barson.

Flying back toward the hill, Augusta jumped off the chaise as soon as it landed and ran toward Barson, quickly telling him what she saw. As she spoke, his jaw tightened and his eyes flashed with anger.

"You're turning back, right?" she asked, although it was clearly a rhetorical question.

"No, of course not." He stared at her like she had grown two heads. "This changes nothing. We need to contain this rebellion, and we need to do it here, before they get any closer to Turingrad."

"But they outnumber you by an impossible margin—"

Her lover nodded grimly. "Yes, they do." The expression on his face was storm-black, and she wondered what he was thinking. Was he truly suicidal enough to attempt to go up against all those peasants? She admired his dedication to duty, but this was something else entirely.

Fighting to remain calm, Augusta tried to think of a solution that would contain the rebels and prevent Barson from getting killed. "Look," she finally said in frustration, "if you're determined to do this, then maybe I can help somehow."

Barson studied her, his gaze dark and inscrutable. "Help us how? Using sorcery?"

"Yes." Sorcerers rarely did this sort of thing, but she couldn't let Barson and his soldiers perish in a battle with some peasants.

To her relief, he looked intrigued. "Well," he said thoughtfully. "Perhaps there is something you can do . . . Do you think you can teleport all of us to them, and then teleport us back at an agreed-upon time?"

Augusta considered his request. Teleportation was not an easy spell. It required very precise calculations, as even the smallest error could be deadly. Teleporting many people at once was an even greater challenge. Still, she should be able to do it, since it was only for a short distance and she would be able to see their destination, thus visually confirming that everything was clear. "Yes, I could do it," she said decisively. "How would that help?"

Barson smiled. "Here is what I have in mind." And he began telling her his insane plan.

CHAPITRE 10 : GALA

De retour dans le bureau de Blaise, Gala examina la Sphère de Capture Vitale. Elle ressemblait à un gros diamant rond. Le reste de la pièce s'y reflétait comme dans un miroir. Gala était hypnotisée par les mathématiques élégantes qui déformaient l'image du laboratoire, avec ses bouteilles et ses instruments étranges. Il n'y avait qu'un seul défaut dans la forme sphérique : une ouverture avec quelques billes claires au centre.

— Ce sont les gouttelettes de Capture Vitale, expliqua Blaise en s'approchant. Les Captures Vitales prennent cette forme-là quand elles entrent dans ce monde.

Il prit une des billes et la mit dans la main de Gala. Lorsque leurs mains se touchèrent légèrement, elle ressentit une sensation chaude et agréable dans son corps. Le même sentiment étrange qu'elle ressentait chaque fois qu'elle était avec Blaise. Il faudrait qu'elle le touche davantage à un moment opportun, décida Gala, qui aimait la façon dont son corps réagissait en présence de son créateur.

— Elles apparaissent quand le cycle d'enregistrement est complet, dit-il. Pour commencer le cycle, j'ai touché la Sphère avec le sang de mon doigt et pour l'arrêter, j'ai refait la même chose. Vois-tu cette aiguille ? C'est ce que j'ai utilisé pour me piquer le doigt. Des gouttelettes surgissent peu après.

Gala se piqua le doigt. La sensation qu'elle ressentit alors fut très désagréable. Elle constata que c'était de la douleur. La substance rouge — le sang — se mit lentement à couler du petit trou de son doigt. Elle savait que les humains évitaient la douleur et maintenant elle comprenait pourquoi.

Elle tendit son doigt ensanglanté et toucha la Sphère, puis elle attendit que quelque chose se produise. Il ne se passa rien alors elle la toucha à nouveau en se demandant en quoi elle se trompait.

— Ça ne marche pas pour toi, c'est ça ? demanda Blaise en regardant ses efforts. Ce n'est pas surprenant.

— Parce que je ne suis pas humaine ?

Il hocha la tête.

— Oui, avec le temps, je pense que tu seras capable de créer tes propres gouttelettes ou de faire tout ce que tu voudras sans l'utilisation de la Sphère.

Gala s'examina et ne vit aucune preuve pour confirmer ce qu'il disait. Si elle pouvait créer ces gouttelettes de Capture Vitale, elle ne savait pas comment. Pendant ce temps, son doigt piqué avait déjà guéri.

— Pourquoi Ganir a-t-il lié leur fonctionnement à la douleur ? demanda-t-elle.

— Je crois qu'il voulait qu'il y ait un petit prix à payer pour cette partie-là. De plus, cela aide au fonctionnement du sort. Je pense que quelque chose de petit entre par la blessure, va jusqu'au cerveau et y capture quelque chose d'important. Lorsqu'on touche à nouveau la Sphère, cela quitte le corps. Ganir reste très secret au sujet du processus, mais c'est comme ça que mon frère me l'a expliqué. Il émettait des hypothèses, bien sûr, car seul Ganir comprend entièrement son invention.

Gala se concentra sur son corps, car elle voulait réessayer. Elle piqua son autre doigt. La douleur était beaucoup moins désagréable cette fois, car elle savait à quoi s'attendre. Lorsqu'elle toucha la Sphère en sachant ce qu'il fallait y chercher, elle sentit quelque chose de petit entrer par son sang. Elle sentit également que son corps attaqua immédiatement les minuscules envahisseurs et les empêcha d'aller plus loin dans son système sanguin. Et son doigt guérit à nouveau, aussi rapidement que la fois précédente.

— Pourquoi n'essaies-tu pas simplement de prendre une des gouttelettes ? suggéra Blaise. Mets-la sous ta langue et vois ce qui se passe.

Gala fit ce qu'il dit et elle eut l'impression d'être envahie à nouveau. C'était comme si quelque chose voulait prendre le contrôle de son cerveau. Cette fois, elle essaya de forcer son corps à accepter l'invasion, mais sans y parvenir. Elle regarda Blaise en soupirant et secoua la tête.

— Je n'ai pas réussi, mais j'aimerais réessayer, dit-elle en s'excusant. Je suis désolée si je gaspille tes précieuses gouttelettes —

— Ce n'est pas grave. J'ai fait celles-là moi-même pour noter le résultat de mon sort. Ça ne fait rien si tu les utilises toutes, je me souviens encore très bien de ce moment et je pourrai le noter dans mon journal si nécessaire. Il lui sourit de manière rassurante.

Gala lui rendit le sourire. Le fait de savoir que ces Captures Vitales étaient celles de Blaise — qu'elles lui permettraient de voir le monde à travers ses yeux — constituait une motivation puissante. En fermant les yeux, elle essaya de contraindre son corps à ne pas combattre l'invasion et elle se concentra sur le voyage de la substance des gouttelettes dans ses veines. Soudain, quelque chose en elle céda et elle sentit la matière monter jusqu'à sa tête puis son cerveau. Cependant, elle fut ennuyée de voir que ce qui fonctionnait sur l'esprit humain ne semblait pas fonctionner chez elle. Elle ressentit des bribes d'émotions étrangères, mais n'eut aucune vision.

Frustrée, elle rouvrit les yeux.

— Ça a encore échoué, mais je crois que je me rapproche, dit-elle à Blaise. As-tu des Captures Vitales avec moins de valeur ?

— Bien sûr, j'en ai entreposé, dit-il en sortant de son bureau. Gala le suivit et ils entrèrent dans une des pièces qu'elle se souvenait avoir vues pendant la visite de la maison. Chaque mur de cette pièce semblait recouvert de meubles en bois, des meubles qui semblaient constitués de dizaines de petites portes. Des placards, comprit Gala. C'étaient des placards : des placards miniatures utilisés pour le rangement.

Blaise se pencha et ouvrit l'une des portes. Il en sortit une jarre contenant quelques gouttelettes.

— Ce sont des Captures Vitales de mes travaux moins importants, expliqua-t-il en lui donnant une des billes transparentes. Tu peux en utiliser autant que tu veux. Je note tout ce qui est particulièrement important à l'écrit. Il montra un autre jeu de portes pour indiquer l'endroit où il conservait sa contribution écrite.

Gala prit une gouttelette de sa main et la mit sous sa langue. Elle essaya de tout son être de voir ce que contenait cette Capture Vitale. Elle repensa au temps qu'elle avait passé dans le Domaine des Sorts et la manière dont elle avait pu avoir des visions. Puis elle exploita la partie de son esprit qui avait été capable de le faire. Après ce qui lui sembla être des heures de concentration, elle sentit enfin quelque chose céder et une vision apparut…

* * *

Blaise était assis dans son bureau et il écrivait du code. À des moments comme celui-ci, Blaise ne regrettait pas la solitude qu'il s'était imposée. La préparation des sorts demandait de la concentration et toute distraction pouvait causer des revers considérables. Heureusement, Maya et Esther savaient qu'il ne fallait pas s'approcher de son bureau quand il travaillait. S'il était occupé, elles se contentaient de passer, de déposer les Captures Vitales dont il avait besoin puis de repartir en silence.

Il aimait le codage, car c'était un travail exact, précis. Le code arcane faisait ce qu'on lui demandait de faire. Tant que l'on écrivait correctement la logique du sort, cela fonctionnait simplement de la façon suivante : si la variable A possédait telle ou telle valeur, alors l'action B se produisait. Cela avait quelque chose de rassurant. Une certitude dans un monde incertain. Son esprit en appréciait le côté prévisible. Il réutilisait souvent certains schémas et ils produisaient le même résultat chaque fois.

Le sort sur lequel il travaillait maintenant était différent, il était beaucoup plus difficile que d'habitude. Il était basé sur le travail de Lenard le Grand en personne et Blaise ne maîtrisait pas tous les éléments — et il ne pouvait donc pas en prédire le résultat. Tout ce qu'il savait, c'était qu'il s'agissait d'un passage dans le Domaine des Sorts et que cela devrait lui permettre d'y envoyer ses Captures Vitales pour former l'objet intelligent qu'il était en train de créer.

Blaise s'arrêta une seconde pour prendre quelques notes dans son journal.

* * *

Gala prit soudain conscience qu'elle était Gala, et non pas Blaise. Un moment plus tôt, elle avait été lui. Elle avait pensé à envoyer des Captures Vitales dans le Domaine des Sorts pour nourrir l'objet — l'objet qu'elle était. C'était si étrange d'avoir des pensées au sujet d'elle-même avant même son existence. En ouvrant les yeux, Gala regarda Blaise.

— Tu es déjà sortie ? Il eut l'air surpris.

— Je l'ai arrêté, expliqua-t-elle. Je n'ai pas aimé. Je n'étais pas moi-même. C'était comme quand j'étais dans le Domaine des

Sorts avant d'avoir conscience de moi. Je me sentais perdue dans ton esprit et je n'aimais pas ce sentiment — même si j'ai beaucoup aimé ton esprit.

Blaise lui fit un sourire content.

— Merci. Mais juste pour que tu saches, je n'ai jamais entendu parler de quelqu'un qui pouvait quitter une Capture Vitale avant qu'elle soit terminée. Je suppose que ça ne sert à rien d'être surpris avec toi.

— C'est vrai que je *suis* différente, admit Gala.

— Les Captures Vitales ont tendance à nous accaparer, dit Blaise. C'est ce que la plupart des gens aiment à leur sujet. Il y en a même qui sont dépendants de l'expérience. Quand il te manque quelque chose dans la vie, être quelqu'un d'autre est un moyen puissant de s'évader. Comme toi, je n'aime pas la sensation de me perdre à moi-même, mais j'apprécie l'opportunité d'en apprendre plus au sujet des gens en voyant le monde de leur point de vue.

— Oui, je comprends. Je dois admettre que j'ai eu l'occasion d'apprendre que tu avais un très bel esprit, lui dit-elle sincèrement. Si différent et pourtant similaire au mien. Cela avait été instructif d'être témoin de ses fonctionnements de pensée et Gala eut l'impression de mieux comprendre son créateur à présent.

Il lui fit un sourire chaleureux et ses yeux se plissèrent dans les coins.

— Merci.

Elle ressentit une envie soudaine de toucher ses lèvres souriantes, mais elle lutta contre cette impulsion, ayant vu dans les livres que les contacts auxquels on n'avait pas été invité n'étaient pas socialement acceptables.

— J'aimerais voir une autre Capture Vitale, dit-elle à la place. De quelqu'un d'autre que toi. Malgré l'étrangeté de l'expérience, Blaise avait raison : cela lui donnait l'occasion d'apprendre.

Blaise la regarda d'un air approbateur.

— Il m'en reste parmi celles que j'avais l'intention de t'envoyer pour ton apprentissage dans le Domaine des Sorts. Il prit une gouttelette dans un placard différent et la tendit à Gala.

Elle la mit sous sa langue et essaya d'amener son corps à l'utiliser, comme la dernière fois. Mais cette fois, elle se concentra sur le fait de ne pas se laisser entièrement absorber par la vision.

* * *

Elle était une fille du village qui travaillait dans un jardin près d'un grand champ d'herbe. La journée était ensoleillée et le champ était magnifique, rempli de fleurs sauvages qui commençaient tout juste à fleurir. Toute cette herbe serait partie bientôt pour laisser la place au blé et à d'autres graminées.

En baissant les yeux, elle fléchit les bras et remarqua le mouvement du muscle sous sa peau lisse. Elle était forte pour une fille : son corps était musclé à force d'avoir travaillé toute sa vie à la ferme. Elle aimait cette partie de sa vie, le cycle sans fin de plantations et de récoltes. Maintenant que le printemps était là, sa famille serait bientôt très occupée.

* * *

Gala interrompit la vision. C'était difficile de rester détachée. Pendant un court instant, elle *avait été* cette fille, et l'expérience la désorientait tout autant que la première fois.

— Cette personne me semble familière, dit-elle à Blaise. Je crois que j'ai déjà été dans son esprit, dans le Domaine des Sorts.

Il lui sourit, sans être surpris cette fois par sa sortie rapide.

— Oui, je ne suis pas étonné que tu la reconnaisses. J'ai obtenu la plupart de mes gouttelettes par Maya et Esther, mes amies au village. Elles ont de nombreux talents, et font office également de guérisseuses et de sages-femmes. En échange de leurs services, elles demandent des Captures Vitales aux femmes qu'elles aident. Une sorte de paiement qu'elles m'ont fait passer… Sa voix baissa et il avait maintenant un air pensif.

— Qu'est-ce qu'il y a ? demanda Gala, intriguée.

— Je viens de comprendre pourquoi tu as pris cette apparence, dit-il en l'examinant comme s'il la voyait pour la première fois.

— Quelle apparence ? Gala l'interrogea du regard.

— Celle d'une jeune fille.

— Tu n'aimes pas ? demanda-t-elle, se sentant inexplicablement déçue.

— Oh si, la rassura-t-il. J'aime. Crois-moi, j'aime même un peu trop. Ses yeux s'assombrirent et ses joues se colorèrent. Gala sourit, ravie qu'il aime son apparence. Le physique était important pour les gens, elle l'avait également appris dans les livres.

Il s'éclaircit la gorge en ayant toujours l'air un peu gêné.

— Ce que je voulais dire tout à l'heure, c'est que tu ressembles à une fille parce que beaucoup des Captures Vitales que je t'ai envoyées venaient des femmes du village. Presque toutes, en fait.

Gala acquiesça. C'était logique pour elle. Son subconscient avait probablement choisi une forme féminine à partir des visions dont elle avait fait l'expérience à travers les Captures Vitales. Et comme la plupart des Captures Vitales venaient de femmes, c'était logique que son esprit eût pris cette forme.

— Aimerais-tu voir une Capture Vitale de plus ? demanda Blaise. Celle-ci vient clandestinement de la Tour de Sorcellerie.

— Oui, j'adorerais, lui dit Gala.

* * *

La jeune sorcière était assise dans l'un des bureaux de la Tour de Sorcellerie. Pour la toute première fois, elle écrivait le code arcane pour son propre sort. C'était un événement majeur dans son éducation et elle voulait que Maître Kelvin soit fier de sa réussite.

Ce sort relevait de la variété verbale difficile, car tous les étudiants devaient d'abord apprendre l'ancienne manière avant de pouvoir accéder au langage simplifié et à la Pierre d'Interprétation. Pour réduire la probabilité de faire des erreurs, elle vérifia la logique de son sort et s'assura que tout lui semblait correct. Évidemment, elle savait que la seule façon d'en être sûre était de dire le sort à voix haute.

Elle rassembla son courage et prononça les phrases qu'elle avait préparées puis les mots arcanes du Sort d'Interprétation. Elle observa alors la sphère de feu qui apparut devant elle, exactement comme elle l'avait codé. Elle rit d'excitation et d'euphorie, se sentant comme si elle venait de conquérir le monde.

Tout à coup, il y eut un éclair lumineux dans la pièce et la sphère explosa, faisant pleuvoir des éclats de verre et du bois enflammé tout autour d'elle.

L'explosion jeta la jeune femme à terre, mais elle parvint à rester consciente. La pièce en revanche, était presque détruite.

Son sort avait échoué.

* * *

Gala arrêta la Capture Vitale et décida de ne plus en faire pendant un moment. C'était trop déstabilisant pour elle. L'esprit de la dernière jeune fille avait été empli de tant d'émotions négatives de déception et de peur que Gala en ressentait encore les effets.

— Tu en es déjà sortie ? demanda Blaise dès qu'elle ouvrit les yeux.

— Je crois que je ne veux pas apprendre à connaître le monde de cette façon-là, lui dit-elle. Je veux tout vivre par moi-même et non pas au travers du regard de quelqu'un d'autre.

— Gala... Blaise semblait triste à nouveau et il plissa le front. Ce n'est pas une bonne idée. Je te l'ai déjà expliqué. Si nous sortons, tout le monde sera curieux à ton sujet. La seule chose que tu vivras sera le regard des autres. Ils voudront savoir d'où tu viens et qui tu es.

— À cause de toi, dit Gala en se rappelant ce qu'il lui avait dit plus tôt. Parce que tu t'es exilé.

— Oui, exactement.

— D'accord, dit Gala en parvenant à une décision. Alors j'irais par moi-même. Je n'ai pas envie que tout le monde m'observe juste parce que je suis avec toi. Je veux m'intégrer, je veux vivre comme les gens normaux. Ce dernier élément était très important à ses yeux. Elle était différente, mais elle n'avait pas envie de *sentir* qu'elle était différente.

— Tu veux faire semblant d'être une paysanne ? Blaise la regarda d'un air incrédule.

— Oui, répondit-elle fermement. C'est ça que je veux.

— Ce n'est pas une bonne idée — recommença Blaise, mais Gala leva la main pour l'interrompre.

— Suis-je ta prisonnière ? demanda-t-elle doucement, tout en sentant qu'elle était encore en train de se fâcher.

— Bien sûr que non !

— Suis-je ta propriété, suis-je un objet magique qui t'appartient ?

Blaise secoua la tête, l'air frustré.

— Non Gala, bien sûr que non. Tu es un être pensant.

— Exactement. Gala était ravie qu'il l'admette. Et je sais ce que je veux, Blaise. Je veux sortir et découvrir le monde, vivre comme une personne normale.

Il soupira et passa une main dans ses cheveux foncés.

— Gala...

Elle se contenta de le fixer sans rien dire. Elle avait expliqué ce qu'elle voulait. Elle n'était pas un objet ou un animal domestique qu'il pouvait garder chez lui ; il y avait tant de choses à voir et à vivre dans le Domaine Physique.

— D'accord, finit-il par dire. Te souviens-tu de Maya et d'Esther, les amies dont je t'ai parlé ? Elles vivent dans le village où j'ai grandi. Esther était ma nounou et je les considère, elle et son amie Maya, comme des tantes même si nous ne sommes pas apparentés. J'aimerais qu'elles veillent sur toi, si tu le permets, pour qu'elles te guident jusqu'à ce que tu connaisses un peu notre monde.

— Bonne idée, dit Gala dont toutes les émotions négatives s'évanouirent en un instant. J'adorerais faire leur connaissance. Elle avait envie de rencontrer d'autres gens en général, et elle aimait l'idée d'apprendre à connaître les personnes importantes aux yeux de Blaise.

— Il y a juste une petite chose, dit Blaise en la regardant avec intensité. Tu ne dois parler à personne de tes origines. Cela pourrait nous attirer beaucoup d'ennuis.

Gala acquiesça.

— Je comprends. Elle ferait ce que Blaise lui demandait, d'autant plus qu'elle voulait que les autres la considèrent comme un être humain, et non comme une curiosité de la nature.

Son créateur eut l'air quelque peu rassuré.

— Bien. Alors je t'accompagnerai jusqu'au village.

— Est-ce un village qui fait partie de tes propriétés ? demanda Gala qui se rappelait avoir lu que la majorité du pays autour de Turingrad était divisé en territoires, et que chaque territoire appartenait à un sorcier.

— Oui. Blaise eut l'air mal à l'aise à ce sujet. Cela fait partie de mon territoire.

— Et les gens qui y vivent t'appartiennent, c'est bien ça ?

Blaise fronça les sourcils.

— Seulement au sens légal le plus strict. C'est une coutume archaïque malheureusement héritée de l'époque féodale. La Révolution de la Sorcellerie était censée l'éradiquer, mais cela fut un échec, comme dans beaucoup de domaines. Malgré la Sorcellerie des Lumières, nous vivons toujours à l'âge des Ténèbres par certains côtés. J'aimerais vraiment modifier cet aspect de notre société.

Gala acquiesça de nouveau. Elle l'avait compris parce qu'il faisait tout ce qu'il pouvait pour aider les gens ordinaires.

— Je comprends, dit-elle. Quand est-ce que je peux y aller, alors ? Dans ton village ?

— Que dirais-tu de demain ? suggéra Blaise en ayant toujours l'air contrarié par l'idée.

— Demain, c'est parfait. Gala lui fit un grand sourire. Puis, incapable de retenir son excitation, elle fit quelque chose qu'elle n'avait vu que dans les livres.

Elle s'approcha de lui, passa ses bras autour de son cou et baissa sa tête vers elle pour l'embrasser.

CHAPTER 10: GALA

Back in Blaise's study, Gala examined the Life Capture Sphere. It looked like a large round diamond, and the rest of the room was reflected in it, as though in a mirror. Gala was mesmerized by the elegant mathematics that warped the image of the laboratory, with its arcane bottles and instruments. There was only a single flaw in the spherical shape—an opening with a couple of clear beads inside it.

"Those are the Life Capture droplets," Blaise explained, walking up to it. "They are the physical shape Life Captures take when entering this world."

Taking one of the beads, he put it in her hand. When their hands touched lightly, Gala felt a pleasantly warm sensation in her body—the same strange feeling she experienced every time she was near Blaise. She would have to touch him more when an opportune moment arose, Gala decided, liking the way her body seemed to react to him.

"These appear when the cycle of recording is compete," he said. "To start the cycle, I touched the Sphere with the blood from my finger, and to stop it, I did it again. See that needle there? That's what I used to prick my finger. Droplets show up shortly after."

Gala pricked her finger. The sensation she felt now was most unpleasant. It was pain, she realized. The red substance—blood—started slowly oozing out of the small opening in her finger. She knew that pain was something humans avoided, and she could now understand why.

Reaching out with her bloody finger, she touched the Sphere, waiting for something to happen. When nothing did, she touched it again, wondering what she was doing wrong.

"It's not working for you, is it?" Blaise asked, watching her efforts. "That's not surprising."

"Because I am not human?"

He nodded. "Yes. With time, I suspect you'll be able to create your own droplets or do anything else you wished without the use of the Sphere."

Gala examined herself and saw no evidence to support what he said. If she could create these Life Capture droplets, she did not know how. In the meantime, her pricked finger had already healed.

"Why did Ganir tie pain to this?" she asked.

"I think he wanted a small cost to be associated with this part. Also, it must help functionally with the spell. I suspect something small enters the body through the wound, going to the brain and capturing something important there. When you touch the Sphere again, it leaves your body. Ganir is very secretive about this process, but that's how my brother explained it to me. He was hypothesizing, of course, since only Ganir understands his invention fully."

Gala focused on her body, wanting to try again. She pricked her other finger. The pain was much less unpleasant this time, since she knew what to expect. When she touched the Sphere, now that she knew what to look for, she actually felt something extremely small entering her flesh through her blood. She could also feel how her body immediately attacked the tiny invaders, preventing them from going further in her bloodstream. And her finger healed again, as quickly as before.

"Why don't you try just taking one of the droplets?" Blaise said. "Put it under your tongue and see what happens."

Gala did as he said, and felt like she was being invaded again. It was as though something wanted to take over her brain. This time, she tried to get her body to allow this invasion, but it still didn't work. Sighing, she looked at Blaise and shook her head. "I didn't succeed, but I would like to try again," she said apologetically. "I'm sorry if I'm wasting your precious droplets—"

"It's quite all right. These ones I made myself in order to document the completion of my spell. It doesn't matter if you use them up—I can still recall that time quite clearly and write it all up in my journal, if necessary." He smiled at her reassuringly.

Gala smiled back at him. Knowing that these were Blaise's Life Captures—that they would allow her to view the world through his eyes—was a very powerful incentive. Closing her eyes, she willed her body not to fight the invasion and focused on letting the substance of the droplets travel through her veins. Suddenly, something within her yielded, and she felt the stuff go up to her head and then into her brain. To her annoyance, however, what worked for the human mind didn't seem to work for hers. She felt some hint of foreign emotions, but no visions of any kind.

Frustrated, she opened her eyes. "It failed again, but I think I am close," she told Blaise. "Do you have any less valuable Life Captures?"

"Sure. They're in storage," he said, walking out of his study. Gala followed him, and they went into one of the rooms she remembered seeing on her earlier tour of Blaise's house. Every wall of that room seemed to be covered with wooden furniture—furniture that seemed to consist of dozens of little doors. Cabinets, Gala realized. These were cabinets—miniature closets used for storage purposes.

Bending down, Blaise opened one of the cabinet doors and took out a jar with a few droplets in it. "These are Life Captures of my less important work," he explained, handing her one of the clear beads. "You should feel free to use up as many of these as you want. I document anything particularly important in writing." He waved toward another set of doors, indicating where he kept his written legacy.

Taking one droplet from his hand, Gala put it under her tongue. With all her being, she willed the ability to see what was contained in the Life Capture. She thought of her time back in the Spell Realm and how she was able to get visions. Then she tapped into the part of her mind that was able to do this before. After what felt like hours of concentration, she felt something finally giving and a vision coming on . . .

* * *

Blaise was sitting in his study writing code. At times like these, he didn't mind his self-imposed solitude. Preparing spells required concentration, and distractions could result in significant setbacks. Thankfully, Maya and Esther knew better than to approach his study while he was working. They would simply come, drop off the Life Captures he needed, and quietly leave if he was busy.

He enjoyed coding because it was so exact, so precise. The sorcery code did what you asked it to do. As long as you wrote out the logic of the spell properly, then it was a simple dynamic of 'if variable A is set to such and such value, action B happens.' There was something reassuring about it. A certainty in an uncertain world. His mind liked the predictability of it all. He frequently re-used certain patterns, and they produced the same outcome each time.

The spell he was working on now was different, much more challenging than usual. It was based on the work of Lenard the Great himself, and Blaise didn't fully understand all of its components—and thus couldn't predict the results. All he knew was that it was his gateway to the Spell Realm—and that it should enable him to send his Life Captures there, shaping the intelligent object he was creating.

Stopping for a second, Blaise wrote down a few things in his journal.

* * *

Gala suddenly became aware that she was Gala and not Blaise. Just a moment ago, she had been him. She had been thinking about sending Life Captures into the Spell Realm to feed the object—the object that was herself. The strangeness of that—of having thoughts about herself prior to her existence—had been jarring. Opening her eyes, Gala looked at Blaise.

"You're out of it already?" He seemed surprised.

"I stopped it," she explained. "I didn't like it. I was not myself. It was the way it had been in the Spell Realm, before I became aware of myself. I felt lost in your mind, and I didn't like that feeling—although I liked your mind quite a bit."

Blaise grinned at her, looking pleased. "Thank you. But just so you know, I've never heard of anybody being able to exit a Life Capture before it ends. I guess there's no point in being surprised with you."

"I *am* different," Gala agreed.

"Life Captures tend to be all-consuming," Blaise said. "That's what most people like about them. Some are even addicted to the experience. When your own life is lacking, being someone else provides a powerful escape. I, like you, don't enjoy the feeling of losing myself, but I embrace the chance to learn more about people by seeing life from their perspective."

"Yes, I could see that. I must admit, I got a chance to learn that you have a beautiful mind," she told him honestly. "So different, yet similar to my own." It had been enlightening to witness his thought processes, and Gala felt like she understood her creator better now.

He gave her a warm smile, his blue eyes crinkling at the corners. "Thank you."

She felt a sudden urge to touch his smiling lips, but she fought the impulse, having gleaned from books that uninvited touches were not socially acceptable. "I would like to see another Life Capture," she said instead. "From someone who is not you." As strange as the experience had been, Blaise was right: it gave her a chance to learn.

Blaise gave her an approving look. "I have some left over from the batch that was meant for your learning while you were in the Spell Realm." Taking out a droplet from a different cabinet, he handed it to Gala.

She put it under her tongue and tried to get her body to use it, like it did the last time. Only this time she focused on not letting it consume her completely, as it did before.

* * *

She was a village girl, working in a garden near a large field of grass. The day was sunny, and the field was beautiful, with wildflowers that were just beginning to bloom. All of this grass would be gone soon, making way for wheat and other grains.

Looking down, she flexed her arms, noticing the play of muscle underneath her smooth skin. She was strong for a girl, her body toned from laboring on the farm her entire life. She enjoyed that part of her life, the endless cycle of planting and harvesting. Now that the spring was here, her family would soon be hard at work—

* * *

Gala stopped the vision. It was difficult to stay detached. For a brief moment, she *had been* that girl, and the experience was as disorienting as before.

"This person seems familiar," she told Blaise. "I think I've been inside her mind before, in the Spell Realm."

He smiled at her, no longer startled by her quick exit. "Yes, I'm not surprised you recognize her. I've gotten most of my droplets from Maya and Esther, my friends in the village. They have many talents, including natural healing and midwifery. And in exchange for their services, they've been requesting Life Captures from women that they help. A payment of sorts, which they've been passing on to me . . ." His voice trailed off, and there was now a thoughtful look on his face.

"What is it?" Gala asked, intrigued.

"It just occurred to me why you might have taken that shape," he said, studying her as though seeing her for the first time.

"What shape?" Gala gave him a questioning look.

"That of a girl."

"You don't like it?" she asked, feeling inexplicably disappointed.

"Oh, no," he reassured her. "I do. Believe me, I like it a little too much." His eyes darkened, color appearing high on his cheekbones, and Gala smiled, delighted that he liked her appearance. Looks were important to people; she knew that also from her readings.

He cleared his throat, still looking a little uncomfortable. "What I meant to say earlier is I think you look like a girl because so many of the Life Captures I sent to you were from the village women— the majority of them, in fact."

Gala nodded. That made sense to her. Her subconscious mind had likely chosen the female form based on the visions she experienced through the Life Captures. And since most of the Life Captures were from women, it was only logical that her mind had decided to take that shape.

"So would you like to see one more Life Capture?" Blaise asked. "I smuggled this one from the Tower of Sorcery."

"Yes, I would love to," Gala told him.

* * *

The young sorceress was sitting in one of the study rooms in the Tower of Sorcery. For the first time ever, she was writing the sorcery code for her own spell. It was a tremendous milestone in her education, and she wanted to make Master Kelvin proud of her achievements.

This spell was of the more difficult verbal variety, since all students had to learn the old-fashioned way before they could get access to the simpler magical language and the Interpreter Stone. To reduce the possibility of errors, she went over the logic of the spell and verified that everything seemed correct. Of course, she knew that the only way to be certain was to say the spell out loud.

Gathering her courage, she spoke the sentences that she'd

prepared, following them up with the arcane words of the Interpreter Spell. Then she watched as a small floating fire sphere appeared in front of her, just as she had coded. She laughed with excitement and exhilaration, feeling like she had just conquered the world.

All of a sudden, there was a flash of bright light in the room and the sphere exploded, shards of glass and burning wood raining everywhere.

The explosion knocked the young woman off her feet, but she managed to remain conscious. The room, however, was nearly destroyed.

Her spell had failed.

* * *

Gala stopped the Life Capture and decided not to do any more for the time being. It was just too unsettling for her. This last girl's mind had been filled with such deep negative emotions of disappointment and fear that Gala was still feeling some residual effects of that.

"You're out of it again?" Blaise asked as soon as Gala's eyes opened.

"I don't think I want to learn about the world this way," she told him. "I want to experience everything myself, not through someone else's eyes."

"Gala . . ." Blaise sounded unhappy again, his brow furrowing in a frown. "That's not a good idea. I already explained. If we go out there, everybody is going to be curious about you. The only thing you'll get to experience is their stares. They'll want to know where you come from and who you are—"

"Because of you," Gala said, recalling what he'd told her earlier. "Because you're an outcast."

"Yes, exactly."

"All right," Gala said, coming to a decision. "Then I'll go by myself. I don't want everybody to watch me just because I'm with you. I want to blend in, to live as your regular people." That last part was important to her. She was different, but she didn't want to *feel* different.

"You want to pretend to be one of the peasants?" Blaise gave her an incredulous look.

"Yes," Gala said firmly. "That's what I want."

"That's not a good idea—" Blaise started again, but Gala held up her hand, interrupting him mid-sentence.

"Am I your prisoner?" she asked quietly, feeling herself starting to get upset again.

"Of course not!"

"Am I your property, a magical object that is yours?"

Blaise shook his head, looking frustrated. "No, Gala, of course you're not. You're a thinking being—"

"Yes, I am." Gala was glad he accepted that fact. "And I know what I want, Blaise. I want to go out there and see the world, to live as a normal person."

He sighed and ran his hand through his dark hair. "Gala . . ."

She just stared at him, not saying anything. She had made her wishes clear. She was not an object or a pet to be kept in his house—not when there was so much to see and experience here in the Physical Realm.

"All right," he finally said. "Remember Maya and Esther, the friends I mentioned to you before? They live in the village where I grew up. Esther was my nanny, and I think of her and her friend Maya as my aunts, even though we're not related by blood. I want them to watch over you, if you don't mind, to help guide you until you're more familiar with our world."

"That sounds like a great idea," Gala said, all negative emotions vanishing in an instant. "I would love to meet both of them." In general, she wanted to meet more people, and she liked the idea of getting to know those who were important to Blaise.

"One thing, though," Blaise said, staring at her intently, "you can't tell anybody about your origins. It could get both of us in trouble."

Gala nodded. "I understand." She would do as Blaise asked, especially since she wanted others to see her as a regular human being, not some curiosity of nature.

Her creator looked somewhat reassured. "Good. Then I will take you to the village."

"Is that a village that's part of your holdings?" Gala asked, remembering from her readings that most of the land surrounding Turingrad was divided into territories—and that each territory belonged to some sorcerer.

"Yes." Blaise looked uncomfortable with this topic. "It's part of my territory."

"And the people living there belong to you, right?"

Blaise frowned. "Only by the strictest letter of the law. It's an archaic custom that's an unfortunate leftover from the feudal times. The Sorcery Revolution was supposed to eradicate it, but it failed in that, as it did in so many other things. Despite the Enlightenment, we still live in the Age of Darkness in some ways. This aspect of our society is something that I would very much like to change."

Gala nodded again. She'd gathered that much from the fact that he was so focused on helping the common people. "I understand," she said. "So when can I go there, to your village?"

"How about tomorrow?" Blaise suggested, still looking less than pleased with the idea.

"Tomorrow would be great." Gala gave him a big smile. And then, unable to contain her excitement, she did something she'd only read about.

She came up to him, wrapped her arms around his neck, and pulled his head down to her for a kiss.

CHAPITRE 11 : AUGUSTA

Dans sa chaise volante, loin au-dessus de la route, Augusta vit les regards ébahis des paysans lorsque cinquante soldats se matérialisèrent soudain devant eux. Peu de gens du peuple connaissaient l'existence de sorts de téléportation et ils étaient encore moins nombreux à en avoir été témoins.

Les paysans à l'avant s'arrêtèrent brutalement et ceux qui les suivaient entrèrent en collision avec eux. Quelques-uns tombèrent au sol. Ceux qui étaient tombés se relevèrent immédiatement en tenant leurs massues et leurs fourches de manière défensive, mais c'était trop tard. Ils avaient montré qu'ils n'étaient que des gringalets maladroits.

Augusta sourit en sachant ce qui allait se produire. Ils allaient être encore plus surpris dans quelques instants.

— Qui est votre chef ? La voix de Barson retentit aux environs et perturba un instant l'ouïe améliorée d'Augusta. Elle avait utilisé la magie pour augmenter le volume de la voix de son amant et elle pouvait voir que ce sort avait eu l'effet escompté. Certains des rebelles avaient maintenant l'air absolument terrifiés.

À ce moment-là, un homme gigantesque portant un tablier en cuir sortit de la foule. Il tenait une grande épée qui avait l'air très lourde. Un forgeron, devina Augusta. Sa présence expliquait certaines des armes portées par les rebelles.

— Il n'y a pas de chef, cria le géant en retour. Il essayait d'atteindre le niveau des tons graves de Barson. Nous sommes tous égaux ici.

Barson leva les sourcils.

— Eh bien, vous pouvez dire à tous vos 'égaux' que nous avons une armée qui vous attend en haut de cette colline. Sa voix avait presque un volume normal à présent : le sort d'Augusta ne fonctionnait que pendant un court moment.

Le paysan se moqua ouvertement.

— Et nous avons une armée prête à marcher sur cette colline.

— Un groupe de paysans affamés, plutôt, interrompit Barson d'un ton dédaigneux.

L'homme retroussa ses lèvres et grogna.

— Qu'est-ce que vous voulez ?

— C'est ce que je ne veux pas qui compte, dit calmement le Capitaine de la garde. Je ne veux pas de massacre inutile.

Le forgeron rit en jetant la tête en arrière.

— Ça ne nous dérange pas de vous tuer tous, et c'est très utile.

Barson ne répondit pas. Il se contenta de lever les sourcils et continua à regarder le paysan.

— Vous avez peur de nous, ricana l'homme. Vous croyez qu'un peu de sorcellerie et des menaces suffisent à nous faire reculer ?

L'amant d'Augusta le toisa d'un air indifférent.

— Je préfèrerais ne pas faire de vous des martyrs. Je comprends que la sécheresse rend la vie de tout le monde plus difficile, mais vous marchez sur Turingrad. Même si on ne vous tuait pas — et on le fera, si vous nous y forcez — un seul sorcier là-bas suffirait à vous détruire en un instant.

L'homme lui jeta un regard mauvais.

— On verra.

— Non, dit Barson, on ne verra pas. Je vais vous donner une occasion de voir à quel point votre rébellion est futile. Vos dix meilleurs guerriers contre l'un d'entre nous — n'importe lequel d'entre nous.

— Allons bon, renifla l'homme. Et si on gagne ?

— Vous ne gagnerez pas, dit Barson avec tant de confiance en lui qu'Augusta vit pour la première fois une trace de doute s'inscrire sur le visage du forgeron.

Cependant, un moment plus tard, le paysan avait retrouvé son sang-froid.

— Tout ça ne sert à rien, dit-il en cherchant à faire demi-tour.

— Vous avez peur de nous ! Une voix railleuse — curieusement aiguë et jeune — sembla surgir de nulle part. Le paysan s'arrêta net. L'immense homme du peuple observa en se retournant le jeune soldat qui se faufilait vers lui.

C'était Kiam, le garçon qu'Augusta avait soigné pendant l'entraînement.

Avant que le paysan ait le temps de répondre, Kiam cria : Dix contre un n'est pas suffisant pour vous autres les trouillards. Vous avez toujours peur ! Pourquoi pas quinze contre un, alors ? Ou vingt contre un ?

Le forgeron gonfla littéralement de rage et son visage barbu vira au rouge foncé.

— Ferme ta gueule, jeunot ! tonna-t-il. Il dégaina son épée et chargea sur Kiam.

Angoissée, Augusta agrippa le côté de sa chaise tandis que le jeune garçon dégaina son épée et se prépara à affronter le paysan qui fonçait sur lui comme un taureau enragé.

Le forgeron se fendit en direction de Kiam et celui-ci évita élégamment le coup en sautant sur le côté. Ses mouvements étaient gracieux et entraînés. L'homme chargea à nouveau en hurlant et Kiam leva son épée. Avant qu'Augusta puisse comprendre ce qu'il se passait, le paysan se figea et une ligne rouge apparut sur son cou. Il s'affala, son grand corps frappant le sol avec force. La tête, séparée du corps, roula au sol et s'arrêta un peu plus loin.

L'épée aiguisée de Kiam avait tranché le cou épais de cet homme comme s'il avait coupé dans du beurre.

Pendant un instant, on n'entendit qu'un silence étonné. Puis Barson se mit à rire.

— J'ai dit, dix, le garçon a dit quinze, mais vous n'envoyez qu'un seul homme, cria-t-il aux paysans choqués.

En réponse, cinq nouveaux hommes fendirent la foule des paysans. Même si aucun d'entre eux n'était aussi grand que le paysan mort, ils semblaient tous plus larges et plus forts que Kiam. Ils étaient aussi beaucoup plus prudents que le forgeron et ils s'approchèrent silencieusement du garçon, leurs visages durs affichant un air déterminé.

Lorsqu'ils arrivèrent à sa hauteur, le premier homme se fendit en direction du garçon et Kiam l'évita, comme avant. Cette fois, cependant, il visa la taille de son adversaire. Deux autres paysans attaquèrent au même moment, mais Kiam, comme un danseur, éloigna son corps des coups et balança son épée. Trois hommes de plus furent à terre en quelques instants. Le dernier homme debout hésita un moment, mais pour lui aussi, c'était trop tard. Sans lui laisser le temps de se décider, le jeune soldat sauta et frappa.

Le dernier attaquant n'était plus.

Augusta entendit le murmure de la foule. C'était le moment

critique, celui que Barson comptait obtenir avec sa démonstration. Un garçon plutôt petit contre plusieurs grands hommes : il n'existait pas d'affirmation plus claire du niveau des soldats au combat. Si les paysans avaient un minimum de jugeote, ils feraient demi-tour maintenant.

En tout cas, c'est ce que Barson espérait. Augusta n'avait pas été sûre de l'efficacité de cette partie du plan et elle voyait à présent qu'elle avait eu raison de douter. Les paysans étaient arrivés trop loin pour abandonner maintenant et au lieu de battre en retraite, ils se mirent à avancer en sortant leurs armes. En s'approchant des soldats, ils s'écartèrent et commencèrent à encercler les hommes de Barson.

C'était le moment où Augusta devait téléporter les soldats jusqu'à leur camp. Les mains tremblantes, elle attrapa le sort pré-écrit, mais la carte lui glissa entre les doigts et tomba de la chaise. Le souffle coupé, elle essaya frénétiquement de la rattraper, mais sans succès. Tandis que la carte tombait au sol, Augusta fut prise d'une panique terrible.

Si son sort échouait, elle serait responsable de la mort de Barson et de ses hommes.

CHAPTER 11: AUGUSTA

Flying high above the road on her chaise, Augusta observed the shocked looks on peasants' faces as fifty soldiers suddenly materialized out of thin air in front of them. Few laypeople even knew that teleporting spells existed, much less had ever seen the effects of one.

The peasants in the front abruptly stopped, and the people following them stumbled into them, causing a few to tumble to the ground. The fallen immediately got up, holding out their clubs and pitchforks protectively, but it was too late. They'd shown themselves for the clumsy weaklings that they were.

Knowing what was coming, Augusta smiled. They would get a bigger shock in a moment.

"Who is in charge here?" Barson's voice boomed at them, hurting Augusta's enhanced hearing for a moment. She'd used magic to increase the volume of her lover's voice, and she could see that the spell had had its intended effect. Some of the rebels now looked simply terrified.

At that moment, a giant of a man wearing a smith's apron walked out of the crowd. In his hand, he was holding a large, heavy-looking sword. A blacksmith, Augusta guessed. His presence explained some of the weapons the rebels were carrying.

"Nobody is in charge," the giant roared back, trying to match Barson's deep tones. "We're all equals here."

Barson raised his eyebrows. "Well, then, you can tell all your 'equals' that we have an army waiting just up this hill." His voice was at a normal volume now; Augusta's spell only worked for a short period of time.

The peasant openly sneered. "And we have an army about to

march up this hill—"

"More like a bunch of hungry peasants," Barson interrupted dismissively.

The man's lip curled in a snarl. "What do you want?"

"It's more about what I don't want," the Captain of the Guard said coolly. "I don't want unnecessary slaughter."

The blacksmith laughed, throwing his head back. "We don't mind killing all of you, and it's quite necessary."

Barson didn't respond, just lifted his eyebrows and continued looking at the man.

"You're afraid of us," the peasant sneered again. "What, you think a little sorcery and threats are enough to make us turn back?"

Augusta's lover gave him an even look. "I would rather not make martyrs out of you. I understand that the drought is making life difficult for everyone, but you are marching on Turingrad. Even if we didn't kill you—and we will, if you force us—a single sorcerer there could destroy you in a moment."

The man scowled. "We'll see about that."

"No," Barson said, "we won't. I will give you a chance to see how futile your rebellion is. Your ten best fighters against one of us—any one of us."

"Oh, right." The man snorted. "And if we win?"

"You won't," Barson said, his confidence so absolute that for the first time, Augusta could see a glimmer of doubt on the blacksmith's face.

A moment later, however, the peasant recovered his composure. "This is pointless," he said, making a move to turn back.

"You're scared of us!" A taunting voice—surprisingly high-pitched and youthful—seemed to come out of nowhere, causing the peasant to stop in his tracks. Turning, the huge commoner stared at the young soldier who was pushing his way to the front.

It was Kiam, the boy Augusta had healed during practice.

Before the peasant could respond, Kiam yelled out, "Ten to one is not enough for you cowards—you're still scared! Why don't you do fifteen to one? Or how about twenty? Think you'd be less scared then?"

The blacksmith visibly swelled with rage, his bearded face turning a dark red color. "Shut your mouth, pup!" he bellowed and, pulling out his sword, charged at Kiam.

Augusta gripped the side of her chaise, tense with anxiety, as the slim youth unsheathed his own sword, preparing to meet the peasant rushing at him like a maddened bull.

The blacksmith lunged at Kiam, and Kiam gracefully dodged to the side, his movements smooth and practiced. Howling, the commoner charged again, and Kiam raised his sword. Before Augusta could even understand what happened, the peasant froze, a red line appearing on his neck. Then he collapsed, his huge bulk hitting the ground with tremendous force. His head, separated from the body, rolled on the ground, coming to a stop a few feet away.

Kiam's sharp sword had sliced through the man's thick neck as easily as a knife moving through butter.

For a moment, there was only stunned silence. Then Barson laughed. "I said ten, the boy said fifteen, but you sent only a single man," he yelled at the shocked peasants.

In response, five other men pushed through the peasant crowd. While none of them were as big as the dead peasant, they all appeared larger and stronger than Kiam. They were also much more cautious than the blacksmith had been, approaching the boy silently, a look of grim determination on their hard faces.

When they reached him, the first man made a lunge for the boy, which Kiam dodged, like before. This time, however, he proceeded to slice at the man's midsection. Another two peasants attacked at the same time, but Kiam, like a dancer, moved his body away from the blows, and swung his sword. Three more men were on the ground in moments. The last man standing hesitated for a moment, but it was too late for him, too. Without giving the man time to make up his mind, the young soldier jumped and sliced.

The last attacker was no more.

Augusta could hear murmuring in the crowd. This was the critical moment, what Barson had been counting on with this demonstration. One fairly small boy against several large men—there could be no clearer statement of the soldiers' fighting abilities. If the peasants had any common sense, they would turn back now.

At least, that's what Barson had been hoping. Augusta had been uncertain about this part of the plan—and she could now see that she'd been right to doubt. The peasants had come too far to be deterred so easily, and instead of retreating, they began to advance, pulling out their weapons. As they got closer to the soldiers, they spread out and started flanking Barson's men.

This was the point at which Augusta needed to teleport the soldiers back. Her hands shaking, she reached for the pre-written spell, and the card slipped from her fingers, falling off the chaise. She gasped, frantically trying to catch it, but it was futile. As the card flew to the ground, Augusta was overcome by a panic unlike anything she had ever experienced.

If her spell failed, she would be responsible for the deaths of Barson and his men.

CHAPITRE 12 : BLAISE

Choqué, Blaise fit un pas en arrière en regardant Gala. Se rendait-elle compte de ce qu'elle venait de faire en l'embrassant de cette façon ?

Malgré sa beauté saisissante, il avait fait de son mieux pour ne pas la voir ainsi. Elle venait d'arriver dans ce monde et pour lui elle était aussi innocente qu'une enfant. Ses actes contredisaient toutefois cette idée.

Cela devenait compliqué. Très compliqué, très vite.

En avalant sa salive, Blaise réfléchit à ce qu'il devait dire. Il sentait encore ses lèvres douces pressées contre les siennes, ses bras fins autour de lui, le serrant contre elle. Il n'avait pas réalisé qu'il réagirait aussi vivement à son contact, qu'il lui faudrait toute sa force de volonté pour s'éloigner de ce baiser.

Elle fit un pas vers lui.

— Euh, Blaise ?

— Gala, est-ce que tu comprends ce que signifie un baiser ? lui demanda-t-il prudemment en essayant de contrôler la réaction instinctive qu'il avait près d'elle.

— Bien sûr. Ses yeux bleus étaient grands et candides en le regardant.

— Et qu'est-ce que cela signifie pour toi ? Était-elle simplement en train de faire des expériences, d'essayer d'apprendre cet aspect de la vie comme elle essayait d'apprendre tout le reste ?

— La même chose que pour tout le monde, j'imagine, dit-elle. J'ai lu des livres à ce sujet. Il y a beaucoup d'histoires d'hommes et de femmes qui s'embrassent s'ils se trouvent attirants. Et tu me trouves attirante, non ? Son visage délicat était interrogateur.

Blaise savait qu'il devait faire preuve de délicatesse. Malgré ses aptitudes pour la sorcellerie, il était loin d'être un expert quand il s'agissait de comprendre les femmes. Ces créatures charmantes le laissaient toujours perplexe et il était en présence d'une femme qui n'était même pas humaine. Il l'avait peut-être créée, mais son esprit était aussi mystérieux pour lui que les profondeurs de l'océan.

— Gala, dit-il doucement. Je t'ai déjà dit que je te trouve irrésistible.

Elle le regarda comme si elle faisait la moue.

— Mais tu viens juste de me résister.

— Il le fallait, dit Blaise patiemment. Tu es tellement nouvelle dans ce monde. Je suis le premier homme, le premier humain, que tu as rencontré en personne. Comment pourrais-tu savoir ce que tu ressens pour moi ?

— Mais les sentiments, n'est-ce pas précisément ce que l'on ressent ? Elle fronça les sourcils. Est-ce que tu es en train de me dire que parce que je ne connais pas bien le monde, mes sentiments sont moins réels ?

— Non, bien sûr que non. Blaise eut l'impression de s'enfoncer. Je ne dis pas que ce que tu ressens n'est pas réel. C'est juste que tu pourrais changer d'avis plus tard, quand tu sortiras, que tu découvriras le monde... quand tu rencontreras d'autres hommes. En ajoutant ce dernier petit bout, il sentit une pique de jalousie et il l'ignora en faisant de gros efforts, car il était déterminé à agir noblement.

Gala fronça les sourcils.

— D'accord. Si c'est ça ton souci, ce n'est pas un problème. Je sors demain et je rencontrerai d'autres hommes. Après ça, je vais revenir et t'embrasser autant que je veux.

Le pouls de Blaise s'accéléra.

— Pourquoi je ne t'accompagnerais pas tout de suite au village, alors ? dit-il en ne plaisantant qu'à moitié.

Ses yeux s'illuminèrent et elle bondit presque de joie.

— Oui, allons-y !

CHAPTER 12: BLAISE

Shocked, Blaise took a step back, staring at Gala. Did she realize what she was doing, kissing him like that?

Despite her startling beauty, he had been trying not to think of her this way. She had just come to this world, and in his eyes, she was as innocent as a child. Her actions, however, belied that idea.

This was getting complicated. Very complicated, very quickly.

Swallowing, Blaise thought about what to say. He could still feel her soft lips pressed against his own, her slim arms embracing him, holding him close. He hadn't realized that he would react to her so strongly, that it would take all his strength to step away from that kiss.

She took a step toward him. "Um, Blaise?"

"Gala, do you understand what a kiss means?" he asked carefully, trying to control his instinctive reaction to her nearness.

"Of course." Her blue eyes were large and guileless, looking up at him.

"And what does it mean to you?" Was she just experimenting with him, trying to 'learn' about this aspect of life as she tried to learn about everything else?

"The same thing that it means to everyone, I imagine," she said. "I read about it. There are a lot of stories about men and women kissing if they find each other attractive. And you find me attractive too, right?" There was a questioning look on her delicate face.

Blaise knew he had to tread carefully. Despite his aptitude for sorcery, he was far from an expert when it came to understanding women. The charming creatures had always mystified him, and here was one who was not even human. He might've created her, but her mind was as mysterious to him as the depths of the ocean.

"Gala," he said softly, "I already told you that I find you irresistible—"

She gave him a look that resembled a pout. "But you just resisted me."

"I had to," Blaise said patiently. "You're so new to this world. I'm the first man—the first human—you've ever met in person. How can you possibly know how you feel about me?"

"Well, aren't feelings exactly that? Feelings?" She frowned. "Are you saying that because I haven't seen the world, my feelings are somehow less real?"

"No, of course not." Blaise felt like he was digging himself a deeper hole. "I'm not saying that what you're feeling right now isn't real. It's just that it might change in the very near future, as you go out there and see more of the world . . . meet more men." As he added that last tidbit, he could feel a hot flare of jealousy at the idea, and he squashed it with effort, determined to be noble about this.

Gala's eyes narrowed. "All right. If that's your concern, that's fine. I'll go out there tomorrow, and I'll meet other men. And then I'm going to come back and kiss you as much as I want."

Blaise's pulse leapt. "Why don't I take you to the village right now then?" he said, only half-jokingly.

Her eyes lit up, and she practically jumped with eagerness. "Yes, let's go!"

CHAPITRE 13 : AUGUSTA

Augusta vit les paysans lancer leur attaque au-dessous d'elle.

Barson et ses soldats s'attendaient à être téléportés, mais lorsque cela ne se produisit pas, ils commencèrent à se battre avec une détermination féroce. Ils furent bientôt entourés de corps. L'amant d'Augusta semblait particulièrement inhumain dans la frénésie du combat. Comprenant son importance stratégique, les rebelles se jetaient sur lui les uns après les autres et il les expédiait avec des coups d'épée brutaux.

En voyant que les gardes parvenaient à faire face, Augusta essaya de se concentrer. Elle ne pouvait pas descendre pour aller chercher sa carte du sort — pas tant que le combat sanglant faisait rage au-dessous —, alors elle devait en écrire une nouvelle.

Rassemblant ses esprits, elle sortit une carte vierge et les morceaux de sort restants. Il lui suffisait de recréer de mémoire le petit morceau complexe de code arcane qu'elle avait écrit plus tôt. Heureusement, la mémoire d'Augusta était excellente et il lui fallut seulement quelques minutes pour se souvenir de ce qu'elle avait fait juste avant.

Lorsque le sort fut terminé, elle chargea les cartes dans la Pierre et regarda en contrebas en retenant sa respiration.

Une minute plus tard, Barson et ses soldats disparurent du champ de bataille, laissant derrière eux des dizaines de cadavres et de rebelles abasourdis.

* * *

— Je suis vraiment désolée, dit-elle quand elle rejoignit Barson et ses hommes sur la colline.

Heureusement, personne n'était blessé. Au contraire, le combat semblait avoir mis tout le monde de bonne humeur. Les soldats riaient et se donnaient des tapes dans le dos, comme s'ils sortaient d'un tournoi et non pas d'une bataille sanglante.

— Nous avons fait face, lui dit Barson triomphalement. Il la prit dans ses bras solides et la fit tourner en rond.

Augusta lui demanda de la reposer en riant, à bout de souffle.

— Vous avez de la chance que j'ai pu remplacer cette carte aussi vite, lui dit-elle. Si j'avais perdu une autre carte, cela aurait demandé plus d'efforts pour la remplacer, et vous auriez dû combattre plus longtemps.

— Il y a peut-être quelque chose que tu peux faire pour te faire pardonner, suggéra Barson en la regardant avec un sourire diabolique.

— Quoi donc ? s'enquit Augusta avec méfiance.

— Les rebelles seront bientôt là, dit-il, les yeux brillants. Tu crois que tu peux réduire un peu leur nombre ?

Augusta avala sa salive.

— Tu veux que je lance un sort directement contre eux ?

— C'est interdit par le règlement du Conseil ?

Ce n'était pas exactement interdit, mais c'était très mal vu. En général, le Conseil préférait limiter les démonstrations de magie en présence des gens ordinaires. Il était considéré comme de mauvais goût pour les sorciers de montrer ouvertement leurs capacités — et cela pouvait être potentiellement dangereux si cela encourageait les paysans à essayer d'apprendre la magie tout seuls. Les sorts offensifs étaient particulièrement découragés : utiliser de la sorcellerie contre un non-initié revenait à massacrer une poule avec une épée.

— Disons que ce n'est pas strictement illégal, dit Augusta lentement, mais il ne faudrait pas que l'on voie ce que je suis en train de faire.

Barson sembla réfléchir au problème pendant un moment.

— Et si les causes semblent naturelles ? suggéra-t-il.

— Ça peut marcher. Augusta pensa à quelques sorts qu'elle pourrait assembler rapidement. Elle ne s'était pas préparée à ces choses-là, mais elle disposait des bons éléments pour les sorts. Elle les avait pris pour servir d'autres buts, mais ils l'aideraient maintenant aussi.

En fouillant dans son sac, elle sortit quelques cartes et écrivit rapidement quelques lignes de code. Lorsqu'elle eut fini, elle dit à

Barson de faire assoir ou allonger ses hommes au sol pendant quelques minutes.

— Cela pourrait secouer un peu... expliqua-t-elle.

Les paysans étaient toujours assez loin quand elle commença à mettre les cartes dans la Pierre d'Interprétation.

Pendant un moment, tout resta silencieux. Augusta retint sa respiration en attendant de voir si son sort fonctionnait. Elle avait combiné une simple attaque de force du genre qui aurait fait exploser une maison avec une idée de téléportation maligne. Au lieu de frapper directement les paysans, le sort serait téléporté dans le sol sous les pieds de l'armée attaquante. Là, sous terre, la force ferait voler les rochers en éclats pour créer la réaction en chaîne sur laquelle Augusta comptait. Du moins l'espérait-elle.

Pendant quelques secondes d'angoisse, rien ne sembla se produire. Puis elle l'entendit : un bruit d'explosion profond et sonore, suivi d'une forte vibration sous leurs pieds. La terre trembla si violemment qu'Augusta dut s'assoir pour ne pas être jetée à terre. Elle entendait au loin les cris des paysans quand la terre s'ouvrit sous leurs pieds, une longue entaille apparaissant en plein milieu de leur armée. Des dizaines d'hommes tombèrent dans la faille, faisant des chutes mortelles en hurlant de peur.

La première étape du plan était faite.

Augusta chargea le sort suivant. C'était un des sorts les plus dangereux qu'elle connaissait : un sort qui cherchait les tissus organiques qui palpitaient afin d'y envoyer un puissant courant électrique. Il était censé arrêter le cœur, ou plusieurs cœurs, étant donné le rayon d'action qu'Augusta avait encodé.

Le sort explosa et Augusta put voir tomber les paysans qui étaient toujours debout. Sa vision améliorée lui permit de voir le choc et la douleur sur leurs visages tandis qu'ils se tenaient la poitrine. Elle déglutit avec effort, essayant de garder dans son estomac la bile qui remontait. Elle n'avait jamais fait cela auparavant, elle n'avait jamais tué autant de monde avec la sorcellerie et elle ne put empêcher sa réaction instinctive.

Quand le sort fut terminé, la route et les champs herbeux près de là étaient couverts de corps humains. Moins de la moitié de l'armée de paysans avait survécu.

Augusta regarda les effets de son travail en se sentant toujours mal. Maintenant, ils allaient fuir, pensa-t-elle en souhaitant désespérément que cette bataille se termine.

Mais à sa grande surprise, les survivants coururent vers la colline en serrant leurs armes restantes au lieu de faire demi-tour.

Ils n'avaient pas peur — ou, plus probablement, ils étaient désespérés, se dit-elle. Ces hommes savaient depuis le début que leur mission était dangereuse, mais ils avaient choisi de continuer malgré tout. Elle ne put s'empêcher d'admirer leur détermination, même si cela lui faisait très peur. Elle imagina que les rebelles à l'origine de la Révolution de la Sorcellerie — ceux qui avaient si brutalement renversé les vieux nobles — avaient été tout aussi déterminés à leur manière.

Tout autour d'elle, les soldats de Barson se préparaient à livrer bataille, prenant position et sortant leurs flèches.

Quand les paysans s'approchèrent de la colline, une pluie de flèches s'abattit sur eux, perçant leurs corps sans protection. Les soldats touchaient leurs cibles avec la même précision terrifiante qu'Augusta avait vue lors de l'entraînement. Chaque paysan qui s'aventurait à portée de flèche mourait en l'espace de quelques secondes. Les rebelles persistaient malgré tout et ils continuaient leur marche en se frayant un chemin entre leurs camarades tombés. Sans aucune sorte de structure ou d'organisation, ils avançaient, les visages défigurés de rage et les yeux brillants de haine. La futilité de toutes ces morts submergea Augusta. Quand les hommes de Barson n'eurent plus de flèches, il restait moins d'un tiers des agresseurs du départ.

Les gardes jetèrent de côté leurs arcs inutiles et dégainèrent leurs épées comme un seul homme. Puis ils attendirent, leurs visages durs et impénétrables.

Lorsque la première vague d'attaquants atteignit la colline, ils furent expédiés en quelques secondes, les armes améliorées par la sorcellerie des soldats étant plus aiguisées et plus mortelles que ce que les paysans avaient jamais vu. Augusta resta sur un côté pour observer les vagues d'attaquants qui arrivaient et qui tombaient de tous les côtés de la colline.

Son amant était une incarnation de la mort, il était aussi imparable qu'une force de la nature. La moitié du temps, il s'attaquait seul aux vagues de rebelles, prenant aisément vingt ou trente hommes à la fois. Les autres soldats étaient presque aussi brutaux et Augusta pouvait voir les paysans se diviser en groupes de plus en plus petits, leurs rangs diminuant à chaque minute qui passait.

Au bout d'une heure, la bataille était arrivée à sa conclusion morbide. En regardant les restes sanglants dans le champ, Augusta sut que c'était une bataille qu'elle n'oublierait jamais.

Non, s'autocorrigea-t-elle. Ce n'était pas une bataille, c'était un massacre.

CHAPTER 13: AUGUSTA

Below, Augusta could see the peasants launching their attack.

Barson and his soldiers were expecting to be teleported, but when it didn't happen, they began fighting with ferocious determination. Soon they were surrounded by corpses. Augusta's lover seemed particularly inhuman in his battle frenzy. Realizing his strategic value, the rebels came at him, one after another, and he dispatched them all with the brutal swings of his sword.

Seeing that the guards were holding their own, Augusta tried to concentrate. She couldn't fly down to retrieve her spell card—not with a bloody battle raging below—so she had to write a new one.

Getting her thoughts together, she took out a blank card and the remaining parts of the spell. All she had to do now was re-create from memory the complicated bit of sorcery code she'd written earlier. Luckily, Augusta's memory was excellent, and it took her only a few minutes to recall what she'd done before.

When the spell was finished, she loaded the cards into the Stone and peered below, holding her breath.

A minute later, Barson and his soldiers disappeared from the battleground, leaving behind dozens of dead bodies and baffled rebels.

* * *

"I am so sorry," she said when she rendezvoused with Barson and his men back on the hill.

Luckily, no one was hurt; if anything, the fighting seemed to have lifted everyone's spirits. The soldiers were laughing and slapping each other on the back, like they had just come back from a tournament instead of a bloody battle.

"We held our ground," Barson told her triumphantly, snatching her up in his strong arms and twirling her around.

Laughing and gasping, Augusta made him put her down. "You're lucky I was able to replace that card so quickly," she told him. "If I'd lost some other card, it would've taken me more effort to replace it, and you'd have been fighting longer."

"Perhaps there is something you can do to make up for that blunder," Barson suggested, looking down at her with a darkly excited smile.

"What?" Augusta asked warily.

"The rebels will be here soon," he said, his eyes gleaming. "Do you think you could thin their numbers a little?"

Augusta swallowed. "You want me to do a direct spell against them?"

"Is that against the Council rules?"

It wasn't, exactly, but it was highly frowned upon. In general, the Council preferred to limit displays of magic around the commoners. It was considered poor taste for sorcerers to show their abilities so openly—and it could be potentially dangerous, if it incentivized the peasants to try to learn magic on their own. Offensive spells were particularly discouraged; using sorcery against someone with no aptitude for magic was the equivalent of butchering a chicken with a sword.

"Well, it's not strictly speaking against the law," Augusta said slowly, "but it shouldn't be obvious that I'm doing this."

Barson appeared to consider the problem for a moment. "What if it looked like natural causes?" he suggested.

"That might work." Augusta thought about a few spells she could quickly pull together. She hadn't expected to do anything like this, but she did have the right components for these spells. She'd brought them for different purposes, but they would help her now too.

Digging in her bag, she pulled out a few cards and rapidly wrote some new lines of code. When she was finished, she told Barson to have his men sit or lie on the ground for a few minutes. "It might get a bit . . . shaky here," she explained.

The peasants were still a distance away when she began feeding the cards into her Interpreter Stone.

For a moment, all was quiet. Augusta held her breath, waiting to see if her spell worked. She'd combined a simple force attack of the kind that might have blown up a house with a clever teleporting idea. Instead of hitting the peasants directly, the spell would be teleported into the ground under the feet of their attacking army. There, beneath the ground, the force would break and shatter rocks, creating the chain reaction she needed—or so Augusta hoped.

For a few nerve-wracking seconds, it seemed like nothing was happening. And then she heard it: a deep, sonorous boom, followed by a powerful vibration under her feet. The earth shook so violently that Augusta had to sit or be knocked to the ground herself. In the distance, she could hear the screams of the peasants as the ground split open under their feet, a deep gash appearing right in the middle of their army. Dozens of men tumbled into the opening, falling to their deaths with frightened yells.

Step one of the plan was complete.

Augusta loaded her next spell. It was one of the deadliest spells she knew—a spell that sought pulsating tissue and applied a powerful electric current to it. It was meant to stop a heart—or multiple hearts, given the width of the radius Augusta had coded.

The spell blasted out, and Augusta could see the peasants who were still on their feet falling, clutching their chests. With her enhanced vision, she could see the looks of shock and pain on their faces, and she swallowed hard, trying to keep down the bile in her stomach. She had never done this before, had never killed so many using sorcery, and she couldn't help her instinctive reaction.

By the time the spell had run its course, the road and the grassy fields nearby were littered with bodies. Less than half of the original peasant army was left alive.

Still feeling sick, Augusta stared at the results of her work. Now they would run, she thought, desperately wanting this battle to be over.

But to her shock, instead of turning back, the survivors rushed toward the hill, clutching their remaining weapons. They were fearless—or, more likely, desperate, she realized. These men had known from the beginning that their mission was dangerous, but they'd chosen to proceed anyway. She couldn't help but admire that kind of determination, even though it scared her to death. She imagined the rebels behind the Sorcery Revolution—the ones who had overthrown the old nobility so brutally—had been just as determined in their own way.

All around her, Barson's soldiers prepared to meet the

onslaught, assuming their places and drawing their arrows.

As the peasants got closer to the hill, a hail of arrows rained down, piercing their unshielded bodies. The soldiers hit their targets with the same terrifying precision that Augusta had seen during practice. Every peasant who got within their arrows' range was dead within seconds. Yet the rebels persisted, continuing on, pushing past their fallen comrades. Lacking any kind of structure or organization, they simply kept going, their faces twisted with bitter rage and their eyes shining with hatred. The futility of all the deaths was overwhelming for Augusta. By the time Barson's men ran out of arrows, less than a third of the original aggressors remained.

Tossing aside their useless bows, the guards, as one, unsheathed their swords. And then they waited, their expressions hard and impassive.

When the first wave of attackers reached the hill, they were dispatched within seconds, the soldiers' sorcery-enhanced weapons sharper and deadlier than anything the peasants had ever seen before. Standing off to the side, Augusta watched as waves of attackers came and fell all around the hill.

Her lover was death incarnate, as unstoppable as a force of nature. Half the time, he would singlehandedly tackle the waves of rebels, easily taking on twenty or thirty men. The other soldiers were almost as brutal, and Augusta could see the peasants breaking up into smaller and smaller groups, their ranks diminishing with every minute that passed.

Within an hour, the battle was nearing its morbid conclusion. Staring at the bloody remnants on the field, Augusta knew it was a battle she would never forget.

No, she corrected herself. It was not a battle—it was a slaughter.

CHAPITRE 14 : GALA

— C'est spectaculaire, dit Gala à Blaise en regardant la ville au-dessous. Ils étaient assis dans sa chaise, un objet magique qu'elle trouvait impressionnant. D'une couleur bleu clair, il évoquait pour elle une sorte de canapé étroit et allongé, sauf qu'il était fait d'un drôle de matériau ressemblant un peu à un diamant. Cela avait l'air dur, mais c'était en fait assez doux et agréable au toucher. Blaise le dirigeait en se servant de sorts verbaux.

Gala appréciait particulièrement le fait de pouvoir être assise aussi près de Blaise. Elle aimait sa proximité, cela lui rappelait les sensations douces qu'elle avait ressenties en l'embrassant. En repensant à ce baiser, elle arracha son regard à la vue au-dessous d'elle et elle jeta un coup d'œil à Blaise pour étudier son profil viril.

Cela l'ennuyait qu'il doute de ses sentiments. Elle manquait évidemment d'expérience, mais elle avait lu suffisamment de livres pour comprendre la mécanique de l'attirance et pour savoir ce que cela signifiait lorsque l'on ressentait ces choses-là pour quelqu'un. Elle était certaine que le fait de rencontrer d'autres personnes n'altèrerait pas sa façon de voir Blaise. Ce voyage jusqu'au village servirait à beaucoup de choses, pensa-t-elle en portant de nouveau son attention sur la ville en dessous. Il lui ferait voir le monde et il rassurerait Blaise en lui montrant qu'elle savait ce qu'elle voulait. Elle n'avait pas envie de paraître ignorante ou naïve aux yeux de son créateur.

— Là, c'est la Place Publique, dit Blaise en interrompant ses pensées. Il montrait un grand espace vide au-dessous. Tu peux voir tous les étalages des marchands qui l'entourent. Et vois-tu cette fontaine au milieu ?

— Oui, dit Gala en sentant monter son excitation. Elle aimait apprendre et c'était fabuleux de voir les choses de ses propres yeux, plutôt qu'avec une Capture Vitale ou dans les pages d'un livre.

— Tous les gens qui visitent Turingrad viennent jusqu'à cette fontaine pour jeter une pièce dans l'eau, dit Blaise. Qu'ils soient riches ou pauvres, paysans ou sorciers, ils viennent tous ici pour faire un souhait.

— Pourquoi ? C'est une forme de sorcellerie ?

— Non, gloussa Blaise. C'est simplement une vieille tradition. Elle existait déjà longtemps avant Lenard le Grand et la découverte du Domaine des Sorts. C'est une superstition, si tu préfères.

— Je vois, dit Gala, bien que l'idée ne lui sembla pas claire. Pourquoi les humains jetaient-ils des pièces dans la fontaine comme ça ? Si la fontaine n'avait aucun rapport avec la sorcellerie, alors elle ne pouvait pas réaliser les souhaits.

— Et là-bas, c'est la Tour de Sorcellerie, dit Blaise en montrant une structure imposante perchée en haut d'une grande colline. C'est là que les sorciers les plus puissants vivent et travaillent. Le Conseil y tient aussi ses réunions. Les étages du bas sont occupés par l'Académie de Sorcellerie, une institution d'apprentissage pour les jeunes. La Garde des Sorciers y est également en poste.

Gala hocha la tête en examinant la Tour avec curiosité. C'était un grand château majestueux, rendu encore plus impressionnant par sa situation en haut de la montagne. La personne qui l'avait construit avait clairement voulu dire quelque chose. Le bâtiment était une célébration du pouvoir.

En l'observant de plus près, Gala se rendit compte que quelque chose la dérangeait au sujet de la montagne. Sa forme, la falaise escarpée d'un côté... Tout ça était trop différent du paysage environnant.

— La montagne est réelle ? demanda-t-elle à Blaise en tournant la tête pour le regarder.

— Non. Il lui sourit. Elle a été construite par les premières familles de sorciers il y a plus de deux cents ans. Ils voulaient que la Tour soit insaisissable, donc ils ont créé un sort pour élever la terre, ce qui créa cette colline. Le bâtiment lui-même est également fortifié par de nombreux sortilèges.

— Pourquoi ont-ils fait cela ? Parce qu'ils avaient peur des gens ordinaires ?

— Oui, répondit Blaise. Et c'est toujours le cas. C'est

malheureux, mais le souvenir de la Révolution de la Sorcellerie est encore frais dans les esprits.

Gala hocha à nouveau la tête en se souvenant de ce qu'elle avait lu dans un des livres de Blaise. Deux cent cinquante ans plus tôt, tout le tissu social de Koldun avait été déchiré par une révolution sanglante. La vieille noblesse était devenue grasse et paresseuse, déconnectée du mécontentement grandissant de ses sujets. Le roi avait été l'un des pires : il était entièrement inconscient des changements qui se produisaient suite aux Lumières et à la découverte de quelque chose appelé le Domaine des Sorts.

Lenard — ou Lenard le Grand comme il viendrait à être connu — avait été un inventeur génial qui, entre autres succès réussit à exploiter un espace étrange qui avait le pouvoir de modifier la réalité d'une façon qui ressemblait étrangement à la magie des contes de fées. On n'était pas dans un conte, bien sûr, et ce que l'ère moderne nomma magie n'était rien d'autre que l'interaction complexe et encore mal comprise entre le Domaine des Sorts et le Domaine Physique. Mais sa découverte changea tout et créa l'ascension d'une nouvelle élite : les sorciers.

Cela commença par de petits sorts sans conséquence : des incantations orales dans une langue complexe et obscure que seules les personnes les plus intelligentes et les plus douées en mathématiques pouvaient maîtriser. Quelques-uns des premiers sorciers venaient de la noblesse, mais ce n'était pas la majorité. Quiconque, quelle que soit son origine, pouvait exploiter le Domaine des Sorts et Lenard encourageait tout le monde à apprendre les mathématiques et le langage de la magie, et à comprendre les lois naturelles. Il alla même jusqu'à ouvrir une école : un endroit qui finit plus tard par s'appeler Académie de Sorcellerie. C'est là qu'un grand nombre des découvertes magiques et scientifiques qui suivirent eurent lieu.

En l'espace de dix ans, la sorcellerie et les connaissances engendrées par les Lumières commencèrent à s'insinuer tous les aspects de la vie à Koldun. Les sorciers découvrirent une façon de se sustenter sans nourriture, de se déplacer d'un endroit à l'autre en un clin d'œil par la téléportation, et même de combattre à l'aide de sorts. Le système féodal basé sur l'hérédité de la noblesse et vieux de plusieurs siècles sembla rapidement démodé aux yeux de ceux qui pouvaient altérer la réalité grâce à quelques phrases bien choisies. Les notions d'égalité et de progrès, de droits de l'homme et de méritocratie se répandirent comme une traînée de poudre, surprenant les nobles.

Quand le roi comprit la menace que représentait la nouvelle classe de sorciers, il était déjà trop tard. Les paysans, quand ils constatèrent que leurs seigneurs n'étaient plus aussi tout-puissants qu'avant, devinrent plus exigeants et des soulèvements de paysans cherchant à améliorer leurs conditions de vie se produisirent partout sur Koldun. La plupart des sorciers — mais pas tous — soutenaient les paysans et ceux des classes inférieures qui n'avaient pas les aptitudes nécessaires à la magie se regroupèrent et recherchèrent la protection des sorciers contre les nobles qui avaient toujours l'armée royale de leur côté.

Cela se finit par une révolution — un conflit civil sanglant qui dura six ans. Chaque côté devint progressivement plus brutal et vindicatif et les atrocités perpétuées par les paysans contre leurs anciens maîtres finirent par être aussi terribles que ce que les barbares faisaient à l'âge des Ténèbres. La révolution ne prit fin que lorsque presque toutes les familles de la noblesse furent massacrées et que le roi perdit sa tête. Les survivants n'eurent alors plus qu'à essayer de reprendre le cours de leurs vies brisées.

Ce n'était pas étonnant que les sorciers craignent les paysans, pensa Gala en regardant la Tour. Après tout, les sorciers représentaient la classe dirigeante à présent.

* * *

Après plusieurs heures de vol, ils approchèrent finalement de leur destination. Gala reconnut le champ au-dessous d'après l'une des Captures Vitales qu'elle avait consommées plus tôt : il était encore plus beau vu d'en haut. Le travail du printemps avait été accompli et de longues tiges de blé peuplaient le paysage.

Sur un côté, il y avait un groupe de bâtiments : ce devait être le village, pensa Gala. Contrairement aux grandes structures complexes de Turingrad, les maisons étaient ici beaucoup plus petites. Plus simples, se dit Gala. Elle se souvint avoir lu que de nombreuses maisons de paysans étaient faites de terre, et cela semblait être le cas ici aussi.

Il y avait une petite clairière entre deux des plus grandes maisons, et c'est là qu'ils atterrirent.

Dès que leur chaise toucha terre, la porte d'une de ces maisons s'ouvrit et deux femmes âgées en sortirent.

Gala les fixa du regard, intriguée. Elle avait lu comment les humains changeaient physiquement au cours de leur vie et elle se demandait quel âge pouvait avoir ces femmes. Elles lui parurent ressemblantes, avec leurs cheveux gris et leurs yeux marron, bien que Gala en trouve une plus agréable à regarder que l'autre.

En voyant Blaise, elles lui firent un grand sourire et coururent vers la chaise.

— Blaise, mon enfant, comment vas-tu ? s'exclama la plus jolie des deux.

— Et qui est cette belle jeune femme ? ajouta la seconde.

Avant que Blaise puisse répondre et que Gala enregistre le fait qu'on venait de la qualifier de 'belle', la femme qui avait parlé en premier se tourna vers Gala et annonça :

— Je m'appelle Maya. Qui es-tu, mon enfant ?

— Et moi je m'appelle Esther, dit l'autre sans laisser à Gala le temps de répondre. Son visage était plissé par un sourire qui plut beaucoup à Gala. Malgré son apparence ordinaire, Gala décida qu'elle avait quelque chose de très attrayant. Les deux femmes étaient chaleureuses d'une façon qui plaisait à Gala.

— Maya, Esther, dit Blaise en descendant de la chaise, laissez-moi vous présenter Gala.

— Gala ? Quel joli prénom, dit Esther en s'avançant et en prenant Gala dans ses bras. Maya suivit son exemple et Gala sourit, ravie d'être au centre de l'attention. Leurs câlins étaient agréables, mais ils n'avaient rien à voir avec ce qu'elle ressentait quand elle touchait Blaise.

— Blaise, ta grand-mère ne s'appelait-elle pas Gala, elle aussi ? demanda Maya.

Blaise hocha la tête et fit un sourire complice à Gala.

— Oui. C'est une jolie coïncidence, non ?

— Bien, entrez, mes enfants, dit Esther. Je viens juste de faire un délicieux ragoût —

— Délicieux, je ne sais pas, mais c'est un ragoût, j'en suis sûre, dit Maya avec un sourire malicieux. Gala comprit qu'elle était en train de taquiner l'autre femme.

Blaise secoua la tête.

— J'adorerais, mais je ne peux pas, dit-il gentiment à Esther. Je dois malheureusement partir. Mais si ça ne vous dérange pas, Gala restera avec vous pendant quelques jours.

Les deux femmes eurent l'air surprises, mais Maya retrouva vite ses esprits.

— Bien sûr que ça ne nous dérange pas, dit-elle. Tout ce que tu voudras, pour toi et ta jolie jeune amie.

Esther hocha la tête avec enthousiasme.

— Oui, tout ce que tu voudras, Blaise. Comment vous vous êtes connus, tous les deux ? demanda-t-elle avec curiosité.

— C'est une longue histoire, dit Blaise. Et son ton n'invitait pas à poser davantage de questions sur le sujet. Maya, pourrais-tu faire faire le tour du village à Gala pendant que je discute avec Esther ?

Esther fronça les sourcils.

— Es-tu sûr de ne pas vouloir rester ? On adorerait t'avoir pendant quelques jours. Tu as besoin de prendre le soleil et tu devrais manger quelque chose. Je parie que tu as vécu de magie depuis notre dernière visite, dit-elle avec désapprobation.

— Blaise a du travail important à faire, dit Gala en venant à la rescousse de Blaise. Elle voyait qu'il avait l'air tendu et qu'il n'avait pas envie d'être là, loin de la précision réconfortante du code sur lequel il comptait tellement. D'après le rapide aperçu de son esprit dans la Capture Vitale — et après ce qu'elle avait appris au sujet de son frère —, elle savait que son créateur souffrait toujours et qu'il n'était pas encore prêt à affronter le monde extérieur.

— Eh bien, ça ne me plaît pas du tout, annonça Esther en serrant les lèvres. Promets-nous que tu reviendras bientôt.

— Oh, ne t'inquiète pas. Je ne laisserai pas Gala seule très longtemps, tu peux en être sûre, dit Blaise. Gala sentit la chaleur de son regard quand il la contempla.

Gala sourit et fit un pas vers Blaise. Elle se mit sur la pointe des pieds, passa ses bras autour de son cou et tira sa tête vers elle pour l'embrasser. Ses lèvres étaient chaudes et douces et Gala savoura avidement cette sensation. Elle fut soulagée qu'il ne s'écarte pas d'elle cette fois. Au lieu de cela, il l'attira plus fort contre lui et l'embrassa passionnément, faisant naître des frissons brûlants qui lui parcoururent le dos.

Lorsqu'il la relâcha, son cœur battait plus vite et elle put voir les regards ravis de Maya et d'Esther. Elle avait réussi à renforcer l'impression qu'elles avaient déjà : qu'elle et Blaise étaient amants. C'était un souhait que Gala espérait réaliser un jour, et en attendant, cela fournissait une explication quant à sa relation avec Blaise. Même si personne ne croirait jamais qu'elle avait été créée par Blaise, pensa-t-elle avec ironie. D'après ce qu'elle savait, personne ne pouvait imaginer qu'il fut possible de créer une personne comme Gala l'avait été.

Maintenant qu'il était temps pour elle de quitter Blaise, Gala ressentit des doutes pour la première fois. Tout à coup, le monde ne lui semblait plus aussi attrayant, puisqu'elle allait devoir être séparée de Blaise pendant les prochains jours. Il n'était même pas encore parti et il lui manquait déjà — elle voulait davantage de ces baisers. D'après toutes ses lectures, elle savait que les gens avaient rarement des sentiments aussi intenses les uns pour les autres après si peu de temps, mais il y avait toujours des exceptions. Il était également possible que les règles de la normalité ne s'appliquent pas à elle, puisqu'elle n'était pas humaine.

— Au revoir, Gala, dit Blaise en lui souriant. Elle lui rendit son sourire en ignorant son bref moment de faiblesse. Le village l'invitait à la découverte. C'était sa chance de découvrir comment on vivait ici, parmi les gens ordinaires. Elle avait l'impression que si elle changeait d'avis maintenant, elle ne pourrait pas convaincre Blaise à nouveau.

— Au revoir, Blaise, dit-elle en ayant décidé qu'elle allait être forte. Elle se retourna et se mit à marcher vers le magnifique champ qu'elle voyait près de là. Maya la suivit, faisant au revoir à Blaise d'un signe de la main.

En approchant du champ, Gala se mit à marcher de plus en plus vite jusqu'à ce qu'elle coure aussi vite que possible. Elle sentait le vent dans ses cheveux et la chaleur du soleil sur son visage et elle leva la tête en riant de pur bonheur.

Elle était vivante et elle aimait chaque instant de cette vie.

CHAPTER 14: GALA

"This is spectacular," Gala told Blaise, looking down at the city below. They were sitting on his chaise, a magical object that she found quite impressive. Light blue in color, it reminded Gala of a narrow, elongated sofa—except that it was made of a strange diamond-like material that looked hard, but was actually quite soft and pleasant to the touch. Blaise was navigating it using verbal spells.

Gala especially liked the fact that she could sit so close to Blaise. She enjoyed his nearness; it made her recall the warm sensations she'd experienced when she'd kissed him earlier. Thinking about that kiss, she tore her eyes away from the view below and glanced at Blaise, studying his strong profile.

It bothered her that he doubted her feelings. She obviously lacked real-world experience, but she'd read enough to understand the mechanics of attraction—and what it meant, to feel like that about someone. She was sure that meeting other people wouldn't make a difference in how she regarded Blaise. This trip to the village would serve multiple purposes, she thought, turning her attention back to the city below. It would let her see the world, and it would also reassure Blaise that she knew her own mind. She didn't want to seem ignorant or naive to her creator.

"This is the Town Square," Blaise said, interrupting her musings. He was pointing at a large open area below. "You can see all the merchant stalls surrounding it. And you see that water fountain in the center?"

"Yes," Gala said, her excitement increasing. She liked learning, and it was great to see these things with her own eyes, rather than through a Life Capture or the pages of a book.

"Everybody who visits Turingrad comes to this fountain to throw a coin in the water," Blaise said. "Rich or poor, commoner or sorcerer—they all come here to make a wish."

"Why? Is that a form of sorcery?"

"No." Blaise chuckled. "Just an old custom. It was in place long before Lenard the Great and the discovery of the Spell Realm. A superstition, if you will."

"I see," Gala said, though the concept confused her a little. Why would humans throw their coins into the fountain like that? If the fountain had nothing to do with sorcery, then it obviously couldn't grant wishes.

"And that's the Tower of Sorcery over there," Blaise said, pointing at an imposing structure sitting on top of a large hill. "That's where the most powerful sorcerers live and work. The Council holds meetings there as well, and the first few floors are occupied by the Academy of Sorcery, a learning institution for the young. The Sorcerer Guard is also stationed there."

Gala nodded, studying the Tower with curiosity. It was a large, stately castle, made even more impressive by its location on the mountain. Whoever had built it was clearly making a statement. The building practically screamed 'power.'

Looking at it, Gala realized that something about the mountain bothered her. The shape of it, the steep cliff at one end—it was just too different from the surrounding flat landscape. "Is the mountain real?" she asked Blaise, turning her head to look at him.

"No." He gave her a smile. "It was built by the first sorcerer families over two hundred years ago. They wanted the Tower to be unassailable, so they did a spell to make the earth rise up, creating this hill. The building itself is fortified with all manner of sorcery as well."

"Why did they do this? Was it because they were afraid of the common people?"

"Yes," Blaise said. "And they still are. It's unfortunate, but the memory of the Sorcery Revolution is still fresh in most people's minds."

Gala nodded again, remembering what she'd read in one of Blaise's books. Two hundred and fifty years ago, the entire fabric of Koldun society had been ripped apart by a bloody revolution. The old nobility had gotten fat and lazy, disconnected from the brewing discontent of their subjects. The king had been among the worst of the offenders, completely oblivious to the changes taking place as a result of the Enlightenment and one man's discovery of something called the Spell Realm.

Lenard—or Lenard the Great, as he would later become known—had been a brilliant inventor who, among his other achievements, managed to tap into a strange place that had the power to alter reality in a way that was uncannily similar to fairy-tale magic. It wasn't a fairy tale, of course, and what was known in the modern era as magic was nothing more than complex and still little-understood interactions between the Spell Realm and the Physical Realm. But his discovery changed everything, resulting in the rise of a new elite: the sorcerers.

It started off as harmless little spells—oral incantations in a complex, arcane language that only the brightest, most mathematically inclined individuals could master. Some of the first sorcerers were from the noble class, but many were not. Anyone, regardless of their lineage, could tap into the Spell Realm, and Lenard encouraged everyone to learn mathematics and the language of magic, to understand the laws of nature. He even went so far as to open a school, a place that later became known as the Academy of Sorcery, where many of the subsequent magical and scientific discoveries took place.

Within a decade, sorcery and knowledge brought about by the Enlightenment began to permeate every aspect of life on Koldun. The sorcerers discovered a way to sustain themselves without food, to move from place to place in a blink of an eye via teleportation, and even to do battle using spells. Before long, the centuries-old feudal system of hereditary nobility began to seem outdated to those who could change the fabric of reality with a few carefully chosen sentences. Notions of fairness and progress, of basic human rights and merit-based societal standing, spread like wildfire, catching the nobles completely off-guard.

By the time the king understood the threat posed by the new sorcerer class, it was too late. The peasants, realizing that their lords were no longer as all-powerful as they once were, grew more demanding, and uprisings erupted all over Koldun as commoners sought to better their quality of life. Most of the sorcerers—though not all—supported the peasants, and those of the lower class who lacked the aptitude for magic banded behind them, seeking the sorcerers' protection against the nobles who still had the king's army on their side.

The end result was a revolution—a bloody civil conflict lasting six years. As it progressed, each side grew more brutal and vengeful, and the atrocities perpetuated by the peasants against their former masters ended up being as horrifying as what the barbarians did in the Age of Darkness. It wasn't until almost every noble family was slaughtered and the king lost his head that the revolution came to an end, leaving the survivors to pick up the pieces of their shattered lives.

It was no wonder that the sorcerers feared the peasants, Gala thought, staring at the Tower. After all, sorcerers were now the new ruling class.

* * *

After several hours of flying, they finally approached their destination. Gala recognized the field below from one of the Life Captures she'd consumed earlier; it was even more beautiful from above. The spring work in her vision must've been completed, and tall stalks of wheat populated the landscape.

Off to the side was a cluster of buildings that Gala guessed to be the village. Unlike the rich, elaborate-looking structures in Turingrad, the houses here were much smaller. Simpler, Gala thought. She remembered reading that many peasant homes were made of clay, and it appeared to be the case here as well.

There was a little clearing between two of the bigger houses, and that was where they landed.

As soon as their chaise touched the ground, the door to one of these houses opened, and two older women came out.

Gala stared at them, intrigued. She'd read about the physical changes that occur in humans throughout their lives, and she wondered about these women's ages. To her, they appeared to be similar to each other, with their grey hair and brown eyes, although Gala found one of them to be more pleasant-looking than the other.

Seeing Blaise, they smiled widely and rushed toward the chaise.

"Blaise, my child, how are you?" the prettier one of the two exclaimed.

"And who is this beautiful girl with you?" the other woman jumped in.

Before Blaise had a chance to answer and Gala could fully register the fact that she had just been called 'beautiful,' the woman who spoke first turned toward Gala and announced, "I am Maya. Who might you be, my child?"

"And I am Esther," said the other one without giving Gala a chance to reply. Her face was creased with a smile that Gala liked very much. In general, despite the woman's more homely appearance, Gala decided that something about her was quite appealing. Both women had a warmth to them that Gala found pleasant.

"Maya, Esther," Blaise said, getting off the chaise, "let me introduce Gala to you."

"Gala? What a pretty name," said Esther, stepping forward and giving Gala a hug. Maya followed her example, and Gala grinned, pleased to find herself the center of attention. Their hugs were nice, but nothing like what she felt when she touched Blaise.

"Blaise, wasn't Gala your grandmother's name as well?" asked Maya.

Blaise nodded and gave Gala a conspiratorial smile. "Yes. A lovely coincidence, isn't it?"

"Well, come inside, children," Esther said. "I've just made some delicious stew—"

"I'm not so sure about delicious, but it's definitely stew," Maya said with a wicked grin, and Gala realized that she was teasing the other woman.

Blaise shook his head. "I'd love to, but I can't," he told Esther gently. "Unfortunately, I have to go. However, if you don't mind, Gala will be staying with you for a few days."

The women looked taken aback, but Maya recovered quickly. "Of course, we don't mind," she said. "Anything for you and your lovely young friend."

Esther nodded eagerly. "Yes, anything for you, Blaise. How do you two know each other?" she asked, visibly curious.

"It's a long story," Blaise said, his tone brooking no further questions on this topic. "Maya, would you mind giving Gala a tour of the village while Esther and I catch up for a minute?"

Esther frowned. "Are you sure you won't stay? We'd love to have you for a few days. You need some sun, and you should eat something. I bet you lived on magic since our last visit," she said disapprovingly.

"Blaise has important business to attend to," Gala said, coming to Blaise's rescue. She could see that he looked tense, and she sensed that he didn't want to be here, away from the comforting precision of the code he'd come to depend on so much. From the brief glimpse of his mind she'd gotten in that Life Capture—and from what she'd learned about his brother—she knew that her creator was still hurting, that he wasn't ready to face the outside world yet.

"Well, I don't like it one bit," Esther announced, pursing her lips. "Promise us you'll come back soon."

"Oh, don't worry. I will not leave Gala by herself for long, you can be sure of that," Blaise said, and Gala felt the warmth in his gaze as he looked upon her.

Gala smiled and took a step toward Blaise. Standing up on tiptoes, she wrapped her arms around his neck and pulled his head down for another kiss. His lips were warm and soft, and Gala eagerly savored the sensation. To her relief, this time he didn't step away. Instead, he pulled her deeper into his embrace and kissed her back fiercely, sending shivers of heat down her spine.

When he released her, her heart was beating faster, and she could see the pleased looks on Maya and Esther's faces. She'd succeeded in reinforcing the impression the two women must've already had—that she and Blaise were lovers. It was something that Gala hoped would be a reality at some point, and in the meantime, it provided an explanation for her relationship with Blaise. Not that anyone would ever guess that Gala was Blaise's creation, she thought wryly. From what she'd learned thus far, nobody could imagine that a person could've originated the way Gala did.

Now that it was time for her to part from Blaise, Gala experienced doubt for the first time. All of a sudden, seeing the world was not nearly as appealing, since it meant she would have to be apart from Blaise for the next few days. He hadn't even left yet, and she already missed him—and wanted more of those kisses. From everything she'd read, she knew people rarely developed strong feelings for each other so quickly, but there were always exceptions. It was also possible that the usual rules didn't apply to her, since she wasn't human.

"Bye, Gala," Blaise said, giving her a smile, and she smiled back, shaking off the brief moment of weakness. The village was beckoning her. This was her chance to experience life here, among the common people. She had a strong suspicion that if she backed out now, she would not be able to talk Blaise into doing this again.

"Bye, Blaise," she said, determined to be strong about this. Turning, she started walking toward the beautiful field that she could see nearby. Maya followed her, waving a goodbye to Blaise as well.

As Gala approached the field, her pace picked up until she was running as hard as she could. She could feel the wind in her hair and the warmth of the sun on her face, and she turned her face up, laughing from sheer joy.

She was living, and she loved every moment of it.

CHAPITRE 15 : AUGUSTA

— Tu es sûre que ça va aller ? demanda Barson en regardant Augusta d'un air inquiet. Il venait de la raccompagner jusqu'à ses quartiers et ils se tenaient devant son bureau.

— Bien sûr. Ça ira. Augusta sourit à son amant. Elle ne pouvait pas nier qu'elle se sentait encore un peu vacillante après la bataille, mais le meilleur remède était de retourner tout de suite à sa routine quotidienne — et cela impliquait de se remettre au travail sur ses projets en cours.

— Dans ce cas, je te laisse retourner à tes sorts, dit Barson en se penchant pour l'embrasser.

Du coin de l'œil, Augusta vit une jeune sorcière s'approcher et attendre humblement à quelques pas de là.

— Euh, excusez-moi, ma Dame... La jeune femme avait l'air mal à l'aise, elle se triturait les mains avec nervosité.

Barson ricana, amusé par la déférence de la jeune fille. Augusta tourna la tête vers lui et le regarda en plissant les yeux.

— Qu'est-ce qu'il y a ? demanda-t-elle, irritée par cette interruption.

— Maître Ganir m'envoie vous chercher, expliqua rapidement la sorcière. Il demande votre présence dans son bureau.

Augusta fronça les sourcils, mécontente d'être convoquée comme une simple disciple. Ganir avait-il appris pour la bataille et pour son implication ? Si c'était le cas, c'était rapide, même pour lui.

— Peut-être qu'il voudra expliquer comment trois cents paysans en sont devenus trois milles, murmura Barson en baissant la tête pour que la fille ne puisse pas l'entendre.

Surprise, Augusta leva les yeux vers lui et rencontra son regard froid et moqueur. Barson sous-entendait-il que Ganir l'avait mal informé avec dessein ?

Elle écarta cette pensée qu'elle envisagerait à un autre moment et elle dit à son amant qu'elle le verrait plus tard. Puis elle partit d'un pas décidé le long du hall, obligeant la jeune fille à sauter hors de son chemin.

Il valait mieux se débarrasser au plus vite de cette corvée.

CHAPTER 15: AUGUSTA

"Are you sure you're going to be all right?" Barson asked, looking down at Augusta with concern. He had just walked her to her quarters, and they were standing in front of her office.

"Of course." Augusta smiled up at her lover. "I'll be fine." She couldn't deny that she still felt a little shaky after the battle, but the best cure for that was getting right back to her everyday routine—and that meant resuming work on her ongoing projects.

"In that case, I'll let you get to your spells," Barson said, leaning down to give her a kiss.

Out of the corner of her eye, Augusta spotted a young sorceress approaching them and pausing deferentially a few feet away.

"Um, excuse me, my lady . . ." The woman appeared uncomfortable, her hands nervously twisting together.

Barson smirked, clearly amused by the girl's reverent manner, and Augusta turned her head toward him, giving him a narrow-eyed look. "What is it?" she asked the girl, annoyed to be interrupted.

"Master Ganir sent me to look for you," the sorceress quickly explained. "He is requesting your presence in his office."

Augusta frowned, unhappy at being summoned like an acolyte. Had Ganir already heard about the battle and her involvement in it? If so, that was fast, even for him.

"Maybe he wants to explain how three hundred peasants became three thousand," Barson murmured, bending his head so that the girl couldn't hear him.

Startled, Augusta looked up at him, meeting his coolly mocking gaze. Was Barson implying that Ganir had misinformed them on purpose?

Tucking that thought away for further analysis, she told her lover, "I will see you later," and walked decisively down the hall, forcing the young woman to jump out of her way.

It was best to get this unpleasantness over with quickly.

CHAPITRE 16 : BARSON

Dès qu'Augusta fut hors de vue, Barson quitta les quartiers des sorciers et se dirigea vers la caserne de La Garde dans l'aile ouest de la Tour. Augusta et lui étaient partis avant ses soldats et il avait moins d'une heure pour faire ce qui devait être fait.

En entrant, il vit le couloir familier avec la rangée de chambres où il vivait avec ses hommes quand ils étaient de service. Ses propres quartiers étaient presque aussi luxueux que ceux des sorciers, mais même les soldats du bas de l'échelle étaient confortablement logés. Il s'en était assuré lorsqu'il était devenu Capitaine de La Garde.

Normalement, après un voyage difficile comme celui-ci, il se serait directement rendu dans sa chambre pour prendre un long bain, mais il n'avait pas de temps à perdre. Il devait confronter le traître — et il fallait qu'il le fasse maintenant, tant qu'il pouvait encore le prendre par surprise.

En s'arrêtant devant la chambre de Siur, il attendit pour écouter les bruits à l'intérieur. Son lieutenant de confiance semblait occupé à s'amuser au lit.

Encore mieux, pensa Barson en laissant apparaître un sourire. Il n'y avait rien de mieux que de surprendre son ennemi avec le pantalon baissé.

Sans plus attendre, il ouvrit la porte et pénétra dans la chambre de Siur.

Comme il s'y était attendu, il y avait deux corps nus dans le lit. D'après les gémissements et les cheveux roux aperçus occasionnellement sous la masse de Siur, il devait s'agir de l'une des prostituées locales qui rendaient souvent visite aux gardes. Ils étaient tous deux tellement occupés qu'ils ne réagirent même pas lorsque Barson entra.

Barson commença à s'énerver et il frappa le mur de son poing ganté. Siur et sa compagne de lit sursautèrent en jurant et Barson observa avec un amusement cruel comment la femme rampa du lit en tirant un drap pour recouvrir son corps potelé.

— Capitaine ! s'exclama Siur en sautant du lit et en mettant vite son pantalon. Je ne vous avais pas vu... Ses yeux écarquillés par la stupeur étaient presque comiques.

— Surpris de me voir ? demanda Barson d'une voix mielleuse en regardant la prostituée sortir de la pièce en courant. Ou surpris de me voir vivant ?

— Quoi ? Non, Capitaine ! Si, je veux dire — Siur était manifestement pris au dépourvu. Ses yeux regardaient dans tous les sens, évoquant un animal piégé.

— Pourquoi n'as-tu pas pu prendre part à cette mission ? demanda Barson sans lui laisser le temps de reprendre ses esprits. Pourquoi es-tu resté ici ?

— Eh bien, je — Siur ne s'attendait clairement pas à être interrogé et Barson vit comment il essayait frénétiquement de trouver une réponse plausible. Son hésitation l'accusait.

— Raconte-moi tout, ordonna Barson en regardant l'homme qu'il avait considéré comme un frère. Pourquoi as-tu fait ça ?

Siur cligna des yeux en reculant.

— Je ne sais pas de quoi vous parlez.

— Ne me mens pas. Fais-moi au moins cet honneur.

— Capitaine, Barson, je — le soldat continuait à reculer et Barson vit ce qu'il cherchait à la seconde où sa main se referma sur son épée.

Barson dégaina sa propre épée.

— Dis-moi la vérité, dit-il froidement, et tu mourras vite et sans douleur. Il était rassuré que le traître se soit révélé ainsi : jusque là, Barson n'avait pas été certain de sa culpabilité.

Siur attaqua avec un cri de rage. Son élan lui fit traverser la pièce en faisant tournoyer son épée.

Barson contra son attaque féroce et il para chaque coup en l'observant attentivement à la recherche d'une ouverture pour désarmer son adversaire. Normalement, Siur serait déjà mort, mais Barson ne voulait pas le tuer tout de suite. Il avait besoin d'informations et le traître était le seul à pouvoir les lui fournir.

Siur se battit comme un fou furieux. Confronté à la perspective d'un interrogatoire, il essayait apparemment d'obtenir une mort rapide et glorieuse — ce que Barson n'avait pas l'intention de lui donner. Ils se battirent pour ce qui sembla être une éternité. Si Barson n'avait pas été si fatigué de son autre épreuve, cela aurait été plus facile. De fait, il dut se retenir de tuer Siur toutes les deux minutes, tout en empêchant simultanément les coups mortels du soldat de l'atteindre.

Son moment vint enfin lorsque Siur porta un coup violent vers l'épaule de Barson. D'un geste de son épée, Barson érafla le flanc gauche de son adversaire, faisant couler le premier sang. Siur bondit en arrière avec un sifflement de douleur et attaqua Barson avec encore plus de désespoir. Le soldat savait qu'il s'affaiblirait de minute en minute et Barson avait de plus en plus de mal à ne pas asséner le coup fatal à ce traître.

— Tu ne pourras pas me faire parler, peu importe ce que tu feras, haleta Siur en exécutant une attaque de triple feinte. Barson se défendit facilement : il avait personnellement appris cette manœuvre à Siur, qui n'avait jamais excellé en la matière. Le fait que Siur l'utilise maintenant montrait qu'il n'arrivait plus à réfléchir.

Prenant silencieusement l'avantage de cette ouverture, Barson porta un coup à l'épaule droite de son adversaire et trancha aisément dans la chair nue. Heureusement que le soldat ne portait pas d'armure, sinon la tâche de Barson aurait été encore plus difficile. Siur trébucha en poussant un grand cri, mais il persista, ses yeux brillant de rage et de désespoir.

Quelques gouttes de sueur coulèrent le long du dos de Barson, ce qui augmenta son envie de prendre un bain. Décidant de mener ce combat jusqu'à sa conclusion inévitable, il feignit de favoriser son côté droit, exposant sa gauche pendant un court instant. Siur mordit immédiatement à l'hameçon, tentant de porter un coup fatal au cœur.

Au dernier moment, Barson tordit son corps en laissant l'épée aiguisée de Siur racler le côté de son armure, la trancher et laisser une éraflure peu profonde dans la peau. En même temps, le poing ganté de Barson s'abattit avec force sur le bras droit de Siur, faisant voler l'épée du traître à l'autre bout de la pièce.

— Maintenant, on va parler, marmonna Barson en donnant un coup de poing au visage de Siur pour l'assommer.

CHAPTER 16: BARSON

As soon as Augusta was out of sight, Barson left the sorcerers' quarters and headed toward the Guard barracks in the west wing of the Tower. He and Augusta had ridden ahead of his soldiers, and he had less than an hour to do what needed to get done.

Walking in, he saw the familiar hallway with the row of rooms where he and his men lived when they were on duty. His own quarters were nearly as lavish as those of the sorcerers, but even his lowest-ranked soldiers had comfortable accommodations. It was something he'd made sure of when he'd taken over as Captain of the Guard.

Normally, after a hard trip like this one, he would've gone straight to his room to take a long bath, but there was no time to waste. He had to confront the traitor—and he had to do it now, while he could still catch him unaware.

Stopping in front of Siur's room, he paused to listen to the sounds coming from within. It seemed that his trusted lieutenant was engaged in a bit of bed play.

All the better, Barson thought, a thin smile appearing on his lips. There was nothing better than catching your enemy with his pants down—literally.

Without further ado, he pushed open the door and entered Siur's bedroom.

As he had suspected, there were two naked bodies on the bed. From the moans and the flashes of red hair he could see under Siur's straining bulk, the woman had to be one of the local whores that frequently visited the guards. The two of them were so occupied with each other, they didn't even react to Barson's entry.

Starting to get annoyed, Barson banged his gauntleted fist against the wall. Siur and his bedmate jumped, cursing, and

Barson watched with cruel amusement as the woman scrambled out of bed, pulling a sheet around her plump naked body.

"Captain!" Siur gasped, hopping out of bed and swiftly pulling on his britches. "I didn't see you there . . ." The wide-eyed look of shock on his face was almost comical.

"Surprised to see me?" Barson asked in a silky tone, watching as the whore ran out of the room. "Or just surprised to see me alive?"

"What? No, Captain! I mean, yes—" Siur was clearly caught off-guard. His eyes were shifting from side to side, reminding Barson of a trapped animal.

"Why were you unable to join this mission?" Barson demanded, not giving the man a chance to regain his composure. "Why did you stay behind?"

"Well, I—" Siur clearly wasn't expecting to be questioned, and Barson could see him frantically trying to come up with a plausible answer. His hesitation was damning.

"Tell me everything," Barson ordered, looking at the man he'd once regarded as a brother. "Why did you do this?"

Siur blinked, backing away. "I don't know what you're talking about—"

"Don't lie to me. At least show me that much respect."

"Captain, Barson, I—" The soldier kept moving backward, and Barson saw what he was after the very second the man's hand closed around his sword.

Barson unsheathed his own sword. "Tell me the truth," he said coldly, "and you will die quickly and painlessly." He was glad the traitor was showing his true colors; up until that moment, he hadn't been completely sure of the man's guilt.

With an enraged cry, Siur attacked. His momentum carried him across the room, his sword swinging.

Barson met his fierce attack, parrying every blow and watching carefully for an opening to disarm his opponent. Normally, Siur would've already been dead, but Barson didn't want to kill him yet. He needed information, and the traitor was the only one who could provide it.

Siur fought like a berserker. Faced with the prospect of interrogation, the man was apparently trying to go for a quick, glorious death—something that Barson had no intention of allowing. They fought for what seemed like forever. If Barson hadn't been so tired from his earlier ordeal, this would've been easier. As it was, he had to restrain himself from killing Siur every couple of minutes, while simultaneously preventing the soldier's deadly blows from reaching his body.

His moment finally came when Siur made a violent thrust at Barson's shoulder. With one flick of his sword, Barson grazed his opponent's left side, drawing the first blood. Siur jumped back with a pained hiss, then attacked Barson with even more desperation. The soldier knew he would now grow weaker with every minute that passed, and Barson found it more difficult to restrain himself from dealing the traitor a killing blow.

"You can't make me talk, no matter what you do," Siur panted, executing a triple feint attack. Barson easily defended himself; he'd personally taught this maneuver to Siur, and the man had never particularly excelled at it. That Siur used it now was a sign that he was no longer thinking straight.

Silently taking advantage of this opening, Barson slashed the man's right shoulder, slicing through his naked flesh with ease. It was fortunate the soldier wasn't wearing armor; otherwise, Barson's task would've been even more difficult. Siur stumbled, letting out a pained cry, but pressed on, his eyes glittering with rage and desperation.

A trickle of sweat ran down Barson's back, intensifying his longing for a bath. Deciding to bring the fight to its inevitable conclusion, he pretended to favor his right side, leaving his left exposed for a brief moment. Siur immediately took the bait, going for a killing blow to the heart.

At the last moment, Barson twisted his body, letting the man's sharp sword scrape the side of his armor, cutting through it and leaving a shallow scratch on his skin. At the same time, Barson's gauntleted fist landed on Siur's right arm with massive force, causing the traitor's sword to fly across the room.

"Now we talk," Barson muttered, punching Siur in the face and knocking him out.

CHAPITRE 17 : AUGUSTA

Le vieil homme ratatiné travaillait lorsque Augusta pénétra dans son bureau luxueux. Son espace de travail faisait presque la taille du logement d'Augusta à la Tour. Être à la tête du Conseil offrait des avantages.

— Augusta. Il leva la tête et la regarda de ses yeux bleus pale. Bien que le visage de Ganir soit ridé et marqué par le temps, sa chevelure blanche était toujours épaisse et ondoyait jusqu'à ses épaules dans un style qui avait été populaire sept décennies plus tôt.

— Maître Ganir, répondit-elle en baissant légèrement la tête. Malgré son aversion pour lui, elle ne pouvait s'empêcher de ressentir un certain respect réticent envers le Chef du Conseil. Ganir était l'un des plus vieux et des plus puissants sorciers qui existent, il était en outre l'inventeur des Sphères de Capture Vitale.

— Aucun besoin d'être si formelle avec moi, mon enfant, dit-il en la surprenant par son ton chaleureux.

— Comme vous le souhaitez, Ganir, dit Augusta avec méfiance. Pourquoi était-il sympathique avec elle ? Cela ne lui ressemblait pas du tout. Elle avait toujours eu l'impression que le vieux sorcier ne l'aimait pas. Blaise avait un jour laissé échapper que Ganir pensait qu'ils n'allaient pas bien ensemble — une insulte évidente pour Augusta, puisque le vieil homme avait traité Blaise et son frère presque comme ses fils.

En réponse à la question qu'elle n'avait pas posée, Ganir se pencha en arrière dans son fauteuil et la regarda de manière indéchiffrable.

— Je dois te parler d'une affaire délicate, dit-il en tapotant légèrement le bureau avec ses doigts.

Augusta leva les sourcils et attendit qu'il continue. Elle ne pensait pas que son ingérence contre les rebelles fut une affaire particulièrement délicate, et elle ne savait pas pourquoi il n'évoquait pas simplement ses actions à la prochaine réunion du Conseil. Bien sûr, il était possible qu'il veuille qu'elle fasse quelque chose pour lui et cette possibilité la mettait mal à l'aise.

— Comme tu le sais, je n'ai pas toujours approuvé le fait que tu sois avec Blaise, commença Ganir. Elle fut choquée d'entendre cet écho à ses propres pensées. Depuis, j'ai été amené à regretter cette attitude. Il fit une pause et lui laissa le temps de digérer ses mots.

Entièrement prise au dépourvu, Augusta ne put que le regarder fixement. Elle ne savait absolument pas pourquoi il parlait de cette vieille histoire maintenant, mais cela ne lui sembla pas être de bon augure.

— Je regrette de ne pas t'avoir soutenue alors, quand Blaise et toi étiez ensemble, poursuivit le Chef du Conseil. La tristesse dans sa voix était aussi inhabituelle que surprenante. Il était l'une de nos étoiles les plus brillantes...

— Oui, c'est ce qu'il était, dit Augusta en fronçant les sourcils. Ils savaient tous deux ce qui avait poussé Blaise à s'exiler. C'était l'invention de Ganir qui avait conduit à la situation désastreuse avec Louie — et qui avait fait perdre à Augusta l'homme qu'elle aimait.

Puis, avec une intuition soudaine, elle comprit. Sa convocation par Ganir n'avait rien à voir avec la bataille qu'elle venait de mener... et tout à voir avec l'homme qu'elle essayait d'oublier depuis deux ans.

— Qu'est-ce qui est arrivé à Blaise ? demanda-t-elle brusquement, sentant un froid glacial s'étendre dans ses veines. Même maintenant, malgré ses sentiments grandissants pour Barson, la simple idée que Blaise soit en danger suffisait à la faire paniquer.

Le regard pâle de Ganir était triste.

— Je crains que sa dépression ne l'ait poussé encore plus bas, dit-il doucement. Augusta, je pense que Blaise est devenu drogué aux Captures Vitales.

— Quoi ? Ce n'était pas du tout ce à quoi elle s'attendait. Elle ne savait pas à quoi elle s'était attendue, mais ce n'était certainement pas ça. Un drogué aux Captures Vitales ? Elle fixa Ganir d'un regard incrédule. Cela ne ressemble pas du tout à Blaise. Il considère que c'est une faiblesse de se noyer dans les souvenirs de quelqu'un d'autre. Dans son travail, oui, mais pas dans les esprits des autres.

— Au début, j'ai eu du mal à le croire, moi aussi. La seule raison que je puisse trouver c'est que son isolement lui a peut-être fait perdre la tête... Il haussa tristement les épaules.

— Non, je ne vois pas comment cela aurait pu arriver, dit Augusta avec fermeté. Il n'abandonnerait jamais ses recherches. Qu'est-ce qui vous fait penser que c'est un drogué ?

— Quelqu'un de son village m'informe, expliqua Ganir. D'après ma source, Blaise a obtenu une quantité énorme de gouttelettes de Capture Vitale. Suffisamment pour se maintenir dans le monde des songes pendant toutes les heures de la journée.

Augusta plissa les yeux.

— Vous l'espionnez ? demanda-t-elle sans parvenir à cacher le ton accusateur de sa voix. Elle détestait la façon dont le vieil homme semblait mettre ses tentacules partout ces temps-ci.

— Je n'espionne pas ce garçon, la contredit le Chef du Conseil en fronçant ses sourcils blancs. Je veux juste m'assurer qu'il est en bonne santé et qu'il va bien. Tu sais qu'il ne me parle pas non plus, n'est-ce pas ?

Augusta hocha la tête. Elle le savait. Elle n'aimait pas Ganir, mais elle voyait qu'il souffrait lui aussi. Il avait été proche des fils de Dasbraw et la froideur de Blaise était aussi pénible pour lui que pour Augusta.

— D'accord, dit-elle d'un ton plus conciliant. Votre source vous a-t-elle dit que Blaise avait obtenu beaucoup de Captures Vitales ?

— Beaucoup, c'est un euphémisme. Ce qu'il a vaut une petite fortune au marché noir.

Ganir avait raison : ce n'était pas bon signe. Pourquoi Blaise aurait-il besoin d'autant de ces choses s'il n'y était pas dépendant ? Augusta avait toujours considéré que les Captures Vitales étaient dangereuses et elle faisait très attention à la façon dont elle les utilisait. Elle avait même signalé les risques que présentait l'invention de Ganir au début. Elle soupçonnait que cela avait un lien avec le fait que le vieux sorcier ne l'aime pas.

— Qu'est-ce qui vous fait dire qu'il les a obtenus pour son propre usage ? se demanda-t-elle à voix haute.

— Ce n'est pas définitif, bien sûr, admit Ganir. Cependant, personne ne l'a vu depuis des mois. Il ne s'est même pas montré au village.

Augusta ne pensait pas que ce soit inhabituel, mais si l'on

ajoutait ça à une grande quantité de gouttelettes, cela n'était pas beau à imaginer.

— Pourquoi me dites-vous tout ça ? demanda-t-elle, bien qu'elle commençât à deviner les intentions du Chef du Conseil.

— Je veux que tu parles avec Blaise, dit Ganir. Il t'écoutera jusqu'au bout. Je ne serais pas surpris qu'il soit encore amoureux de toi. Peut-être est-ce la raison pour laquelle il souffre encore à ce point.

— C'est Blaise qui m'a quittée, et non pas l'inverse, dit Augusta sèchement. Comment osait-il sous-entendre que leur séparation soit à l'origine de l'état actuel de Blaise ? Tout le monde savait que c'était la perte de son frère qui lui avait fait quitter le Conseil — une tragédie de laquelle tout le monde était responsable à des degrés différents.

Pourquoi n'avait-elle pas voté différemment ? se demanda Augusta avec amertume pour la millième fois. Pourquoi aucun autre membre du Conseil n'avait-il voté différemment ? Chaque fois qu'elle repensait à cet événement désastreux, elle se sentait pleine de regrets. Si elle avait su que son vote n'aurait pas d'importance, que le Conseil dans son ensemble, excepté Blaise, voterait pour la punition de Louie, elle serait allée à l'encontre de ses convictions et elle aurait voté pour qu'on épargne le frère de Blaise. Mais elle ne l'avait pas fait. Ce que Louie avait fait — donner un objet magique à des gens ordinaires — était l'un des pires crimes qu'Augusta pouvait imaginer, et elle avait voté d'après ce que lui dictait sa conscience.

C'était ce vote qui lui avait coûté l'homme qu'elle aimait. D'une manière ou d'une autre, Blaise avait appris la répartition des votes et il avait su qu'Augusta avait été l'un des membres du Conseil à voter pour l'exécution de Blaise. Il n'y avait eu qu'un seul vote contre cette punition : celui de Blaise lui-même.

C'était en tout cas ce que Blaise lui avait dit en lui hurlant de quitter sa maison et de ne plus jamais y revenir. De toute sa vie, elle n'oublierait jamais ce jour-là : la douleur et la rage l'avaient transformé en quelqu'un qu'elle ne reconnaissait même plus. Son amant au tempérament habituellement modéré avait été très effrayant, et elle avait su que c'était terminé entre eux, que les huit années passées ensemble n'avaient pas eu la même signification pour lui que pour elle.

Ce n'était pas la première fois qu'Augusta essayait de comprendre comment Blaise avait appris le décompte des voix. Le processus de vote était conçu pour être entièrement juste et anonyme. Chaque Conseiller possédait une pierre de vote qu'il ou elle pouvait téléporter dans une des boîtes : la boîte rouge pour *Oui*, la boîte bleue pour *Non*. Les boîtes étaient posées sur la Balance de la Justice au milieu de la Chambre du Conseil. Personne n'était censé savoir combien il y avait de pierres dans chaque boîte : la balance penchait simplement du côté de la majorité. Il n'aurait dû y avoir aucun moyen pour Blaise de découvrir combien il y avait de pierres dans la boîte rouge en ce jour néfaste.

— Je suis désolé, dit Ganir en interrompant ses sombres pensées. Je ne voulais pas dire que tu étais responsable. Je pense simplement que Blaise souffre encore. Je serais bien allé lui parler en personne, mais comme tu le sais sans doute, il a dit qu'il me tuerait sur le champ si je l'approchais.

— Vous ne pensez pas qu'il me ferait la même chose ? demanda Augusta en se souvenant de la fureur noire de Blaise lorsqu'il l'avait chassée de chez lui.

— Non, répondit Ganir avec conviction. Il ne te ferait aucun mal, à cause des sentiments qu'il a eus pour toi dans le passé. Parle-lui, fais-le revenir à la raison. Peut-être aimerait-il nous rejoindre à nouveau — il est resté assez longtemps loin de la Tour.

Augusta leva les sourcils.

— Vous voulez qu'il revienne au Conseil ?

— Pourquoi pas ? Le Chef du Conseil la regarda. Comme toi, c'est un de nos meilleurs sorciers, un des plus brillants. C'est dommage que ses talents soient gâchés.

— Et Gina alors ? Elle a pris sa place, alors que lui arrivera-t-il s'il revient ?

— Nous aurons quatorze Conseillers, dit Ganir. Je ne voudrais pas remplacer Gina. Elle est un atout.

Augusta le dévisagea.

— Il y en a treize depuis que le Conseil a été créé, vous le savez.

Ganir n'eut pas l'air très préoccupé.

— Oui, mais cela ne veut pas dire que les choses ne peuvent pas changer. Pour l'instant, ne nous inquiétons pas pour ça. Nous verrons cela le moment venu.

— Vous croyez vraiment que les autres l'accueilleraient s'il revenait ? demanda Augusta, dubitative.

— On ne l'a jamais forcé à partir. Blaise est parti de lui-même. En outre, si toi et moi nous nous associons, tout le monde devra suivre.

Augusta lui lança un regard incrédule. Elle et Ganir, s'associer ? C'était une idée à laquelle il lui faudrait du temps pour s'habituer.

— Tout ce que je peux vous promettre c'est de lui parler, dit-elle, puis elle quitta le bureau du vieux sorcier.

CHAPTER 17: AUGUSTA

The wizened old man was working behind his desk when Augusta entered his lavish study. His workspace was nearly the size of her entire quarters in the Tower. Being the head of the Council certainly had its privileges.

"Augusta." He raised his head, regarding her with a pale blue gaze. Although Ganir's face was wrinkled and weathered, his white hair was still thick, flowing down to his narrow shoulders in a style that had been popular seven decades ago.

"Master Ganir," she responded, slightly bowing her head. Despite her dislike of him, she couldn't help feeling a certain grudging respect for the Council Leader. Ganir was among the oldest and most powerful sorcerers in existence, as well as the inventor of the Life Capture Sphere.

"You need not be so formal with me, child," he said, surprising her with his warm tone.

"As you wish, Ganir," Augusta said warily. Why was he being kind to her? This was very much unlike him. She had always gotten the impression that the old sorcerer didn't care for her. Blaise had once let slip that Ganir thought they didn't suit each other—an obvious insult to Augusta, since the old man had treated Blaise and his brother with an almost fatherly regard.

In response to her unspoken question, Ganir leaned back in his chair, regarding her with an inscrutable gaze. "I have a delicate matter to discuss with you," he said, lightly drumming his fingers on his desk.

Augusta raised her eyebrows, waiting for him to continue. She wouldn't have thought her interference with the rebels was a particularly delicate matter, and she didn't know why he didn't just bring up her actions at the next Council meeting. Of course, it was possible he wanted something from her—a possibility that made her uneasy.

"As you know, when you were with Blaise, I did not always act approvingly," Ganir began, shocking her by echoing her earlier thoughts. "I have since come to regret that attitude." Pausing, he let her digest his words.

Caught completely off-guard, all Augusta could do was stare at him. She had no idea why he was bringing up ancient history now, but it didn't seem like a good sign to her.

"I wish I had supported you then, back when you and Blaise were together," the Council Leader continued, and the sadness in his voice was as unusual as it was surprising. "He was one of our brightest stars . . ."

"Yes, he was," Augusta said, frowning. They both knew what lay behind Blaise's self-exile. It was Ganir's own invention that had led to that disastrous situation with Louie—and to Augusta losing the man she had loved.

Then, with a sudden leap of intuition, she knew. Ganir's summons had nothing to do with the battle she'd just returned from . . . and everything to do with the man she'd been trying to forget for the past two years.

"What happened to Blaise?" she asked sharply, a sickening coldness spreading through her veins. Even now, despite her growing feelings for Barson, the mere thought of Blaise in danger was enough to send her into panic.

Ganir's faded gaze held sorrow. "I'm afraid his depression has led him to a new low," he said quietly. "Augusta, I think Blaise has become a Life Capture addict."

"What?" This was not at all what she had expected to hear. She wasn't sure what she did expect, but this was definitely not it. "A Life Capture addict?" She stared at Ganir in disbelief. "That doesn't sound like Blaise at all. He would consider it a weakness to drown himself in someone else's memories. In his work, yes, but not in other people's minds—"

"I had trouble believing this at first as well. The only thing I can think of is perhaps the isolation has broken his spirit . . ." He shrugged sadly.

"No, I don't see how this could be true," Augusta said firmly. "If nothing else, he would never abandon his research. What made you decide that he's an addict?"

"I have someone reporting to me from his village," Ganir explained. "According to my source, Blaise has been getting enormous amounts of Life Capture droplets. Enough to stay in a dream world all waking hours."

Augusta's eyes narrowed. "Are you spying on him?" she asked, unable to keep the accusatory note out of her voice. She hated the way the old man seemed to have his tentacles in everything these days.

"I'm not spying on the boy," the Council Leader denied, his white eyebrows coming together. "I just want to make sure he's healthy and well. You know he doesn't talk to me either, right?"

Augusta nodded. She knew that. As much as she disliked Ganir, she could see that he was hurting, too. He had been close to Dasbraw's sons, and Blaise's coldness had to be as upsetting to him as it was to Augusta herself. "All right," she said in a more conciliatory tone, "so your source is telling you that Blaise acquired a lot of Life Captures?"

"A lot is an understatement. What he got is worth a fortune on the black market."

Ganir was right; this didn't sound good. Why would Blaise need so much of that stuff if he was not addicted? Augusta had always considered Life Captures to be dangerous, and she was extremely cautious in how she used the droplets herself. She had even spoken up about the risks of Ganir's invention in the beginning—a fact that she suspected had something to do with the old sorcerer's dislike of her.

"What makes you so sure he got them for himself?" she wondered out loud.

"It's not definitive, of course," Ganir admitted. "However, no one has seen him for months. He hasn't even shown up in his village."

Augusta did not think this was that unusual, but combined with the large quantity of droplets, it did not paint a pretty picture. "Why are you telling me this?" she asked, even though she was beginning to get an inkling of the Council Leader's intentions.

"I want you to talk to Blaise," Ganir said. "He will hear you out. I wouldn't be surprised if he still loves you. Maybe that's why he's suffering so much—"

"Blaise left *me*, not the other way around," Augusta said sharply. How dare Ganir imply that their parting was to blame for Blaise's current state? Everyone knew it was the loss of his brother that drove Blaise out of the Council—a tragedy for which they all bore varying degrees of responsibility.

Why hadn't she voted differently? Augusta wondered bitterly for a thousandth time. Why hadn't at least one other member of the

Council? Every time she thought of that disastrous event, she felt consumed with regret. If she had known that her vote wouldn't matter—that the entire Council, with the exception of Blaise, would vote to punish Louie—she would've gone against her convictions and voted to spare Blaise's brother. But she hadn't. What Louie had done—giving a magical object to the commoners—was one of the worst crimes Augusta could imagine, and she'd voted according to her conscience.

It was that vote that had cost her the man she loved. Somehow, Blaise had found out about the breakdown of the votes and learned that Augusta had been one of the Councilors who'd sentenced Louie to death. There had been only one vote against the punishment: that of Blaise himself.

Or so Blaise had told her when he'd yelled at her to get out of his house and never return. She would never forget that day for as long as she lived—the pain and rage had transformed him into someone she couldn't even recognize. Her normally mild-tempered lover had been truly frightening, and she'd known then that it was over between them, that eight years together had not meant nearly as much to Blaise as they had to her.

Not for the first time, Augusta tried to figure out how Blaise had learned the exact vote count. The voting process was designed to be completely fair and anonymous. Each Councilor possessed a voting stone that he or she would teleport into one of the voting boxes—red box for *Yes*, blue box for *No*. The boxes stood on the Scales of Justice in the middle of the Council Chamber. Nobody was supposed to know how many stones were in each box; the scales would simply tip whichever way the vote was leaning. There should have been no way Blaise had known how many stones were in the red box on that fateful day.

"I'm sorry," Ganir said, interrupting her dark thoughts. "I didn't mean to imply that you're to blame. I just think Blaise is still in pain. I would go speak to him myself, but as you probably know, he said he would kill me on sight if I ever approached him again."

"You don't think he'd do the same thing to me?" Augusta asked, remembering the black fury on Blaise's face as he threw her out of his house.

"No," Ganir said with conviction. "He wouldn't harm you, not with the way he felt about you once. Just talk to him, make him see reason. Maybe he would like to rejoin our ranks again—he's been away from the Tower long enough."

Augusta raised her eyebrows. "You want him back on the

Council?"

"Why not?" The Council Leader looked at her. "Like you, he's one of our best and brightest. It's a shame that his talents are going to waste."

"What about Gina? She took his place, so what's going to happen to her if he comes back?"

"We'll have fourteen Councilors," Ganir said. "I wouldn't want to replace Gina. She's an asset."

Augusta stared at him. "It's been thirteen ever since the Council began. You know that."

Ganir didn't look particularly concerned. "Yes. But that doesn't mean things can't change. For now, let's not worry about this. We'll cross that bridge when we get to it."

"Do you really think the others would welcome him back?" Augusta asked dubiously.

"He was never forced out. Blaise left on his own. Besides, if you and I team up, everyone will have to follow."

Augusta gave him an incredulous look. She and Ganir, team up? That was an idea she'd have to get used to.

"All I can promise is to speak with him," she said, and then walked out of the old sorcerer's study.

CHAPITRE 18 : BLAISE

— Bon, qui est cette fille ? demanda Esther dès qu'elle fut seule avec Blaise. Comment vous êtes-vous rencontrés ? Depuis quand vous connaissez-vous ?

Encore étourdi par le baiser de Gala, Blaise secoua la tête devant l'avalanche de questions.

— Ce n'est pas de ça que je voulais te parler, Esther, dit-il. J'ai un service à te demander.

— Bien sûr, tout ce que tu veux, répondit immédiatement son ancienne nounou. Blaise savait qu'elle avait espéré en apprendre plus au sujet de Gala et qu'elle était déçue du peu de commérages qu'elle obtenait.

— Je voudrais que tu veilles sur Gala, dit-il en regardant Esther avec sérieux. Je ne veux pas attirer inutilement l'attention sur elle, et il vaut mieux que son lien avec moi reste secret.

— Pourquoi ? La vieille dame eut l'air étonnée. C'est une fugitive ?

Blaise secoua la tête.

— Non. Elle est juste... différente.

Esther fronça les sourcils.

— Elle a l'air jeune et innocente. Tu l'as impliquée dans quelque chose que tu n'aurais pas dû faire ?

— D'une certaine façon, dit Blaise vaguement. Il ne savait pas vraiment comment Maya et Esther réagiraient si elles apprenaient l'origine de Gala. Même les autres sorciers seraient choqués de savoir ce qu'il avait fait : comment quelqu'un avec des connaissances en magie plus rudimentaires pourrait-il le prendre ? Même en cette époque éclairée, la plupart des paysans étaient toujours superstitieux, et beaucoup croyaient encore aux vieilles histoires de monstres morts-vivants et de fantômes. S'ils apprenaient que Gala n'était pas vraiment humaine, elle ne pourrait jamais découvrir le monde comme une personne normale.

Esther continua à le regarder et il soupira, ne voulant pas mentir à la femme qui l'avait élevé après la mort de sa mère.

— Esther, dit-il avec précaution, Gala a un pouvoir que le Conseil pourrait trouver... menaçant.

Son ancienne nounou le fixa du regard et son expression se durcit lentement. Elle détestait le Conseil encore plus que lui, car elle les rendait directement responsables de la mort de Louie. Elle avait aussi élevé son frère depuis l'enfance, et sa mort l'avait profondément affectée.

— Je veillerai sur elle, promit-elle d'un air grave.

— Bien, dit Blaise, soulagé. Ah, et elle a été assez surprotégée jusque là. Il se décida pour une demi-vérité.

Esther sembla perplexe maintenant.

— Une jeune fille surprotégée qui est une menace pour le Conseil ? Comment l'as-tu trouvée ? Puis elle leva les bras au ciel. Peu importe. Je sais que tu ne me le diras pas.

Blaise lui fit un grand sourire.

— Tu es la meilleure, nounou Esther.

— Hum, répondit-elle en le regardant avec méfiance. Tu n'as pas intérêt à l'oublier.

— Ça ne risque pas, dit Blaise en se penchant pour lui faire un bisou affectueux sur la joue. Il se redressa et chercha dans sa poche. Il en sortit une bourse pleine de pièces, qu'il posa dans les mains d'Esther.

— Voici un peu de dédommagement pour que Gala soit nourrie et logée —

— Blaise, c'est une petite fortune ! Elle le regarda d'un air choqué. Tu pourrais acheter une maison avec cet argent. C'est trop pour nourrir une seule fille maigrichonne.

Blaise était sur le point de taquiner Esther parce qu'elle voulait toujours nourrir tout le monde, quand il se rendit compte d'une chose : il n'avait jamais demandé à Gala si elle voulait manger. En fait, il ne savait même pas si elle avait besoin de manger comme une personne normale, ou si, comme lui, elle pouvait maintenir l'énergie de son corps grâce à la sorcellerie. Il s'en voulut d'avoir été aussi peu prévenant. Évidemment, pensa-t-il avec soulagement, si elle devait réellement manger, il était sûr qu'elle ne mourrait pas de faim maintenant, pas avec Esther et Maya dans les parages.

Le fait de penser à la nourriture lui rappela les difficultés auxquelles les paysans devaient faire face.

— Comment se passent les cultures ? demanda Blaise en changeant de sujet. La sécheresse qui avait commencé quelques années plus tôt était la pire depuis une génération. Elle affectait le pays de Koldun tout entier, d'un bout de l'océan à l'autre, et elle avait décimé les cultures dans la plupart des territoires.

Esther lui fit un sourire.

— Ton travail a fait une vraie différence, mon enfant. On s'en sort beaucoup mieux qu'ailleurs.

Blaise hocha la tête, satisfait. Lorsque la sécheresse avait commencé, il avait eu l'idée folle de faire un sort pour renforcer les semences, améliorant ainsi leur résistance contre certaines maladies et réduisant leurs besoins en eau. Ces améliorations étaient héréditaires, comme il l'avait prévu, et permettaient à ses sujets de faire pousser et de récolter des cultures saines malgré des conditions difficiles.

— Tant mieux, dit-il. Les autres habitants du village ne le savent pas, si ?

— Non. Esther secoua la tête. Ils savent qu'on s'en sort beaucoup mieux que dans les autres régions, et que tu es un bon maître, mais je ne crois pas qu'ils se rendent compte de l'importance de ton aide.

Blaise soupira. Il avait souvent l'impression de ne pas en faire assez pour aider son peuple — et certainement pas assez pour les autres gens ordinaires de Koldun. C'était une des raisons pour lesquelles il avait créé Gala, bien que cela n'ait pas vraiment fonctionné comme prévu.

— Je reviendrai la voir bientôt, dit-il en se préparant à partir. Je suis sûr que tout se passera bien, mais s'il te plaît, garde un œil sur elle.

La vieille femme ricana.

— Si j'arrivais à vous éviter des ennuis quand vous étiez petits, toi et ton frère, je suis sûre que j'arriverai à gérer ta jeune compagne.

Blaise gloussa. C'était vrai : sans Esther, il savait que l'un d'entre eux aurait perdu un bras ou un œil longtemps avant d'atteindre l'âge adulte. Louie et lui avaient été des enfants aventureux.

— Au revoir, Esther, lui dit-il.

Et il se dirigea vers sa chaise avec un dernier regard en direction du champ où courait Gala.

CHAPTER 18: BLAISE

"So who is this girl?" Esther asked as soon as she and Blaise were alone. "How did you meet? How long have you two known each other?"

Still reeling from Gala's kiss, Blaise shook his head at the barrage of questions. "This is not why I wanted to speak to you, Esther," he said. "I have a favor to ask."

"Of course, anything," his former nanny said immediately, though Blaise knew she had been hoping to learn more about Gala and was likely disappointed at the lack of gossip coming her way.

"I want you to look after Gala," he said, giving Esther a serious look. "I don't want her to draw any needless attention to herself—and it's best if her connection to me is kept secret."

"Why?" The old woman looked puzzled. "Is she a fugitive?"

Blaise shook his head. "No. She's just . . . different."

Esther frowned at him. "She seems very young and innocent. Did you involve her in something you shouldn't have?"

"In a manner of speaking," Blaise said vaguely. He wasn't certain how Maya and Esther would react if they knew the truth about Gala's origins. Even other sorcerers would be shocked to learn what he had done; how would someone with much more rudimentary understanding of magic feel? Even in this enlightened age, most peasants were superstitious, and many still believed the old tales of undead monsters and ghosts. If they knew Gala was not really human, she would never be able to experience the world as a regular person.

Esther continued looking at him, and he sighed, not wanting to lie to the woman who'd raised him after his mother's death. "Esther," he said carefully, "Gala has a power that the Council might find . . . threatening."

His former nanny stared at him, her expression slowly hardening. She hated the Council even more than he did, blaming them for Louie's death. She'd raised his brother too, nursing him from infancy, and his loss had affected her deeply. "I will watch her," she promised grimly.

"Good," Blaise said, relieved. "Also, keep in mind, she's been somewhat sheltered." He decided to settle for a half-truth here.

Now Esther seemed confused. "A sheltered young girl who's a threat to the Council? How did you come across her?" Then she held up her hands. "Never mind. I know you're not going to tell me."

Blaise grinned at her. "You're the best, Nana Esther."

"Uh-huh," she responded, giving him a narrow-eyed look. "And don't you forget it."

"I won't," Blaise said, leaning down to give her an affectionate kiss on the cheek. Straightening, he reached into his pocket. Pulling out a drawstring purse filled with coin, he pressed it into Esther's hand. "Here is a little something for Gala's room and board—"

"Blaise, that's a small fortune!" She stared at him in shock. "You could buy a house with that money. It's too much for just feeding one skinny girl."

Blaise was about to tease Esther for always trying to feed everyone, but then he realized something. He'd never asked Gala if she wanted food. In fact, he didn't even know if she needed to eat like a regular person, or if, like him, she could sustain her body's energy levels with sorcery. He mentally kicked himself for being so inconsiderate. Of course, he thought with relief, if she did need to eat, he was certain that she wouldn't starve now—not with Maya and Esther around.

Thinking about food reminded him of the challenging situation the peasants were facing. "How are the crops?" he asked, switching topics. The drought that had begun a couple of years ago was the worst in a generation, affecting the entire land of Koldun from one end of the ocean to another and decimating crops in most territories.

Esther gave him a smile. "Your work really made a difference, child. We're doing much better here than people elsewhere."

Blaise nodded, satisfied. When the drought first started, he'd had the crazy idea of doing a spell to strengthen the seeds, imbuing them with resistance to certain pests and reduced need for water. The resulting improvements, as he'd planned, were hereditary, enabling his subjects to grow and harvest healthy crops even during these difficult times. "I'm glad," he said. "The others in the village don't know, do they?"

"No." Esther shook her head. "They know we're faring better than other regions, and that you're a good master, but I don't think they realize the full extent of your help."

Blaise sighed. He often felt like he wasn't doing enough to help his people—and certainly not enough for other commoners on Koldun. That was part of the reason he had created Gala, though that hadn't exactly worked out as planned.

"I will check on her soon," he said, getting ready to take his leave. "I'm sure everything will be fine, but please, just keep an eye on her."

The old woman snorted. "If I could keep you and your brother out of trouble when you were boys, I'm sure I'll be able to manage with that young companion of yours."

Blaise chuckled. It was true; if it weren't for Esther, he was sure one of them would've lost an arm or an eye long before they reached maturity. He and Louie had been quite adventurous as children. "Goodbye, Esther," he told her.

And with one final look at the field where Gala was running, he walked toward his chaise.

CHAPITRE 19 : GALA

Le blé arrivait à la hauteur de la poitrine de Gala quand elle courait dans le champ. Elle sentait les tiges chatouiller la peau aux endroits où elle était exposée et elle adorait cette sensation. Elle adorait *toutes* les sensations.

Elle continua à courir jusqu'à ce qu'elle sente les muscles de ses jambes se fatiguer, puis elle s'allongea par terre en se protégeant les yeux de la main pour regarder le ciel bleu clair. Le soleil était vif et les nuages prenaient toutes sortes de formes... Gala avait l'impression qu'elle pourrait les regarder pour toujours.

Elle adorait vraiment le Domaine Physique, constata-t-elle, et elle était sincèrement reconnaissante envers Blaise pour son existence. L'existence était évidemment de loin supérieure à l'oubli. Ayant lu tous ces livres, elle savait que les humains ne disposaient que d'un temps court pendant lequel ils existaient. Cela lui paraissait minable et triste, mais les choses étaient ainsi. Elle se demanda si les mêmes règles s'appliquaient à elle. D'une certaine manière, elle en doutait : sans savoir d'où lui venait cette conviction, elle avait l'impression qu'elle maîtrisait entièrement la durée de son existence. Et si cette impression était correcte, elle avait l'intention de ne jamais s'arrêter d'exister.

Au bout d'un moment, elle se lassa de rester allongée là et elle se leva pour retourner à l'endroit où elle avait laissé Maya.

La vieille dame se tenait là, une expression horrifiée sur le visage.

— Quelque chose ne va pas ? demanda Gala en devinant que c'était la réaction appropriée. Elle était déterminée à se mêler à la société humaine aussi bien qu'elle le pourrait. Les livres et les Captures Vitales lui avaient donné des bases théoriques du comportement normal, mais rien ne remplaçait l'expérience réelle.

— Oh, ma Dame, vous êtes en train de ruiner votre magnifique robe, dit Maya en se tordant les mains.

Gala écarquilla les yeux. Apparemment, cela inquiétait Maya. En analysant rapidement la situation, elle en conclut que la réaction de Maya et sa manière de s'adresser à elle faisaient sens. La robe que Blaise lui avait donnée devait être exceptionnellement belle et coûteuse. D'après ses connaissances, les humains étaient divisés en classes sociales, une hiérarchie inutilement complexe qui n'avait aucune logique selon Gala. À cause de cette robe — et parce que Maya et Esther avaient vu Gala en compagnie de Blaise — elles supposaient probablement que c'était elle aussi une sorcière et donc qu'elle était de la haute.

Ce n'était pas ce que Gala voulait.

— Est-ce que tout le monde au village s'adressera à moi comme ça ? demanda-t-elle à Maya en fronçant les sourcils.

La vieille dame la regarda d'un air désapprobateur.

— Pour l'instant, dans cette robe, oui. Si vous vous roulez encore un peu dans l'herbe, ils penseront peut-être que vous êtes une orpheline sans domicile. Elle eut l'air mécontente au sujet de cette dernière possibilité.

— Ça me va, dit Gala. Je veux qu'on me considère comme une des femmes du village. D'après ce qu'il y avait dans les livres, elle ne pensait pas que les gens ordinaires se comporteraient normalement en présence d'une sorcière. Elle voulait s'intégrer, pas se faire remarquer.

Maya sembla étonnée, mais elle reprit vite ses esprits.

— Dans ce cas, dit-elle, allons parler à Esther pour voir ce que nous pouvons faire.

Elles marchèrent ensemble vers l'autre femme, qui avait déjà terminé sa conversation avec Blaise.

— Elle veut jouer à être une fille ordinaire, dit Maya à Esther en montrant Gala.

— Comment sais-tu qu'elle n'en est pas une ? demanda Esther en regardant la robe de Gala.

Maya renifla.

— Maître Blaise ne se contenterait pas d'autre chose qu'une sorcière. Tu sais comme il est intelligent. Il ne saurait pas de quoi parler avec une fille ordinaire.

Esther la regarda d'une façon qui déconcerta Gala.

— Ce qui s'est passé entre son père et toi n'est pas le sort réservé à toutes les histoires d'amour entre sorciers et gens ordinaires, marmonna-t-elle doucement à Maya.

— Vous êtes la mère de Blaise ? demanda Gala à Maya, intriguée par cette conversation. Bien que la femme plus âgée ne ressemblait pas à Blaise, son visage avait une symétrie agréable que le créateur de Gala possédait aussi.

— Non, mon enfant, dit Esther en gloussant. Elle était la pouffiasse de son père après la mort de sa mère.

— J'étais sa maîtresse ! Maya se redressa de tout son long et ses yeux brillaient de colère.

— Est-ce qu'une pouffiasse c'est la même chose qu'une prostituée ? demanda Gala avec curiosité. Et si oui, quelle est la différence entre une pouffiasse et une maîtresse ? Dans ses lectures, elle avait seulement croisé le mot 'prostituée'. Apparemment, c'était une profession dans laquelle une femme vendait des services sexuels à des hommes. Ce n'était pas bien vu à Koldun, mais Gala ne comprenait pas très bien pourquoi. D'après ce qu'elle avait appris sur le sexe, il lui semblait que la prostitution devait être une façon plaisante — et amusante — de gagner sa vie.

L'intimité physique en général intéressait profondément Gala. Elle savait que la façon dont son corps et celui de Blaise réagissaient l'un à l'autre quand ils s'embrassaient était de nature sexuelle. Ce sentiment faisait partie des sensations les plus fascinantes dont elle avait fait l'expérience jusque là, et elle voulait en apprendre le plus possible à ce sujet.

En réponse à la question franche de Gala, Esther rit et Maya devint écarlate avant de partir en trombe.

— Oh non... Qu'est-ce que j'ai dit ? demanda Gala à Esther, gênée par son faux pas manifeste. Je ne voulais pas l'offenser... Il fallait vraiment qu'elle apprenne à interagir avec les gens de façon appropriée.

— Ne t'en fais pas, mon enfant, dit Esther. Maya est beaucoup trop susceptible sur le sujet. Je la taquinais un peu et tu n'as rien fait de mal. Tu étais simplement curieuse.

— Alors le père de Blaise a-t-il eu des relations sexuelles avec Maya ? Persista Gala qui voulait comprendre. Et l'a-t-il payée pour ça ?

Esther haussa les épaules en souriant.

— Eh bien oui, mon enfant, c'est ce qu'il a fait. Mais je crois que le vieux Dasbraw aimait réellement Maya vers la fin. Au début, il n'avait besoin d'elle que pour le distraire de la mort de sa femme. Il prenait soin de Maya, oui, mais elle ne couchait pas avec lui pour son argent ni même pour ses cadeaux. Malgré tout, ils ne se sont évidemment jamais mariés, et elle n'a pas confiance en elle à cause de ça. J'aime la taquiner de temps en temps, pour l'embêter. Un de ces jours, elle m'étranglera probablement dans mon sommeil. La vieille dame fit un grand sourire, apparemment ravie à l'idée d'un sort aussi terrible, ce qui laissa Gala perplexe.

— Vous pouvez m'en apprendre plus sur les parents de Blaise ? demanda Gala. Vous avez dit que sa mère était morte ?

— Oui, confirma Esther. Elle a été tuée dans un accident de sorcellerie quand Blaise était un petit garçon. Son père est décédé beaucoup plus tard. Blaise tient sa beauté de sa mère, mais il a hérité de l'intelligence de ses deux parents. Dasbraw et Samantha étaient tous deux au Conseil des Sorciers. Il y avait une touche de fierté dans sa voix et Gala constata qu'Esther parlait comme si les accomplissements des parents de Blaise étaient aussi les siens. Cela avait sans doute un rapport avec la structure sociale en place, où chaque sorcier avait 'son' peuple décida, Gala.

— Son frère Louie est né juste avant la mort de Samantha. Je me suis occupée du petit toute seule, continua Esther, les yeux embués.

Gala l'observa et comprit que le sujet de conversation avait troublé la femme sur le plan émotionnel. Elle avait d'une façon ou d'une autre réussi à bouleverser les deux seules femmes humaines qu'elle ait rencontrées.

— Je suis désolée, mon enfant, dit la vieille dame en s'essuyant les yeux. J'étais très attachée à ces garçons. Quand Louie est mort, c'était comme si une partie de moi était morte avec lui.

Gala hocha la tête, elle ne savait pas quoi répondre à cela. Elle se sentait mal que cette femme souffre.

Esther lui fit un sourire tremblotant, comme si elle avait senti le malaise de Gala, et elle essaya de changer de sujet de conversation.

— Pourquoi Blaise ne t'a-t-il rien dit de tout cela lui-même ?

Blaise et moi nous nous sommes rencontrés il y a peu, expliqua Gala, en espérant qu'elle ne poserait pas d'autres questions du genre.

Esther ne le fit pas. Au lieu de cela, elle regarda Gala avec tendresse.

— J'ai vu que tu es importante à ses yeux, dit-elle gentiment, et je suis sûre que vous apprendrez bientôt à mieux vous connaître.

Gala sourit. Ce qu'Esther lui disait lui faisait du bien. Même s'il était peu probable qu'elle compte beaucoup aux yeux de Blaise, c'était néanmoins un fantasme agréable. D'après ce qu'elle savait des émotions humaines, il fallait qu'il y ait une période de séduction, durant laquelle les humains avaient généralement des relations sexuelles — chose qui n'avait pas encore eu lieu entre Blaise et elle, à son grand regret. Évidemment, elle n'était pas humaine, alors elle ne savait pas si Blaise pourrait finir par l'apprécier. Elle savait que la forme qu'elle avait prise lui plaisait, mais elle n'était pas sûre que ses sentiments pouvaient aller au-delà de la simple attraction physique.

— Si nous rentrions dans la maison, pour que tu puisses te changer ? proposa Esther en faisant émerger Gala de ses rêveries.

Dès qu'elles entrèrent, Maya les accueillit avec une robe dans les bras.

— Je suis vraiment désolée, dit Gala, toujours inquiète de sa gaffe. Je n'avais pas l'intention de vous insulter.

— Ça va, ça va, dit Maya en regardant Esther avec méchanceté. Contrairement à celle-ci, vous n'aviez pas l'intention de m'offenser, donc il n'y a pas lieu de vous excuser. Vous arrivez juste à l'âge adulte et vous ne savez probablement pas grand-chose sur le monde. Quel âge avez-vous, d'ailleurs ? Dix-huit ans ? Dix-neuf ?

Gala considéra la question pendant une seconde.

— J'ai vingt-trois ans, dit-elle en inventant un nombre. Elle ne pensait pas que ce serait prudent de leur dire depuis combien de temps elle existait en réalité.

— Oh, bien sûr. Maya n'eut pas l'air surprise. Les sorciers ont toujours l'air plus jeunes que leur âge. Notre Blaise n'a pas l'air de faire plus de vingt-cinq ans, et pourtant il a déjà la trentaine.

Gala sourit, heureuse d'apprendre un nouveau détail sur la vie de son créateur. Elle prit ensuite la robe que Maya lui tendait et l'étudia d'un œil critique.

— Vous pensez qu'elle me donnera un air quelconque ? demanda-t-elle en espérant que ce vêtement lui permettrait de se promener sans qu'on la remarque.

Esther gloussa.

— Pour te donner l'air quelconque, il faudrait un sort compliqué, mon enfant.

— Cela ne vous donnera pas l'air quelconque, ajouta Maya, mais cela vous donnera moins l'air d'une dame, en particulier parce que vous serez en compagnie de deux vieilles biques comme nous.

— Si quelqu'un te le demande, tu es notre apprentie, lui dit Esther. Nous sommes des guérisseuses, alors on fait aussi un peu sages-femmes, on soigne les blessures mineures et on s'occupe de temps en temps des petits.

Gala hocha la tête, pensive. Elle se souvint que Blaise avait parlé des Captures Vitales qu'il avait reçues de Maya et d'Esther. Leur profession expliquait comment elles avaient pu obtenir autant de gouttelettes et pourquoi celles-ci provenaient essentiellement de femmes.

Le fait de penser aux Captures Vitales lui rappela pourquoi elle était venue ici.

— J'aimerais explorer le village, leur dit-elle. Elle avait hâte de commencer à découvrir le monde.

Esther fronça les sourcils.

— Pas si vite. Quand est-ce que tu as mangé pour la dernière fois ? On dirait une brindille, dit-elle d'un ton désapprobateur.

Gala se sentit insultée. Une brindille ? Elle avait vu des brindilles, elles ne lui posaient pas de problème, mais elle ne pensait pas que c'était un compliment d'appeler un humain ainsi.

— Je n'ai pas faim, dit-elle en essayant de ne pas laisser paraître qu'elle était blessée.

— Ah, c'est donc une sorcière, dit Maya d'un air entendu. Les sorciers vivent grâce au soleil, comme les arbres.

Esther ricana.

— Oh, ils peuvent manger malgré tout. Même Blaise mange de temps en temps. Peut-être qu'un peu de vraie nourriture enroberait un peu ses os. Et sans attendre une réponse de Gala, elle partit d'un pas déterminé vers la cuisine.

— Est-ce que je ressemble vraiment à une petite branche sèche ? demanda Gala à Maya en pensant toujours au commentaire sur la 'brindille'.

— Quoi ? Maya eut l'air choquée. Non, bien sûr que non, ma dame ! Vous êtes très belle. Esther veut toujours nourrir tout le monde, elle pense même que moi je suis trop maigre !

Gala se sentit immédiatement mieux. Maya était beaucoup plus ronde que Gala, même si elle n'avait pas non plus les courbes voluptueuses d'Esther.

— Mangez quelque chose, ma dame, la pressa Maya. Cela fera plaisir à la vieille.

— Bien sûr, j'aimerais beaucoup manger quelque chose, dit

Gala sincèrement. C'était une nouvelle expérience intéressante pour elle.

Quelques minutes plus tard, elles s'assirent toutes les trois à la table de la cuisine.

Gala découvrit rapidement que la sensation de manger était très agréable. Elle n'avait eu aucune Capture Vitale de cette expérience et elle ne savait donc pas du tout à quoi s'attendre. Le fait de manger était sans doute la seconde chose la plus agréable dont elle ait fait l'expérience, décida Gala. La première étant d'embrasser Blaise.

— Regarde-la dévorer ce ragoût, dit Esther avec satisfaction. Pas faim, mon œil. La magie ce n'est pas comme la nourriture, je vous dis.

— Tu devrais apprendre à cuisiner à notre jeune apprentie, comme ça elle pourra faire ce ragoût pour Blaise, dit Maya à Esther en ayant du mal à se retenir de rire. Elle fit un clin d'œil à Gala.

— Je vais peut-être bien le faire, dit Esther sérieusement en fronçant les sourcils en direction de Maya. Et je lui montrerai comment faire du pain. Sa mère cuisinait parfois pour Blaise, et je l'ai vu manger.

Gala remarqua que les deux femmes semblaient à la fois s'aimer et se détester. C'était très étrange.

— Si tu apprends à la dame comment cuisiner, apprends-lui quelque chose de plus intéressant que cette bouillie, dit Maya avec dérision en poursuivant leurs chamailleries.

— Oh, ça ne me dérange pas d'apprendre à faire ce ragoût merveilleux, protesta Gala. Elle adorait la saveur riche de la nourriture sur sa langue.

Les deux femmes se mirent à rire.

— Je crois qu'elle le pense vraiment, dit Maya entre deux éclats de rire.

Gala fut tout à fait perplexe.

— J'aimerais vraiment apprendre à la faire, insista-t-elle.

Maya lui fit un grand sourire.

— Il suffit de prendre des oignons, de l'ail, du chou, des patates et du poulet et de tout mettre dans une marmite pendant quelques heures. Oh ! et il faut s'assurer de ne pas oublier de saler suffisamment et de ne pas être trop occupée pour touiller comme il faut —

— Hé, au moins je cuisine mieux que toi, vieille bique, dit Esther, et les deux femmes se remirent à rire, confirmant aux yeux de Gala l'étrangeté de leur relation.

CHAPTER 19: GALA

The wheat was up to Gala's chest as she ran through the field. She could feel the stalks tickling the skin on the exposed parts of her body, and she loved the sensation. She loved *all* sensations.

She kept running until she could feel the muscles in her legs getting tired, and then she lay down on the ground, shielding her eyes with her palm as she looked up at the clear blue sky. The sun was bright, and the clouds had so many different shapes . . . Gala felt like she could look at them forever.

She truly loved the Physical Realm, she realized, and was genuinely grateful to Blaise for her existence. Existing was obviously far superior to oblivion. Having read all those books, she knew that humans had only a short span of time during which they could be in existence. It seemed wrong to her, and sad, but that was the way things were. She wondered if the same rules applied to her. Somehow she doubted it; without knowing where the conviction came from, she felt like she might have complete control over how long she could exist. And if that feeling was correct, she intended to never stop existing.

After a while, she got tired of lying there and got up, walking back to where she'd left Maya.

The older woman was standing there with a completely horrified expression on her face.

"Is something wrong?" Gala asked, figuring that was the appropriate response. She was determined to blend into the human society as well as she could. The books and the Life Captures had given her some theoretical foundation for normal behavior, but there was no substitute for real-world experience.

"Oh, my lady, you are ruining that beautiful dress," Maya said, wringing her hands.

Gala blinked. This seemed to be actually worrying Maya. Quickly analyzing the situation, she came to the conclusion that Maya's reaction and her form of address made sense. The dress that Blaise had given her had to be unusually nice and expensive. From what she knew, humans divided themselves into social classes—a needlessly complex hierarchy that Gala didn't think had any good rationale. Because of this dress—and because Maya and Esther had seen Gala in Blaise's company—they likely assumed she was a sorceress and thus a member of the upper class.

That was not what Gala wanted. "Will everyone in the village call me a lady?" she asked Maya, frowning.

The old woman gave her a reproving look. "For now, in that dress, they will. If you roll on the grass a few more times, they might think you are an orphan homeless girl." She sounded disgruntled about that last possibility.

"That's fine," Gala said. "I wish to be seen as one of the village women." Going by what the books said, she didn't think the common people would behave naturally in front of a sorceress. She wanted to fit in, not stand out.

Maya appeared taken aback, but recovered quickly. "In that case," she said, "let's go talk to Esther and see what we can do."

They walked together toward the other woman, who had already finished her conversation with Blaise.

"She wants to play at being a commoner," Maya said to Esther, gesturing toward Gala.

"How do you know she's not one?" asked Esther, eying Gala's dress.

Maya snorted. "Master Blaise would not settle for anything less than a sorceress. You know how smart he is. He would have nothing to talk about with a common girl."

Esther gave her friend a look that puzzled Gala. "What happened to you and his father is not the lot of every sorcerer-commoner love affair," she muttered to Maya under her breath.

"Are you Blaise's mother?" Gala asked Maya, intrigued by this conversation. Although the older woman didn't look like Blaise, there was a pleasing symmetry to her features that Gala's creator also possessed.

"No, child," Esther said, chuckling. "She was his father's floozy after his mother died."

"I was his mistress!" Maya straightened to her full height, her eyes flashing with anger.

"Is floozy the same thing as a prostitute?" Gala asked curiously. "And if so, what is the difference between a floozy and a mistress?" In her readings, she had only come across the word 'prostitute.' Apparently, it was a profession in which a woman sold sexual services to men. It was frowned upon in Koldun society, although Gala didn't really understand why. Based on what she'd learned about sex, it seemed like prostitution might be a pleasant—and fun—way to earn a living.

Physical intimacy, in general, was something that was of deep interest to Gala. She knew that the way her and Blaise's bodies reacted to each other when they kissed was sexual in nature. The feeling was among the more fascinating sensations she had experienced thus far, and she wanted to learn as much as she could about it.

In response to Gala's blunt question, Esther laughed and Maya flushed a deep red before storming off.

"Oh, no . . . what did I say?" Gala asked Esther, embarrassed at her obvious faux pas. "I didn't mean to offend . . ." She really needed to learn how to interact with people properly.

"Don't worry about it, child," Esther said, still chuckling. "Maya is far too sensitive about the subject. I was just teasing her a bit, and you didn't do anything wrong. You were just curious."

"So did Blaise's father enter into sexual relations with Maya?" Gala persisted, wanting to understand. "And did he pay her for it?"

Esther shrugged, smiling. "Well, yes, my child, he did. But I think old Dasbraw really did love Maya later on. At first, he just needed something to distract him from his wife's death. He took care of Maya, sure, but she was not sleeping with him for the money or even for his gifts. Still, they didn't get married, obviously, and the girl is insecure about that. I like to tease her sometimes, get her mad. One of these days she'll probably strangle me in my sleep." The old woman grinned, apparently delighted at the prospect of such a dire fate—a reaction that Gala found confusing.

"Can you tell me more about Blaise's parents?" Gala asked. "You said his mother died?"

"Yes," Esther confirmed. "She was killed in a sorcery accident when Blaise was a little boy. His father passed away much later. His mother is where Blaise gets his handsome looks, but he inherited his smarts from both of his parents. Both Dasbraw and Samantha were on the Sorcerer Council." There was a note of pride in her voice, and Gala realized that Esther felt like Blaise's parents' accomplishments were her own. It likely had something to do with the prevailing social structure and how each sorcerer had 'their people,' Gala decided.

"Louie, his brother, was born right before Samantha died. I took care of the little one all by myself," Esther continued, her eyes filling up with moisture.

Gala stared at her, realizing that the subject had disturbed the woman emotionally. She had somehow managed to upset the only two human women she'd met.

"I am sorry, child," said the old woman, wiping away her tears. "I was much attached to those boys. When Louie died, it was as though part of myself died with him."

Gala nodded, not sure what to say to that. She felt bad that the woman was hurting.

As though sensing her discomfort, Esther gave her a shaky smile and tried to change the topic. "So why hasn't Blaise told you some of this himself?"

"Blaise and I met quite recently," Gala explained, hoping that the woman wouldn't pry further.

Esther didn't. Instead, she just gave Gala a warm look. "I could tell he cares about you," she said kindly, "and I'm sure you'll get to know each other better soon."

Gala smiled. Hearing what Esther said made her feel good. While it was unlikely that Blaise cared for her all that much, it was still a nice fantasy. From what she knew about human emotions, there needed to be some kind of courtship period, during which humans generally participated in sexual relations—something that hadn't occurred between herself and Blaise yet, to Gala's disappointment. Of course, she was also not human, so she didn't know if Blaise could grow to care about her. She knew he found the form she had assumed appealing, but she was uncertain if his feelings could extend beyond simple physical attraction.

"Why don't we go into the house, so you can change?" Esther suggested, bringing Gala out of her thoughts.

As soon as they entered the house, Maya greeted them with a dress in her hands.

"I am so sorry," said Gala, still worried over her earlier misstep. "I didn't mean any insult—"

"That's all right," Maya said, flashing Esther a mean look. "Unlike this one, you didn't mean to offend me, so you don't need to apologize. You are just entering adulthood, and you probably haven't seen much of the world. How old are you, anyway? Eighteen, nineteen?"

Gala considered that question for a second. "I'm twenty-three," she said, making up a number. She didn't think telling them how long she had really been in existence would be prudent.

"Oh, of course." Maya didn't seem surprised. "Sorcerers always look younger than their true age. Our Blaise doesn't look a day older than twenty-five, although he's already in his thirties."

Gala smiled, glad to learn yet another tidbit about her creator. Then, taking the dress Maya was holding out to her, she studied it critically. "Do you think it will make me look plain?" she asked, hoping that the piece of clothing would enable her to walk around unnoticed.

Esther chuckled. "Making you look plain is something that would require high sorcery, child."

"It won't make you look plain," Maya chimed in, "but it will make you look less like a lady, especially since you'll be in the company of two old crones like ourselves."

"If anyone asks, you're our apprentice," instructed Esther. "We're what you'd call village healers, so we do a bit of midwifery, take care of minor injuries, and occasionally look after young ones."

Gala nodded thoughtfully. She remembered Blaise mentioning that he got his Life Captures from Maya and Esther. Their profession explained how they were able to get so many droplets—and why those had been primarily from women.

Thinking about the Life Captures reminded her of her purpose for coming here. "I would like to go explore the village," she told them, eager to get started on her plan to see the world.

Esther frowned. "Not so fast. When was the last time you ate? You look like a stick," she said disapprovingly.

Gala felt insulted. A stick? That didn't sound good. She had seen sticks; they looked fine to her, but she didn't think it was a compliment to call a human being that. "I am not hungry," she said, trying to keep the hurt note out of her voice.

"Ah, so she is a sorceress," said Maya knowingly. "They can live on the sun, like the trees."

Esther snorted. "Oh, they can still eat. Even Blaise eats sometimes. Maybe real food will put some meat on those bones of hers." And without waiting for Gala to say something, she walked determinedly toward the kitchen.

"Do I really resemble a dead piece of wood?" Gala asked Maya, still thinking about the 'stick' comment.

"What?" Maya looked shocked. "No, of course not, my lady!

You're beautiful. Esther wants to feed everyone—hell, she thinks I'm too skinny!"

Gala immediately felt better. Maya was much rounder than Gala herself, although she also didn't have Esther's plush curves.

"Eat something, my lady," Maya urged, smiling. "It'll make that old woman happy."

"Of course, I would love to eat something," Gala said honestly. It was yet another new thing for her to try.

A few minutes later, the three of them sat down at the kitchen table.

Gala quickly discovered that the sensation of eating was highly enjoyable. She hadn't had a single Life Capture experience of it and thus had no idea what to expect. Eating was probably the second most pleasurable thing she'd experienced, Gala decided—the first being those kisses with Blaise.

"Look at her wolfing down that stew," Esther said with satisfaction. "Not hungry, my foot. That magical sustenance is not food, I tell you."

"You should teach our young apprentice how to cook, so she can make this stew for Blaise," Maya told Esther, barely containing her laughter, and winked at Gala.

"I just might do that," Esther said seriously, giving Maya a frown. "And I'll show her how to bake bread. His mother used to make food for Blaise sometimes, and I have seen him eat it."

Gala noticed that the two women paradoxically liked and disliked one another. It was very strange.

"If you are going to teach the lady to cook for Blaise, you should teach her something fancier than this slop," Maya said derisively, apparently continuing their bickering.

"Oh, I don't mind learning how to make this wonderful stew," Gala protested. She loved the rich flavor of the soup on her tongue.

Both women started laughing.

"I think she really means it," Maya said between bouts of laughter.

Gala was utterly confused. "I would like to learn how to make it," she insisted.

Maya grinned at her. "Just take onions, garlic, cabbage, potatoes, and some chicken, and put it all in a pot for a couple hours. Oh, and be sure to forget to put enough salt and be too busy to stir it properly—"

"Hey, at least my cooking is better than yours, you old crone,"

Esther said, and the two women laughed again, reinforcing Gala's impression of the strangeness of their relationship.

CHAPITRE 20 : BARSON

Barson versa une cruche d'eau sur le visage de Siur et l'observa calmement pendant que le traître revenait à lui en toussant et en crachant.

— Heureux de te revoir, dit-il en regardant avec amusement l'homme qui était en train de se rendre compte qu'il était dans la chambre de Barson, fermement attaché à la colonne en bois qui soutenait le haut plafond vouté.

— Vous allez me torturer maintenant ? dit Siur avec amertume. C'est ça votre plan ?

Barson secoua lentement la tête.

— Non, je n'ai pas besoin de me livrer à des actes aussi barbares, dit-il en agitant la main vers la grande sphère qui ressemblait à du diamant posé au milieu de la pièce.

Siur écarquilla les yeux.

— Où avez-vous eu ça ?

— Je vois que tu sais ce que c'est. C'est bien, dit Barson en lui faisant un sourire glacial. Il se releva, prit la Sphère de Capture Vitale et la frotta contre l'épaule de Siur qui saignait encore, puis il la reposa. Maintenant, je connaîtrai chaque pensée, chaque souvenir qui te vient à l'esprit.

Siur le fixa du regard, le visage drainé de son sang.

— Les gens disent n'importe quoi sous la torture, expliqua Barson calmement. Je trouve que ceci marche beaucoup mieux pour obtenir de vraies réponses. Tu peux tout aussi bien parler, tu sais. Si je dois aller retirer l'information de ton esprit, je m'assurerai que tout le monde sache quelle sorte de rat déloyal tu es.

— Alors si je parle — ? Il y eut une mince lueur d'espoir sur le grand visage de Siur.

— Alors je dirais que tu es mort au combat, comme cela devrait arriver à tout soldat honorable.

Siur déglutit, l'air légèrement soulagé. Il savait manifestement que c'était ce qu'il pouvait attendre de mieux dans sa situation. Lorsqu'on mourait au combat, la famille était prise en charge et le nom était respecté.

— Qu'est-ce que vous voulez savoir ? demanda-t-il en levant les yeux pour voir le regard de Barson.

Barson étouffa un sourire satisfait. Il avait assidûment étudié la guerre psychologique dans ce but précis : maintenant, le calvaire serait vite terminé.

— Qui t'a acheté l'information ? demanda-t-il en observant attentivement Siur. Il connaissait déjà la réponse, mais il voulait l'entendre de vive voix.

— Ganir, répondit Siur sans hésitation.

— Bien. Barson avait soupçonné le vieux sorcier d'être lié aux disparitions. L'ironie d'utiliser l'invention de Ganir contre son espion n'échappa pas à Barson. Et depuis combien de temps le renseignes-tu ?

— Pas longtemps, répondit Siur. Seulement depuis quelques mois.

Barson fronça les sourcils.

— Et qui le renseignait avant toi ?

— Jule.

Ça semblait logique. Barson se souvint du jeune garde qui avait été tué au combat moins de six mois plus tôt. C'était compréhensible que Jule ait été tenté par l'argent de Ganir : pour un soldat du bas de l'échelle, cela avait dû être très tentant. La traîtrise de Siur était bien pire : il faisait partie du cercle proche de Barson et avait donc pu causer de vrais dégâts en l'espionnant.

— Qu'est-ce que tu as dit à Ganir ?

Siur haussa les épaules.

— Je lui ai dit ce que je savais. Que tu avais rencontré ces deux sorciers.

Deux ? Barson expira en essayant de cacher son soulagement. Quand deux des cinq sorciers avec lesquels il s'était entretenu avaient disparu, il avait été profondément alarmé et s'était attendu au pire. Il avait alors constaté qu'il devait y avoir un espion parmi eux, quelqu'un de proche qui aurait pu voir ou savoir quelque chose.

Le fait que Siur ne soit pas au courant pour les autres visiteurs était un véritable coup de chance, tout comme le fait qu'aucun de ces sorciers ne sache grand-chose d'important. Ils n'avaient eu que des conversations préliminaires et Barson avait pris soin de ne pas révéler toutes les cartes de sa main. Si Ganir était parvenu à les interroger, il n'avait pas pu trouver quelque chose de particulièrement condamnable. En fait, la perte de deux alliés potentiels était un faible prix à payer pour la découverte de la traîtrise de Siur.

— Ganir les a tués ? demanda Barson doucement.

— Je ne sais pas, admit Siur. Je sais seulement qu'ils ont disparu.

Barson eut un petit rire.

— Oui, j'ai remarqué. Partis explorer les tempêtes marines, a dit Ganir. Alors, dis-moi, Siur, pourquoi es-tu resté ici pour cette mission ?

— Ganir m'a dit de rester.

— Alors tu savais pour les trois mille hommes au lieu de trois cents ?

— Quoi ? Siur eut l'air sincèrement étonné. Non, je ne savais pas. Il y avait trois mille paysans ?

— Oui, dit Barson sans savoir s'il devait le croire.

— Je ne le savais pas, dit Siur. Capitaine, je ne le savais pas, je le jure ! Je vous aurais prévenu si je l'avais su !

Barson le regarda. Peut-être l'aurait-il fait : il y avait une grande différence entre vendre des informations et envoyer tous ses camarades à leur mort.

Siur soutint son regard. Son visage était pâle et en sueur.

— Vous allez me tuer maintenant ? J'ai dit tout ce que je savais.

Barson ne répondit pas. Il marcha vers la Sphère et la ramena puis l'appuya sur la blessure de Siur pour conclure l'enregistrement. Il devait le regarder maintenant pour s'assurer que les pensées de Siur correspondaient à ce qu'il avait dit. Il attrapa la gouttelette qui s'était formée dans le creux de la Sphère et la mit avec précaution sous sa langue. Elle prit le contrôle de son esprit.

Lorsque Barson revint à lui, il regarda Siur d'un air grave.

— Tu as dit la vérité. Parce que je tiens parole, ta réputation est sauve.

— Merci. Siur serra ses paupières fermées en tremblant visiblement.

Après un sifflement de l'épée de Barson, le traître n'était plus.

* * *

Essuyant le sang de son épée, Barson se dirigea vers le logement d'Augusta. Il avait trouvé suspect que Ganir veuille lui parler. Il ne pensait pas que le vieux sorcier ait pu apprendre si vite qu'Augusta avait été impliquée dans la bataille, ce qui ne laissait que deux possibilités.

Soit Ganir se servait également d'elle pour l'espionner, soit il la soupçonnait, tout comme il l'avait fait pour les deux sorciers qui étaient partis 'explorer les tempêtes'.

Comme il y avait déjà pensé, Barson envisagea la première possibilité. Mais d'une manière ou d'une autre, il n'arrivait pas à l'imaginer en espionne. Elle était assez loquace sur son aversion pour Ganir et elle avait trop de fierté pour se laisser utiliser de cette façon. À vrai dire, ce serait plutôt elle qui comploterait quelque chose au lieu d'être le pion de quelqu'un d'autre.

Cela laissait l'autre option : que Ganir ait appris qu'Augusta avait une relation avec Barson et qu'il agissait contre elle. Même cela semblait improbable. Elle était membre du Conseil et assez puissante. La faire disparaître serait un défi difficile à réussir. En fait, si Ganir essayait de combattre Augusta, il y avait de grandes chances pour que ce soit elle qui le fasse disparaître.

Alors que lui voulait Ganir ? Barson était frustré, il n'avait pas avancé dans sa résolution de l'énigme.

En entrant dans la chambre d'Augusta, il fut soulagé de la trouver en train de se changer. Et à sa grande surprise, il se rendit compte qu'une petite part de lui-même *avait été* inquiète pour sa sécurité. Sa raison lui disait qu'elle était tout à fait capable de se défendre, mais son côté instinctif ne parvenait pas à penser à elle autrement qu'à une femme délicate qui avait besoin de sa protection.

— Tu vas quelque part ? demanda-t-il en remarquant qu'elle mettait une des robes qu'elle réservait pour les occasions spéciales. Elle était faite de soie rouge foncé et faisait briller sa peau dorée.

— Je dois juste aller faire une course, dit-elle de façon quelque peu évasive selon lui.

Barson retint une explosion de rage. Il n'était pas stupide : la dernière fois qu'il l'avait vue porter une robe pareille, c'était pour les fêtes du printemps. S'habillait-elle pour quelque chose ou pour quelqu'un ? Et cela avait-il un rapport avec sa conversation précédente ?

Il n'y avait qu'un seul moyen de le savoir.

Barson s'approcha d'elle et mit ses bras autour de sa fine taille. Il pencha la tête pour lui caresser la joue avec son nez.

— Que te voulait Ganir ? murmura-t-il en embrassant son oreille.

— Je n'ai pas le temps d'en parler maintenant, dit-elle en se glissant de ses bras et en le repoussant d'un geste contraire à ses habitudes. Je te verrai à mon retour.

Et elle sortit de la chambre dans un tourbillon de soie et de parfum au jasmin, laissant Barson désorienté et en colère.

CHAPTER 20: BARSON

Pouring a pitcher of cold water on Siur's face, Barson watched calmly as the traitor regained consciousness, coughing and sputtering.

"Welcome back," he said, observing with amusement as the man realized that he was in Barson's room, securely tied to the wooden column that supported the tall, domed ceiling.

"Are you going to torture me now?" Siur sounded bitter. "Is that your plan?"

Barson slowly shook his head. "No, I don't have to do anything as barbaric as that," he said, gesturing toward the large, diamond-like sphere sitting in the middle of the chamber.

Siur's eyes went wide. "Where did you get that?"

"I see you know what it is. That's good," Barson said, giving the man a cold smile. Getting up, he took the Life Capture Sphere and rubbed it against Siur's still-bleeding shoulder before placing it back. "Now every thought—every memory that comes to your mind—will be mine to know."

Siur stared at him, his face nearly bloodless.

"People will say anything under torture," Barson explained calmly. "I've found this to be a much better way to get real answers. You might as well talk, you know. If I have to pry the information out of your mind, I will make sure you're known to everyone as the treacherous rat that you are."

"So if I talk—?" There was a tiny ray of hope on Siur's broad face.

"Then I will say you died in battle, as an honorable soldier should."

Siur swallowed, looking mildly relieved. He obviously knew this was the best he could hope for at this point. Dying in battle meant that his family would be taken care of and his name respected. "What do you want to know?" he asked, lifting his eyes to meet Barson's gaze.

Barson suppressed a satisfied smile. There was a reason he'd studied psychological warfare so thoroughly; now this ordeal would be over with quickly. "Who bought the information from you?" he asked, watching the man carefully. He already knew the answer, but he still wanted to hear it said out loud.

"Ganir," Siur replied without hesitation.

"Good." Barson had suspected the old sorcerer was the one behind the disappearances. The irony of using Ganir's own invention against his spy didn't escape Barson. "And how long have you been reporting to him?"

"Not long," Siur answered. "Only for the past few months."

Barson's eyes narrowed. "And who reported to him before you?"

"Jule."

That made sense. Barson remembered the young guard who had been killed in battle less than six months ago. It was far more understandable for Jule to get tempted by Ganir's coin; to a low-ranking soldier, the money must've seemed quite attractive. Siur's betrayal was much worse; he had been in Barson's inner circle and thus could've done some real damage with his spying.

"How much did you tell Ganir?"

Siur shrugged. "I told him what I knew. That you'd met with those two sorcerers."

Two? Barson exhaled, trying to conceal his relief. When two of the five sorcerers he'd spoken with disappeared, he had been deeply alarmed, expecting the worst. He had also realized then that there had to be a spy in their midst—someone close to him who could've seen or known something.

The fact that Siur didn't know about the other visitors was a tremendous stroke of luck, as was the fact that none of these sorcerers knew much of value. They had just held preliminary discussions, and Barson had been careful not to show his hand fully. If Ganir succeeded in questioning them, he wouldn't have come across anything particularly damning. In fact, losing two potential allies was a small price to pay for discovering Siur's treachery.

"Did Ganir kill them?" Barson asked softly.

"I don't know," Siur admitted. "I just know they disappeared."

Barson gave a short laugh. "Yes, I noticed that much. Went to explore the ocean storms, Ganir said. So tell me, Siur, why did you stay behind on this mission?"

"Ganir told me to."

"So you knew about the three thousand men instead of three hundred?"

"What?" Siur appeared genuinely shocked. "No, I didn't. There were three thousand peasants?"

"Yes," Barson said, unsure if he believed the man.

"I didn't know," Siur said. "Captain, I didn't know, I swear it! I would've warned you if I knew."

Barson looked at him. Perhaps he would have; there was a big difference between selling information and sending all your comrades to their deaths.

Siur held his gaze, his face pale and sweating. "Are you going to kill me now? I told you everything I know."

Barson didn't respond. Walking over the Sphere, he brought it back and pressed it against Siur's wound again, concluding the recording. He had to watch it now, to make sure Siur's thoughts matched his words. Picking up the droplet that had formed inside the Sphere's indentation, he gingerly put it under his tongue and let it take over his mind.

When Barson regained his sense of self, he gave Siur a somber look. "You told the truth. Since I'm a man of my word, your good name is safe."

"Thank you." Visibly shaking, Siur squeezed his eyes shut.

A swish of Barson's sword, and the traitor was no more.

* * *

Wiping the blood off his sword, Barson walked toward Augusta's quarters. He'd found it suspicious that Ganir wanted to talk to her. He doubted the old sorcerer could've learned about Augusta's involvement in the battle so quickly, which left only two possibilities.

Ganir was either using her to spy on Barson as well—or he was suspicious of her, just as he had been of the two sorcerers who'd gone 'exploring the storms.'

Barson considered the first possibility—a thought that had occurred to him in the past. But somehow he couldn't see Augusta being a spy. She was fairly open in her dislike for Ganir, and she had far too much pride to let herself be used in such manner. If it came down to it, she'd be the one plotting something, instead of being someone's pawn.

That left the other option—that of Ganir learning that Augusta was Barson's lover and taking action against her. Even this seemed unlikely. She was a member of the Council and quite powerful in her own right. Making her disappear would be a significant challenge. In fact, if Ganir did try to take on Augusta, there was a chance that she would make the problem of Ganir disappear instead.

So what had Ganir wanted with Augusta? To his frustration, Barson was no closer to figuring that out.

Entering Augusta's room, he was relieved to find her there, changing her clothes. And to his surprise, he realized that a small part of him *had been* worried for her safety. Rationally, he knew she was more than capable of taking care of herself, but the primitive side of him couldn't help thinking of her as a delicate woman who needed his protection.

"Are you going somewhere?" he asked, noticing that she was putting on one of her special-occasion dresses. Made of a deep red silk, it made her golden complexion glow.

"I just need to run an errand," she said—somewhat evasively, he thought.

Barson suppressed a flare of anger. He wasn't stupid; the last time he'd seen her wear a dress like this was at one of the spring celebrations. Was she dressing up for something—or someone? And did this have anything to do with her earlier conversation?

There was only one way to find out.

Coming up to her, Barson wrapped his arms around her narrow waist and bent his head to nuzzle her soft cheek. "What did Ganir want?" he murmured, kissing the outer shell of her ear.

"I don't have time to discuss it now," she said, slipping out of his embrace in an uncharacteristic gesture of rejection. "I'll see you when I get back."

And in a whirl of silk skirts and jasmine perfume, she walked out of the room, leaving Barson angry and confused.

CHAPITRE 21 : AUGUSTA

En sortant de la Tour, Augusta monta sur sa chaise et se dirigea vers la maison de Blaise en se préparant mentalement à leur rencontre. Elle sentait son cœur s'accélérer et les paumes de ses mains transpirer à l'idée de revoir Blaise : c'était l'homme qui l'avait rejetée, l'homme qu'elle n'arrivait toujours pas à oublier. Même maintenant qu'elle avait trouvé un peu de bonheur auprès de Barson, les souvenirs de ce qu'elle avait vécu avec Blaise étaient comme une blessure mal guérie, douloureuse à la moindre provocation.

Elle ferma les yeux et laissa le vent souffler dans ses longs cheveux noirs. Elle adorait la sensation de voler, d'être en hauteur dans les airs, au-dessus des problèmes ordinaires et des petites vies des gens à terre. De tous les objets magiques, la chaise était sa préférée parce qu'aucune personne ordinaire ne pourrait jamais la conduire. Pour voler, il fallait connaître la magie verbale de base et les non-sorciers ne pourraient rien faire de plus que flotter lentement jusqu'à leur mort.

En passant près de la Grand-place, elle décida impulsivement d'atterrir devant l'un des magasins. Ici, au milieu du bruit et de l'agitation de la place du marché, en ce beau jour de la fin du printemps, il était difficile de rester pessimiste. Il y avait peut-être une bonne explication à l'obsession de Blaise pour les gouttelettes de Capture Vitale, pensa-t-elle avec espoir. Il était peut-être en train de faire une expérience. Après tout, elle savait qu'il avait toujours été intéressé par ce qui se rapportait à l'esprit humain.

Elle marcha vers un des étals de plein air et acheta des dates dodues. C'était l'en-cas préféré de Blaise, lorsqu'il daignait stimuler ses papilles gustatives avec des sucreries. Elles serviraient de gage de paix, en supposant que Blaise accepte de la voir. Satisfaite de son achat, et pleinement consciente de sa futilité, elle retourna dans les airs.

La maison de son ex-fiancé n'était pas loin. En fait, elle était à distance de marche de la Grand-place. Blaise était l'un des rares sorciers à avoir toujours conservé un logement séparé dans Turingrad, au lieu de passer tout son temps dans la Tour. Il avait hérité la maison de ses parents et trouvait que c'était apaisant d'y retourner le soir au lieu de rester dans la Tour et de fréquenter les autres. Quand Blaise et elle étaient ensemble, elle y avait passé beaucoup de temps elle aussi. Tellement, en fait, qu'elle y avait même eu une chambre à elle.

Le fait de repenser à cette maison lui rappela tous ces souvenirs doux-amers. Ils avaient parfois marché de la maison jusqu'à cette Grand-place et elle se souvenait comment ils avaient toujours parlé de leurs projets récents dont ils débattaient ensemble en détail. C'était une des choses qui lui manquaient le plus ces jours-ci : ces conversations intellectuelles, l'échange d'idées. Même si Barson était intéressant, il ne pourrait jamais lui offrir ça. Seul un autre sorcier du niveau de Blaise le pourrait — et il n'y en avait pas, d'après Augusta.

Elle arriva enfin devant la maison de Blaise. Malgré sa situation au centre de Turingrad, elle ressemblait à une maison de campagne : une belle demeure imposante en pierres blanches entourée d'un magnifique jardin.

Augusta s'approcha prudemment, monta les marches et frappa poliment à la porte. Puis elle retint sa respiration en attendant une réponse.

Il n'y en eut aucune.

Elle frappa plus fort.

Toujours rien.

Avec une anxiété croissante, Augusta attendit encore quelques minutes en espérant que Blaise était simplement à l'étage et ne pouvait pas l'entendre frapper.

Pas de réponse. Il était temps d'utiliser des mesures plus radicales.

Augusta se souvint d'un sort verbal qu'elle avait sous la main et elle commença à réciter les mots en remplaçant quelques variables pour éviter d'effrayer la ville entière. Ce sort en particulier était conçu pour produire un son extrêmement fort, mais avec les changements qu'elle y avait introduits, il ne serait entendu qu'à l'intérieur de la maison de Blaise. Heureusement, le sort permettant de faire vibrer l'air aléatoirement à la bonne amplitude était relativement simple. En suivant les enchaînements logiques avec sa litanie d'Interprétation, elle mit les mains sur ses oreilles pour bloquer le bruit qui se produirait à l'intérieur de la maison.

Le bruit fut si puissant qu'elle put pratiquement sentir vibrer les murs de la maison. Blaise ne pourrait pas ignorer ça. En fait, s'il était dans la maison, il serait probablement à moitié sourd et furieux. Ce n'était sans doute pas la meilleure façon d'entamer la conversation, mais c'était la seule chose à laquelle elle put penser pour attirer son attention. Elle préférait gérer un Blaise furieux plutôt que le drogué qu'elle commençait à craindre de trouver.

Le fait qu'il ne réagisse pas au bruit en disait long. Seul quelqu'un d'absorbé dans une Capture Vitale aurait pu être immunisé contre le sort qu'elle venait de lancer. L'alternative — qu'il avait finalement quitté la maison après avoir joué à l'ermite pendant des mois — était très improbable, même si Augusta ne put s'empêcher de se raccrocher à ce petit espoir.

Ce qui était effrayant avec les Captures Vitales, c'était que les personnes qui en étaient dépendantes mouraient parfois. Ils étaient tellement absorbés par les vies des autres qu'ils négligeaient leur propre santé, oubliant de manger, de dormir et même de boire. Même si les sorciers pouvaient nourrir leur corps grâce à la magie, il leur fallait néanmoins jeter des sorts pour maintenir leur niveau d'énergie. Un sorcier dépendant aux Captures Vitales pouvait être presque aussi vulnérable qu'une personne normale s'il oubliait de faire le sort approprié.

Debout devant la porte, Augusta constata qu'elle devait prendre une décision. Soit elle partait dire à Ganir qu'il ne répondait pas, soit elle prenait le risque d'entrer.

Si cela avait été la maison d'une personne ordinaire, cela aurait été facile. Mais la plupart des sorciers mettaient en place des sorts contre les intrusions. Dans la Tour, elle jetait régulièrement des sorts pour empêcher que l'on touche à ses serrures. D'après ses souvenirs, toutefois, Blaise prenait rarement la peine de le faire. Essayer d'ouvrir la porte à l'aide de la sorcellerie était probablement la meilleure chose à faire.

Un peu plus tard, elle entrait dans le hall et elle revit les meubles et les peintures familières.

Cherchant soit Blaise, soit des signes de son addiction, Augusta traversa lentement la maison vide, le cœur serré par le flot de souvenirs. Comment est-ce que cela avait pu leur arriver ?

Elle aurait dû se battre pour garder Blaise : elle aurait dû essayer de lui expliquer, de lui faire comprendre. Peut-être aurait-elle même dû mettre de côté sa fierté pour le supplier : une idée qui lui avait semblé impensable à l'époque.

En commençant par le rez-de-chaussée, Augusta entra dans le cellier où il gardait ses fournitures magiques importantes. Elle ouvrit les vitrines et trouva plusieurs jarres de gouttelettes de Capture Vitale, mais cela n'avait rien d'extraordinaire. La plupart des sorciers — y compris Augusta, dans une certaine mesure — utilisaient des Captures Vitales pour enregistrer les événements importants de leur vie ou de leur travail.

Un placard attira son attention. Elle vit davantage de jarres qui n'étaient pas liées à la sorcellerie. Blaise étiquetait toujours tout, donc elle s'approcha pour voir ce qui était écrit.

Elle fut surprise de voir que toutes les jarres portaient un nom : Louie. Elle comprit que c'étaient probablement les souvenirs que Blaise avait de son frère. Le fait qu'il les avait toujours — qu'il ne les avait pas consommées comme l'aurait fait un drogué invétéré — lui donna un peu d'espoir. Une de ces jarres sembla particulièrement intrigante : elle portait une tête de mort, comme le symbole que les guérisseurs apposaient parfois sur les poisons mortels. Elle n'avait aucune idée de ce que cela pouvait être.

Dans un coin de la chambre, elle vit des jarres brisées sur le sol. Parmi les débris de verre, il y avait d'autres gouttelettes, posées là comme si elles étaient à jeter. Curieuse, Augusta s'approcha.

Elle fut choquée de voir que certaines de ces jarres portaient son nom. Les souvenirs de Blaise la concernant... Il avait dû les jeter dans un accès de fureur. Elle ferma les yeux et inspira profondément en tremblant, essayant de retenir les larmes qui étaient sur le point de s'échapper de ses yeux brûlants. Elle ne s'était pas attendue à ce que cette visite soit aussi douloureuse, à ce que les souvenirs soient aussi vivace.

Elle se baissa et mit une des gouttelettes dans sa poche en faisant de son mieux pour éviter de se couper la main sur les morceaux de verre éparpillés tout autour. Puis, en essayant de retrouver son équilibre, elle sortit de la pièce et monta à l'étage.

Elle vit tout autour d'elle les appuis de fenêtres poussiéreux et le mobilier moisissant. Quel que soit l'état mental de Blaise, il ne prenait clairement pas soin de sa maison. Ce n'était pas bon signe, selon elle.

En allant de pièce en pièce, elle constata que Blaise n'était pas là finalement. Soulagée, Augusta se dit qu'il avait dû quitter la maison après tout. Ça c'était bon signe, étant donné que les personnes dépendantes sortaient rarement si ce n'était pas nécessaire. Sauf s'ils n'avaient plus de Captures Vitales — ce qui n'était pas le cas de Blaise, d'après les jarres au-dessous. Était-ce possible que Ganir ait à nouveau tort ? Après tout, ses espions l'avaient apparemment mal informé de la taille de l'armée de paysans que les hommes de Barson allaient devoir affronter. Pourquoi pas ça aussi ? Mais s'ils avaient raison, alors que faisait Blaise avec toutes les Captures Vitales qu'il s'était procurées ?

Brûlante de curiosité, elle pénétra à nouveau dans le bureau de Blaise, le cœur serré par cet environnement familier. Ils avaient passé tant de temps ensemble ici, explorant de nouveaux sorts et inventant de nouvelles méthodologies de codage. C'est ici qu'ils avaient inventé la Pierre d'Interprétation et le langage arcane simplifié qui l'accompagnait — une découverte qui avait transformé tout le domaine de la sorcellerie.

Peut-être devait-elle partir maintenant. Il était évident que Blaise n'était pas chez lui et Augusta ne se sentait pas à l'aise d'envahir sa vie privée de cette façon.

Elle se retourna et commença à sortir de la pièce quand un jeu de parchemins ouverts attira son attention. Ils étaient anciens et complexes, lui rappelant le type d'écritures qu'elle avait vues dans la bibliothèque de Dania, une autre membre du Conseil. Augusta se retrouva près des parchemins, comme si ses pieds avaient pris les décisions à sa place. Elle ramassa un parchemin.

Elle fut choquée de voir qu'ils avaient été écrits par Lenard le Grand lui-même — sauf qu'elle n'avait jamais vu ces notes auparavant. Blaise et elle avaient étudié tout ce que le grand sorcier avait fait : sans la base des connaissances établies par Lenard et ses étudiants, ils n'auraient jamais pu créer la Pierre d'Interprétation et le langage magique qui l'accompagnait. Elle aurait dû côtoyer ces parchemins plus tôt, et le fait qu'elle ne les voie pour la première fois que maintenant était incroyable.

Augusta les lut en diagonale sans croire ce qu'elle voyait : elle comprit l'étendue de connaissances que Blaise avait cachées au monde. Ces vieux parchemins contenaient les théories sur lesquelles Lenard le Grand avait basé ses sorts oraux — des théories qui donnaient un aperçu de la nature du Domaine des Sorts lui-même.

Pourquoi Blaise n'en avait-il parlé à personne ? Encore plus curieuse à présent, elle se pencha sur un autre ensemble de notes posé sur le bureau.

Elle vit tout de suite qu'il s'agissait d'un journal relatant le travail de Blaise.

Fascinée, elle feuilleta les papiers et se mit à lire.

Pendant qu'elle lisait, elle sentit le duvet de son cou se dresser. Ce qui était contenu dans ces notes était si terrifiant qu'elle eut du mal à en croire ses yeux.

En posant le journal, elle regarda vivement autour d'elle, voulant se convaincre que ça ne pouvait pas être réel — que ce n'étaient que les élucubrations d'un esprit dérangé. Son regard se posa sur la Sphère de Capture Vitale et elle vit briller une seule gouttelette à l'intérieur.

Elle l'attrapa d'une main tremblante et la mit dans sa bouche, laissant l'expérience la consumer.

* * *

Assis ici dans son bureau, Blaise ne pouvait s'empêcher de penser à Gala — à sa merveilleuse et magnifique création. En fermant les yeux, il l'imagina dans son esprit : les traits parfaits de son visage, la profonde intelligence qui brillait dans ses yeux bleus mystérieux. Il se demanda ce qu'elle allait devenir. Pour l'instant, elle était comme une enfant, tout était nouveau pour elle, mais il voyait déjà le potentiel de son intellect et de ses capacités qui pouvaient surpasser tout ce que le monde avait jamais vu.

Son attirance pour elle était surprenante autant qu'inquiétante. Elle était sa création. Comment pouvait-il ressentir cela à son sujet ? Même avec Augusta il n'avait jamais ressenti ce genre de connexion intime.

Essayant de refouler ces pensées, il porta son attention sur la question fascinante de son origine. La façon dont elle avait décrit le Domaine des Sorts était intrigante : il aurait donné n'importe quoi pour avoir été lui-même témoin de ces merveilles.

Il y avait peut-être un moyen. Après tout, l'esprit de Gala était assez proche de l'esprit humain, et elle avait survécu là-bas...

* * *

Augusta revint à elle en haletant. Elle regarda le bureau autour d'elle, toujours sous le choc de ce qu'elle venait de voir. Qu'avait fait Blaise ? Quel genre de monstruosité avait-il créé ?

C'était un désastre aux proportions épiques. Si Augusta avait bien compris, Blaise avait créé une intelligence inhumaine. Un esprit non naturel que personne — même pas Blaise lui-même — ne pouvait comprendre. Qu'allait vouloir cette créature ? De quoi serait-elle capable ?

Un vieux mythe sur un sorcier qui avait essayé de créer la vie lui vint spontanément à l'esprit et lui remua l'estomac. C'était le genre d'histoire à laquelle croyaient les paysans et les enfants, mais Augusta savait qu'elle n'était pas vraie. Mais elle ne pouvait pas s'empêcher d'y penser, se souvenant de la première fois qu'elle avait lu l'histoire d'horreur quand elle était enfant. Elle avait eu tellement peur : elle s'était réveillée en criant à cause d'un cauchemar dans lequel une créature macabre avait tué son créateur et le village tout entier. Plus tard, Augusta avait appris la vérité : le sorcier en question avait en fait des expériences sur l'hybridation de différentes espèces animales et une de ses créatures (un hybride ours-loup) s'était échappée et avait semé la panique dans la ville voisine. Cependant, il était déjà trop tard. L'histoire avait laissé une trace indélébile dans l'esprit influençable de la jeune Augusta et même une fois adulte, l'idée de la vie non naturelle la terrifiait.

La création de Blaise, cependant, n'était pas un mythe. Elle — la *chose* — était un monstre créé artificiellement avec des pouvoirs potentiellement illimités. Ça pourrait même détruire le monde et tous ses habitants humains, ils n'en savaient rien.

Et Blaise était attiré par ça. L'idée rendait Augusta tellement malade qu'elle se demanda si elle n'allait pas vomir.

Non. Elle ne pouvait pas laisser faire ça. Il fallait qu'elle fasse quelque chose. Augusta prit les parchemins de Lenard et les mit dans son sac. Puis, consumée par la rage et par la peur, elle concentra ses émotions sur un sort de feu purificateur — et elle lui laissa libre cours dans la pièce.

CHAPTER 21: AUGUSTA

Exiting the Tower, Augusta got on her chaise and headed toward Blaise's house, mentally steeling herself for the upcoming encounter. She could feel her heart beating faster and her palms sweating at the thought of seeing Blaise again—the man who had rejected her, the man whom she still couldn't forget. Even now that she had found some measure of happiness with Barson, memories of her time with Blaise were like a poorly healed wound—hurting at the least provocation.

Closing her eyes, she let the wind blow through her long dark hair. She loved the sensation of flying, of being high up in the air, above the mundane concerns and small lives of people on the ground. Of all the magic objects, the chaise was her favorite because no commoner could ever operate it. Flying required knowing some basic verbal magic, and non-sorcerers would not be able to do more than slowly float away to their deaths.

Passing by the Town Square, she made an impulsive decision to land in front of one of the merchant shops. Out here among the noise and bustle of the marketplace, on this beautiful day in late spring, it was hard to remain negative. Perhaps there was a good explanation for Blaise's obsession with Life Capture droplets, she thought hopefully. Perhaps he was running an experiment of some kind. After all, she knew he had always been interested in matters of the human mind.

Walking over to one of the open-air stalls, she bought some plump-looking dates. They were Blaise's favorite snack, when he deigned to stimulate his taste buds with some sweets. They would make a good peace offering, assuming that Blaise would agree to see her at all. Happy with her purchase—and fully cognizant of the futility of it all—she got back into the air.

Her former fiancé's house was not far, a walkable distance from the Town Square, in fact. Blaise was one of the few sorcerers who had always maintained a separate residence in Turingrad, as opposed to spending all of his time in the Tower. He had inherited that house from his parents and found it soothing to go there in the evenings instead of remaining in the Tower to socialize with the others. When she and Blaise had been together, she'd spent a lot of time at his house as well—so much, in fact, that she'd even had a room of her own there.

Thinking about his house again brought back those bittersweet memories. They'd taken occasional walks together from his house to this very Town Square, and she remembered how they'd always talked about their latest projects, discussing them with each other in great detail. It was one of the things she missed the most these days—those intellectual conversations, the back-and-forth exchange of ideas. Though Barson was an interesting person in his own right, he would never be able to give her that. Only another sorcerer of Blaise's caliber could do that—and there were none, as far as Augusta was concerned.

Finally, she was there, in front of Blaise's house. Despite its location in the center of Turingrad, it looked like a country house—a stately ivory stone mansion surrounded by beautiful gardens.

Approaching cautiously, Augusta came up the steps and politely knocked on the door. Then she held her breath, waiting for a response.

There was none.

She knocked louder.

Still no effect.

Her anxiety starting to grow, Augusta waited another couple of minutes, hoping that Blaise was simply on the top floor and unable to hear her knock.

Still nothing. It was time for more drastic measures.

Recalling a verbal spell she had handy, Augusta began to recite the words, substituting a few variables to avoid scaring the entire town. This particular spell was designed to produce an extremely loud sound—except, with the changes she introduced, it would only be heard inside Blaise's house. Thankfully, the code for vibrating the air randomly at the right amplitude was relatively easy. Following the simple logic chains with the Interpreter litany, she put her hands against her ears to block out the noise coming from inside the building.

The sound was so powerful, she could practically feel the walls of the house vibrating. There was no way Blaise could ignore this. In fact, if he was anywhere in the house, he would likely be half-deaf from that spell—and quite furious. It was probably not the best way to start their conversation, but it was the only way she could think of to get his attention. She would much rather deal with furious Blaise than the addict she was beginning to be afraid she would find.

The fact that he didn't respond to the noise spoke volumes. Only someone absorbed in a Life Capture would have been immune to the spell she'd just cast. The alternative—that he'd finally left his house after months of being a hermit—was an unlikely possibility, though Augusta couldn't help but cling to that small hope.

The scary thing about Life Captures was that people addicted to them sometimes died. They would get so absorbed in living the lives of others, they would neglect their health, forgetting to eat, sleep, and even drink. Although sorcerers could sustain their bodies with magic, they had to do spells in order to keep up their energy levels. A sorcerer Life Capture addict would be nearly as vulnerable as a regular person if he or she forgot to do the appropriate spell.

Standing there in front of the door, Augusta realized that she had a decision to make. She could either report this lack of response to Ganir or she could risk going in.

If this had been a commoner's house, it would've been easy. However, most sorcerers had magical defenses in place against unauthorized entry. In the Tower, they frequently did spells to prevent their locks from being tampered with. From what she could recall, however, Blaise rarely bothered to do that. Trying to unlock his door using sorcery was likely her best bet.

A quick spell later, she was entering the hallway, seeing the familiar furnishings and paintings on the walls.

Looking for either Blaise himself or the evidence of his addiction, Augusta slowly walked through the empty house, her heart aching at the flood of memories. How could this have happened to them? She should've fought harder for Blaise; she should've tried to explain, to make him understand. Perhaps she should've even swallowed her pride and groveled—an idea that had seemed unthinkable at the time.

Starting with the downstairs, Augusta went into the storage area, where she remembered him keeping important magical supplies. Opening the cabinets, she found several jars with Life Capture droplets, but there was nothing extraordinary about that. Most sorcerers—even Augusta herself, to some degree—used the Life Captures to record important events in their lives or their work.

One cupboard drew her attention. In there, she saw more jars that didn't seem to be sorcery-related. Blaise always labeled everything, so she came closer, trying to see what was written on them.

To her surprise, she saw that all the jars had one word on them: Louie. These were likely Blaise's memories of his brother, she realized. The fact that he still had them—that he hadn't consumed them as a hardened addict would—gave her some small measure of hope. One of those jars looked particularly intriguing; it had a skull-and-bone symbol on it, as healers would sometimes put on deadly poisons. She had no idea what it could be.

In the corner of the room, she saw some broken jars on the floor. Amidst pieces of glass, there were more droplets, lying there as though they were trash. Curious, Augusta approached the corner.

To her shock, on a few of the jars, she saw labels with her name on them. Blaise's memories of her . . . He must've thrown them away in a fit of rage. Closing her eyes, she drew in a deep, shuddering breath, trying to keep the tears that were burning her eyes from escaping. She hadn't expected this visit to be so painful, the memories to be so fresh.

Reaching down, she pocketed one of the droplets, doing her best to avoid cutting her hand on the shards of glass lying all around it. Then, trying to regain her equilibrium, she exited the room and headed upstairs.

All around her, she could see dust-covered windowsills and musty-looking furnishings. Whatever Blaise's mental state, he clearly wasn't taking care of his house. Not a good sign, as far as she was concerned.

Going from room to room, she determined that Blaise wasn't there after all. Relieved, Augusta realized that he must've left the house after all. That *was* a good sign, as addicts rarely came out unnecessarily. Unless they ran out of Life Captures—which Blaise hadn't, judging by the jars downstairs. Could it be that Ganir was wrong again? After all, his spies had apparently misinformed him about the size of the peasant army Barson's men would be facing. Why not this also? But if they weren't wrong, then what did Blaise want with all those Life Captures he'd been getting?

Consumed with curiosity, she entered Blaise's study again, the familiar surroundings making her chest tighten. They'd spent so much time here together, exploring new spells and coming up with new coding methodologies. This was where they'd invented the Interpreter Stone and the simplified arcane language to go with it—a discovery that had transformed the entire field of sorcery.

Perhaps she should leave now. It was obvious that Blaise wasn't home, and Augusta no longer felt comfortable invading his privacy in this way.

Turning, she started walking out of the room when an open set of scrolls caught her attention. They were ancient and intricate, reminding her of the type of writings she'd seen in the library of Dania, another Council member. As though her feet had a mind of their own, Augusta found herself approaching the scrolls and picking them up.

To her shock, she saw that they had been written by Lenard the Great himself—except she'd never seen these notes before. She and Blaise had studied everything the great sorcerer had done; without the base of knowledge laid by Lenard and his students, they would've never been able to create the Interpreter Stone and the accompanying magical language. She should've come across these scrolls before, and the fact that she was seeing them now for the first time was incredible.

Skimming them in disbelief, Augusta comprehended the extent of the wealth of knowledge Blaise had been concealing from the world. These old scrolls contained the theories on which Lenard the Great had based his oral spells—the theories that provided a glimpse into the nature of the Spell Realm itself.

Why had Blaise not told anyone about them? Now even more curious, she reached for another set of notes lying on the desk.

It was a journal, she saw immediately—Blaise's recording of his work.

Fascinated, Augusta riffled through the papers and began reading.

And as she read, she felt the fine hair on the back of her neck rising. What was contained in these notes was so horrifying she could hardly believe her eyes.

Putting down the journal, she cast a frantic glance around the study, wanting to convince herself that this couldn't possibly be real—that it was all the ramblings of a madman. Her gaze fell upon the Life Capture Sphere, and she saw a single droplet glittering inside.

Reaching for it with a trembling hand, she put it in her mouth, letting the experience consume her.

* * *

Sitting there in his study, Blaise couldn't stop thinking about Gala—about his wondrous, beautiful creation. Closing his eyes, he pictured her in his mind—the perfect features of her face, the deep intelligence gleaming in her mysterious blue eyes. He wondered what she would become. Right now, she was like a child, new to everything, but he could already see the potential for her intellect and abilities to surpass anything the world had ever seen.

His attraction to her was as startling as it was worrisome. She was his creation. How could he feel this way about her? Even with Augusta, he hadn't experienced this kind of immediate connection.

Trying to suppress those thoughts, he turned his attention to the fascinating matter of her origin. The way she'd described the Spell Realm was intriguing; he would've given anything to witness its wonders himself.

Perhaps there was a way. After all, Gala's mind was quite human-like, and she had survived there . . .

* * *

Gasping, Augusta regained her sense of self. Breathing heavily, she stared around the study, reeling from what she'd just seen. What had Blaise done? What kind of monstrosity had he created?

This was a disaster of epic proportions. If Augusta understood correctly, Blaise had made an inhuman intelligence. An unnatural mind that nobody—not even Blaise himself—could comprehend. What would this creature want? What would it be capable of?

Unbidden, an old myth about a sorcerer who had tried to create life entered Augusta's mind, making her stomach roil. It was the kind of tale that peasants and children believed, and logically, Augusta knew there was no truth to it. But she still couldn't help thinking about it, remembering the first time she'd read the horror story as a child—and how frightened she had been then, waking up screaming from nightmares of a ghoulish creature that killed its creator and his entire village. Later on, Augusta had learned the truth—that the sorcerer in question had actually been experimenting with cross-breeding various animal species and that one of his creations (a wolf-bear hybrid) had escaped and wreaked havoc on the neighboring town. Still, by then it was too late. The story had left an indelible impression on Augusta's young mind, and even as an adult, the idea of unnatural life terrified her.

Blaise's creation, however, was not a myth. She—*it*—was an artificially created monster with potentially unlimited powers. For all they knew, it could destroy the world and every human being in it.

And Blaise was attracted to it. The thought made Augusta so sick she thought she might throw up.

No. She couldn't allow this to happen. She had to do something. Grabbing Lenard's scrolls, Augusta tucked them in her bag. Then, consumed by rage and fear, she channeled her emotions into a cleansing fire spell—and let it loose in the room.

CHAPITRE 22 : BLAISE

Pendant son vol retour, Blaise essaya de se convaincre qu'il avait fait ce qu'il fallait — que Gala avait besoin de voir le monde par elle-même pour vivre tout ce qu'elle voulait. Le fait qu'elle lui manquait déjà n'était pas une raison suffisante pour restreindre sa liberté.

Son voyage retour fut beaucoup plus rapide que son vol vers le village. Il avait fait exprès de voler lentement la première fois, afin de permettre à Gala de voir Turingrad, mais il n'avait plus de raison de s'attarder. Il connaissait la ville comme sa poche, et la vue lui rappelait beaucoup trop de mauvais souvenirs — la silhouette sombre de la Tour en particulier.

En passant par la Grand-place, il se souvint comment Esther lui criait dessus lorsqu'il allait nager dans la fontaine quand il était petit. Enfant, il avait aimé plonger pour attraper les pièces et elle l'avait toujours grondé en disant que ce n'était pas approprié pour le fils d'un sorcier de nager dans l'eau sale de la fontaine.

En pensant à Esther et en regardant les gens au-dessous, il réfléchit à ce qu'il avait essayé de faire pour eux. Il avait voulu leur donner le pouvoir de faire de la magie, d'améliorer leurs vies. Et au lieu de cela, il avait fini par créer quelque chose de miraculeux — une magnifique femme intelligente qui était aussi différente d'un objet inanimé que tout ce qu'il pouvait imaginer. Il avait peut-être failli dans sa tâche originelle, mais il ne pouvait pas regretter que Gala existe. Le fait de la connaître avait déjà considérablement amélioré sa vie. Pour la première fois depuis la mort de Louie, Blaise sentit un peu d'excitation — de bonheur, même.

Rester sans elle pendant les quelques prochains jours allait être un défi. Il devait trouver quelque chose pour occuper son esprit, décida Blaise.

Il pensa au mystère qui faisait que Gala ne pouvait pas faire de magie. A priori, étant une intelligence née dans le Domaine des Sorts, elle devait avoir la capacité de faire de la magie directement, sans s'appuyer sur tous les sorts et les conventions utilisés par les sorciers. Cela aurait dû être aussi naturel pour elle que de respirer. Et pourtant ça ne semblait pas l'être, en tout cas pour l'instant.

Que se passerait-il si un esprit humain normal atterrissait dans le Domaine des Sorts ? Cette idée folle surprit Blaise par sa simplicité. Cet esprit mourrait-il immédiatement — ou serait-il capable de retourner dans le Domaine Physique, peut-être avec de nouveaux pouvoirs et capacités ?

Plus il y pensait, plus l'idée lui semblait passionnante. La façon dont Gala avait décrit le Domaine des Sorts était merveilleuse et cela aurait été fabuleux si quelqu'un — si lui-même — pouvait le voir (ou en être témoin grâce au sens qui remplace peut-être la vue dans cet endroit).

Est-ce qu'il serait fou d'essayer de s'y rendre ? D'entrer dans le Domaine des Sorts ? La plupart des gens penseraient que oui, mais la plupart des gens n'avaient pas de vraie vision, ils prenaient rarement les risques qui menaient à la véritable grandeur.

Que se passerait-il s'il réussissait à entrer dans le Domaine des Sorts ? Obtiendrait-il le type de pouvoirs qu'il pensait que Gala possédait ? Si c'était le cas, personne ne pourrait l'arrêter — il serait le sorcier le plus puissant qui ait jamais vécu. Il serait l'égal de Gala et si elle ne savait toujours pas maîtriser la magie à ce moment-là, il pourrait même lui apprendre à exploiter ses capacités inhérentes. Il serait capable de faire ce dont il avait seulement rêvé jusque là : instaurer un véritable changement, une véritable amélioration du monde.

Il deviendrait une légende, comme Lenard le Grand.

Blaise prit une profonde inspiration et se dit de se calmer. C'était très bien en théorie, mais il ne savait pas du tout si ce serait faisable ou sûr en pratique. Il allait devoir être très prudent et méthodique dans son approche.

Après tout, il avait maintenant une raison de vivre très importante.

* * *

Blaise atterrit près de sa maison et fut surpris de voir la chaise rouge posée devant sa porte.

Une chaise qu'il connaissait très bien — celle qui avait servi de prototype pour toutes les autres.

La chaise d'Augusta.

Et elle était devant sa maison.

Que faisait son ex fiancée ici ? Blaise sentit son cœur s'accélérer et sa poitrine se serrer avec un mélange de colère et d'angoisse. Pourquoi était-elle venue ici aujourd'hui, précisément ?

Se préparant mentalement à ce qui allait suivre, il ouvrit la porte et entra dans la maison.

Elle descendait les marches quand il pénétra dans le grand hall d'entrée. À sa vue, Blaise ressentit une douleur poignante et familière. Elle était aussi belle que dans ses souvenirs, ses cheveux brun foncé étaient lisses et montés en chignon, ses yeux ambrés étaient comme des pièces anciennes. Il ne put s'empêcher de comparer son physique sombre et sensuel avec la beauté pâle et d'un autre monde de Gala. Quand Augusta souriait, elle avait souvent l'air espiègle, mais maintenant l'expression sur son visage était une expression de choc et de peur.

— Qu'as-tu fait ? chuchota-t-elle en le fixant du regard. Blaise, qu'as-tu fait ?

Blaise sentit son sang se glacer. De toutes les personnes au monde, Augusta était l'une des rares à pouvoir comprendre aussi vite le sens de ses notes.

— Qu'est-ce que tu fais ici ? demanda-t-il en essayant de gagner du temps. Il avait probablement tort : elle ne savait peut-être pas tout.

— Je suis venue voir comment tu allais. Sa voix tremblait légèrement. Je voulais te voir pour savoir si tu allais bien. Mais ce n'est pas le cas, hein ? Tu es devenu complètement fou —

— De quoi parles-tu ? L'interrompit Blaise.

— Je sais pour l'abomination que tu as créé. Ses yeux étaient éclatants de colère. Je sais pour cette chose que tu as lâché sur le monde.

— Augusta, s'il te plaît, calme-toi... Blaise essaya de prendre un ton apaisant. On peut en discuter. De quoi m'accuses-tu exactement ?

Son visage s'enflamma soudain.

— Je t'accuse d'avoir créé une terrible créature de magie qui peut penser par elle-même, siffla-t-elle en serrant les poings. Une horreur qui, à ta propre surprise, a pris forme humaine !

Alors elle savait tout. Ce n'était pas bon. Pas bon du tout. Blaise ne pouvait pas la laisser partir au Conseil avec cette information, mais comment allait-il l'arrêter ?

— Écoute, Augusta, dit-il en réfléchissant en même temps. Je crois que tu as mal compris la situation. C'est vrai que j'ai essayé de créer un objet intelligent, mais j'ai échoué. Je n'ai pas réussi.

— Ne me mens pas ! hurla-t-elle et il fut surpris qu'elle perde son sang-froid, cela ne lui ressemblait pas. Il ne l'avait jamais vue dans un état pareil : tout le temps qu'ils étaient ensemble, elle n'avait élevé la voix que rarement.

— Je sais que tu possédais les notes de Lenard, que tu les as dissimulées à tout le monde, dit-elle furieusement. Tu es l'hypocrite ultime. Toi qui as toujours dit que les connaissances devaient être partagées, même avec les gens ordinaires. Oh, et avant que tu m'insultes avec d'autres mensonges, tu devrais savoir que j'ai utilisé la gouttelette dans ta Sphère. Je sais que tu l'as créée et que ça a pris une forme humaine — et j'ai vu ta réaction perverse envers ça. Si les regards pouvaient tuer, l'expression sur son visage aurait transformé Blaise en tas de poussière.

— Tu as tort, dit Blaise en s'échauffant, n'ayant plus rien à perdre. Ça a vécu un moment, mais c'est retourné au Domaine des Sorts peu de temps après cet enregistrement. Sa manifestation dans le Domaine Physique n'était pas stable. Tu as vu les notes, tu sais que je n'ai pas déterminé sa forme physique.

Elle le regarda, les yeux brûlants d'émotion.

— Menteur. Je ne crois pas un mot de ce que tu racontes. Tu ne sais même pas ce que tu as fait. Cette chose pourrait causer l'extinction de l'espèce entière —

— Quoi ? dit Blaise, incrédule. Comment est-ce que ça pourrait causer l'extinction de l'espèce ? Même si ça avait été stable, ça ne veut rien dire.

— Ce n'est pas humain ! Augusta était clairement hors d'elle. C'est une créature pas naturelle avec des pouvoirs inimaginables. Tu ne sais pas de quoi c'est capable. Si ça se trouve, ça pourrait nous éradiquer d'un clignement de ses beaux yeux bleus !

— Augusta, écoute-moi, essaya de la raisonner Blaise. *Elle* est intelligente — très intelligente. Elle n'aurait aucune raison de faire quelque chose d'aussi cruel. L'intelligence s'accompagne de la bienveillance. J'ai toujours pensé que...

— Ce n'est pas parce que tu le penses que c'est vrai, dit-elle d'une voix tremblante de colère. Même si tu as raison, même si cette chose ne nous veut pas de mal maintenant, sa seule existence nous met en danger. Si elle a sa propre intelligence — une intelligence qui n'est pas naturelle, qui a été créée, pas conçue biologiquement —, cela peut engendrer d'autres créatures semblables, peut-être plus intelligentes encore et plus puissantes. Puis ces abominations créeront quelque chose d'encore plus effrayant, et ce cycle pourra se poursuivre jusqu'à ce que nous n'ayons pas plus d'importance à leurs yeux que des fourmis. Elles nous écraseront, comme si nous ne valions pas mieux que des cafards. Écoute-moi bien, ce sera le début de la fin.

Blaise fixa Augusta d'un regard choqué, frappé par l'idée de Gala créant d'autres créatures comme elle. Il n'avait pas envisagé la possibilité, mais elle était étrangement sensée. Sauf qu'il ne voyait pas cela comme une mauvaise chose, contrairement à Augusta. En fait, pensa-t-il avec enthousiasme, cela pourrait être le développement qui allait enfin changer leur monde. Il visualisa des Êtres hautement intelligents, omniscients et tout-puissants, qui considèreraient l'humanité comme une race apparentée... et cette vision était terriblement attrayante.

Il envisagea ensuite une autre possibilité. S'il parvenait à atteindre son but en allant dans le Domaine des Sorts et en obtenant des pouvoirs, alors la division entre les Êtres qu'il venait d'imaginer et les humains serait moins nette de toute façon. Même si les craintes d'Augusta avaient été proches de la vérité — ce dont il doutait fortement — les humains pourraient finir par devenir les égaux de ces merveilleuses créatures.

Bien sûr, partager une de ces pensées avec Augusta n'aurait pas été très malin pour le moment.

— Écoute Augusta, même si tu as raison, dit-il à la place, ces Êtres ne voudraient pas nous nuire. Ils nous ressembleraient trop. Avec une plus grande intelligence, ils possèderont sûrement une moralité plus grande que la nôtre. Nous n'avons rien à craindre.

— Tu es un imbécile. Le visage d'Augusta était plein de mépris. Est-ce que la moralité t'empêche d'écraser un insecte qui t'embête ?

— Si je savais que la bestiole avait conscience d'elle-même, je ne la tuerais pas. Blaise en était fermement convaincu. Et si je savais que c'était mon créateur, je ne le ferais absolument pas.

— Tu es simplement aveuglé par le désir, siffla-t-elle, ses beaux traits se tordant avec laideur. Ce n'est pas humain ! Ta créature n'est pas réelle. Elle ne t'aimera pas comme tu veux qu'elle le fasse. Tu l'as conçue pour être capable de ressentir des émotions ? De l'amour ? Et sans donner à Blaise l'occasion de répondre, elle ajouta narquoisement : non, bien sûr que tu ne l'as pas fait. Tu ne savais même pas que ça ressemblerait à une femme.

Blaise ressentit une montée de colère et il l'étouffa difficilement.

— Tu ne sais absolument pas de quoi tu parles, dit-il d'un ton neutre. Tu ne la connais pas.

— Ah, et toi oui, peut-être ? Elle fronça les sourcils.

— Tu es jalouse ? demanda Blaise, incrédule. C'est ça le problème ? Toi et moi c'est fini. C'est terminé depuis que tu as voté pour le meurtre de mon frère !

— Jalouse ? Elle était livide à présent. Pourquoi serais-je jalouse de ce, de cette... *chose* ? Ce n'est rien de plus que des lignes de code et des expériences de vie de quelques paysans dégoûtants. J'ai un homme maintenant, un vrai, pas une espèce d'ermite qui se cache parmi ses livres et ses théories !

— Bien, répliqua Blaise d'un ton sec, son calme ne tenant qu'à un fil. Alors tu ne te mêleras plus de ma vie.

— Oh, ne t'inquiète pas, je ne m'en mêlerai pas, dit-elle d'une voix basse et furieuse. Ce n'est pas avec moi que tu devras traiter, mais avec le Conseil. Et elle commença à descendre les marches en direction de Blaise.

— Tu n'iras pas voir ces lâches avec ça ! Blaise sentit sa propre colère lui échapper. Il *ne laisserait pas* le Conseil tuer une autre personne à laquelle il tenait.

— Je ferai ce que je veux, dit-elle sèchement. Et tu paieras les conséquences de tes actions, exactement comme Louie l'a fait.

En entendant le nom de son frère, quelque chose se brisa en Blaise.

— Tu n'iras nulle part, dit-il férocement en bloquant les escaliers de son corps.

— Sors. De. Mon. Chemin. Ses yeux étaient brûlants comme des flammes. Sa main tomba sur lui et elle lui mit une claque avant qu'il ait pu réaliser ce qu'elle allait faire.

La joue en feu et l'esprit en ébullition, Blaise lui prit le poignet avant qu'elle puisse le frapper à nouveau. Elle hurla de rage, arracha le bras de son emprise et trébucha en arrière. Avant que Blaise ait pu faire quoi que ce soit, il l'entendit réciter un sort mortel connu.

Le sang de Blaise se mit à bouillir dans ses veines. Il n'avait jamais livré un combat avec un autre sorcier de cette façon, mais il sut ce qu'elle était en train de faire. Elle était sur le point de le frapper avec une rafale d'énergie pure — un sort qui allait l'incinérer sur place.

Son esprit était étrangement clair malgré le cœur qui s'emballait dans sa poitrine, et il se mit à scander un sort. C'est ce qu'il utilisait pour se protéger durant les expériences particulièrement dangereuses. Quelques phrases clés et une litanie d'Interprétations plus tard, il fut entouré d'une force magique dont la structure incorporait du vide dans ses parois. Et juste au moment où le scintillement de l'air révéla que le sort était en place, le sort d'Augusta frappa.

C'était comme si le soleil était descendu dans sa maison. Même à travers son bouclier, Blaise put sentir la chaleur insoutenable. Il fut couvert de sueur en l'espace de quelques secondes. Tout autour de lui, les murs et les meubles prenaient feu et une fumée âcre et épaisse emplit l'escalier.

— Augusta ! hurla-t-il, terrifié pour sa sécurité. Si elle n'avait pas de sort de protection, elle allait être réduite en cendres.

Il la vit toutefois un peu plus tard, quand la fumée s'éclaircit. Elle était debout tout en haut des marches et toujours très en vie. Il fut immédiatement submergé par une forte vague de soulagement : peu importe ce qu'elle avait fait, il ne voulait pas la mort de son ex-fiancée. Pas même si cela signifiait que Gala serait en sécurité.

Bien entendu, il devait maintenant sauver sa maison. Réfléchissant frénétiquement, Blaise se souvint d'un sort verbal qu'il avait utilisé dans son enfance — un sort qui lui laverait les mains en l'espace de quelques secondes. Tout ce qu'il lui restait à faire c'était d'augmenter sa puissance.

Lorsqu'il commença à dire les mots, il entendit Augusta commencer son propre exercice de codage. Cela le déconcentra pendant un instant, et il se rendit compte qu'elle était en train de travailler sur un sort de téléportation. Si son propre sort échouait, Blaise serait le seul à brûler.

Il ignora sa voix et se focalisa sur son code, modifiant quelques paramètres afin que l'eau savonneuse soit multipliée par mille. De la mousse commença à couler de ses mains, couvrant le feu autour de lui en quelques instants. Il put à présent porter son attention sur Augusta — sauf que c'était trop tard.

Juste au moment où il bondit en haut des escaliers, elle

termina son propre sort et disparut.

Elle ne pouvait pas être allée très loin, car la téléportation longue distance était complexe, même dans les meilleures conditions, elle nécessitait des calculs plus précis qu'elle n'aurait pas eu le temps de faire. Tout ce dont elle avait besoin, c'était de sortir de la maison et de rejoindre sa chaise. Même en sachant que cela ne servait plus à rien, Blaise se précipita au bas des marches et hors de la maison.

Il vit la chaise rouge s'envoler rapidement au loin. À ce stade, toute poursuite était inutile et dangereuse.

Toujours tremblant de colère après cette confrontation, Blaise retourna dans la maison, déterminé à en sauver autant qu'il le pourrait. Lorsqu'il entra, il vit que la mousse avait contenu le feu dans le hall d'entrée et dans les escaliers. Ce n'est que lorsqu'il monta à l'étage qu'il apprit l'étendue de la fureur d'Augusta.

Son bureau tout entier, toutes ses notes, tous ses journaux, tout le travail de cette année avaient disparu.

D'une manière ou d'une autre, elle avait réussi à tout brûler.

CHAPTER 22: BLAISE

Flying back home, Blaise tried to convince himself that he'd done the right thing—that Gala needed to see the world on her own, to experience everything she wanted. The fact that he already missed her was not a good reason to limit her freedom.

His trip back was much faster than his flight to the village. He'd purposefully gone slower before, giving Gala a chance to see Turingrad, but now there was no reason to linger. He knew this town like the back of his hand, and there were far too many unpleasant memories associated with this view—especially that of the gloomy silhouette of the Tower.

Passing by the Town Square, he remembered how Esther would yell at him for swimming in the fountain as a child. As a boy, he had enjoyed diving for the coins, and she had always scolded him, saying that it was inappropriate for a sorcerer's son to be swimming in the dirty fountain water.

Thinking of Esther and watching the people below, he reflected on what he had tried to do for them. He had wanted to give them the power to do magic, to improve their lives. And instead, he'd ended up creating something miraculous—a beautiful, intelligent woman who was as far removed from an inanimate object as anything he could imagine. He might have failed in his original task, but he couldn't regret having Gala here. Knowing her had already brightened his life immeasurably. For the first time since Louie's death, Blaise felt some measure of excitement—happiness, even.

Being without her for the next few days would be a challenge. He needed to find something to do to occupy his mind, Blaise decided.

One thing that occurred to him was the challenge of figuring out why Gala couldn't do magic. By all rights, as an intelligence born in the Spell Realm, she should have the ability to do magic directly, without relying on all the spells and conventions that sorcerers used. It should be as natural to her as breathing—and yet it didn't seem to be, for now at least.

What would happen if a regular human mind ended up in the Spell Realm? The crazy idea startled Blaise with its simplicity. Would that mind die immediately—or would it be able to return to the Physical Realm, perhaps imbued with new powers and abilities?

The more he thought about it, the more exciting the idea seemed. The way Gala had described the Spell Realm had been wonderful, and it would be amazing if a person—if he himself—could see it (or experience it using whatever sense passed for sight in that place).

Would it be insane for him to try to go there? To enter the Spell Realm himself? Most people would think so, he knew, but most people lacked real vision, rarely taking the kind of risks that led to true greatness.

What would happen if he did succeed in entering the Spell Realm? Would he gain the kind of powers he suspected Gala might have? If so, he would be unstoppable—the most powerful sorcerer who ever lived. He would be Gala's equal, and if she still didn't master magic by then, he could even teach her how to harness her inherent abilities. He would be able to do what he'd only dreamed of so far: implement real change, real improvement in the world.

He would be a legend, like Lenard the Great.

Taking a deep breath, Blaise told himself to calm down. This was all great in theory, but he had no idea if this would be feasible or safe in practice. He would have to be careful and methodical in his approach.

After all, he now had something—or rather, someone—very important to live for.

* * *

Landing next to his house, Blaise stared in shock at the red chaise sitting in front of his door.

A very familiar chaise—one that had been the prototype for them all.

Augusta's chaise.

And it was in front of his house.

What was his former fiancée doing here? Blaise felt his heartbeat quickening and his chest tightening with a mixture of anger and anxiety. Why did she come here today of all days?

Mentally bracing himself, he opened the door and entered the house.

She was walking down the stairs as he entered the large entrance hall. At the sight of her, Blaise felt the familiar sharp ache. She was as stunning as he remembered, her dark brown hair smooth and piled on top of her head, her amber-colored eyes like ancient coins. He couldn't help comparing her darkly sensual looks to Gala's pale, otherworldly beauty. When Augusta smiled, she often looked mischievous, but the expression on her face now was that of shock and fear.

"What have you done?" she whispered, staring at him. "Blaise, what have you done?"

Blaise felt his blood turning to ice. Of all the people out there, Augusta was one of the few who could've made sense of his notes so quickly. "What are you doing here?" he asked, stalling for time. Perhaps he was wrong; perhaps she didn't know everything.

"I came by to check on you." Her voice shook slightly. "I wanted to see if you were all right. But you're not, are you? You've gone completely insane—"

"What are you talking about?" Blaise interrupted.

"I know about the abomination you created." Her eyes glittered brightly. "I know about this thing you've unleashed on the world."

"Augusta, please, calm down . . ." Blaise tried to inject a soothing note into his voice. "Let's talk about this. What exactly are you accusing me of?"

Her face flamed with sudden color. "I am accusing you of creating a terrible creature of magic that can think for itself," she hissed, her hands clenching into fists. "A horror that, to your own surprise, took on a human shape!"

So she knew everything. This was bad. Really bad. Blaise couldn't let her go to the Council with this information, but how was he supposed to stop her? "Look, Augusta," he said, thinking on his feet, "I think you misunderstood the situation. It's true that I tried to create an intelligent object, but I failed. I didn't succeed—"

"Don't lie to me!" she yelled, and he was struck by her uncharacteristic loss of composure. He had never seen her in this kind of state before; in all the years that he'd known her, she'd raised her voice only a handful of times.

"I know you had Lenard's notes, which you hid from everyone," she said furiously. "You are the ultimate hypocrite. You, who always said knowledge should be shared, even with the common people. Oh, and before you insult me with any more lies, you should know that I used that droplet in your Sphere. I know that you created it and that it took human shape—and I saw your perverted reaction to it." If looks could kill, the expression on her face would have left him in a pile of dust.

"You're wrong," Blaise said heatedly, figuring he had nothing left to lose. "It lived for a while, but it went back to the Spell Realm shortly after I made that recording. Its Physical Realm manifestation was not stable. You saw the notes; you know I left its physical form open-ended."

She stared at him, her eyes bright with emotion. "Liar. I don't believe a single word you're saying. You don't even know what you've done. This thing could lead to the extinction of our entire race—"

"What?" Blaise said incredulously. "How could it lead to the extinction of our race? Even if it was stable, that doesn't make sense—"

"It's not human!" Augusta was clearly beside herself. "It's an unnatural creature with unimaginable powers. You don't know what it's capable of; for all you know, it could wipe us out with one blink of its pretty blue eyes!"

"Augusta, listen to me," Blaise tried to reason with her. "*She* is intelligent—highly intelligent. She would have no reason to do something so cruel. With intelligence comes benevolence. I have always believed that—"

"Just because you believe it, doesn't mean it's true," she said, her voice shaking with anger. "And even if you're right, even if this thing doesn't intend us any harm now, its mere existence puts us all in jeopardy. If it has its own intelligence—an unnatural intelligence that was created, not born—it can spawn more creatures like itself, perhaps even smarter and more powerful. Then those new abominations will create something even more frightening, and this cycle can go on until we are nothing but ants to these beings. They will stomp on us, like we're nothing more than cockroaches. Mark my words, this will be the beginning of the end."

Blaise stared at Augusta in shock, struck by the idea of Gala creating others like herself. He hadn't considered this possibility before, but it made sense in a strange way. Except he didn't see it as a bad thing, the way Augusta did. In fact, he thought with excitement, this could be the development that would finally change their world for the better. He pictured highly intelligent, all-knowing, all-powerful beings that would view humanity as their parent race . . . and the vision was tremendously appealing.

Then another possibility occurred to him. If he succeeded in his goal of getting to the Spell Realm and gaining powers, then the line between the beings he just envisioned and humans would become blurred anyway. Even if Augusta's fears had some basis in reality—which he strongly doubted—humans could end up being equals of these marvelous creatures.

Of course, sharing these thoughts with Augusta would not be the smartest move at this point. "Look, Augusta, even if you're right," he said instead, "these beings would not want to harm us. They would be too much like us. With higher intelligence, they will surely possess a morality that will be above ours. We don't have anything to fear—"

"You're a fool." Augusta's expression was full of scorn. "Does morality stop you from squashing a pesky insect?"

"If I knew the little critter was self-aware, I would not kill it." Blaise was firmly convinced of that fact. "And if I knew it was my creator, I certainly would not."

"You're just blinded by lust," she hissed, her beautiful features twisting into something ugly. "It's not human! This creature of yours is not real. It's not going to love you, like you want it to. Did you design it to be capable of emotions? Of love?" And without giving Blaise a chance to respond, she said snidely, "No, of course you didn't. You didn't even know it would look like a woman."

Blaise felt an answering flare of anger, and he suppressed it with effort. "You have no idea what you're talking about," he said evenly. "You don't know her—"

"Oh, and you do?" Her eyes narrowed into slits.

"Are you jealous?" Blaise asked in disbelief. "Is that what this is? You and I are over. We've been over ever since you voted to murder my brother!"

"Jealous?" She looked livid now. "Why would I be jealous of this, this . . . *thing*? It's nothing more than a few strings of code and life experiences of some dirty peasants. I have a man now—a real man, not some hermit hiding among his books and theories!"

"Good," Blaise snapped, hanging on to his temper by a thread. "Then you won't interfere in my life again—"

"Oh, don't worry, I won't," she said, her voice low and furious. "It's not me you'll be dealing with—it's the Council." And she began walking down the stairs, toward Blaise.

"You will not go to those cowards with this!" Blaise felt his own anger starting to spiral out of control. He would *not* let the Council kill another person he cared about.

"I'm going to do whatever I want," she said sharply. "And you're going to face the consequences of your actions, just like Louie did—"

At the mention of his brother, Blaise felt something snap. "You're not going anywhere," he said fiercely, physically blocking the stairs.

"Get. Out. Of. My. Way." Her eyes were blazing like fire. Her hand flashed toward him, slapping him across the face before he realized what she was about to do.

His face stinging and his mind in turmoil, Blaise caught her wrist before she could strike him again. She screamed with rage, yanking her arm out of his grasp and stumbling back a few steps. And before Blaise could do anything, he heard her starting to recite the words of a familiar deadly spell.

Blaise's blood boiled in his veins. He'd never done battle with another sorcerer like this, but he recognized what she was doing. She was about to hit him with a blast of pure heat energy—a spell that would incinerate him on the spot.

His mind oddly clear despite his heart racing in his chest, he started chanting his own spell. It was what he used to protect himself during particularly dangerous experiments. A few key phrases and an Interpreter litany later, he was surrounded by a magical force structure that embedded nothingness in its walls. And just as he finished and saw the telltale shimmer in the air, Augusta's spell hit.

It was like the sun had descended into his house. Even through his shield, Blaise felt the unbearable heat. Within seconds, he was covered with sweat. All around him, the walls and furniture were on fire, and thick, acrid smoke filled the staircase.

"Augusta!" he yelled, terrified for her. Without a protective spell of her own, she would be burned to a crisp.

A moment later, however, the smoke began to clear, and Blaise saw her standing on the top of the staircase, still very much alive. The wave of relief that washed over him was strong and immediate; no matter what she'd done, he couldn't wish his former lover dead—not even if it meant that Gala would be safe.

Of course, right now he had to save his house. Thinking frantically, Blaise recalled a verbal spell he'd used in his youth—a spell that would wash his hands in a matter of seconds. All he needed to do was enhance its potency.

As he began saying the words, he could hear Augusta starting her own verbal coding effort. It distracted him for a second, and he realized that she was working on a teleporting spell for herself. If his own spell failed, Blaise would be the only one to burn.

Shutting out her voice, he focused on his code, changing some parameters to have the soapy water multiplied a thousand fold. Foam started streaming from his hands, covering the blazing fire all around him in a matter of seconds. Now he could pay attention to Augusta—only it was too late.

Just as he started up the stairs, she finished her own spell and disappeared into thin air.

She couldn't have gotten far—long-distance teleportation was difficult under the best circumstances and required far more precise calculations than what she would've had time to do—but all she needed was to get out the door and to her chaise. Still, even knowing the futility of his actions, Blaise rushed down the stairs and out of the house.

And in the distance, he saw a red chaise flying rapidly away. Pursuit at this stage would be pointless and dangerous.

Still shaking with anger in the aftermath of the confrontation, Blaise went back into his house, determined to salvage as much of it as he could. When he entered, he saw that the foam had contained the fire in the hallway and on the stairs. It was only when he went upstairs that he learned the full extent of Augusta's wrath.

His entire study—all the notes he'd made, all his journals, everything from the past year—was gone.

Somehow she had managed to burn everything.

CHAPITRE 23 : GALA

Après le repas, un changement de vêtements et de nombreuses instructions pour ressembler davantage à une personne ordinaire, Gala était finalement en route pour voir le reste du village.

En traversant les rues, elle examina les petites maisons à l'air joyeux et fixa du regard les paysans qui passaient — qui la fixèrent à leur tour.

— Pourquoi ils me regardent ? chuchota-t-elle à Maya après que deux hommes furent presque tombés de cheval en essayant de mieux la voir. Est-ce que c'est parce que j'ai l'air bizarre et différente ?

— Ah ça, tu as l'air différente, oui, gloussa Maya. Même avec cette robe ordinaire, tu es probablement la plus jolie femme qu'ils aient jamais vue. Si tu n'as pas envie qu'on te dévisage, tu devrais peut-être te mettre un sac à patates sur la tête.

— Je crois que je n'aimerais pas ça, dit Gala distraitement en remarquant un attroupement plus loin. Elle s'arrêta et montra la foule du doigt. Qu'est-ce que c'est ?

— On dirait que la cour se réunit pour un jugement, dit la vieille femme en fronçant les sourcils. Elle était sur le point de changer de direction, mais Gala se dirigea vers l'attroupement et les deux femmes n'eurent d'autre choix que de la suivre.

— Euh, Gala, je ne crois pas que ce soit le meilleur endroit pour toi, dit Esther en soufflant tandis qu'elle essayait d'aller aussi vite que Gala.

Gala la regarda d'un air coupable.

— Désolée Esther, mais je veux vraiment voir ça. Elle avait lu des choses sur la loi et la justice et elle n'avait pas l'intention de laisser passer cette opportunité.

Avant que ses compagnes aient la possibilité de faire une autre objection, Gala se mêla à la foule qui se pressait dans une version miniature de la Grand-Place qu'elle avait vue à Turingrad.

Il y avait une tribune au centre de la place et quelques personnes s'y tenaient. Deux grands hommes retenaient un autre homme plus petit qui semblait assez jeune aux yeux inexpérimentés de Gala. Le jeune semblait vouloir s'enfuir et son visage exprimait la peur et la détresse. Près de la tribune, Gala pouvait voir un groupe de personnes qui se ressemblaient entre eux : elle devina qu'il s'agissait d'une famille. Ils avaient l'air en colère pour une raison ou pour une autre.

Un homme âgé aux cheveux blancs qui se tenait sur la tribune prit la parole.

— Tu es accusé d'avoir volé un cheval, dit-il en s'adressant au jeune garçon. Gala entendit le murmure désapprobateur de la foule. Même Maya et Esther secouèrent la tête, comme pour gronder le jeune voleur de cheval. Qu'as-tu à répondre à cette accusation ? continua le vieil homme aux cheveux blancs dont les yeux foncés étaient proéminents dans son visage marqué par le temps.

— Je suis désolé, dit le jeune homme d'une voix tremblante. Je ne recommencerai jamais, je le promets. Je ne voulais pas faire de mal — je voulais juste m'amuser un peu...

L'homme aux cheveux blancs soupira.

— Tu sais ce qu'ils font aux voleurs de chevaux dans les autres territoires ? demanda-t-il.

Le jeune gars secoua la tête.

— Ils les pendent dans le nord et ils leur coupent la tête dans l'est, dit le vieil homme en regardant le garçon avec sévérité.

Le voleur de cheval pâlit visiblement.

— Je suis désolé ! Je ne voulais vraiment pas.

— Heureusement pour toi, nous faisons les choses différemment par ici, l'interrompit le vieil homme en stoppant les supplications du garçon. Maître Blaise désapprouve ce genre de punitions. Parce que tu as admis ta culpabilité et parce que le cheval a été retourné à ses propriétaires, ta punition sera de travailler à la ferme des gens que tu as volés pendant les six prochains mois. Durant ce temps, tu les aideras de ton mieux. Tu nettoieras leurs écuries, tu répareras leur maison, tu leur apporteras de l'eau du puits et tu effectueras toutes les autres tâches dont tu es capable.

Un homme d'âge moyen appartenant à la famille que Gala avait remarquée plus tôt s'avança et s'adressa au vieil homme.

— Monsieur le Maire, avec tout le respect que je vous dois, nos enfants seraient morts de faim sans ce cheval, avec cette sécheresse et tout.

Le maire leva la main pour arrêter le discours de cet homme.

— En effet. Cependant, heureusement pour toi et pour l'accusé, ton cheval t'est revenu sain et sauf, non ?

— Oui, Monsieur le Maire, admit-il d'un air penaud.

— En ce cas, le voleur paiera pour son crime en t'aidant à la ferme. Espérons que cela lui apprenne la valeur du travail.

L'homme d'âge moyen avait toujours l'air mécontent, mais il était évident qu'il n'avait pas le choix. Cette punition avait été décidée pour le voleur de cheval, et il allait devoir l'accepter.

— La cour a terminé pour aujourd'hui, annonça le maire. Vous pouvez tous repartir et aller profiter de la foire.

— La foire ? demanda Gala en s'étonnant de la vague d'enthousiasme qui parcourut soudain la foule.

— Oh oui, dit une jeune femme à sa droite. Tu n'as pas entendu ? La foire du printemps commence aujourd'hui. Et sur ces paroles, elle partit vite rejoindre l'événement.

Gala sourit. L'enthousiasme de la jeune fille était contagieux.

— Allons-y, dit-elle à Maya et à Esther en se mettant en marche dans la même direction que la majorité de la foule.

— Quoi ? Attends, Gala, il faut qu'on en parle d'abord... Maya la suivit en courant, l'air inquiet.

— Qu'y a-t-il à en dire ? Gala continuait à avancer, se sentant prête à exploser d'enthousiasme. Tu n'as pas entendu ce qu'a dit cette femme ? Je vais à cette foire !

— Ce n'est pas une bonne idée, marmonna Esther dans sa barbe. Je suis presque sûre que ce n'est pas ce que Blaise voulait dire quand il a demandé de nous assurer qu'elle n'attire pas l'attention sur elle. Elle, à cette foire ? Elle aura tant d'attention qu'elle ne saura plus où donner de la tête !

— Oui, d'accord, mais comment veux-tu qu'on l'en empêche ? marmonna Maya à son tour. Gala sourit de cet échange. Elle aimait avoir la liberté de faire ce qu'elle voulait et elle avait l'intention de voir et de vivre autant d'expériences que possible dans ce village.

* * *

La foire était aussi merveilleuse que Gala l'avait imaginé. Il y avait des marchands partout avec des étalages colorés d'objets divers et de produits alimentaires intéressants. Juste à côté d'eux se trouvaient des jeux et des attractions et Gala entendait des rires, des voix fortes et de la musique partout. Au centre de la foire, il y avait une grande estrade sur laquelle elle voyait danser les jeunes gens.

Gala s'approcha du marchand le plus près d'elle.

— Que vendez-vous ? demanda-t-elle.

— J'ai les meilleurs fruits séchés de la foire, pour vous ou pour votre mère et votre tante. Il fit un grand sourire en tendant à Gala une poignée de raisins secs.

Elle en prit quelques-uns qu'elle mit dans la bouche et elle apprécia l'explosion sucrée sur sa langue. Esther sortit une petite pièce et la donna au marchand en le remerciant, puis elles continuèrent leur chemin.

— De la bière pour ces dames ? cria un homme depuis un des étals. D'immenses tonneaux étaient empilés de chaque côté de lui et Gala se demanda s'ils contenaient la bière qu'il proposait.

— Je vais en prendre, dit-elle, curieuse d'essayer cette boisson qu'elle avait connue dans les livres.

— Non, pas question, dit Esther immédiatement en fronçant les sourcils. Je ne veux pas que tu sois saoule dès le premier jour que tu passes avec nous.

— Oh, allez, laissez-la s'amuser un peu, la cajola le marchand. Après seulement une chope, elle sera juste un peu guillerette.

— Bon, d'accord, grogna Maya en donnant une pièce au marchand. Juste une chope, alors.

Gala fit un grand sourire. Elle aurait goûté cette bière quoiqu'elles en disent, mais elle était contente de ne pas avoir à argumenter avec les deux femmes.

L'air satisfait, le marchand prit une chope, se dirigea vers la pile de tonneaux et se mit à remplir la chope à l'un d'entre eux. Gala remarqua la façon dont les tonneaux remuaient avec les mouvements du marchand, comme s'ils se balançaient dans le vent.

— Plus vite, dit une voix masculine derrière Gala. En se retournant, elle vit un jeune homme bien bâti qui se tenait derrière elle. Dès qu'il vit le visage de Gala, il écarquilla les yeux et rougit. Il marmonna des excuses tout en la dévisageant de la tête aux pieds.

Gala lui fit un petit sourire puis elle se retourna pour regarder le marchand. Elle commençait à s'habituer à ce genre de regards.

Le marchand lui fit passer la tasse et elle but une gorgée

qu'elle fit tourner dans sa bouche pour mieux en apprécier le goût. Ce n'était pas aussi bon que les raisins secs, mais cela la réchauffa de l'intérieur. Aimant cette sensation, Gala avala la chope d'un trait et entendit les ricanements des hommes qui faisaient la queue derrière elle.

— Tu devrais aller moins vite, la gronda Maya et Esther fronça de nouveau les sourcils.

— Je n'ai encore jamais goûté de bière auparavant, essaya d'expliquer Gala qui ne voulait pas que les femmes s'inquiètent. Je crois que j'aime encore plus ça que votre ragoût. En se tournant vers le marchand, elle demanda :

— Je peux en avoir une autre ?

Maya attrapa alors la main de Gala et la traîna loin du marchand de bière étonné et de ses clients. Gala ne se laissa tirer que jusqu'à l'étal suivant, puis resta fermement sur sa position.

— Tu es forte pour quelqu'un de si petit, dit Maya en ayant l'air impressionnée quand Gala lui résista. C'est comme si elle avait pris racine, dit-elle à Esther. Je ne peux pas la faire avancer d'un centimètre.

Ce n'est que le stand d'un clown, dit Esther à Gala d'un ton exaspéré. Il n'y a rien à voir ici pour toi.

Gala n'était pas d'accord. Pour elle, ce stand était fascinant, car il était entouré d'enfants. Les enfants — ces humains miniatures — étaient un mystère pour Gala. Elle n'avait jamais été une enfant, sauf si l'on comptait sa courte étape de développement dans le Domaine des Sorts. D'un autre côté, elle était peut-être une enfant maintenant par rapport à la personne quelle allait devenir.

L'autre chose qui l'intéressait, c'était l'homme au visage peint. Il portait des vêtements étranges et il faisait quelque chose qui ressemblait à de la sorcellerie pour les enfants : il sortait des pièces de leurs oreilles puis il les faisait disparaître. Il semblait en outre le faire sans utiliser de sorts verbaux ou écrits. Cependant, lorsqu'elle se concentra sur ses mains, elle vit qu'il cachait en fait les pièces dans sa main. Un faux sorcier, pensa-t-elle en regardant avec amusement ses singeries.

Soudain, il y eut un cri. Surprise, Gala se retourna vers l'étalage du marchand de bière d'où provenait le cri.

Ce qu'elle vit la figea sur place.

Un des enfants plus âgés avait poussé une petite fille contre le tas de tonneaux. Les gros tonneaux se balancèrent dangereusement et Gala vit celui du dessus se mettre à tomber.

Le temps sembla ralentir. Le déroulement des événements à venir se joua dans l'esprit de Gala. Le tonneau allait tomber sur la fillette, écrasant son frêle corps humain. Gala put même calculer le poids précis et la force de l'objet qui tombait, ainsi que les chances de survie de la petite fille.

La fillette allait cesser d'exister avant même d'avoir eu le temps d'apprécier la vie.

Non. Gala ne pouvait pas supporter de voir cela. Son corps entier se tendit et sans le faire consciemment, elle leva les bras et les pointa vers le tonneau. Son esprit fit les calculs nécessaires à la vitesse de l'éclair, trouvant la quantité exacte de force opposée requise pour maintenir en place l'objet qui tombait.

Le tonneau cessa de tomber et flotta dans les airs à quelques centimètres au-dessus de la tête de la petite fille.

Le silence fut assourdissant. Tout autour de Gala, les gens de la foire étaient comme figés sur place, fixant du regard l'accident qui avait failli survenir avec une fascination morbide. Le marchand de bière fut le premier à recouvrer ses esprits et il bondit vers la fillette pour la sortir de sous le tonneau.

Dès que la fillette ne fut plus en danger, Gala sentit sa concentration partir et le tonneau chuta en se fracassant en petits morceaux de bois et en éclaboussant les alentours de bière.

L'enfant sauvée se mit à pleurer. Son petit corps était secoué de sanglots tandis que les spectateurs semblèrent tous se remettre à respirer de soulagement en même temps. Beaucoup d'entre eux regardaient Gala d'un air émerveillé et une femme s'avança vers elle, s'adressant à elle d'une voix tremblante :

— Êtes-vous une sorcière, ma dame ?

— Elle n'a rien à voir avec tout ça, c'était le clown, dit Maya en mentant de façon peu convaincante.

Esther prit Gala par la main.

— Allons-y, dit-elle avec insistance en attirant Gala loin de la foule.

Gala ne résista pas et suivit docilement la vieille femme. Son esprit était en ébullition. Elle l'avait fait. Elle avait fait de la magie directe, comme Blaise l'avait voulu en la créant. Il n'y avait pas eu de sort : elle n'avait rien dit ni rien écrit. En fait, c'était comme si quelque chose en elle savait exactement quoi faire, savait comment laisser une partie inexplorée de son cerveau prendre la relève. Tout ce qu'elle savait, c'est qu'elle n'avait pas voulu que la fillette soit blessée et le reste avait simplement eu l'air de... se produire.

Lorsqu'elles furent suffisamment loin de la foule, elle s'arrêta en refusant d'aller plus loin.

— Attendez, dit-elle à Maya et Esther en se baissant pour ramasser un petit caillou sur le sol.

— Qu'est-ce que tu fais ? siffla Esther. Tu viens d'attirer l'attention sur toi !

— Attendez un peu, s'il vous plaît. C'était important pour Gala. Elle lança le caillou en l'air et se concentra dessus en essayant de reproduire son action. *Ne tombe pas, ne tombe pas, ne tombe pas*, chanta-t-elle dans sa tête en regardant le caillou.

La pierre ne réagit absolument pas et elle retomba tout à fait normalement au sol.

— Qu'est-ce que tu fais ? Maya regardait ce qu'elle faisait avec incrédulité. Tu lances des cailloux ?

Déçue, Gala secoua la tête. Pourquoi est-ce que ça n'avait pas marché cette fois ? Elle avait arrêté ce tonneau, pourquoi pas ce caillou ?

Esther s'approcha d'elle et passa un bras autour de ses épaules.

— Allez viens, rentrons mon enfant, dit-elle d'un ton apaisant. On te donnera un peu plus de ragoût.

— Non merci, je ne veux pas de ragoût maintenant, dit Gala en faisant un pas de côté. Je suis désolée d'avoir attiré l'attention sur moi, mais je ne regrette pas que la petite fille soit saine et sauve.

— Bien sûr. Maya regarda Esther méchamment. Tu as fait ce qu'il fallait. Je ne sais absolument pas comment tu as fait, mais c'était la bonne chose à faire.

Gala sourit, soulagée qu'elle n'eût pas fait une trop grosse bêtise. En regardant en arrière vers les étalages, elle remarqua à nouveau la musique : une mélodie entraînante qui se jouait au loin. La musique l'attirait, elle la tentait avec la promesse de la beauté et de nouvelles sensations.

— Je ne suis pas encore prête à rentrer, dit-elle à Esther. Je veux voir un peu plus de la foire.

À présent, même Maya eut l'air inquiète.

— Ma Dame... Gala, je ne crois pas que tu devrais retourner à la foire maintenant.

— Je veux danser, dit Gala en regardant les silhouettes au loin. Je veux danser sur cette musique.

Sans attendre la réponse de ses chaperons, elle se précipita vers la musique.

CHAPTER 23: GALA

After the meal, a change of clothing, and numerous instructions on how to appear more like a commoner, Gala was finally on her way to see the rest of the village.

Walking through the streets, she studied the small, cheerful-looking houses and stared at the peasants passing by—who stared right back at her. "Why are they looking at me?" she whispered to Maya after two men almost fell off a horse trying to get a good look at her. "Is it because I look strange and different?"

"Oh, you look different, all right." Maya chuckled. "Even in that plain dress, you're probably the prettiest woman they have ever seen. If you didn't want to be gawked at, we should've put a potato sack over your head."

"I don't think I would like that," Gala said absentmindedly, noticing a large gathering up ahead. Stopping, she pointed at the crowd. "What is that?"

"Looks like the court is meeting for judgment," said the old woman, frowning. She was about to turn away and walk in another direction, but Gala headed toward the gathering and the two women had no choice but to tag along.

"Um, Gala, I don't think that's the best place for you," Esther said, huffing and puffing to keep up with Gala's brisk pace.

Gala shot her an apologetic look. "I'm sorry, Esther, but I really want to see this." She had read a little bit about laws and justice, and she had no intention of passing up this opportunity.

Before her escorts had a chance to voice another objection, Gala walked straight into the gathering, which seemed to be taking place in a miniature version of the Town Square she'd seen in Turingrad.

There was a platform in the middle of the square, and a few

people were standing on it. Two bigger men were holding a smaller one, who appeared quite young to Gala's inexperienced eye. The youngster looked like he wanted to run away, the expression on his round-cheeked face that of fear and distress. Near the platform, Gala could see a group of similar-looking people—a family, she guessed. They looked angry for some reason.

A white-haired older man, who was standing on the platform, began to speak. "You are accused of horse theft," he said, addressing the lad, and Gala could hear the disapproving murmuring in the crowd. Even Maya and Esther shook their heads, as though chiding the young horse thief. "What have you to say to this charge?" the white-haired man continued, his dark eyes prominent in his weathered face.

"I am sorry," the young man said, his voice shaking. "I will never to do it again, I promise. I didn't mean any harm—I just wanted to have some fun . . ."

The white-haired man sighed. "Do you know what they do to horse thieves in other territories?" he asked.

The lad shook his head.

"They hang them in the north, and they chop their heads off in the east," the old man said, giving the youngster a stern look.

The horse thief visibly paled. "I'm sorry! I truly didn't mean it—"

"Luckily for you, we do things differently here," the old man interrupted, cutting off the lad's pleas. "Master Blaise does not believe in that kind of punishment. Because you admitted your guilt and because the horse was returned to its rightful owners, your punishment is to work on the farm of the people you stole from for the next six months. During that time, you will help them in any way you can. You will clean their stables, repair their house, bring them water from the well, and perform whatever other tasks you are capable of doing."

A middle-aged man from the family Gala had noticed before stepped forward, addressing the white-haired man. "Mayor, with all due respect, our children would have starved without that horse, with the drought and all—"

The mayor held up his hand, stopping the man's diatribe. "Indeed. However, fortunately for you and for the accused, you got your horse back safe and sound, didn't you?"

"Yes, Mayor," the man admitted sheepishly.

"In that case, the thief will make up for his crime by helping out at your farm. Hopefully, this will teach him the value of hard work."

The middle-aged man still looked unhappy, but it was obvious that he had no choice. This was the punishment for the horse thief, and he had to accept it.

"And with that," the mayor announced, "the court is over for today. You can all go forth and enjoy the fair."

"The fair?" Gala asked, curious about the sudden wave of excitement in the crowd.

"Oh yes," a young woman to her right replied. "Didn't you hear? We've got the spring fair starting today. It's right on the other side of the village." And with that, she flounced off, apparently eager to get to this event.

Gala grinned. The girl's enthusiasm was contagious. "Let's go," she told Maya and Esther, starting to walk in the direction where she saw most people heading.

"What? Wait, Gala, let's discuss this . . ." Maya hurried after her, looking anxious.

"What is there to discuss?" Gala continued walking, feeling like she would burst from excitement. "Didn't you hear what that woman said? I'm going to this fair!"

"This is not a good idea," Esther muttered under her breath. "I'm pretty sure this is not what Blaise meant when he said to make sure she doesn't draw any attention to herself. Her at the fair—she's going to get attention galore!"

"Yes, well, how do you intend to stop her?" Maya muttered back, and Gala smiled at their exchange. She liked having the freedom to do what she wanted, and she intended to see and experience as much of this village as she could.

* * *

The fair was as amazing as Gala had thought it might be. There were merchants all over the place, their colorful stalls displaying various goods and interesting-looking food products. Right beside them, there were games and attractions, and Gala could hear laughter, loud voices, and music everywhere. In the center of the fair, there was a big platform where she could see young people dancing.

Gala approached a merchant closest to her. "What are you selling?" she asked him.

"I have the best dried fruit at the fair, for you or your mother and aunt." He smiled widely, offering Gala a handful of raisins.

She took a couple and put them in her mouth, enjoying the

burst of sweet flavor on her tongue. Esther took out a small coin and gave it to the merchant, thanking him, and they continued on their way.

"Ale for the ladies?" a man yelled out from one of the stalls. There were huge barrels stacked on each side of him, and Gala wondered if they contained this ale he was offering.

"I will get some," she said, curious to try the drink she'd read about.

"No, you won't," Esther said immediately, frowning. "I don't want you drunk on your very first day with us."

"Oh, come on, let the lass have some fun," the ale merchant cajoled. "She won't feel more than a little buzz from just one drink."

"All right, fine," Maya grumbled, handing a coin to the man. "Just one drink."

Gala grinned. She would've tried this ale regardless, but she was glad she didn't have to argue with the two women.

Looking satisfied, the merchant took a mug, walked over to the pile of barrels, and started pouring from one of them into the mug. Gala noticed the way the barrels shook with the man's movements, as though swaying in the wind.

"Hurry up," a male voice said behind Gala. Turning around, she saw a young, well-built man standing there. As soon as he saw Gala's face, his eyes widened, and his cheeks turned red. He mumbled an apology, his gaze traveling from the top of her head all the way down to her toes.

Gala gave him a small smile and turned around to look at the merchant again. She was getting used to these stares.

The merchant handed her the mug, and she took a sip, swirling the drink around her mouth to better taste it. It wasn't nearly as delicious as the raisins, but it did send a warm feeling down her body. Liking the sensation, Gala downed the mug in several large gulps and heard chuckles from the men standing in line behind her.

"You should pace yourself," Maya admonished, and Esther gave Gala another frown.

"I've never had ale before," Gala tried to explain, not wanting the two women to worry. "I think I like it even better than your stew." Turning to the merchant, she asked, "Can I have another one?"

At this, Maya grabbed Gala's hand and dragged her away from the confused ale merchant and his customers. Gala let herself be led only as far as the next stall and then stood her ground firmly.

"You are strong for one so small," Maya said, looking impressed when Gala resisted her tugging. "It's as though she grew roots," she told Esther. "I can't make her move another inch."

"This is just a clown stall," Esther told Gala, sounding exasperated. "There is nothing for you to see here."

Gala didn't agree. To her, the stall was fascinating, surrounded as it was by dozens of children. Children—these miniature humans—were an enigma to Gala. She had never been a child herself, unless one counted her brief stage of development in the Spell Realm. Then again, she reasoned, perhaps she was like a child now compared to the person she would become.

Another thing that interested her was the man with the painted face. He was wearing strange-looking clothing and doing what seemed like sorcery for the children—pulling out coins from their ears and then making those coins disappear. He also seemed to be doing it without any kind of verbal or written spells. When she focused on his hands, however, she saw that he was actually hiding the coins in his palm. A fake sorcerer, she thought, watching his antics with amusement.

Suddenly, there was a loud shout. Startled, Gala looked back toward the ale merchant's stall, where she heard the sound coming from.

What she saw made her freeze in place.

One of the older children had pushed a younger girl into the stack of barrels at the ale merchant's stall. The large barrels swayed perilously, and Gala could see the top barrel beginning to fall.

Time seemed to slow to a crawl. In Gala's mind, she saw the chain of events exactly as they would play out. The barrel would fall on top of the girl, crushing her frail human body. Gala could even calculate the precise weight and force of the falling object—and the child's odds of survival.

The young girl would cease to exist before she'd had a chance to enjoy living.

No. Gala couldn't stand to see that. Her entire body tensed, and without conscious thought, she raised her hands in the air, pointing them at the barrel. Her mind ran through the necessary calculations with lightning speed, figuring out the exact amount of reverse force necessary to hold the falling object in place.

The barrel stopped falling, floating in the air a few inches above the girl's head.

The silence was deafening. All around Gala, the fairgoers stood as though frozen in place, staring at the near-accident in morbid fascination. The ale merchant recovered first, jumping toward the shocked child to pull her away from under the barrel.

As soon as the girl was not in danger, Gala felt her focus slipping, and the barrel fell, breaking into little bits of wood and splashing ale all over the place.

The rescued child began to cry, her small frame shaking with sobs, while the spectators seemed to breathe a collective sigh of relief. Many of them were staring at Gala with awed expressions on their faces, and one woman took a step toward her, addressing her in a quivering voice, "Are you a sorceress, my lady?"

"She had nothing to do with that; it was the clown," Maya told the woman, lying unconvincingly.

Esther grabbed Gala's hand. "Let's go," she said urgently, dragging Gala away from the crowd.

Gala did not resist, following the old woman docilely. Her mind was in turmoil. She had done it. She had done direct magic, as Blaise had designed her to do. It hadn't been a spell—certainly she hadn't said or written anything. Instead, it was as though something deep inside her knew exactly what to do, how to let some hidden part of her mind take over. All she'd known was that she didn't want the child hurt, and the rest had seemed to just . . . happen.

When they were sufficiently far away from the crowd, she stopped, refusing to go any further. "Wait," she told Maya and Esther, bending down to pick up a small pebble lying on the ground.

"What are you doing?" Esther hissed. "You just drew a lot of attention to yourself!"

"Just wait, please." This was too important to Gala. Throwing the pebble in the air, she focused on it, trying to replicate her actions from before. *Don't fall, don't fall, don't fall*, she mentally chanted, staring at the pebble.

The little rock didn't react in any way, falling to the ground in a completely normal fashion.

"What are you doing?" Maya was watching her actions with disbelief. "Are you throwing rocks?"

Gala shook her head, disappointed. Why didn't it work for her again? She'd stopped that barrel, so why not this rock?

Esther approached her, putting an arm around her shoulders. "Come, let's go home, child," she said soothingly. "We'll give you some more stew—"

"No, thanks, I don't want any stew right now," Gala said, stepping away. "I'm sorry I drew attention to myself, but I don't regret that the little girl is unharmed."

"Of course." Maya glared at Esther. "You did the right thing. I have no idea how you did it, but it was the right thing to do."

Gala smiled, relieved that she hadn't messed up too much. Looking back toward the stalls, she noticed the music again, a lively melody playing in the distance. It called to her, tempting her with the promise of beauty and new sensations. "I'm not ready to go home yet," she told Esther. "I want to see more of the fair."

Now even Maya looked alarmed. "My lady . . . Gala, I don't think you should go back to that fair now—"

"I want to dance," Gala said, watching the figures in the distance. "I want to dance to that music."

And without waiting for her chaperones' reply, she hurried toward the music.

CHAPITRE 24 : AUGUSTA

— Blaise a fait quoi ? L'expression de Ganir, qui était assis derrière son bureau, était impayable. Si Augusta n'avait pas elle-même été tout aussi perturbée, elle aurait davantage apprécié la réaction de Ganir. Mais là, elle tremblait encore des suites du combat magique et d'avoir appris que Blaise avait relâché cette horreur sur Koldun.

— Il a créé un Être pas naturel, une chose forgée dans le Domaine des Sorts, répéta Augusta en faisant les cent pas. Puis il m'a attaqué quand j'ai essayé de le raisonner. Il est devenu complètement fou. Ça aurait été beaucoup mieux s'il avait été accro —

Ganir fronça les sourcils.

— Un instant, je n'ai pas bien compris. Tu dis qu'il a créé une intelligence artificielle ? Comment a-t-il pu faire ça ?

— Je sais exactement comment il a fait, dit Augusta en se souvenant des notes qu'elle avait trouvées. Il a simulé la structure d'un esprit humain dans le Domaine des Sorts, puis il l'a développé en utilisant des Captures Vitales. Les Captures Vitales que vous pensiez qu'il utilisait pour son usage personnel.

Ganir écarquilla les yeux.

— Il a dû se servir d'une partie de mes recherches sur le cerveau humain, souffla-t-il d'une voix pleine d'enthousiasme. Mais il a dû progresser très loin au-delà de ce que j'ai découvert au sujet de la création de la Sphère de Capture Vitale —

— Il s'est aussi aidé des écrits de Lenard le Grand, lui dit Augusta en s'arrêtant devant son bureau. Il en avait mis de côté en secret, il ne les a jamais montrés.

— Des écrits de Lenard ? Les yeux de Ganir s'illuminèrent. Ce garçon les possède ? J'avais entendu une rumeur selon laquelle

Dasbraw possédait quelque chose du genre, mais ce salaud rusé l'a toujours nié.

— N'était-il pas un bon ami à vous ? demanda Augusta avec mépris. Je croyais que vous vous entendiez comme larrons en foire dans votre jeunesse.

— C'était le cas. Le visage ridé de Ganir se plissa pour former quelque chose qui ressemblait à un sourire. Mais Dasbraw aimait toujours ses cachotteries sur la sorcellerie. Je crois qu'il était fâché d'avoir commencé par être mon apprenti... Il eut un regard lointain pendant un instant, puis il secoua la tête en revenant au présent. Alors tu dis que Blaise les a ? Ces écritures ?

— Il ne les a plus, dit Augusta en cachant mal sa satisfaction. J'ai dû utiliser un sort de feu quand il a essayé de me retenir. Elle ne dit pas que ces écrits précieux étaient en ce moment même dans son sac, intact. C'était toujours une bonne idée de ne pas tout dire dans la Tour.

— Tu as brûlé la maison de Blaise ! Ganir la regarda, bouche bée, choqué.

— Je n'ai pas eu le choix, répondit-elle sèchement, irritée par la réaction du Chef du Conseil. Vous n'étiez pas là. Il a refusé d'entendre raison. Je ne sais pas ce qu'il est devenu, ni jusqu'à quel point il est obsédé par cette créature. Il est entièrement sous son contrôle, maintenant. Elle revit l'expression de Blaise quand il lui avait bloqué le passage. Il était déterminé à ne pas la laisser parler au Conseil, elle en était sûre. L'aurait-il tuée pour protéger cette abomination ? Autrefois, Augusta aurait pensé que c'était impossible, mais plus maintenant. Pas après avoir pris cette gouttelette et après avoir fait l'expérience de la profondeur de ses sentiments pour sa création terrifiante.

Ganir eut l'air perplexe.

— Ça ne lui ressemble pas, dit-il d'un air dubitatif. Tu dis qu'il a essayé de t'attaquer ?

— Il voulait m'empêcher d'en parler au Conseil, dit Augusta qui se sentait un peu moins sûre d'elle à présent. Blaise ne l'avait pas exactement attaqué, mais elle s'était néanmoins sentie menacée. Il a même essayé de me mentir en disant que la forme de la créature était instable et qu'elle n'existait plus.

— Alors, *vas*-tu en parler au Conseil ou pas ? l'interrompit Ganir en la fixant du regard.

— Je devrais, non ? Augusta soutint le regard du vieux sorcier. Ils doivent être prévenus pour cette chose. C'est dangereux et ça doit être éliminé.

— À ton avis, que va-t-il se passer pour Blaise quand ils apprendront ce qu'il a fait ? Ils ne vont pas simplement se débarrasser de sa création et le laisser tranquille.

Augusta avala sa salive. Maintenant que ses pensées étaient plus claires, elle savait que Ganir avait raison : si elle parlait au Conseil elle condamnerait Blaise en même temps que l'abomination qu'il avait créée. Et elle ne pouvait pas laisser faire ça, même si elle était très fâchée contre lui. L'idée de Blaise mort, disparu, lui était aussi insupportable que l'idée qu'il soit attiré par cette monstruosité.

— Qu'est-ce que je peux faire d'autre ? demanda-t-elle. Le vieil homme tenait à Blaise et elle pensait que lui non plus ne voulait pas qu'il soit puni si brutalement.

Ganir s'appuya contre le dossier de sa chaise, l'air pensif.

— Eh bien, dit-il lentement, tout d'abord il y a une petite possibilité qu'il ne t'ait pas menti. S'il a été surpris que cet Être prenne la forme qu'il a prise, alors il ne le comprend probablement pas tout à fait. Il est très possible qu'elle — que *ça* — soit en effet instable et que ça ait disparu.

Augusta ricana.

— Je ne miserais pas sur cette possibilité : il était prêt à tout pour sauver la créature. Croyez-vous qu'après toutes ces années je ne sais pas voir quand il me ment ?

— Bon, d'accord, concéda Ganir. Supposons que tu aies raison. Je ne suis toujours pas convaincu, cependant, de là à ce que cette intelligence soit une aussi grande menace que ce que tu dis —

Augusta serra le bord de son bureau.

— Vous n'êtes pas convaincu ? Elle entendait sa voix devenir aiguë tandis que le vieux cauchemar refaisait surface. J'ai pris cette gouttelette — j'étais dans la tête de Blaise — et lui-même ne sait pas de quoi cette créature est capable ! Elle pourrait avoir des pouvoirs qui dépassent notre imagination. Et si elle se retournait contre nous ? Si elle décidait de nous exterminer ?

Ganir cligna des yeux.

— De quels pouvoirs dispose cette chose ? Que peut-elle faire ?

— Je ne sais pas, admit Augusta en reculant d'un pas et en prenant une inspiration tremblante. Et Blaise non plus. C'est ça le problème. Ce n'est pas parce que ça n'a encore rien fait que nous sommes en sécurité. Ça n'existe que depuis peu de temps.

Le vieil homme la regarda.

— En ce cas, pourquoi ne la laissons-nous pas tranquille ? Nous n'avons encore rien vu de ce genre : une créature qui a été créée, qui n'est pas née biologiquement, un Être du Domaine des Sorts.

— Non. Augusta secoua la tête, tout en elle rejetait cette idée. On ne peut pas prendre ce genre de risque. Cette chose doit être détruite *maintenant*, avant qu'elle ait l'occasion de nous détruire. Elle pourrait bien devenir plus puissante au fur et à mesure qu'elle existe plus longtemps, on n'en sait rien. C'est notre chance de résoudre la situation. Si on ne l'arrête pas maintenant, on ne pourra peut-être plus le faire dans le futur. Pensez-y, Ganir. Et si la chose finissait par créer d'autres abominations comme elle ?

Le vieux sorcier eut l'air stupéfait. Il n'avait manifestement pas envisagé cela. Augusta vit qu'il vacillait et elle se dépêcha de prendre l'avantage.

— Imaginez-vous la puissance qu'aurait une armée entière de ces créatures venues du Domaine des Sorts ?

Ganir écarquilla les yeux, comme s'il venait de penser à une nouvelle idée.

— Tu as dit que ça avait pris une forme féminine, non ? demanda-t-il lentement. Et tu dis que Blaise est attiré par elle ?

Augusta hocha la tête en le dévisageant avec horreur. Était-il en train de dire ce qu'elle pensait qu'il voulait dire ?

— Ganir, vous voulez dire que...

— Que Blaise et elle pourraient se reproduire ? Il leva les sourcils. Je n'en ai aucune idée, mais je serais curieux de le découvrir...

Augusta eut envie de vomir.

— Curieux ? De savoir si un monstre peut se reproduire ? Le vieil homme était devenu fou.

Le Chef du Conseil sembla inexplicablement amusé.

— Si Blaise est attiré par elle, elle ne peut pas être si monstrueuse.

Augusta retint l'envie de lui envoyer un nouveau sort de feu.

— Vous ne voyez pas l'essentiel, dit-elle avec froideur. On ne parle pas d'une quelconque expérience magique. Blaise a créé cette chose dans le but de donner la magie aux gens ordinaires. Ses actions — et ses intentions — sont dangereuses et relèvent de la trahison. On doit l'arrêter. Si vous n'avez pas l'intention de m'aider, je n'aurais d'autre choix que d'aller au Conseil — et nous savons tous les deux de quelle façon cela se terminera pour Blaise. Augusta bluffait pour l'essentiel, mais le vieil homme n'avait pas besoin de le savoir.

Ganir fronça les sourcils.

— D'accord, dit-il en la regardant attentivement. Où se trouve la créature en ce moment ?

— Je ne sais pas. Je n'en ai trouvé aucune trace chez Blaise.

— En ce cas, je vais envoyer quelques-uns de mes hommes à sa recherche. Je leur donnerai l'ordre de me dire tout ce qui leur paraît étrange. Si la créature est aussi puissante que tu le crois, nous entendrons forcément parler d'elle. Il fit une longue pause dans son discours. Et si nous n'entendons parler d'aucune activité de sorcellerie inhabituelle, alors soit Blaise disait la vérité, soit l'Être en question ne représente pas une menace à mes yeux.

Augusta n'était pas d'accord avec cette dernière partie, mais elle n'avait pas le temps d'argumenter.

— Et lorsqu'elle sera trouvée ?

— Alors je la ferai capturer et amener ici, à la Tour, où nous pourrons l'interroger et décider si elle représente vraiment un danger pour nous.

Cette fois-ci, elle ne put se contenir :

— Ganir, il faut détruire cette chose.

Le Chef du Conseil se pencha en avant.

— Elle le sera, si elle est aussi dangereuse que tu le dis. Son ton devenait dangereusement doux. Mais avant d'agir bêtement, nous devons en apprendre plus à son sujet. Je vais l'étudier et alors, si nécessaire, je la détruirais moi-même.

On verra, pensa Augusta en se taisant. Pour l'instant, ils avaient besoin des espions de Ganir pour localiser la chose.

CHAPTER 24: AUGUSTA

"Blaise did what?" The expression on Ganir's face as he sat behind his desk was priceless. If Augusta hadn't been so distressed herself, she would've enjoyed Ganir's reaction more. As it was, she was still shaking from the aftereffects of the magical battle—and from learning about the horror that Blaise had unleashed on Koldun.

"He created an unnatural being—a thing forged in the Spell Realm," Augusta repeated, pacing around the room. "And then he attacked me when I tried to reason with him. He's gone completely insane. It would've been far better if he had been an addict—"

Ganir frowned. "Wait, I'm still not clear on this. You're saying he created an intelligence? How could he have done this?"

"I know exactly how he did it," Augusta said, remembering the notes she'd found. "He simulated the structure of the human mind in the Spell Realm, and then developed it using Life Captures—the same Life Captures that you thought he was getting for himself."

Ganir's eyes widened. "He must've used some of my research on the human brain," he breathed, his voice thick with excitement. "But he had to have gone leaps and bounds beyond what I had discovered in the process of creating the Life Capture Sphere—"

"He also had some help from Lenard's writings," Augusta told him, stopping in front of his desk. "He had a secret stash of them that he had never shared with anyone."

"Lenard's writings?" Ganir's eyes lit up. "The boy has them? I heard a rumor once that Dasbraw had something like that, but that wily bastard always denied it."

"Wasn't he your good friend?" Augusta asked scornfully. "I thought the two of you were thick as thieves in your youth."

"We were." Ganir's wrinkled face creased into something resembling a smile. "But Dasbraw always liked his secrets when it came to sorcery. I think he resented the fact that he started off as my apprentice . . ." For a moment, there was a faraway look in his eyes, but then he shook his head, bringing himself back to the present. "So you're saying that Blaise has them? Those writings?"

"He doesn't have them anymore," Augusta said with poorly concealed satisfaction. "I had to use a fire spell when he tried to detain me." She didn't mention that, at this very moment, the precious writings were sitting inside her bag, safe and sound. In the Tower, it always paid to have some leverage.

"You burned Blaise's house?" Ganir gaped at her, his mouth falling open in shock.

"I had no choice," Augusta said sharply, annoyed at the Council Leader's reaction. "You weren't there. He refused to listen to reason. You don't know what he's become, how obsessed he is with that creature. He's completely under its control now." The expression on Blaise's face as he blocked her way flashed through her mind. He had been determined to keep her from going to the Council, she was sure of that. Would he have killed her to protect that abomination? Once, Augusta would've thought such a thing impossible, but not anymore—not after she took that droplet and experienced the depth of his feelings for his horrifying creation.

Ganir looked taken aback. "That doesn't sound like Blaise," he said dubiously. "You said he tried to attack you?"

"He wanted to stop me from telling the Council," Augusta said, a little less certain now. Blaise hadn't attacked her, exactly, but she had felt threatened nonetheless. "He even tried to lie to me that the creature's form was unstable, and it was no longer in existence—"

"So, *are* you going to tell the Council?" Ganir interrupted, staring at her.

"I should, shouldn't I?" Augusta met the old sorcerer's gaze. "They need to know about this thing. It's dangerous, and it needs to be eliminated."

"What do you think would happen to Blaise if they found out what he had done? They won't just get rid of his creation and let him be."

Augusta swallowed. Now that she was thinking more clearly, she realized that Ganir was right—that telling the Council would doom Blaise as well as the abomination he'd created. And she couldn't let that happen, no matter how upset she was with him. The thought of Blaise dead, gone, was as unbearable as the idea of him being attracted to that monstrosity. "What would be the alternative?" she asked. The old man cared about Blaise, and she doubted he wanted to see him brutally punished any more than she did.

Ganir leaned back in his chair, his face assuming a thoughtful expression. "Well," he said slowly, "first of all, there is a small chance he didn't lie to you. If he was surprised that this being took the shape that it did, then he probably doesn't understand it fully. It's very possible that she—*it*—is indeed unstable and gone by now."

Augusta snorted dismissively. "I wouldn't hold my breath for that possibility—he was just desperate to save the creature. You think I don't know after all those years together whether he's lying or telling the truth?"

"All right," Ganir conceded, "let's suppose you're right. I'm still not convinced, though, that this intelligence is as big of a threat as you think—"

Augusta gripped the edge of his desk. "You're not convinced?" She could hear her voice rising as the old childhood nightmare reared its ugly head. "I took that droplet—I was in Blaise's head—and he himself doesn't know what this creature is capable of! It could have powers that are beyond anything we can imagine. What if it turns against us? What if it decides to wipe us all out?"

Ganir blinked. "What kind of powers does it have? What can it do?"

"I don't know," Augusta admitted, taking a step back and drawing in a shaky breath. "And neither does Blaise. That's the problem. Just because it hasn't done anything yet, doesn't mean we're safe. It's only been in existence for a short time."

The old man looked at her. "In that case, why don't we just let it be? We have never seen anything like it before—an intelligence that was created, not born, a being from the Spell Realm—"

"No." Augusta shook her head, everything inside her rejecting that idea. "We can't take that kind of risk. The thing needs to be destroyed *now*, before it has a chance to destroy us. For all we know, it might be growing more powerful with every moment it's in existence. This is our chance to contain this situation. If we don't stop it now, we might never be able to do so in the future. Think about it, Ganir. What if it ends up creating more abominations like itself?"

The old sorcerer looked stunned. He obviously hadn't considered that angle. Augusta could see him wavering, and she pressed her advantage. "Can you imagine how powerful an entire army of creatures from the Spell Realm might be?"

Ganir's eyes widened, as though some new thought occurred to him. "You said it took a female shape, right?" he said slowly. "And you said Blaise is attracted to it?"

Augusta nodded, staring at him in horror. Was he implying what she thought he was implying? "Ganir, are you suggesting—?"

"That she and Blaise could reproduce?" He raised his eyebrows. "I have no idea, but I would be curious to find out . . ."

Augusta felt like throwing up. "Curious? About whether the monster could spawn?" Was the old man sick in the head?

The Council Leader appeared inexplicably amused. "If Blaise is attracted to it, it can't be all that monstrous."

Augusta squelched the urge to lash out at him with another fire spell. "You're missing the point," she said coldly instead. "This is not some sorcery experiment we're talking about. Blaise created this thing in order to give magic to the commoners. His actions—and his intentions—are dangerous and treasonous. He needs to be stopped. If you're not going to help me with this, I will have no choice but to go to the Council—and we both know how that would likely end for Blaise." Augusta was mostly bluffing, but the old man didn't need to know that.

Ganir's eyes narrowed. "All right," he said, staring at her. "We'll contain the situation ourselves, as you suggested. Where is this creature now?"

"I don't know. I didn't find any traces of it in Blaise's house."

"In that case, I will send some of my men to look for her. They will be given instructions to report anything strange. If the creature is as powerful as you think, we are bound to learn about it eventually." He paused for a moment. "And if we don't hear about any unusual sorcery activity, then Blaise was either telling the truth or the being is not a threat, as far as I'm concerned."

Augusta didn't agree with that last bit, but now was not the time to argue. "And when it's found?"

"Then I will have it captured and brought here, to the Tower, where we can interrogate it and determine if it truly represents a danger to us."

This time she couldn't contain herself. "Ganir, it needs to be destroyed—"

The Council Leader leaned forward. "And it will be, if it's as dangerous as you say," he said, his tone dangerously soft. "But before we do anything rash, we need to find out more about it. I will study it, and then, if need be, I will destroy it myself."

We'll see, Augusta thought, but held her tongue. Right now, they needed Ganir's spies to locate the thing.

CHAPITRE 25 : GALA

La piste de danse était remplie de gens de tous âges qui riaient, bavardaient et tournoyaient sur la musique. Gala embrassa la scène du regard lorsqu'elle s'arrêta au bord de la piste. Sa tête tournait un peu. Son pied tapait en rythme et elle avait envie de rire, elle aussi — en tout cas jusqu'au moment où elle se sentit légèrement désorientée.

La sensation était juste assez différente pour que Gala se rende compte qu'elle était en train de vivre quelque chose d'étrange. Soudain, elle comprit : la bière. C'est ça que les gens appelaient l'ivresse.

Gala examina la situation en fronçant les sourcils. D'après ce qu'elle avait lu, les gens ivres faisaient n'importe quoi et n'agissaient pas en accord avec leur personnalité. Elle n'aimait pas l'idée que cela puisse lui arriver.

En fermant les yeux, elle se concentra sur son corps et elle étudia consciemment les effets de la boisson. Elle ressentit instantanément une réaction similaire à celle qui avait interféré avec son immersion dans la Capture Vitale : c'était comme si une partie de son corps travaillait à effacer toute trace de l'alcool. Quelques secondes plus tard, elle fut entièrement sobre.

— Puis-je vous demander cette danse ? demanda une voix familière. Gala ouvrit les yeux et fut surprise de voir qu'un homme se tenait à un demi-mètre d'elle.

C'était le jeune homme qu'elle avait vu à l'étal du marchand de bière.

Il lui fit un grand sourire et Gala se rendit compte qu'il n'avait probablement pas assisté à l'incident avec l'enfant. Autrement il aurait agi de manière plus prudente, comme certaines personnes semblaient à présent le faire.

Heureuse d'être traitée comme une personne normale, Gala lui retourna son sourire.

— Oui, dit-elle, mais il faudra m'apprendre.

— Ce sera un honneur, dit-il en la prenant par la main. Elle prit la sienne avec prudence. Sa paume était chaude et un peu humide au toucher et Gala décida rapidement qu'elle n'aimait pas son contact. Néanmoins, elle ne vit pas de mal à danser avec lui en se tenant à distance, comme elle voyait d'autres couples le faire.

Gala s'avança sur la piste de danse et écouta plus attentivement les motifs de la musique. Elle adorait l'aspect structuré du rythme rapide, la précision mathématique des sons. Ils plaisaient énormément à ses oreilles.

En regardant les autres femmes du coin de l'œil, Gala fit de son mieux pour imiter leurs mouvements tout en essayant de suivre le rythme de la mélodie.

— Tu es douée, dit le jeune homme d'un ton admiratif. Je pense que tu n'as pas besoin de mon aide. Il bougeait son corps sur la musique, mais il ne semblait pas entendre le même air que Gala, car sa version de la danse était beaucoup plus maladroite, presque gauche.

La mélodie changea, elle s'accéléra et Gala sentit son cœur accélérer en même temps.

— Qui a écrit cette belle musique ? demanda-t-elle en s'émerveillant de pouvoir être émue par un son si simple.

Le jeune homme lui sourit.

— C'est Maître Blaise, bien sûr. C'est un compositeur prolifique. Tu n'as encore jamais entendu sa musique ?

Gala secoua la tête. Son cœur s'était encore emballé en l'entendant mentionner Blaise. Elle voulait qu'il soit ici avec elle, au lieu de cet homme qu'elle n'aimait pas beaucoup. Le fait que Blaise puisse lui faire ressentir des choses sans même être présent était incroyable. Maintenant qu'elle savait qu'il avait composé cette mélodie, elle fut surprise de ne pas s'en être rendu compte. L'écriture de la musique requérait le même esprit enclin aux mathématiques que pour la sorcellerie. Évidemment, ce n'était pas suffisant pour créer une telle beauté, et elle ne pensait pas que tous les autres sorciers soient capables d'égaler son génie. En un sens, cette musique et elle se ressemblaient, étant toutes deux des créations de Blaise.

Alors qu'elle réfléchissait à la chose, l'homme avec lequel elle dansait fit un pas vers elle.

— Comment tu t'appelles ? demanda-t-il en se penchant vers elle. Elle sentait la bière dans son haleine et une trace de quelque chose qui lui rappelait le ragoût d'Esther.

— Je m'appelle Gala, lui dit-elle en s'écartant un petit peu.

Il lui fit un grand sourire.

— Ravi de te rencontrer, Gala. Je m'appelle Colin.

Gala continuait à suivre les mouvements des danseurs, s'améliorant à chaque pas. Pendant ce temps, son partenaire n'arrêtait pas de trébucher et de rater des pas. Cela n'avait pas d'importance pour elle : elle trouvait quand même que c'était très amusant de danser.

— Tu es vraiment très douée ! s'exclama Colin lorsqu'elle exécuta un mouvement particulièrement complexe sans rater un temps et elle sourit de toutes ses dents, ravie du compliment.

La chanson se termina.

— Puis-je avoir la danse suivante ? demanda Colin.

Gala hocha la tête pour accepter. La chanson qui commençait était encore plus belle que la première. Elle était plus lente et plus mélodieuse. Cependant, avant qu'elle ait le temps de se mouvoir sur la musique, son partenaire s'approcha d'elle. Du coin de l'œil, elle vit que les autres danseurs faisaient la même chose : les hommes s'approchaient des femmes et posaient leurs mains sur l'épaule et la taille.

Gala fronça les sourcils et fit un petit pas en arrière. Elle ne voulait pas que Colin s'approchât autant d'elle. Cela lui semblait tout à fait inapproprié. La seule personne dont elle voulait avoir les mains sur le corps était à Turingrad.

— J'ai changé d'avis, dit-elle poliment à Colin en reculant encore un peu.

— Oh, allez, c'est juste une danse, dit-il en souriant et en se penchant pour l'attraper. Ses doigts entourèrent son poignet et elle put sentir la chaleur moite qui émanait de sa peau. Cela lui retourna l'estomac.

— Enlève ta main, ordonna Gala en tirant inutilement sur son poignet. Il était physiquement plus fort qu'elle et elle commençait à craindre l'excitation sombre qui brillait dans ses yeux.

— Oh, allez, fait pas ça... Il souriait toujours, mais il n'y avait plus la moindre trace d'amabilité.

— Lâche-moi, dit-elle un peu plus fort et elle vit quelques personnes regarder dans leur direction. Son cœur battait à tout rompre et elle se sentait révulsée par son contact.

— Ne fais pas ta ronchonne, marmonna-t-il en la tirant vers lui.

Ce n'est qu'une danse.

Lorsqu'il refusa de la lâcher, le bouillon d'émotions qui virevoltait en Gala sembla exploser et sa vue se brouilla un instant. C'était comme si quelque chose en elle avait attaqué Colin et elle le vit trébucher en arrière, l'air choqué. Une odeur abominable se fit sentir et le visage de Colin se tordit en quelque chose qui ressemblait à un mélange de honte et de peur.

Lorsque son poignet fut enfin libéré, Gala ressentit un besoin irrésistible de partir. Et tandis que Colin fit un pas hébété dans sa direction, elle se trouva debout juste à l'extérieur de la piste de danse, derrière Maya et Esther.

— On devrait partir, dit-elle en se sentant encore malade de cette rencontre. Elle tremblait également en sachant qu'elle avait refait de la magie par inadvertance, en se téléportant au vu et au su de tous les danseurs.

Esther se tourna vers elle, l'air surpris.

— D'où sors-tu ? Tu étais juste là, en train de danser avec ce garçon.

— Je veux partir, lui dit Gala en frottant son poignet à l'endroit où elle sentait encore le contact dégoûtant de la peau de Colin.

— Il t'a attrapée ? s'exclama Maya. Non, mais, ce bâtard, j'aurais dû lui donner un coup de pied dans les noisettes !

— On dirait qu'elle lui a fait *quelque chose*, dit Esther en regardant la piste de danse d'un air inquiet.

En jetant un coup d'œil rapide dans cette direction, Gala vit Colin partir avec une drôle de démarche.

— Allons-y, dit-elle en tirant Esther par la manche. Je veux partir. Il se peut qu'il vienne par ici. Elle se sentait troublée et perturbée et elle avait envie de s'éloigner le plus vite possible de cet endroit.

— Bien sûr, dit Maya en regardant le jeune homme de travers. Partons à la maison pour que tu puisses te reposer un peu.

Gala hocha la tête, souhaitant plus que tout faire à nouveau l'expérience de l'activité du sommeil. D'après ce qu'elle avait ressenti la première fois, ce n'était pas très différent de certaines des expériences qu'elle avait vécues dans le Domaine des Sorts.

CHAPTER 25: GALA

The dance floor was filled with people of all ages, laughing, chatting, and twirling to the music. Pausing on the edge of the floor, Gala took in the sight, her head spinning a little. Her foot tapped to the rhythmic notes, and she wanted to laugh too—at least until she felt mildly disoriented.

The sensation was just different enough that Gala realized she was experiencing something strange. Suddenly it hit her: the ale. This was what people referred to as being drunk.

Frowning, Gala considered the situation. According to what she'd read, drunk people did stupid things and did not act like themselves. She didn't like the idea of that happening to her.

Closing her eyes, she focused on her body, consciously examining the effects of the drink. Instantly, she felt a reaction similar to the one that had been interfering with her Life Capture immersion earlier; it was as if some part of her body was working to dispose of all traces of alcohol. A few seconds later, she was completely clear-headed.

"May I ask you to dance?" a familiar male voice said, and Gala opened her eyes, surprised to find a man standing no more than two feet away from her.

It was the young man she'd seen at the ale merchant's stall.

He beamed a bright smile at her, and Gala realized that he probably hadn't seen the incident with the child. Otherwise, he might act cautiously around her, as some people now appeared to be doing.

Happy to be treated like a regular person, Gala gave him a smile in return. "Sure," she said. "But you'll have to teach me how to do it."

"It will be my honor," he said, offering her his hand. She took it cautiously. His palm was warm and a little damp, and Gala quickly decided that she didn't enjoy his touch. Nonetheless, she saw no harm in dancing with him at a distance, as she saw other couples doing.

Walking onto the dance floor, Gala listened closer to the patterns in the music that was playing. She loved the structured aspect of the fast beat, the clever mathematical precision of the sounds. They pleased her ears tremendously.

Watching the other women out of the corner of her eye, Gala did her best to mimic their movements, trying to follow the rhythm of the tune.

"You're a natural," the young man said, and there was a note of admiration in his voice. "I don't think you need any instruction from me." He was moving his body to the music, but it didn't seem like he was hearing the same melody as Gala because his version of dancing was much clumsier, almost awkward.

The melody changed, became quicker, and Gala could feel the corresponding increase in her heart rate. "Who wrote this beautiful music?" she asked, marveling that she could be so moved by simple sound.

The young man grinned at her. "It was Master Blaise, of course," he said. "He's a prolific composer. You haven't heard his music before?"

Gala shook her head, her heart beating even faster at the mention of Blaise. She wanted him here with her, instead of this man whom she didn't like very much. The fact that Blaise could make her feel things without even being there was amazing. Now that she knew he'd composed this melody, she was surprised she hadn't realized it herself. Writing music likely required the same mathematically inclined mind that would be good at sorcery. Of course, there had to be more to such genius than that, and she doubted that every sorcerer was capable of creating such beauty. In a way, she and this music were alike, both being Blaise's creations.

While she was pondering this matter, the man she was dancing with stepped closer to her. "What is your name?" he asked, leaning toward her. She could smell ale on his breath and a hint of something that reminded her of Esther's stew.

"I am Gala," she told him, moving away just a little.

He gave her a wide smile. "Very nice to meet you, Gala. I am Colin."

Gala kept following the dancers' movements, getting better and better with every step. In the meantime, her dancing partner kept fumbling and missing steps. It didn't matter to her, though; she still found dancing to be a lot of fun. "You're amazing at this," Colin exclaimed when she executed a particularly complex move without missing a beat, and she grinned, pleased at the praise.

The song ended.

"Can I have the next dance?" Colin asked.

Gala nodded her head in agreement. The song that was starting next was even nicer than the first, slower and more melodious. However, before she could start moving to the music, her dancing partner stepped closer to her. Out of the corner of her eye, she could see the other dancers doing the same, the men coming up to the women and putting their hands on the women's sides and shoulders.

Gala frowned, taking a small step back. She didn't want Colin that close to her. Something about this felt extremely wrong. There was only one person whose hands she wanted on her body, and he was back in Turingrad. "I changed my mind," she told Colin politely, backing away further.

"Oh, come on, it's just a dance," he said, smiling and reaching for her. His fingers wrapped around her wrist, and she could feel the moist heat emanating from his skin. It made her stomach turn.

"Get your hand off me," Gala ordered, tugging futilely at her wrist. He was physically stronger than her, and she was starting to feel anxious at the dark excitement visible in his eyes.

"Oh, come on, don't be like that . . ." He was still smiling, but the expression didn't seem the least bit friendly anymore.

"Let go," she said a bit louder, and saw some people look their way. Her heart was pounding like it was about to jump out of her chest, and she felt like her skin was crawling from his touch.

"Don't be such a grouch," he muttered, pulling her closer. "It's just a dance—"

At his refusal to let go, the volatile brew of emotions inside Gala seemed to explode, her vision blurring for a second. It was as though something inside her lashed out at Colin, and she could see him stumbling back with a look of shock on his face. A vile smell began to permeate the room, and Colin's face twisted with something resembling shame and fear.

Her wrist finally free, Gala felt an overwhelming urge to not be there. And as Colin took a confused step toward her, she found herself standing just outside the dance floor, behind Maya and Esther.

"We should go," she said, still feeling sick from the encounter—and shaking from the knowledge that she'd inadvertently done sorcery again, teleporting herself in full sight of all the dancers.

Esther turned toward her, looking startled. "Where did you come from? You were just there, dancing with that lad—"

"I want to leave," Gala told her, rubbing her wrist where she could still feel the disgusting sensation of Colin's touch. "I didn't want to get close to him, but he grabbed me—"

"He grabbed you?" Maya gasped. "Why, that bastard . . . You should've kicked him in the nuts!"

"It looks like she did *something* to him," Esther said, staring at the dance floor with a worried frown.

Casting a quick glance in that direction, Gala saw Colin walking off with a strange gait. "Let's go," she said, tugging at Esther's sleeve. "I want to leave. He might be coming this way." She felt unsettled and disturbed, and she wanted to get away from this place as quickly as possible.

"Of course," Maya said, throwing a glare at the young man. "Let's go home, so you can get some rest."

Gala nodded, wanting nothing more than to experience the sleeping activity again. From what she'd felt before, it was not unlike some of the experiences she'd gone through in the Spell Realm.

CHAPITRE 26 : BARSON

Barson entendit frapper et il se leva de la chaise où il était en train de lire pour aller ouvrir la porte. C'était un des rares moments où il pouvait se détendre dans ses quartiers et il ne fut pas ravi de l'interruption.

Son humeur ne s'améliora pas quand il vit Larn. Son futur beau-frère avait un air très étrange.

— Entre, dit Barson sèchement. Il vit qu'il y avait un problème.

Larn entra dans la chambre de Barson et ferma la porte derrière lui.

— Alors ? L'incita Barson quand Larn n'eut pas l'air décidé à parler. Qu'as-tu appris ?

— Pour l'instant, Ganir n'a pas quitté la Tour, dit Larn. Il est resté principalement dans son bureau et un certain nombre de personnes y sont entrées et sorties.

— Ce n'est pas nouveau. Barson fronça les sourcils en regardant son meilleur ami. C'est toujours comme ça avec le vieil homme.

— Eh bien, oui, dit Larn dont le ton était inhabituellement hésitant. Mais un des visiteurs de cet après-midi était, euh, Augusta.

Encore ? Pourquoi irait-elle voir Ganir deux fois dans la même journée ? Barson savait qu'ils ne s'aimaient pas.

— Il y a autre chose. Larn eut l'air encore plus mal à l'aise.

— Quoi ?

— Tu ne vas pas être content...

— Crache le morceau, dit Barson en fronçant encore plus les sourcils. Qu'est-ce que c'est ?

Larn avala sa salive.

— Souviens-toi, je ne suis que le messager —

Barson fit un pas vers lui.

— Dis-le-moi, grogna-t-il entre ses dents serrées. Cela devait être quelque chose de très mauvais si son ami avait si peur de le lui dire.

— Comme tu l'as demandé, j'ai envoyé quelques-uns de nos hommes surveiller Augusta aujourd'hui, après son premier rendez-vous avec Ganir, dit Larn lentement. Et il se trouve que deux d'entre eux se trouvaient au marché quand sa chaise a atterri là-bas.

— Et ?

— Et ils ont pu la suivre quand elle a redécollé. Elle n'est pas partie loin et elle a atterri devant une maison.

— Quelle maison ? Barson savait qu'il n'y avait que très peu de maisons si près du centre de Turingrad. C'était un lieu très prisé, et chaque maison dans les environs était plutôt un château, appartenant aux familles de sorciers les plus puissantes. Un sorcier en particulier lui vint à l'esprit —

— Elle appartient à Blaise, l'homme qu'elle était censée épouser, dit Larn en confirmant ainsi l'intuition de Barson. Elle a atterri devant et elle est entrée.

— Je vois, dit Barson calmement. Il bouillait intérieurement, mais il ne laissa rien paraître. Autre chose ?

— Non. Larn eut l'air soulagé par le manque de réaction de Barson. Les hommes n'ont pas pu rester longtemps sur place : ils étaient de garde à la Tour et n'étaient au Marché que pour récupérer des affaires. J'ai néanmoins demandé à l'un de nos nouveaux amis de garder un œil sur Blaise, juste au cas où.

Barson hocha la tête, toujours impassible.

— Tu as bien fait, dit-il d'un ton neutre. Merci beaucoup.

— C'est normal. Larn se tourna pour sortir, puis il se retourna pour regarder Barson. Est-ce qu'ils doivent continuer à la suivre, elle aussi ?

— Oui, dit Barson doucement.

Il parvint à se contrôler jusqu'à ce que Larn quitte la pièce. Dès que la porte se referma derrière lui, Barson se dirigea vers un coin de la pièce où un sac à patates rempli de sable pendait au plafond. Il serra ses poings énormes. Son corps était tendu à cause d'une jalousie extrême. Incapable de se retenir plus longtemps, il attaqua, donnant des coups de poing dans le sac, encore et encore, jusqu'à ce que ses articulations lui fassent mal et que la transpiration coule le long de son dos. Il s'arrêta pour arracher sa tunique, puis il reprit, évacuant sa colère avec des coups de poing rageurs.

* * *

Une légère odeur de jasmin atteignit les narines de Barson et le tira de sa transe. Le sac devant lui se vidait lentement : le sable coulait par une déchirure due à un coup particulièrement violent.

En se retournant, il vit qu'Augusta était assise sur son lit et qu'elle le regardait. Elle venait sans doute juste de rentrer dans sa chambre.

— Augusta, quelle agréable surprise. Il se força à sourire malgré la colère qui bouillonnait toujours dans ses veines.

Elle lui sourit à son tour, mais elle semblait ailleurs. Est-ce qu'elle pensait à *lui*, ce bâtard de sorcier auquel elle avait été fiancée ? Barson prit une inspiration pour se calmer, s'obligeant à faire attention. Augusta était très indépendante et elle n'aimerait pas qu'on l'espionne ou qu'on la questionne comme une enfant désobéissante.

Elle observait la pièce sans remarquer l'humeur sombre de Barson. Elle l'étudiait comme si c'était la première fois qu'elle la voyait.

— Un peu de lecture avant l'exercice ? demanda-t-elle en montrant le livre qu'il avait laissé traîner sur la chaise.

— Oui, parvint-il à répondre calmement. J'ai trouvé un nouveau joyau dans les archives de la bibliothèque. C'est au sujet des exploits militaires du Roi Rolun, l'ancien conquérant qui a unifié Koldun. Il était ravi de ce bavardage, car cela lui permit de mettre de côté sa jalousie furieuse et de réfléchir. Le fait qu'Augusta se trouve dans sa chambre pour discuter de livres était bon signe. Si elle s'était remise avec Blaise, il ne pensait pas qu'elle serait venue le voir de manière aussi décontractée. Elle n'avait pas l'air de se sentir mal à l'aise ou coupable. Barson estimait qu'il était un bon juge de la personnalité des gens et il ne sentait pas de fourberie chez elle. Elle pensait effectivement à autre chose, mais c'était plutôt parce qu'elle était préoccupée.

Comme pour confirmer ses pensées, elle se tourna vers lui avec un grand sourire.

— Tu aimes ces vieilles histoires, non ? Je ne t'imaginais pas érudit.

— J'aime en apprendre plus au sujet des vieilles tactiques militaires, dit Barson en la regardant attentivement. Il ne voyait toujours aucun signe de culpabilité ou de regret sur son visage.

Soit c'était une actrice remarquable, soit sa visite chez son ancien amant avait été purement platonique.

Le sourire d'Augusta s'élargit.

— Savais-tu que le sang du Roi Rolun coulait dans mes veines ? demanda-t-elle. La majorité de la vieille noblesse descend de lui.

— Non, mentit Barson. Je ne le savais pas. Le sang de Rolun coulait dans ses veines également, même si plus personne ne s'en souciait ces temps-ci. Barson connaissait les ancêtres d'Augusta depuis le début : elle était une des rares sorcières dont la famille était d'origine noble et il pouvait voir des traces de son héritage dans ses pommettes hautes et son attitude royale. C'était une des raisons pour lesquelles il avait été si attiré par elle.

— Toi aussi tu descends de lui, non ? demanda Augusta en le surprenant. Ta mère n'était-elle pas de la famille Solitin ?

Barson fixa Augusta du regard en se demandant comment elle avait pu l'apprendre. Ce n'était pas un grand secret, mais il ne s'était pas attendu à ce qu'elle s'intéresse suffisamment à lui pour étudier ses origines.

— Oui, dit-il en observant sa réaction. C'est vrai. Autrefois, nous aurions formé un couple parfait.

— En effet, noble seigneur, murmura-t-elle, les yeux brillants. Nous aurions formé un couple parfait... Elle soutint son regard et lui fit lentement un sourire ensorceleur.

Le sang de Barson se remit à bouillir, mais pour une raison différente cette fois. Il ne savait pas ce qu'il s'était passé au cours de sa visite chez Blaise, mais apparemment le sorcier n'avait pas satisfait ses besoins.

Barson allait se faire un plaisir de régler ça tout de suite.

Cependant, avant qu'il ait le temps de faire quoi que ce soit, Augusta se leva avec grâce.

— J'ai eu une journée affreuse, dit-elle doucement en défaisant ses cheveux et en les laissant tomber sur sa taille. Je crois que je vais avoir besoin de tes talents uniques, mon guerrier.

Elle n'eut pas besoin de lui demander deux fois. Barson fit quelques pas vers elle et referma ses doigts sur le corsage de sa robe rouge pour l'attirer contre lui. La soie fragile se déchira dans sa main, mais ils ne le remarquèrent, ni l'un ni l'autre pendant que Barson évacuait les restes de sa fureur dans un baiser profond et avide.

CHAPTER 26: BARSON

Hearing a knock, Barson got up from the chair where he was reading and went to open the door. It was one of the rare times when he got to relax in his quarters, and he was not happy about the interruption.

His mood didn't improve when he saw Larn standing outside. The expression on his future brother-in-law's face was rather peculiar.

"Come inside," Barson said curtly. He could already tell that something was amiss.

Larn stepped into Barson's room and closed the door behind him.

"Well?" Barson prodded when Larn didn't seem inclined to speak. "What did you learn?"

"So far, Ganir has not left the Tower," Larn said. "He's been mostly in his office, and there have been a number of people going in and out."

"That's not really news." Barson frowned at his best friend. "It's always that way with the old man."

"Well, yes," Larn said, his tone uncharacteristically hesitant. "But one of his visitors this afternoon was, um, Augusta."

Again? Barson could feel his frown deepening. Why would she see Ganir twice in one day? He knew there was no love lost between them.

"There's one more thing." Larn looked increasingly uncomfortable.

"What is it?"

"You won't like this one . . ."

"Just spit it out," Barson said, his eyes narrowing. "What is it?"

Larn swallowed. "Remember, I'm just the messenger—"

Barson took a step toward him. "Just say it," he gritted out between clenched teeth. It had to be something bad if his friend was so afraid to tell him.

"As you requested, I asked a few of our men to keep an eye on Augusta today, after her first meeting with Ganir," Larn said slowly, "and as it so happened, a couple of them were at the market when her chaise landed there."

"And?"

"And they were able to follow her when she took off again. She only flew a few blocks and then landed in front of a house."

"What house?" As far as Barson knew, there were very few houses located so close to the center of Turingrad. It was a highly desirable location, and every house in that area was more like a mansion, owned by the most powerful sorcerer families. One sorcerer in particular came to mind—

"It belongs to Blaise, the man she was supposed to marry," Larn said, confirming Barson's hunch. "She landed in front of it and went inside."

"I see," Barson said calmly. His insides were boiling, but he didn't let anything show on his face. "Anything else?"

"No." Larn looked relieved at Barson's lack of reaction. "The men couldn't stay there for long; they had guard duty at the Tower and were only at the Market to pick up a few things. However, I asked one of our new friends to keep an eye on Blaise, just in case."

Barson nodded, still keeping his expression impassive. "You did well," he said evenly. "Thank you for that."

"Of course." Larn turned to walk out, then looked back at Barson. "Should they continue to follow her as well?"

"Yes," Barson said quietly. "They should."

His control lasted long enough for Larn to exit the room. As soon as the door closed behind him, Barson headed to the corner where a sand-filled potato sack was hanging from the ceiling. His hands clenched into massive fists, red-hot jealousy filling every inch of his body. Unable to contain himself any longer, he lashed out, punching the bag over and over again, until his knuckles were sore and sweat ran down his back. Pausing, he ripped off his tunic, and then continued, venting his rage with furious blows.

* * *

A light jasmine scent reached Barson's nostrils, bringing him out of his mindless state. The bag in front of him was slowly deflating, the sand trickling out through a tear made by one particularly hard strike.

Turning, he saw Augusta sitting on his bed and watching him. She must've just entered his room.

"Augusta, what a pleasant surprise." He forced himself to smile despite the anger still flowing through his veins.

She smiled back, but the expression on her face was strangely distracted. Was she thinking of *him*, that sorcerer bastard she had been engaged to? Barson drew in a calming breath, reminding himself to tread lightly. Augusta was fiercely independent, and she wouldn't take kindly to being spied upon or questioned like an errant child.

Oblivious to his dark mood, she was looking around the room now, studying it like she was seeing it for the first time. "Some light reading before exercise?" she asked, gesturing toward the book he'd left lying on the chair.

"Yes," Barson managed to answer evenly. "I found a new gem in the library archives. It's about the military exploits of King Rolun, the ancient conqueror who united Koldun." He was glad for the small talk, as it was enabling him to push aside his jealous fury and think. The fact that Augusta was in his room chatting about books was a good sign. If she had gotten back with Blaise, he doubted she would come here so casually. She didn't look uncomfortable or guilty, either. Barson considered himself a good judge of people, and he couldn't feel any duplicitous vibes coming from her. She was distracted, yes, but it was more like she had a lot on her mind.

As though to confirm his thoughts, she turned toward him with a warm smile. "You like those old stories, don't you? I never pegged you for a scholar before."

"I like learning about old military tactics," Barson said, watching her closely. He still couldn't see any sign of guilt or regret on her face. She was either an amazing actress or her visit to her former lover had been purely platonic.

Augusta's smile broadened. "Did you know that King Rolun's blood flows through my veins?" she asked. "Most of the old nobility is descended from him."

"No," Barson lied. "I didn't know that." Rolun's blood flowed through his veins, too—not that anyone cared about it these days. Barson had known about Augusta's lineage from the very beginning; she was one of the few sorcerers whose family was of noble origin, and he could see traces of her heritage in her high cheekbones and regal posture. It was one of the reasons he had been so attracted to her in the first place.

"You're descended from him, too, aren't you?" Augusta said, surprising him. "Wasn't your mother from the Solitin family?"

Barson stared at Augusta, wondering how she had known that. It wasn't a big secret, but he hadn't realized she was sufficiently interested in him to study his background. "Yes," he said, watching her reaction. "That's right. Back in the day, we would have been a perfect match."

Her eyes gleamed brighter. "Indeed, oh my noble lord," she murmured, "we would have been an excellent match . . ." And holding his gaze, she gave him a slow, bewitching smile.

Barson's blood heated up again, but this time for a different reason. He didn't know what took place during her visit to Blaise, but it didn't seem like the sorcerer had satisfied her needs.

It would be Barson's pleasure to fix that promptly.

Before he had a chance to do anything, however, Augusta rose gracefully to her feet. "I had a horrible day," she said softly, untying her shiny brown hair and letting it fall to her waist. "I think I may require your unique skills, warrior."

He didn't have to be asked twice. Taking a few steps toward her, Barson closed his fist around the bodice of her red dress, pulling her toward him. The fragile silk ripped in his grasp, but neither one of them noticed as Barson channeled the remnants of his fury into a deep, hungry kiss.

CHAPITRE 27 : BLAISE

Incrédule et choqué, Blaise regardait les dégâts dans son bureau, le cœur toujours battant de sa rencontre avec Augusta. Elle avait appris pour Gala — elle qui avait toujours été contre tout ce qu'elle ne pouvait pas facilement comprendre, contre tout ce qui pourrait bouleverser son mode de vie. A posteriori, il se dit qu'il n'aurait pas dû être surpris qu'elle ait voté pour la punition de Louie. Comme le reste du Conseil, elle s'était sentie menacée par les actions de son frère. Et il ne faisait aucun doute aujourd'hui qu'elle avait été terrifiée par l'idée de l'existence de Gala.

Le plancher et les murs étaient noircis par la suie et à la place du bureau de Blaise il ne restait qu'un tas de cendres pour témoigner de la colère d'Augusta. Mais le pire n'était pas ce qu'elle avait fait à son bureau, c'était ce qu'il craignait qu'elle fasse à Gala. Si le Conseil la croyait, ils allaient se mettre à la recherche de Gala en l'espace de quelques heures.

Blaise eut très envie de frapper quelque chose — lui-même de préférence — pour avoir laissé Gala partir. Il n'aurait jamais dû la laisser seule au village, peu importait à quel point elle avait envie de voir le monde comme une personne ordinaire. Maintenant, elle était là-bas sans protection, accompagnée seulement de deux vieilles femmes.

Il fallait qu'il soit là-bas avec elle.

En jetant un coup d'œil autour de lui, Blaise vit que sa Pierre d'Interprétation avait survécu au feu d'Augusta. Il ramassa la pierre encore chaude et se précipita en bas dans la pièce des archives où il conservait la majorité de ses cartes de sorts déjà écrits. Heureusement, Augusta n'avait détruit que ses travaux les plus récents, la majorité de ce dont il avait besoin était toujours disponible.

Blaise attrapa autant d'éléments de sorts potentiellement utiles que possible et quitta la maison pour s'installer dans sa chaise. Il n'avait qu'une seule pensée en tête : atteindre Gala avant qu'il soit trop tard. Augusta pouvait déjà être en train de s'adresser au Conseil, de les convaincre de l'idée ridicule que Gala était dangereuse, et il n'y avait pas de temps à perdre.

Il volait depuis une demi-heure lorsqu'il remarqua quelque chose derrière lui. Il y avait un petit point sur l'horizon, au loin — presque comme un oiseau sauf que c'était trop gros. Blaise poussa un juron. Était-il suivi ?

Il n'y avait qu'une seule façon de le savoir. Il sortit quelques cartes de sorts et prépara un sortilège d'amélioration de la vue qu'il mit dans la Pierre d'Interprétation. Lorsque sa vue s'éclaircit, tout était plus net : c'était comme s'il était devenu un aigle, il pouvait même voir ramper un insecte minuscule sur le sol lointain. En tournant la tête, Blaise scruta l'horizon.

Ce qu'il vit lui glaça le sang.

Une autre chaise volait derrière lui, ce qui signifiait qu'il était poursuivi par un autre sorcier, étant donné que personne d'autre ne pouvait diriger ces engins. Contrairement à ce qu'il avait pensé, il ne s'agissait pas d'Augusta. Cette chaise en particulier était grise et Blaise ne reconnut pas l'homme qui y était assis, ce qui signifiait que ce n'était sans doute pas un sorcier remarquable. Non pas que ses aptitudes à la sorcellerie importent dans ce cas précis : en effet, s'il pouvait voler, il savait sans doute lancer un sort de Contact. Le Conseil pouvait donc d'ores et déjà savoir où Blaise se dirigeait.

Blaise se détourna et regarda droit devant lui en cherchant furieusement à trouver une solution. Il voulait protéger Gala, mais il ne voulait pas mener le Conseil directement vers elle. Il ne pouvait pas les laisser le suivre jusqu'au village — ce qui signifiait qu'il devait leur faire croire que ce voyage concernait autre chose.

En ajustant subtilement son plan de vol, Blaise dirigea sa chaise vers un magasin de menuiserie célèbre situé aux abords de Turingrad. Puisque beaucoup de meubles avaient été détruits, un nouveau bureau et quelques autres meubles allaient lui être utiles. Et si Augusta avait parlé au Conseil de son sort de feu, Blaise espérait que le fait qu'il commande des meubles leur semblerait logique.

* * *

En rentrant chez lui après être passé chez le menuisier, Blaise se mit à faire les cent pas en réfléchissant à l'étape suivante. D'un côté, c'était une bonne chose que Gala ne soit pas là : sa maison allait être le premier endroit où le Conseil viendrait la chercher. Malheureusement, le second endroit, ce serait dans les villages de son territoire : exactement là où elle se trouvait à présent.

Il lui vint à l'esprit l'idée folle de se téléporter au village, mais il la rejeta immédiatement. L'écriture d'un sort aussi complexe allait prendre du temps et ce serait extrêmement dangereux. S'il se trompait ne serait-ce qu'un tout petit peu dans ses calculs, il pourrait facilement finir par se matérialiser dans le sol ou à l'intérieur d'un arbre. Gala serait alors seule sans personne pour la protéger.

Non, il devait bien y avoir autre chose à faire.

Pour commencer, décida Blaise, il devait les prévenir du danger potentiel, elle et ses gardiennes. Elles devaient quitter le village et trouver un endroit où le Conseil ne les trouverait pas pendant qu'il réfléchirait à un moyen de les rejoindre.

Il se dirigea vers la pièce des archives et sortit ses cartes pour travailler sur un sort de Contact : cela permettait d'envoyer un message mental à quelqu'un qui se trouvait loin de là. C'était un sort relativement compliqué, qui aurait été pénible à lancer oralement. Maintenant, toutefois, grâce aux sortilèges écrits, cela n'allait lui prendre que quelques minutes pour écrire le message et les coordonnées de la personne qu'il souhaitait contacter.

En s'asseyant à son vieux bureau, il composa un message pour Esther :

'Esther, n'aie pas peur. C'est Blaise et j'utilise le sort de Contact dont je t'ai parlé une fois. Pour prouver mon identité, comme nous en avions convenu, je te mentionne la fois où tu m'as surpris en train d'espionner mon père. Maintenant, écoute-moi attentivement. J'ai des raisons de m'inquiéter pour la sécurité de Gala. Elle est en danger à cause du Conseil et j'ai besoin de votre aide. Guidez-la jusqu'au territoire Kelvin s'il vous plaît. Je connais sa réputation, mais c'est précisément pour cela qu'ils ne penseront jamais qu'elle se trouve à Neumanngrad. S'il vous plaît, utilisez tout l'argent dont vous aurez besoin — je paierai pour tout. Restez à l'auberge au sud-ouest de Neumanngrad quand vous arriverez et essayez de rester aussi discrètes que possible. J'espère pouvoir vous rejoindre bientôt.'

Il composa ensuite un message pour Gala. Il ne savait pas si le sort de Contact fonctionnerait avec elle, mais il avait l'intention d'essayer malgré tout. Le message pour elle fut plus court :

'Gala, c'est Blaise. Je pense à toi. S'il te plaît écoute Esther quand elle te demandera de quitter la région et essaie de rester discrète.

Amicalement, Blaise.'

Satisfait de ses deux mots, Blaise inséra les cartes dans la Pierre d'Interprétation. Le fait de combiner des sorts de cette façon lui faisait gagner du temps, puisqu'une partie du code pour les deux messages était le même.

En se levant, il était sur le point de quitter la pièce lorsqu'il sentit quelque chose d'inhabituel — quelque chose qu'il n'avait pas senti depuis des années.

C'était la sensation légèrement invasive d'un autre sorcier qui lui envoyait un sort de Contact.

Surpris, Blaise se détendit malgré tout et laissa le message venir à lui, curieux de voir qui essayait de le contacter.

Il fut étonné de voir qu'il s'agissait de Gala.

'Blaise, c'est fabuleux d'avoir de tes nouvelles. Comme pour tous les sorts de Contact, ses mots arrivaient sous la forme d'une voix dans sa tête — une voix qui était en fait sa voix intérieure, mais qui prit un ton différent. *Je n'arrive pas à croire que tu me parles dans ma tête. Tu me manques et j'espère te voir bientôt. J'ai tellement de choses à te raconter.*

Amicalement, Gala.'

Blaise écouta son message avec admiration. Comment avait-elle réussi à faire ça ? Quand il l'avait vue pour la dernière fois, ses capacités pour la magie étaient inexistantes, et à présent elle était capable de faire de la sorcellerie complexe en moins de temps qu'il n'en fallait pour écrire un sort de base. Cela ne pouvait signifier qu'une seule chose : elle avait commencé à faire de la magie directement, comme il l'avait espéré.

Enthousiaste, il s'assit pour composer une réponse pour Gala. Il mit quelques minutes à préparer le sort. Il écrivit :

'Gala, je suis si enthousiaste à l'idée que tu as réussi à maîtriser cette forme de communication. Tu me manques. Comment se passe ton séjour au village jusqu'ici ? Est-ce qu'Esther t'a expliqué votre voyage jusqu'à Neumanngrad ? '

Il n'y eut pas de réponse en retour. Déçu, Blaise attendit quelques minutes avant d'accepter qu'il n'y en aurait pas.

Il se leva et décida de s'occuper en rangeant sa maison pendant qu'il réfléchissait à ce qu'il devait faire ensuite.

Il n'allait pas laisser Augusta et le Conseil ruiner sa vie à nouveau, s'il pouvait y faire quelque chose.

CHAPTER 27: BLAISE

Blaise stared at the devastation in his study in shock and disbelief, his heart still pounding from his encounter with Augusta. She had found out about Gala—she, who had always been against anything she couldn't easily comprehend, against anything that could upset her way of life. In hindsight, he shouldn't have been surprised that Augusta had voted for Louie's punishment. Like the rest of the Council, she had felt threatened by his brother's actions—and there was no doubt that today she had been terrified by the very idea of Gala.

The floor and walls were black with soot, and Blaise's desk was nothing more than a pile of ashes, testifying to Augusta's wrath. But the worst thing about this was not what she had done to his study—it was what he feared she would do to Gala. If the Council believed Augusta's story, they would be looking for Gala in a matter of hours.

Blaise felt a strong urge to hit something—preferably himself, for letting Gala go off on her own. He should've never left her alone at the village, no matter how much she wanted to see the world as an ordinary person. Now she was there unprotected, with only two old women for company.

He needed to be there with her.

Casting a glance around the study, Blaise saw that his Interpreter Stone had survived Augusta's fire. Picking up the still-warm rock, he rushed downstairs to his archive room, where he kept most of his pre-written spell cards. It was lucky that Augusta had only destroyed his most recent work and the bulk of what he needed was still available.

Taking as many potentially useful spell components as he could, Blaise left the house and got on his chaise. His mind was filled with one thought: getting to Gala before it was too late. Even now Augusta could be talking to the Council, convincing them of the ridiculous idea that Gala was dangerous, and there was no time to waste.

He was flying for a half hour when he noticed something strange behind him. In the far distance, there was a small dot on the horizon—almost like a bird, except it was too large to be one. Blaise cursed under his breath. Was he being followed?

There was only one way to tell. Taking out a few spell cards, he prepared an eyesight-enhancing spell and fed the cards into the Interpreter Stone. When his vision cleared, everything was sharper; it was as though he was an eagle, able to spot even a tiny insect crawling on the ground far away. Turning his head, Blaise peered into the distance.

What he saw made his blood run cold.

There was another chaise flying behind him—a sure sign that he was being pursued by another sorcerer, since no one else could fly these things. However, it wasn't Augusta, as he'd initially suspected. This particular chaise was grey, and the man sitting in it was someone Blaise didn't recognize, which meant he couldn't have been a sorcerer of note. Not that the man's aptitude for sorcery mattered in this case; if he could fly, then he could also likely handle a Contact spell—and the Council might even now be aware of where Blaise was heading.

Looking away, Blaise stared straight ahead, his mind furiously searching for a solution. He wanted to protect Gala, not lead the Council straight to her. He couldn't let them follow him to the village—which meant he had to make them think this trip was about something else.

Subtly adjusting his flight path, Blaise directed his chaise toward a famous carpentry shop located on the outskirts of Turingrad. Since a lot of his furniture got destroyed, a new desk and some other items might actually be useful. And if Augusta had told the Council about her fire spell, then ordering new furnishings should hopefully seem like a normal thing for Blaise to do.

* * *

Getting home after the carpentry store, Blaise began to pace, trying to think of what to do next. In a way, it was good that Gala was away from here; the first place the Council would look for her would be his house. Unfortunately, the second place would be the villages in his territory—exactly where she was right now.

The crazy idea of teleporting himself to the village came to mind, but he immediately dismissed it. Writing a spell as complex as that would take a long time, and would be extremely dangerous. If he miscalculated even a tiny bit, he could easily end up materializing in the ground or inside a tree—and then Gala would be left without anyone to protect her.

No, there had to be something else he could do.

To start off, Blaise decided, he needed to warn her and her guardians of the potential danger. They had to leave the village and go some place where the Council would not think to look for them, while he figured out a way to join them there.

Going to the archive room, he pulled out his cards and began working on a Contact spell—a way to send a mental message to someone far away. It was a fairly complicated spell, one that would have been a pain to do verbally. Now, however, with written spell-casting, it should only take him a few minutes to pen a message and the details of the person he wanted to contact.

Sitting down at an old desk, he composed a message to Esther:

"Esther, do not be alarmed. This is Blaise and I am using the Contact spell I told you about once. To prove my identity, as we agreed on that occasion, I am mentioning the time you caught me spying on my father. Now listen to me carefully. I have reason to fear for Gala's safety. She is in danger from the Council, and I need your help. Please take her to Kelvin's territory. I know about his reputation, but that's precisely why Neumanngrad might be the last place they would expect her to be. Please use whatever money you need—I will pay for everything. Stay at the inn on the southwest side of Neumanngrad when you get there, and try to be as inconspicuous as possible. I will hopefully join you soon."

The next thing he did was compose a message to Gala. He wasn't sure if the Contact spell would work with her, but he still intended to try. His message to her was shorter:

"Gala, this is Blaise. I am thinking of you. Please listen to Esther when she asks you to go to a different area and try to be discreet.

Yours, Blaise."

Thus happy with both notes, Blaise fed the cards into the Interpreter Stone. Combining spells like this was efficient, since some of the code for both messages would be shared.

Getting up, he was about to leave the room when he felt

something unusual—something he hadn't experienced in two years.

It was the mildly invasive sensation of another sorcerer sending him a Contact spell.

Surprised, Blaise nonetheless relaxed and let the message come to him, curious to learn who could be reaching out to him.

To his shock, it was Gala.

"Blaise, it's great to hear from you." Like all Contact spells, her words came in the form of a voice in his head—a voice that was really his inner voice, but that somehow took on a different tone. *"I can't believe you are speaking in my mind. I miss you, and I hope to see you soon. I have so much I want to talk to you about.*

Yours, Gala."

Blaise listened to her message with awe. How had she managed to do this? When he saw her last, her magical abilities had been virtually nonexistent, and now she was able to do a complex bit of sorcery in less time than it would take to write a basic spell. It could only mean one thing: she was starting to do magic directly, as he'd hoped she would be able to do.

Excited, he sat down to compose a response to Gala. It took him several minutes to prepare the spell. He wrote:

"Gala, I'm so excited you've mastered this form of communication. I miss you. How is your time in the village so far? Did Esther explain to you about the trip to Neumanngrad?"

There was no response back. Disappointed, Blaise waited several minutes before admitting to himself that none was coming.

Getting up, he decided to occupy himself by putting his house to rights while he figured out what to do next.

He would not let Augusta and the Council wreck his life again, not if he could help it.

CHAPITRE 28 : GALA

Gala était presque de retour chez Esther et Maya quand elle entendit une voix étrange dans sa tête. C'était comme si elle se parlait à elle-même d'une façon étrange. En écoutant, elle se rendit compte que c'était un message de Blaise.

Après avoir tout entendu, elle eut un grand sourire d'enthousiasme. Blaise voulait qu'elle voyage et qu'elle découvre le monde. Et le mieux, c'était qu'il pensait à elle ! Ravie, Gala sentit un besoin irrésistible de lui parler, de le contacter comme il venait de le faire. Et soudain, elle se sentit lui répondre, même si elle ne savait pas comment elle le faisait.

— *Blaise, c'est fabuleux d'avoir de tes nouvelles,* commença-t-elle, son enthousiasme dictant son message mental.

Elle fut déçue qu'il ne réponde pas immédiatement. Mais elle remarqua qu'Esther l'observait attentivement.

— Il t'a contactée, toi aussi ? demanda la vieille femme.

— Si tu parles de Blaise, alors oui, dit Gala en souriant.

— Bien, dit Esther. Alors j'espère que je n'aurai pas besoin de te convaincre que nous devons partir.

— Oh, tu n'as pas besoin de me convaincre, lui dit Gala avec sincérité. J'adorerais découvrir le monde un peu plus.

Et quand Esther eut fini d'expliquer où elles allaient, la réponse de Blaise parvint à Gala.

En souriant, elle se mit à penser aux réponses à ses questions, mais ce qui l'avait aidé à le faire auparavant n'était plus là. Elle n'arrivait pas à exploiter la partie de son esprit qui avait rendu la communication mentale aussi facile auparavant. Au bout de quelques essais inutiles, Gala abandonna, frustrée.

— Viens nous aider à préparer nos bagages, mon enfant, dit Esther en faisant rentrer Gala. Nous devons partir sur-le-champ.

* * *

Le voyage jusqu'au territoire Kelvin prit quelques jours et Gala apprécia chaque moment — contrairement à Esther et Maya, qui grommelaient que c'était inconfortable de rester coincé aussi longtemps dans le boghei. Les deux femmes se plaignirent de la nourriture achetée en route — Gala l'adora — des paysages — Gala les trouva fascinants — des nuits froides — Gala les trouva rafraîchissantes — et de la chaleur pendant la journée — Gala la trouva agréable sur sa peau. Cependant, elles se plaignirent par-dessus tout de l'énergie sans limites de Gala et de son enthousiasme pour les choses les plus simples : c'était quelque chose qu'elles ne pouvaient absolument pas comprendre.

À la différence de son premier jour mouvementé au village, le voyage se déroula sans incident. Maya et Esther firent de leur mieux pour tenir Gala hors de la vue des passants et Gala faisait de son mieux pour s'occuper en observant le monde autour d'elle — et en essayant subrepticement de faire de la magie.

Elle fut très déçue de ne pas parvenir à refaire quoi que ce soit de ce qu'elle avait déjà fait. Elle ne pouvait même plus communiquer avec Blaise. Il l'avait contactée quelques fois en disant à quel point elle lui manquait, mais elle n'avait pas pu lui répondre : c'était une forme de mutisme qu'elle trouvait très désagréable. Son manque de contrôle sur ses capacités magiques la rendait folle, mais il n'y avait rien qu'elle puisse faire maintenant. Elle espérait toutefois que son créateur finirait par pouvoir lui apprendre à exploiter cette partie cachée d'elle-même. Lorsqu'elle reverrait Blaise, elle ne le lâcherait pas avant qu'il lui ait appris à lancer des sorts à volonté.

En quittant le territoire de Blaise et en entrant dans celui de Kelvin, Gala commença à remarquer un certain nombre de différences entre les villages et les villes appartenant aux deux sorciers. Les maisons devant lesquelles elles passaient étaient plus petites et plus vétustes. Il y avait des signes de négligence partout et les habitants étaient plus maigres et moins aimables. Même les plantes et les animaux semblaient plus faibles et abimés.

En longeant un grand champ dans lequel il restait quelques tiges de blé pitoyables, Gala questionna Esther au sujet des différences entre les territoires.

— Maître Blaise a amélioré nos semences, expliqua Esther,

afin que nous n'ayons pas à souffrir autant de cette sécheresse. C'est un grand sorcier et il se préoccupe du sort de son peuple — contrairement à Kelvin, qui n'en a rien à faire. Elle ajouta ce détail avec un mépris évident.

Gala fronça les sourcils d'incompréhension.

— Pourquoi tous les sorciers ne font-ils pas ça pour leur peuple ? Améliorer les semences, je veux dire ?

Esther ricana.

— Pourquoi pas, en effet.

— Ils ne s'en préoccupent pas, c'est tout, dit Maya avec amertume. Ils sont tellement en décalage avec leur peuple qu'ils ne comprennent même pas le concept de la faim. Ils pensent probablement qu'on peut subsister avec des sorts et de l'air, comme eux.

— En plus, ajouta Esther, je ne sais pas grand-chose de la sorcellerie, mais je crois que Maître Blaise a imaginé des sorts très compliqués pour nous. Je ne sais pas si tous les sorciers pourraient les imiter, même s'ils avaient envie d'essayer.

— Blaise ne pourrait-il pas leur enseigner ? demanda Gala.

— Il le pourrait sans doute, si ces idiots voulaient bien l'écouter. Les narines d'Esther frémirent de colère. Mais ils l'ont mis dans le même panier que son frère, et il marche déjà sur des œufs à la Tour. Améliorer les semences serait probablement perçu de la même façon que donner de la magie au peuple et c'est bien la dernière chose que veut le Conseil.

— Mais c'est tellement injuste. Gala regarda Esther et Maya d'un air consterné. Les gens ont faim. Ils peuvent en mourir, non ?

Maya la regarda bizarrement.

— Oui, les gens peuvent effectivement mourir de faim : c'est quelque chose que tous les sorciers devraient savoir.

Gala cligna des yeux, perplexe. Est-ce que Maya était en train de la confondre avec les autres sorciers ? Elle n'avait pas l'air de le dire comme un compliment, d'ailleurs.

Esther lança un regard noir à Maya.

— Arrête. Tu sais qu'elle se fait du souci. Elle a juste été trop protégée, c'est tout.

— Née de la dernière pluie, oui, marmonna Maya. Esther lui écrasa le pied et l'autre femme poussa un grognement d'irritation.

— Dans tous les cas, mon enfant, dit Esther en s'adressant à Gala cette fois, Blaise a un plan pour faire passer ses semences dans les autres territoires. Il nous laisse les échanger contre d'autres produits nécessaires. Il sait que ces graines prendront et qu'elles fourniront de bonnes cultures aux autres, puisque les améliorations qu'il a faites sont héréditaires.

Laissant le champ de blé mourant derrière elles, elles finirent par atteindre l'auberge où Blaise leur avait dit de rester. Avant d'entrer, Maya obligea Gala à se couvrir la tête d'un châle en laine épaisse.

— C'est pour qu'on ne se fasse pas attaquer par des voyous amoureux pendant la nuit, expliqua-t-elle. Moins il y a de gens qui savent qu'une jolie fille dort ici, plus nous serons en sécurité.

Le bâtiment marron de l'auberge était délabré, tout comme les maisons qu'elles avaient vues en chemin. C'était difficile de croire qu'elle pouvait abriter plus d'une douzaine de voyageurs. Leur chambre à l'étage était sale, exiguë, chaude et dégoûtante. C'était en tout cas l'avis de Maya. D'après Esther, elles se faisaient aussi arnaquer.

Gala s'en moquait : elle était très enthousiaste de se trouver dans un nouvel endroit. Lorsqu'elles descendirent pour le repas du soir, elle demanda à l'aubergiste s'il y avait des attractions locales intéressantes. Elle prit bien soin de garder son visage couvert par le châle.

— Oh, vous avez de la chance, lui dit l'homme costaud. Plus tard dans la semaine il y aura les Jeux au Colisée. Vous avez entendu parler de notre Colisée, non ?

Gala hocha la tête en ne voulant pas avoir l'air ignorante. Elle avait appris au cours des derniers jours qu'il valait mieux ne pas poser des questions à des étrangers si elle pouvait les poser à Esther et Maya à la place.

Il poussa un grognement satisfait.

— C'est ce que je pensais. Si vous voulez faire quelque chose aujourd'hui, le marché doit encore être ouvert. Ses yeux se posèrent sur la grande poitrine de Maya et il ajouta : faites attention à bien garder vos sous dans des endroits difficiles à atteindre. Il y a beaucoup de voleurs ces jours-ci.

— Merci, dit Maya de façon caustique en se détournant du regard libidineux de l'aubergiste. Esther soupira avec dédain en lui décochant un regard mortel avant de prendre Gala par le bras et de la traîner plus loin.

Dès qu'elles furent hors de portée de voix de l'aubergiste, Esther se tourna vers elle et lui dit fermement :

— Non.

— Hors de question, ajouta Maya en croisant les bras sur sa poitrine.

Gala les regarda, perplexe.

— Mais je n'ai pas encore posé la question.

— Peut-on aller au Colisée ? dit Esther d'une voix aiguë en imitant le ton enthousiaste typique de Gala.

— Oui, on peut, s'il vous plaît ? se moqua Maya en imitant Gala encore mieux qu'Esther.

Gala éclata de rire. Elle savait qu'elle aurait probablement dû se sentir vexée, mais elle trouvait en fait que c'était trop drôle. Les deux femmes plus âgées l'observèrent avec des visages stoïques, et elle finit par s'arrêter de rire assez longtemps pour dire :

— Pourquoi n'en parlerait-on pas demain ?

— La réponse sera la même demain, dit Esther d'un air méfiant.

Gala lui fit un grand sourire, parvenant tout juste à contenir son excitation à l'idée de l'événement à venir.

— Ne t'inquiète pas Esther, on verra bien. Pour l'instant, allons au marché.

Et sans attendre leur réponse, elle sortit de l'auberge pour remonter le long de la route où elle voyait un ensemble de bâtiments qui indiquait le centre de la ville.

CHAPTER 28: GALA

Gala was almost back at Esther and Maya's house when she heard a strange voice in her head. It was as though she was speaking to herself in some strange way. As she listened, however, she realized it was a message from Blaise.

After she heard everything, she grinned in excitement. Blaise wanted her to travel and see more of the world. And the best part was that he was thinking of her! Filled with delight, Gala felt an overwhelming urge to talk to him, to reach out to him in the same way he had just contacted her. And suddenly, she felt herself responding, even though she didn't understand how she was doing it.

"Blaise, it is great to hear from you," she began, her excitement spilling out into the mental message.

To her disappointment, he didn't respond right away. But she noticed Esther staring at her intently. "Did he get in touch with you too?" the older woman asked.

"If you mean Blaise, then yes," Gala said, smiling.

"Good," Esther said. "Then I hopefully don't need to convince you that we must go."

"Oh, you don't have to convince me," Gala told her earnestly. "I would love to see more of the world."

And by the time Esther explained to them where they were going, Blaise came back to Gala with his response.

Smiling, she began to think of the answers to his questions, but whatever it was that helped her do this before was no longer there. She couldn't seem to tap into the part of her mind that made mental communication so easy and effortless before. After several fruitless attempts, Gala gave up in frustration.

"Come, help us pack, child," Esther said, leading Gala into the house. "We need to get going right away."

* * *

The trip to Kelvin's territory took a couple of days, with Gala enjoying every moment of their travels—unlike Esther and Maya, who grumbled about how uncomfortable it was to be stuck on a buggy for such a long time. The two women complained about roadside food (which Gala loved), the scenery (which Gala found most fascinating), the chill at night (which Gala found refreshing), and the heat of the sun during the day (which Gala found pleasant on her skin). Most of all, however, they complained about Gala's boundless energy and enthusiasm for the simplest things—something they could not even begin to understand, much less relate to.

Unlike her first eventful day at the village, the trip passed without any further incidents. Maya and Esther did their best to keep Gala out of sight of the passersby, and Gala did her best to occupy herself with observing the world around her—and with surreptitious attempts to do magic.

To her great disappointment, she couldn't replicate anything she'd done before. She couldn't even get in touch with Blaise. He had contacted her a couple more times, saying how much he missed her, but she had been unable to respond—a form of muteness she found extremely unpleasant. The lack of control over her magical abilities drove her crazy, but there was nothing she could do about it now. She was hoping, however, that her creator would ultimately be able to teach her how to tap into that hidden part of herself. When she saw Blaise again, she was not about to let him out of her sight until she learned to do sorcery at will.

As they left Blaise's territory and entered Kelvin's, Gala began to notice a number of differences between the villages and towns belonging to the two sorcerers. The houses they passed now were smaller and shabbier, with signs of neglect everywhere, and the people were leaner and less friendly. Even the plants and animals seemed weaker and more weathered somehow.

When they rode by a large open field with sad-looking remnants of wheat, Gala asked Esther about the differences in their surroundings.

"Master Blaise has enhanced our crops," Esther explained, "so that we wouldn't suffer as much in this drought. He's a great sorcerer, and he cares about helping his people—unlike Kelvin, who doesn't give a rat's ass." That last bit was added in a tone of obvious disgust.

Gala frowned in confusion. "Why don't all sorcerers do this for their people? Enhance their crops, I mean?"

Esther snorted."Why not, indeed."

"They just don't care enough," Maya said bitterly. "They're so out of touch with their people, they might not even understand the concept of hunger. They probably think we can just subsist on spells and air, the way they do."

"Also," Esther said, "I don't know much about sorcery, but I think Master Blaise came up with some very complicated spells to do this for us. I don't know if every sorcerer could replicate them, even if they were inclined to try."

"Couldn't Blaise teach them?" Gala asked.

"He probably could, if those fools would listen to him." Esther's nostrils flared with anger. "But they've tarred him with the same brush as his brother, and he's already on thin ice in the Tower. Enhancing crops could be potentially interpreted as giving magic to the people, and that's the last thing the Council wants."

"But that's so unfair." Gala looked at Esther and Maya in dismay. "People are hungry. They can die from that, right?"

Maya gave her a strange look. "Yes, people can definitely die from hunger—which is something all sorcerers need to realize."

Gala blinked, taken aback. Was Maya lumping her in with the other sorcerers? It didn't sound like she meant the word as a compliment, either.

Esther glared at Maya. "Stop it. You know the girl cares—she's just been sheltered, that's all."

"More like born yesterday," Maya muttered, and Esther purposefully stepped on her foot, eliciting an annoyed grunt from the other woman.

"In any case, child," Esther said, addressing Gala this time, "Blaise has a plan when it comes to getting his crops to the other territories. He's letting us trade the seeds in exchange for other necessities. He knows these seeds will take and will provide others with good crops just like our own, since the improvements he made are hereditary."

Leaving the dying wheat field behind them, they finally reached the inn where Blaise told them to stay. Before they went in, Maya made Gala cover her head with a thick woolen shawl. "So we don't get attacked by some amorous ruffians at night," she explained. "The fewer people who know a pretty girl is staying here, the safer it'll be for us."

The brown inn building was small and rundown, just like the houses they'd passed on the way. It was difficult to believe it could house more than a dozen travelers. Their room upstairs was dirty, cramped, hot, and disgusting—at least according to Maya. According to Esther, they were also being robbed blind.

Gala didn't care; she was just excited to be some place new. When they went downstairs for dinner, she asked the innkeeper about the local attractions, being careful to keep the shawl wrapped around her head.

"Oh, you're lucky," the burly man told her. "Later this week, we have games at the Coliseum. You've heard of our Coliseum, right?"

Gala nodded, not wanting to seem ignorant. In the last couple of days, she'd learned it was best not to ask strangers any questions that could be posed to Maya and Esther instead.

He gave a satisfied grunt. "That's what I thought. If you want to do something today, the market should still be open." His eyes went to Maya's large bosom, and he added, "Be sure to keep your money in hard-to-reach places. Lots of thieves around these days."

"Thanks," Maya said caustically, turning away from the innkeeper's roving gaze. Esther huffed in disdain, shooting him a deadly glare before grabbing Gala's arm and towing her away.

As soon as they were out of the innkeeper's earshot, Esther turned to her and said firmly, "No."

"No way," Maya added, crossing her arms in front of her chest.

Gala stared at them in confusion. "But I didn't ask the question yet—"

"Can we go to the Coliseum?" Esther said in a higher-pitched voice, mimicking Gala's typically enthusiastic tones.

"Yes, can we, please?" Maya mocked, her imitation attempt even better than Esther's.

Gala burst out laughing. She knew she should probably take offense, but she found the whole thing funny instead. The older women were watching her with stoic expressions on their faces, and she finally managed to stop laughing long enough to say, "Why don't we talk about it tomorrow?"

"The answer is going to be the same tomorrow," Esther said, giving Gala a narrow-eyed look.

Gala grinned at her, barely able to contain her excitement

at the thought of the upcoming event. "Don't worry about it, Esther—we'll just wait and see. For now, let's go to the market."

And without waiting for their response, she walked out of the inn, going up the road to where she saw a cluster of buildings that typically signified a town center.

CHAPITRE 29 : BLAISE

Une fois que sa maison fut restaurée, Blaise ne sut plus quoi faire, alternant entre sa colère contre Augusta et son inquiétude pour Gala. Le Conseil devait probablement être au courant à présent et ils prenaient sans doute des mesures pour la trouver. Avec un peu de chance, le territoire de Kelvin serait le dernier endroit où ils penseraient à la chercher. En supposant que Gala fasse ce qu'il avait demandé et qu'elle reste discrète.

Malgré tout, la situation n'était pas tenable. Blaise devait faire quelque chose pour la protéger de façon plus permanente, et il devait le faire très vite, avant que ces couards idiots ne se mobilisent pour de bon. Le fait que Gala ne réponde pas à ses messages de Contact l'inquiétait un peu, même s'il devinait qu'elle ne devait pas encore complètement maîtriser ses capacités magiques. Il trouvait cela légèrement rassurant, car cela réduisait ses chances de se révéler au monde. Néanmoins, il était déstabilisé par l'intensité avec laquelle elle lui manquait. C'était comme si une lumière vive avait quitté sa vie lorsqu'il l'avait déposée au village.

Une idée persistante le rongeait : la maîtrise du chemin vers le Domaine des Sorts. Il était peut-être obsédé par cette idée pour s'occuper l'esprit, admit-il. D'une certaine manière, c'est ce qu'il avait fait après la mort de Louie : il s'était focalisé sur son travail, sur la création d'un objet magique qui avait fini par devenir Gala, pour s'occuper. En même temps, il pensait qu'une meilleure compréhension du Domaine des Sorts pouvait mener à des progrès inimaginables dans le domaine de la sorcellerie, lui permettant potentiellement de devenir assez puissant pour protéger Gala contre l'ensemble du Conseil.

Fatigué de penser à ça, il se mit à planifier des choses. Même si Augusta avait brûlé beaucoup de ses notes, Blaise ne se sentait pas particulièrement découragé. Au cours de l'année précédente, il avait fréquemment utilisé des Captures Vitales pour enregistrer la plupart de ses expériences utiles et il lui restait encore beaucoup de ces gouttelettes. Ce qui était plus important, c'est que son esprit avait continué à travailler sur le problème du passage dans le Domaine des Sorts depuis que Gala le lui avait décrit pour la première fois. Il avait quelques idées qu'il voulait tester.

Il était temps d'agir.

Il décida de commencer par un petit objet inanimé. Parvenir à l'envoyer dans le Domaine des Sorts et à le faire revenir serait une étape importante à franchir avant d'y envoyer une personne.

Ainsi motivé, Blaise partit dans son bureau, enthousiaste à l'idée de relever un nouveau défi.

* * *

Les sorts furent enfin prêts.

Blaise avait choisi d'envoyer une aiguille dans le Domaine des Sorts. Le sort allait examiner l'aiguille au plus profond niveau de son existence et il allait la décomposer en ses parties les plus élémentaires. Cela détruirait l'aiguille matérielle, la faisant disparaître, mais ces parties deviendraient de l'information, un message qui irait jusqu'au Domaine des Sorts et qui reviendrait pour changer quelque chose dans le Domaine Physique, comme le faisaient tous les sorts. Dans ce cas particulier, cependant, si Blaise réussissait, la manifestation dans le Domaine Physique devrait être identique à l'objet d'origine.

Conscient du danger que représentaient les sorts nouveaux pas encore testés et parce qu'il ne souhaitait pas subir le même sort que sa mère, Blaise prit des précautions. Il utilisa le même sort qui l'avait protégé pendant l'attaque d'Augusta : le sort qui l'avait enveloppé d'une bulle brillante. Sa protection ne durerait pas longtemps, mais cela devrait suffire à le protéger contre les dégâts éventuels que son expérience pourrait causer.

Il inspira profondément pour se calmer et chargea les cartes dans sa Pierre d'Interprétation puis il regarda l'aiguille disparaître, comme elle était censée le faire.

Puis il attendit.

Au début, rien ne se produisit. Il pouvait voir le scintillement familier du sort de protection, mais aucun signe du retour de l'aiguille. Frustré, Blaise essaya de voir s'il avait fait une erreur. La partie du sort qui concernait le retour était la plus difficile. Il supposait que l'aiguille reviendrait à son lieu d'origine, mais l'endroit restait vide.

Tout à coup, il entendit un grand bruit au rez-de-chaussée. Cela semblait venir du cellier.

Blaise s'y précipita, trébuchant presque d'impatience dans les escaliers.

Et lorsqu'il entra dans la pièce, il se figea, observant la pièce d'un air incrédule.

L'aiguille était revenue... en quelque sorte. Elle était retournée non pas dans le laboratoire, mais dans la boîte où il la conservait d'habitude. L'endroit de son retour semblait logique, contrairement à l'objet qu'il fixait du regard.

Parmi les morceaux brisés de la boîte et les aiguilles éparpillées sur le sol, il vit ce qu'il supposait être l'aiguille — sauf qu'elle ressemblait davantage à une épée. Une étrange épée épaisse faite d'une sorte de matière cristalline qui brillait d'une lumière légèrement verte. Au lieu d'avoir une garde, cette épée possédait un trou.

Blaise ramassa avec précaution l'objet qui avait été une aiguille et passa sa main dans le trou. Elle était confortable à tenir de cette façon. Malgré sa taille, l'objet qui ressemblait à une épée était vraiment léger, pas plus lourd que l'aiguille d'origine. En la soulevant, Blaise essaya de faire tourner l'épée dans la pièce et il découvrit qu'elle était à la fois acérée et solide. Il parvint à trancher son vieux canapé avec une facilité surprenante et l'épée-aiguille ne se brisa pas lorsqu'il la cogna contre le sol en pierre.

Amusé et découragé, Blaise décida d'installer l'aiguille dans son hall d'entrée pour servir de décoration. Elle s'accorderait bien avec les nouveaux meubles qu'il avait récupérés après le feu et avec les autres babioles qui y étaient exposées.

Blaise retourna à son bureau en se demandant ce qu'il avait appris de cette expérience. D'un côté, il était parvenu à faire quelque chose avec l'aiguille, quelque chose qui avait manifestement impliqué le Domaine des Sorts. Cependant, l'aiguille n'était pas revenue sous la même forme. Elle s'était transformée de façon plutôt radicale. Est-ce que la même chose se produirait si une personne se rendait là-bas ? Cette personne reviendrait-elle comme une sorte de monstre, en supposant qu'elle survive au sort ?

Il lui sembla évident qu'il avait fait une erreur en composant le sort. Il lui restait encore du travail à faire.

CHAPTER 29: BLAISE

Once his house was restored, Blaise found himself at loose ends, alternating between being furious with Augusta and worrying about Gala. By now, the Council undoubtedly knew about Gala, and they were probably taking measures to find her. Hopefully, Kelvin's territory would be the last place they would look—assuming Gala did as he asked and kept a low profile.

Still, this was not a sustainable situation. Blaise had to do something to protect her in a more permanent way, and he had to do it soon, before those scared fools mobilized fully. The fact that Gala was not answering his Contact messages worried him a bit, although he guessed that she was not fully in control of her magical abilities yet—something he found mildly reassuring, since it minimized her chances of exposing herself to the world. Nonetheless, he missed her with an intensity he found deeply unsettling. It was as if a bright light had left his life when he dropped her off at the village.

A persistent idea kept nagging at the back of his mind—that of mastering the route to the Spell Realm. It was possible he was obsessing about it as a way to keep his thoughts occupied, he admitted to himself. In a way, that's what he had done after Louie's death: he'd focused on his work—on creating the intelligent object that turned out to be Gala—in order to keep himself busy. At the same time, however, he suspected that understanding the Spell Realm better could lead to unimaginable advances in sorcery, potentially enabling him to become powerful enough to protect Gala from the entire Council.

Tired of thinking about it, he began planning. Although Augusta had burned many of his notes, Blaise didn't feel particularly discouraged. He had frequently used Life Captures over the past year to record many of his particularly useful experiments, and he still had a lot of those droplets. More importantly, however, it seemed as if his mind had been working on the problem of getting to the Spell Realm ever since Gala had first described it to him, and he had some ideas he wanted to try out.

It was time for action.

He decided to start with a small, inanimate object. If he succeeded in sending that to the Spell Realm and having it come back, it would be an important step toward sending an actual person there.

Thus motivated, Blaise headed to his study, eager to take on a new challenge.

* * *

The spells were finally ready.

Blaise had chosen a needle as the object he would send to the Spell Realm. The spell would examine the needle at its deepest level and break it into its most elemental parts. That would destroy the physical needle, causing it to disappear, but those parts would become information, a message that would go to the Spell Realm and come back to change something in the Physical Realm, like all spells did. In this particular case, however, if Blaise succeeded, the manifestation in the Physical Realm should be identical to the original object.

Cognizant of the danger of new, untested spells and not wishing to suffer his mother's fate, Blaise took precautions. He used the same spell that had protected him during Augusta's attack—the spell that wrapped him in a shimmering bubble. The protection it granted would not last long, but it should be long enough to shield him from whatever havoc the experiment might cause.

Taking a slow, calming breath, he loaded the cards into his Interpreter Stone and watched the needle disappear, as it was supposed to.

Then he waited.

At first nothing happened. He could see the familiar shimmer of the protection spell, but there was no sign of the needle coming back. Frustrated, Blaise tried to figure out if he had made a mistake. The coming-back part of the spell was the trickiest. He assumed the needle would come back to its original location, but the spot remained empty.

All of a sudden, he heard a loud noise downstairs. It seemed to be coming from the storage room.

Blaise ran there, nearly tripping on the stairs in excitement.

And when he entered the room, he froze, staring at the sight in front of him in disbelief.

The needle had come back . . . in a way. It had returned not to the spot where it lay in his lab, but to the box where he had kept it originally. This return location actually made some sense, unlike the object he was staring at.

Among the shattered pieces of the box and scattered needles on the floor, he saw what he assumed was the original needle—except that now it was more like a sword. A strange, thick sword made of some kind of crystalline material that emitted a faint green glow. Instead of a hilt, this particular sword had a hole at the top.

Blaise carefully picked up the thing that used to be the needle, putting his hand through the hole at the top. It was actually comfortable to hold that way. Despite its size, the sword-like object was impossibly light, no heavier than the original needle. Lifting it, Blaise tried swinging it around the room and discovered that it was both sharp and strong. He was able to cut through his old sofa with ridiculous ease, and the sword-needle didn't break when he banged it on the stone floor.

Both amused and discouraged, Blaise decided to place the needle as a decoration in his hall downstairs. It would work well with the new furniture he had gotten after the fire, as well as some other trinkets he had on display there.

Heading back to his study, Blaise wondered what he had actually learned from this. On the one hand, he'd been able to do something to the needle—something that had obviously involved the Spell Realm. However, the needle had not come back as the same object. It had changed quite drastically. Would the same thing happen if a person went there? Would the person come back as some kind of a monstrosity, assuming he even survived the spell?

It seemed obvious Blaise had made an error in the spell. He had more work to do.

CHAPITRE 30 : AUGUSTA

— Augusta, voici Colin. Il est apprenti forgeron dans le territoire de Blaise, dit Ganir en agitant la main vers le jeune homme qui se tenait au centre de la pièce. Cet homme était un paysan, c'était évident d'après son apparence et ses manières modestes.

Augusta leva les sourcils de surprise. Que faisait ce paysan dans les quartiers de Ganir ? Lorsque le Chef du Conseil l'avait convoquée ce matin elle était venue avec impatience, sachant qu'il aurait probablement des nouvelles au sujet de la création de Blaise.

— Dis-lui ce que tu m'as raconté, dit Ganir au jeune homme. Comme d'habitude, le Chef du Conseil était assis derrière son bureau, observant tout de son regard perçant.

— Je dansais avec elle, comme je l'ai dit à Votre Seigneurie, dit l'homme avec obéissance en regardant Augusta avec admiration. Et elle a disparu d'un seul coup.

— Ce 'elle' semble désigner ce que l'on cherche, dit Ganir à Augusta. Physiquement, elle est exactement comme tu l'avais décrite : blonde, les yeux bleus et plutôt belle. C'est bien ça, Colin ?

Le paysan hocha la tête.

— Oh oui, plutôt belle. Il y avait quelque chose dans la façon dont il prononça ce dernier mot qui irrita Augusta — outre le fait qu'il désirait manifestement cette créature.

Augusta fronça les sourcils. Comme elle l'avait soupçonné, Blaise avait menti en lui disant que la créature était instable dans le Domaine Physique.

— Explique ce que tu veux dire par 'disparu', ordonna-t-elle en regardant l'homme ordinaire.

— Elle reculait, dit l'homme en hésitant, comme s'il était gêné par quelque chose, puis elle m'a fait me sentir mal, puis elle n'était plus là. Il rougit de façon honteuse.

— Raconte exactement ce qu'il s'est passé à Augusta, ordonna Ganir avec un sourire légèrement cruel.

— Elle ne voulait pas danser avec moi et j'essayais de m'approcher d'elle, admit Colin en rougissant davantage.

— Que s'est-il passé ensuite ? l'incita Ganir. Si je dois répéter cette question encore une fois, tu pourrais aller visiter le donjon de cette Tour.

Le paysan pâlit sous la menace.

— Je me suis souillé, ma dame, avoua-t-il en ayant l'air de vouloir disparaître dans un trou. Elle m'a fait me sentir effrayé et confus à la fois, et tous mes muscles se sont relâchés involontairement. Et elle a disparu, comme si elle n'avait jamais été là.

Augusta fronça le nez de dégoût. *Les paysans.*

— Tu es libre de partir, Colin, dit Ganir en ayant pitié de lui. En sortant, fais entrer le clown.

Visiblement toujours honteux, le paysan se pressa de sortir.

— Alors c'est vraiment une *fille*, dit Ganir d'un air pensif quand ils furent à nouveau seuls.

— C'est une *chose*. Augusta n'aimait pas le ton de Ganir. Nous savions déjà que ça avait pris une forme féminine.

— Avoir une forme féminine est une chose, dit le sorcier avec une expression curieuse, mais c'en est une autre d'avoir une forme féminine avec laquelle les jeunes hommes ont envie de danser. Et c'est encore différent quand cette forme se met à agir comme une jeune fille en refusant les attentions d'un quelconque idiot.

Augusta le regarda attentivement. Il parlait précisément de ce qui mettait Augusta tellement mal à l'aise. L'horrible création de Blaise agissait comme un humain, comme si elle était leur égale.

— C'est en partie ce qui rend cette chose si dangereuse, dit-elle à Ganir. Elle manipule les gens par son apparence et ils ne voient pas ce qu'est réellement cette horreur. La situation entière donnait la nausée à Augusta.

Le Chef du Conseil haussa les épaules.

— Peut-être. Le fait qu'elle soit si belle la rend plus visible et donc plus facile à trouver. Tout ce que mes hommes ont eu à faire, c'était de demander si quelqu'un avait vu une jolie blonde qui avait peut-être agi de façon étrange.

— C'est un plus, admit Augusta, même si son estomac se noua

de dégoût et de quelque chose qui ressemblait à de la jalousie. Elle détestait l'idée que cette créature soit là dehors quelque part, séduisant d'autres hommes comme elle avait déjà séduit Blaise.

— En effet, sourit Ganir en ayant l'air inexplicablement amusé.

Augusta repensa à ce que le jeune homme venait de leur dire et elle fronça légèrement les sourcils.

— On dirait que cette chose s'est spontanément téléportée après avoir rendu malade le paysan, dit-elle, perplexe. Il n'a rien dit au sujet d'une Pierre d'Interprétation ou de sorts verbaux.

— Oui. Ganir eut l'air impressionné. On dirait qu'elle n'a pas besoin de nos outils pour se connecter au Domaine des Sorts. Cela paraît logique, étant donné son origine.

À ce moment-là, quelqu'un frappa à la porte et un autre homme entra. Celui-ci était un peu plus vieux, ses traits étaient tirés et ses cheveux fins grisonnaient.

— Mon seigneur, vous m'avez convoqué ? Sa voix tremblait légèrement. Il était clair que cet homme était terrifié d'être dans la Tour.

— Dis-lui ce qu'il s'est passé, clown, dit Ganir en montrant Augusta.

Augusta fit un petit sourire encourageant au visiteur. Il avait l'air beaucoup trop effrayé : la dernière chose qu'il leur fallait, c'était un autre paysan qui se souille.

Son stratagème fonctionna : l'homme se détendit visiblement.

— J'étais à la foire où je divertissais des enfants en faisant des tours, commença-t-il et Augusta comprit alors que c'était littéralement un clown. Une petite fille a été poussée dans un tas de tonneaux au stand du marchand de bière à côté du mien. Un tonneau a commencé à tomber sur elle et une magnifique sorcière a sauvé la fillette en arrêtant le tonneau. Elle l'a fait flotter dans les airs, ma dame... Son ton était presque révérencieux.

Augusta eut des frissons dans le dos. Cette chose pouvait faire léviter des objets en plus de se téléporter quand elle voulait. La plupart des sorciers savaient composer un sort verbal relativement simple pour faire flotter un tonneau, mais personne n'aurait pu le faire assez vite pour sauver la fillette de l'objet qui tombait.

— A-t-elle prononcé des mots ? demanda-t-elle en regardant le clown. Y avait-il quelque chose dans sa main ?

— Non. L'homme secoua la tête. Je ne crois pas qu'elle ait prononcé un seul mot et elle ne tenait rien non plus. Tout est allé tellement vite.

— Était-elle seule ? demanda Augusta.

— Il y avait deux femmes plus âgées avec elle.

— Décris-les-moi, s'il te plaît, exigea Augusta, même si elle commençait à deviner de qui il s'agissait.

— Ce sont Maya et Esther, comme tu peux t'en douter, l'interrompit Ganir. En regardant l'autre homme, Ganir fit un geste vers la porte. Tu peux partir, maintenant, clown.

— Tu es sûr qu'il s'agit de ces deux vieilles biques ? demanda Augusta quand il eut quitté la pièce. Elle se souvenait bien d'elles. Ces deux vieilles femmes se mêlaient sans arrêt de la vie de son ex-fiancé, arrivant tout le temps chez lui sans prévenir pour le dorloter. Blaise tolérait leurs attentions, mais Augusta les avait trouvées pénibles.

— Plutôt certain, confirma Ganir. Les deux témoins ont utilisé une Capture Vitale en se souvenant de l'événement.

— Alors qu'est-ce qu'on fait maintenant ? demanda Augusta en faisant quelques pas vers le bureau. Nous savons où se trouve la créature, non ?

— Non, en fait on ne le sait pas. Ganir se pencha en avant en l'observant attentivement. Apparemment, la maison d'Esther et Maya est abandonnée. Aucun de leurs proches n'a pu dire où elles sont allées. On dirait qu'on va devoir attendre plus longtemps avant de localiser la créature — ou bien nous pourrions essayer de raisonner Blaise à nouveau.

Augusta fronça les sourcils. Reparler à Blaise lui semblait une très mauvaise idée. Elle n'allait certainement pas le confronter seule. Penses-tu qu'il te parlerait, à *toi* ? demanda-t-elle sceptiquement.

Ganir y pensa un instant.

— Je ne sais pas, avoua-t-il. Si je pensais qu'il me parlerait, je ne t'aurais pas impliquée dans tout ça. Mais ça pourrait valoir le coup d'essayer à présent.

— N'a-t-il pas promis de te tuer sur-le-champ ? demanda Augusta en se souvenant de la fureur de Blaise contre l'homme qu'il avait autrefois considéré comme un second père.

— Effectivement. Le visage de Ganir s'assombrit. Mais d'une manière ou d'une autre, nous allons devoir le contacter pour contenir la situation avant que le reste du Conseil l'apprenne.

— Oui. Augusta comprenait le point de vue de Ganir. Quelque chose doit être fait rapidement, avant que cette créature ait le temps de causer d'autres dégâts.

Le Chef du Conseil hocha la tête, mais il avait l'air pensif.

— As-tu remarqué qu'elle avait sauvé l'enfant ? dit-il lentement en penchant la tête sur le côté. Cette création de Blaise n'est peut-être pas aussi monstrueuse que tu le penses.

— Quoi ? Augusta le fixa d'un regard incrédule. Non. Ça ne veut rien dire. Un acte de compassion — si c'est ce que c'était — ne diminue pas la menace que cette chose représente. Tu le sais aussi bien que moi.

— À vrai dire, je ne suis pas sûr d'être d'accord, dit doucement Ganir. Je crois que nous devons l'étudier avant de prendre des décisions inconsidérées.

— Es-tu en train de dire que tu ne veux plus la détruire ?

— Je n'ai jamais dit que nous allions la détruire. Je dois en savoir plus à son sujet avant de faire quelque chose d'aussi irréversible.

— Tu veux l'utiliser, dit Augusta, incrédule, en commençant tout juste à comprendre. C'est de ça qu'il s'agit, n'est-ce pas ? Tu veux juste utiliser cette créature pour obtenir plus de pouvoir.

Le visage de Ganir se durcit et ses yeux brillèrent de colère.

— M'accuses-tu de manigancer pour prendre le pouvoir ? Je suis déjà à la tête du Conseil. Tu devrais plutôt mettre de l'ordre dans tes propres affaires.

Étonnée, Augusta fit un pas en arrière. Elle ne savait absolument pas de quoi parlait le vieil homme.

— Laisse-moi, maintenant, dit-il en faisant signe vers la porte. Je te préviendrai quand j'en saurai plus.

CHAPTER 30: AUGUSTA

"Augusta, this is Colin. He is a blacksmith's apprentice from Blaise's territory," Ganir told her, gesturing toward the young man standing in the middle of the room. The man was a peasant; it was obvious both from his appearance and from the deferential way he held himself.

Augusta raised her eyebrows in surprise. What was this commoner doing in Ganir's chambers? When the Council Leader summoned her this morning, she had gone eagerly, knowing he likely had news about Blaise's creation.

"Tell her what you told me," said Ganir to the young man. As usual, the Council Leader was sitting behind his desk, observing everything with his sharp gaze.

"I was dancing with her, as I told his lordship," the man said obediently, staring at Augusta with awe and admiration. "Then she just disappeared."

"The 'she' in question sounds like the one we're looking for," Ganir told Augusta. "Physically, she's just as you described—blond, blue-eyed, and quite beautiful. Isn't that right, Colin?"

The peasant nodded. "Oh yes, quite beautiful." There was something about how he said the last word that rubbed Augusta the wrong way—aside from the fact that he apparently lusted after the creature.

Augusta's eyes narrowed. As she had suspected, Blaise had lied about the creature being unstable in the Physical Realm. "Explain what you meant by 'disappeared'," she ordered, looking at the commoner.

"One moment she was backing away," the man said uncertainly, as though embarrassed about something, "then she made me feel awful, and then she was not standing where she was." His face flushed unbecomingly.

"Tell Augusta exactly what happened," Ganir commanded, a slightly cruel smile appearing on his face.

"She didn't want to dance with me, and I was trying to get close to her," Colin admitted, his face reddening further.

"And what happened next?" Ganir prompted. "If I am forced to repeat this question one more time, you might visit the dungeon of this Tower."

The peasant paled at the threat. "I soiled myself, my lady," he admitted, looking like he wanted to disappear through the floor. "She made me feel scared and confused at the same time, and all my muscles involuntarily relaxed. And she just vanished, like she wasn't even there."

Augusta wrinkled her nose in disgust. *Peasants.*

"You are free to go, Colin," Ganir said, finally taking pity on the man. "When you come out, send in the clown."

Still visibly embarrassed, the peasant hurried out of the room.

"So it is definitely a *she*," Ganir said thoughtfully once they were alone again.

"It is an *it*." Augusta didn't like where Ganir was going with this. "We already knew that it had assumed a feminine shape."

"It's one thing to have a feminine shape," the old sorcerer said, a curious expression appearing on his face, "but it's quite different when that shape is one that young men want to dance with. And it's yet another thing altogether when the shape starts acting like a girl and refusing some idiot's attentions."

Augusta gave him a sharp look. What he was talking about was the very thing that made her so uneasy. Blaise's horrible creation was acting human, like it was one of them. "That's partially what makes this thing so dangerous," she told Ganir. "It manipulates people with its appearance, and they don't see it for the horror that it is." The whole situation was sickening, as far as Augusta was concerned.

The Council Leader shrugged. "Perhaps. The fact that she's so beautiful does make her more noticeable—and easier to track. All my men had to do was ask about a pretty blond who may or may not have done some strange things."

"That is a plus," Augusta agreed, though her stomach clenched with disgust and something resembling jealousy. She hated the idea of this creature out there, seducing other men like she had already seduced Blaise.

"Indeed." Ganir smiled, looking inexplicably amused.

Augusta thought back to what the young man just told them, her eyebrows coming together in a slight frown. "So it sounds like the thing spontaneously teleported itself after making that peasant sick," she said, puzzled. "He didn't say anything about it using an Interperter Stone or doing any verbal spells."

"Yes." Ganir looked impressed. "It seems like she doesn't need any of our tools to connect to the Spell Realm. It makes sense, given her origins."

At that moment, there was a knock on the door, and another man came in. This one was a bit older, with tired-looking features and thin, greying hair.

"My lord, you summoned me?" His voice shook slightly. It was clear the commoner was terrified to be at the Tower.

"Tell her what happened, clown," said Ganir, gesturing toward Augusta.

Augusta gave the visitor a small, encouraging smile. The man looked far too frightened; the last thing they needed was for another peasant to soil himself.

Her ploy worked; the man visibly relaxed. "I was at the fair, entertaining children and doing tricks for them," he began, and Augusta realized that the man was quite literally a clown. "A little girl got pushed into a stack of barrels at the ale merchant's stall next to mine. A barrel started falling on her, and a beautiful sorceress saved the girl by stopping the barrel. She made it float in mid-air, my lady . . ." His tone was almost reverent.

Augusta got chills down her back. The thing could levitate objects, as well as teleport on a whim. Granted, most sorcerers could do a relatively simple verbal spell and make a barrel float, but no one would've been able to do it fast enough to save the child from the falling object.

"Did she utter any words?" she asked, staring at the clown. "Was there anything in her hands?"

"No." The man shook his head. "I don't think she uttered a single word, and I didn't see her holding anything. It all happened so fast."

"Was she alone?" Augusta asked.

"There were two older women with her."

"Please describe them for me," Augusta requested, although she was beginning to guess at their identities.

"It is Maya and Esther, as you would suspect," Ganir interrupted. Looking at the man, he waved toward the door. "You can go now, clown."

"Are you sure it's those old crones?" Augusta asked when the man left the room. She remembered them well. The two old women had constantly meddled in her former fiancé's life, showing up at his house unannounced and generally fussing over him. Blaise tolerated their attentions with good humor, but Augusta had found them annoying.

"Quite sure," Ganir confirmed. "I had both witnesses use a Life Capture and recall the event."

"So what's next?" Augusta asked, taking a few steps toward his desk. "We now know where the creature is, right?"

"No, actually, we don't." Ganir leaned forward, looking at her intently. "Apparently, Esther and Maya's house is abandoned. No one close to them was able to say where the women went. It seems like we'll have to wait longer to locate the creature—or we could try reasoning with Blaise again."

Augusta frowned. Talking to Blaise again sounded like a terrible idea to her. She certainly wasn't about to confront him by herself. "Do you think he would talk to *you*?" she asked doubtfully.

Ganir considered that for a moment. "I don't know," he admitted. "If I thought he'd talk to me, I would not have gotten you involved in this. But it might be worth a try at this point."

"Didn't he vow to kill you on sight?" Augusta asked, recalling Blaise's fury with the man he'd once regarded as a second father.

"He did indeed." Ganir's face darkened with something resembling sorrow. "But we have to get through to him somehow, to contain the situation before the rest of the Council hears about it."

"Yes." Augusta could see Ganir's point. "Something must be done and swiftly, before this creature has a chance to wreak further havoc."

The Council Leader nodded, but there was a thoughtful expression on his face. "Have you noticed that she saved a child?" he said slowly, cocking his head to the side. "This creation of Blaise's might not be as monstrous as you imagine."

"What?" Augusta stared at him in disbelief. "No. That doesn't mean anything. One act of compassion—if that's what it was—does not eliminate the threat that this thing poses. You know that as well as I do."

"Actually, I'm not sure I agree," Ganir said quietly. "I think we need to study her before we make any rash decisions."

"Are you saying you no longer wish to destroy it?"

"I never said we would destroy it. I need to know more about her before I do something so irrevocable."

"You just want to use it," Augusta said incredulously, the truth beginning to dawn on her. "That's what this is all about, isn't it? You just want to use the creature to gain more power—"

Ganir's expression hardened, his eyes flashing with anger. "You're accusing *me* of grabbing for power? I'm already the head of the Council. Why don't you take a closer look at your own affairs instead?"

Confused, Augusta took a step back. She had no idea what the old man was talking about.

"Leave me now," he said, gesturing dismissively toward the door. "I will send word when I hear more."

CHAPITRE 31 : GALA

Le marché fut décevant. Gala s'était attendue à quelque chose comme la foire qu'elle avait vue l'autre fois, mais ça n'avait rien à voir. Il y avait moins de produits exposés et même les bibelots et les bijoux semblaient ternes et de moins bonne qualité que ce qu'elle avait vu dans le village de Blaise. Il y avait aussi moins de gens qui achetaient les produits : la plupart semblaient seulement regarder, observant les produits avec des expressions désespérées sur leurs visages émaciés. Malgré tout, Gala était ravie de sortir de l'auberge. Elle enleva le châle et le noua autour de sa taille, appréciant la sensation de la brise rafraîchissante dans ses cheveux.

En s'avançant plus loin dans le marché, Gala vit un certain nombre d'étalages avec de la nourriture, dont une variété de pains, de fromages et de fruits secs. C'était une partie plus populaire du marché : la plupart des villageois semblaient rassemblés dans cette section. Esther leur acheta à toutes les deux une pâtisserie remplie de quelque chose de riche et sucré, et Gala était en train d'avaler goulûment ce petit plaisir délicieux quand elle entendit crier derrière elle.

Le bruit venait d'un des stands de vente de pain. Curieuse, Gala se retourna pour voir ce qu'il se passait et elle vit une silhouette courir parmi les étals. Il y eut des cris de la part du marchand et un grand homme vêtu de noir se mit à poursuivre la personne qui courait.

Gala se souvint du procès qu'elle avait vu au village de Blaise et elle se demanda si la personne qui s'enfuyait était un voleur. Elle entendit crier le marchand qui disait avoir été volé et elle fit quelques pas dans la direction où la silhouette avait disparu. Les autres visiteurs du marché semblèrent avoir eu la même idée et

Gala se retrouva vite emportée par la foule, avec tout le monde qui poussait et tirait pour atteindre le spectacle qui semblait se dérouler plus loin. En jetant un coup d'œil derrière elle, Gala vit qu'Esther et Maya se précipitaient en suivant la foule, l'air très inquiet.

Gala voulait absolument savoir ce qu'il se passait et elle se concentra sur son ouïe. Elle put soudain filtrer tous les bruits extérieurs. Elle entendit une personne courir au loin, ainsi que les pas lourds qui la poursuivaient.

— Non ! S'il vous plaît, laissez-moi partir ! Le cri aigu était sans aucun doute féminin et Gala se rendit compte que la personne qui courait était une jeune femme — une jeune femme qui venait tout juste de se faire prendre, si elle se fiait à ses suppliques hystériques.

Pendant que la foule la portait vers l'avant, Gala entendit une dure voix masculine parler de justice et elle parvint à se dégager, courant à présent vers le milieu du marché d'où lui parvenaient les cris.

Des spectateurs s'étaient déjà massés là, entourant une petite silhouette recroquevillée à terre. L'homme en noir se tenait au-dessus d'elle en tenant fermement son bras. Gala regarda autour d'elle et elle vit la peur et la pitié sur de nombreux visages, ainsi que l'anticipation jubilatoire de quelques autres. Elle ne savait pas ce qui était sur le point de se produire, mais une sorte d'intuition lui nouait l'estomac. Elle souhaita que Maya et Esther soient là pour pouvoir leur poser des questions, mais elles étaient maintenant loin derrière elles.

En observant la jeune fille, elle remarqua qu'elle était très mince, beaucoup plus mince que Gala elle-même, et que ses vêtements étaient en lambeaux. Ses longs cheveux bruns étaient emmêlés et son visage blême était l'expression même de la terreur.

Un autre homme, vêtu d'habits plus coûteux et plus élaborés, se fraya un chemin parmi la foule et rejoignit la jeune femme et l'auteur de son arrestation. Il portait une épée dans un fourreau en cuir sur sa hanche gauche et il affichait un sourire cruel.

— C'est un honneur pour toi, voleuse, dit-il en s'adressant à la jeune femme effrayée. Je m'appelle Davish et je supervise ces terres.

La voleuse se recroquevilla davantage et l'expression sur son visage se transforma en véritable désespoir. C'était comme si elle avait abandonné tout espoir, pensa Gala, fascinée par la scène qui se déroulait devant elle.

— Tu es accusée de vol, continua le superviseur. Connais-tu la punition pour vol ?

La jeune femme hocha la tête et les larmes coulèrent sur son visage.

— Seigneur, je vous en prie, épargnez-moi... J'ai pris une miche de pain pour nourrir les deux enfants qui me restent. Mon plus jeune est déjà mort de faim. S'il vous plaît, Seigneur, ne faites pas ça.

Le superviseur eut l'air amusé.

— Tu as de la chance, dit-il. En l'honneur des futurs jeux du Colisée, je suis de bonne humeur et enclin à la clémence.

Gala expira, reprenant une respiration qu'elle avait bloquée sans s'en rendre compte. Elle était heureuse que la jeune femme soit épargnée. Avaient-ils sérieusement envisagé de la tuer pour avoir volé une miche de pain ? Elle ne l'avait fait que pour sauver la vie de ses enfants et cela semblait terriblement cruel de la punir pour cela.

La voleuse sanglota de soulagement.

— Je vous en serai éternellement redevable, mon seigneur.

— Garde, amenez-la jusqu'au billot, ordonna le superviseur à l'homme vêtu de noir. En regardant la foule, il annonça :

— Parce que je suis clément, sa vie sera épargnée. Pour la punir, elle perdra simplement la main droite, afin de se rappeler qu'elle ne doit plus jamais voler.

Et le garde agit avant que Gala ait le temps d'intégrer les mots. Il traîna par un bras jusqu'à une dalle au centre de la place la jeune femme qui hurlait et qui essayait de se dégager. Ignorant sa lutte, il appuya son avant-bras sur la pierre, l'obligeant à lâcher la petite miche de pain qu'elle tenait serrée dans son poing. La preuve de son crime tomba au sol et roula dans la poussière.

Gala se précipita instinctivement en avant, essayant de traverser la foule, mais les gens autour d'elle, étaient si serrés qu'elle put à peine bouger. Gala sentit monter son angoisse. Elle ferma les yeux et essaya de se souvenir comment elle avait fait pour se téléporter la fois précédente. Rien ne lui vint à l'esprit, elle ne put tout simplement pas le faire.

Elle ouvrit les yeux et regarda avec horreur et impuissance la scène se dérouler sous ses yeux.

La femme hurlait, sa voix était enrouée de terreur et Gala vit Davish sortir l'épée de son fourreau et s'approcher de la jeune femme.

Non, pensa Gala avec désespoir, *ce n'est pas possible.*

Elle commença à se frayer un passage dans la foule en une dernière tentative héroïque, donnant des coups de coude et des coups de pied pour avancer. Elle devait atteindre cette jeune fille avant qu'il ne soit trop tard. Plus loin, Davish leva l'épée au ciel.

Gala redoubla d'efforts, ne craignant pas de se blesser.

L'épée retomba avec une force terrible et le cri d'agonie de la voleuse brisa le silence. Du sang rouge vif gicla partout, couvrant la plateforme en pierre et tachant les vêtements luxueux du superviseur. Le garde relâcha le bras de la jeune femme et recula d'un pas.

Sidérée, Gala vit la main coupée tomber à terre à côté du pain — et elle sentit à nouveau quelque chose se briser en elle.

— Non ! Toute l'indignation de Gala se déversa dans ce cri perçant. Tout autour d'elle, la foule eut l'air de trébucher et de nombreux spectateurs s'agenouillèrent en se tenant la tête. Gala fut soudain libre de se déplacer et elle courut vers la dalle ensanglantée où la jeune femme recroquevillée pleurait et gémissait.

C'était comme s'il y avait du sang partout : l'air était chargé de son odeur métallique. *Comment pouvait-il y avoir autant de sang ?* Gala vit alors que la jeune femme n'était pas la seule à saigner. Tout le monde autour d'elle se tenait les oreilles en essayant de contenir le liquide rouge qui s'en échappait.

Gala comprit alors avec horreur que c'était de sa faute — son cri avait causé cela d'une manière ou d'une autre.

Étourdie, elle s'approcha de la voleuse qui baignait presque dans son sang et qui agrippait désespérément le moignon de son poignet. Poussée par un instinct inconnu, Gala mis ses bras autour de la jeune femme et la serra doucement. À ce moment-là, leurs corps semblèrent ne devenir qu'un.

Avec chaque fibre de son être, Gala donna de l'amour et de la gentillesse à la victime de cette injustice innommable. Elle sentit une énergie chaude couler lentement de son corps jusqu'à celui de la jeune fille. Tout à l'intérieur de Gala était focalisé sur un objectif, un seul : défaire les dégâts causés par le bourreau. Elle sentit la douleur de la jeune femme et elle la prit en elle, délivrant la femme de ce fardeau. La sensation était douloureuse et lumineuse à la fois. Jusque là, Gala n'avait eu qu'une compréhension rudimentaire et théorique de la douleur et de la souffrance. À présent, elles étaient réelles pour elle et elle promit silencieusement de faire en sorte qu'il y en ait moins dans le monde.

Ce qui se passait maintenant était produit par la partie de l'esprit de Gala sur laquelle elle n'avait aucun contrôle : elle en avait vaguement conscience. Mais cela n'avait pas d'importance, car Gala sentait que cela fonctionnait et que la douleur de la jeune fille se dissolvait et disparaissait peu à peu. Quand il ne resta plus de douleur, Gala lâcha la jeune femme et fit un pas en arrière.

La jeune femme se tenait debout, son visage sale était serein et joyeux et il ne présentait plus aucune trace de douleur ni de peur. Le moignon sanglant de son bras ne coulait plus : Gala vit la main repousser lentement, chaque os, chaque muscle, chaque tendon s'allongeant et s'épaississant. Bientôt, des doigts apparurent et la main redevint mince et féminine comme avant — et très vivante.

Lorsque Gala se retourna vers la foule, elle vit que tout le monde était agenouillé avec une étrange expression béate sur le visage. Il y avait du sang sur leurs vêtements, mais plus personne ne semblait saigner ou souffrir. Elle avait fait ça aussi, comprit Gala avec soulagement. Elle n'avait pas seulement enlevé la douleur de la jeune fille, mais également celle des personnes alentour, réparant le mal qu'elle avait involontairement causé.

Elle vit Maya et Esther s'approcher du bord de la foule au loin, mais Gala savait qu'elle n'en avait pas encore terminé. Le garde et le superviseur se trouvaient à côté de la jeune femme, agenouillés dans la même position que le reste de la foule et regardant Gala avec euphorie. Elle s'approcha d'eux, sachant ce qu'elle devait faire.

Elle commença par le superviseur et posa ses mains sur ses tempes. Il fallait qu'elle comprenne pourquoi il avait fait quelque chose d'aussi cruel. *Comment as-tu pu ?* pensa-t-elle en laissant la question résonner dans sa tête, encore et encore, pendant qu'elle se perdait dans ce qui ressemblait à une série de Captures Vitales.

C'était le petit garçon d'une famille riche — un enfant qui ne ressemblait pas à son père, un enfant qui souhaitait tous les jours être né dans une famille différente. L'enfant se souvint de tous les actes cruels qu'il avait subis, des raclées et des mots dégradants. Le temps passa et l'enfant était un jeune homme qui agissait davantage comme son père à chaque jour qui passait — un jeune homme qui devait se défouler sur les autres pour gérer la douleur qu'il portait en lui. En murissant, le jeune homme devint une personne en mal de pouvoir, une personne qui avait besoin de contrôler les autres pour qu'on ne puisse plus jamais le faire souffrir.

Gala comprenait maintenant. Cet homme cruel était aussi endommagé que la pauvre fille qu'il avait essayé de faire souffrir. Gala fut à nouveau envahie par le sentiment chaleureux et bienveillant et elle entra en contact avec l'esprit brisé de cet homme, essayant de le réparer comme elle avait guéri le bras de la jeune fille. L'esprit résista et Gala comprit qu'en faisant cela, elle allait fondamentalement changer cet homme, le transformant en quelqu'un d'autre. Au fond d'elle, elle savait qu'elle n'avait sans doute pas le droit de le faire, mais son instinct de guérison était trop fort. Il fallait qu'elle le fasse pour s'assurer qu'il ne fasse plus de mal à personne. Rassemblant ses forces, elle poussa plus fort dans l'esprit du superviseur et elle le sentit enfin céder.

— Gala ! Gala, tu m'écoutes ? La voix de Maya se fit entendre dans le brouillard de son esprit et Gala sortit de sa transe.

Elle regarda Maya et Esther en clignant des yeux, se rendant compte pour la première fois de la profonde fatigue de son corps.

— Viens, dit Esther en tendant la main vers Gala. Elle avait l'air inquiète et Gala se laissa guider. Elle était trop fatiguée pour résister aux deux femmes qui l'emmenaient loin de la place. Tout autour d'elle, elle put voir les spectateurs sortir lentement de leur étrange état de béatitude et regarder autour d'eux avec étonnement. Maya enveloppa vite la tête de Gala dans le châle, la recouvrant du tissu rêche.

De retour à l'auberge, Gala se laissa tomber sur le lit et s'endormit dès que sa tête toucha l'oreiller.

CHAPTER 31: GALA

The market was disappointing. Gala had been expecting something along the lines of the fair she'd seen the other day, but this was nothing like that. There were fewer products on display, and even the trinkets and jewelry seemed drab and of worse quality than what she'd seen in Blaise's village. There were also fewer people actually buying the goods; the majority seemed to be simply browsing, often looking at the products with desperate longing on their emaciated faces. Still, Gala was glad to be out of the inn. Yanking off the shawl, she tied it around her waist, enjoying the cooling breeze on her hair.

As they ventured deeper into the market, Gala saw a number of stalls with foodstuffs, including a variety of breads, cheeses, and dried fruit. It was a more popular area of the market; most villagers seemed to be gathered in this section. Esther bought each of them a pastry filled with something rich and sweet, and Gala was greedily consuming the delicious treat when she heard some yelling behind her.

The noise came from the direction of one of the bread stalls. Curious, Gala turned to see what was going on and saw a figure running through the stalls. There were shouts from the merchant, and a tall man dressed in black started chasing after the runner.

Remembering the trial she'd seen at Blaise's village, Gala wondered if the running person was a thief. She could hear the merchant screaming that he'd been robbed, and she took a few steps in the direction where the figure had been heading. The other market visitors seemed to have the same idea, and Gala quickly found herself swept up by the crowd, everyone pushing and shoving to get to whatever spectacle seemed to be ahead. Casting a glance behind her, Gala saw Esther and Maya hurrying after the crowd with anxious looks on their faces.

Desperate to figure out what was going on, Gala focused on her sense of hearing, and suddenly she could filter out extraneous noise. Now she could hear the sounds of the person running in the distance, as well as the heavier footsteps chasing after it.

"No! Please, let me go!" The high-pitched scream was undoubtedly feminine, and Gala realized that the runner was a young woman—a young woman who had just gotten caught, judging by her hysterical pleas.

As the crowd carried her forward, Gala could hear a harsh male voice speaking of justice, and she managed to break free, now running toward the middle of the market where the screams were coming from.

There were already spectators gathered there, surrounding a small figure huddling on the ground. The black-garbed man was standing over her, holding her arm in an inescapable grip. Looking around, Gala could see fear and pity reflected on many of the faces, as well as gleeful anticipation on a few. She didn't know what was about to happen, but some kind of intuition gave her a sinking feeling in the pit of her stomach. She wished Esther and Maya were here, so she could ask them about this, but they were far behind her at this point.

Staring at the girl, she noticed that she was thin—far thinner than Gala herself—and that her clothing was in rags. Her long brown hair was tangled, and the expression on her pale face was that of sheer terror.

Another man, this one dressed in richer, more elaborate clothing, pushed his way through the crowd, joining the young woman and her captor. There was a sword in a leather scabbard hanging on his left hip and a cruel smile playing on his lips. "You are going to be honored, thief," he said, addressing the frightened girl. "I am Davish, the overseer of these lands."

The thief visibly flinched, the expression on her face changing to that of utter despair. It was as if she had given up all hope, Gala thought, transfixed by the scene in front of her.

"You are being accused of stealing," the overseer continued. "Do you know the punishment for thievery?"

The young woman nodded, tears running down her face. "My lord, please spare my life . . . I took a loaf of bread to feed my two remaining children. My youngest already passed away from starvation. Please, my lord, don't do this—"

The overseer looked amused. "You are in luck," he said. "In

honor of the upcoming games at the Coliseum, I am in a good mood and inclined to be merciful."

Gala exhaled, letting out a breath she hadn't realized she'd been holding. She was glad the woman would be spared. Had they been seriously considering killing her for stealing a loaf of bread? The girl had only done it to save the lives of her children, and it seemed incredibly cruel to punish her for that.

The thief sobbed with relief. "I am forever in your debt, my lord—"

"Guard, take her to the execution stone." The overseer issued the order to the black-clothed man. Looking up at the crowd, he announced, "Because I am merciful, her life will be spared. As punishment, she will simply lose her right hand, so she remembers never to steal again."

And before Gala could register the full meaning of the man's words, the guard took action. Holding the girl by her arm, he dragged her, kicking and screaming, toward a slab in the center of the square. Ignoring her struggles, he pressed her forearm against the stone surface, causing her to release the small loaf of bread that she had been clutching in her fist. The evidence of her crime fell to the ground, rolling in the dirt.

Gala instinctively started forward, trying to get through the crowd, but the people around her were packed so tightly that she could hardly move. Her anxiety spiking, Gala squeezed her eyes shut and tried to recall how she had teleported that one time. Nothing came to mind; she simply couldn't make it work.

Opening her eyes, she stared in helpless horror at the scene unfolding in front of her.

The girl was still screaming, her voice hoarse with terror, and Gala could see Davish unsheathing his sword and approaching the girl.

No, Gala thought in desperation, *this could not be happening.*

Making one last heroic attempt, she started shoving her way through the crowd, elbowing and kicking to make her way to the front. People were pushing back at her, yelling, but she didn't care. She needed to get to this girl before it was too late. Up ahead, Davish lifted the sword into the air.

Gala doubled her efforts, heedless of any injury to herself.

The sword swung down with deadly force, and the thief's agonized scream pierced the air. Bright red blood sprayed everywhere, covering the stone platform and splattering on the overseer's elaborate clothing. The guard released his hold on the girl's arm, taking a step back.

Stunned, Gala saw the girl's severed hand fall to the ground next to the bread—and felt something inside her snap again.

"No!" Every bit of her outrage poured out of Gala in an ear-splitting shout. All around her, the crowd seemed to stumble, most spectators falling to their knees and clutching their heads. All of a sudden, Gala found herself free to move, and she ran toward the bloody slab of rock where the girl was huddled, moaning and crying.

It seemed like there was blood everywhere, the metallic scent permeating the air. *How could there be so much blood?* Then Gala saw that the girl was not the only one bleeding. Everyone around them was holding their ears, trying to contain the red liquid trickling out.

And Gala realized with sick horror it was her fault—that her shout had somehow caused this awful occurrence.

Dazed, she approached the thief, who was practically bathing in blood at this point and clutching desperately at her stump of a wrist. Driven by some unknown instinct, Gala put her arms around the girl, hugging her gently. And in that moment, it was as though their bodies became one.

With every fiber of her being, Gala reached out with love and kindness to the victim of this unspeakable injustice. She could feel warm energy slowly flowing from her body into the girl's. Everything inside Gala was focused on one goal and one goal only—to undo the damage that the executioner had caused. She could feel the girl's pain, and she took it into herself, freeing the young woman of that burden. The feeling was agonizing and illuminating at the same time; until then, Gala had had only a rudimentary, book-learned understanding of pain and suffering. Now, however, it was real to her, and she vowed silently to make it so that there would be less of it in the world.

What was happening now was being done by the part of Gala's mind that she had no control over; she was vaguely aware of that. But it didn't matter, because Gala could sense that it was working, that the girl's pain was slowly dissolving and ebbing away. When there was no more pain left, Gala let go of the girl and stepped back.

The young woman stood there, her dirt-streaked face serene and joyful, showing no trace of pain or fear. The bloody stump of her arm was no longer gushing; instead, as Gala watched, the hand slowly re-grew itself, each bone, muscle, and tendon gradually lengthening and thickening. Soon, the fingers appeared, and the hand was as it had been before, slim and feminine—and very much alive.

When Gala looked back at the crowd, she saw that everybody was kneeling, the expressions on their faces strangely blissful. There was blood on their clothing, but nobody seemed to be bleeding or in pain anymore. She had done this too, Gala realized with relief. She had not only taken away the girl's pain, but also that of others in the vicinity, undoing the harm she herself had inadvertently caused.

In the distance, she could see Esther and Maya approaching the edge of the crowd, but Gala knew she was not done yet. The guard and the overseer were next to the girl, kneeling in the same position as the rest of the crowd and rapturously staring at Gala. She came up to them, knowing what she had to do.

She started with the overseer, putting her hands on his temples. She needed to understand why he had done something so horrible. "How could you?" she thought, letting the question reverberate in her head, over and over, as she lost herself in what felt like a series of Life Captures.

He was a small child of rich parents—a child who looked nothing like his father, a child who wished daily that he had been born to a different family. The child relived the many cruelties he had suffered, the endless beatings and demeaning words. Time sped forward, and the child was a young man who acted more like his father with every passing day—a young man who needed to lash out at others to cope with the pain left inside. As the young man matured, he found himself becoming someone who craved power, someone who needed to control others so nobody could hurt him again.

Now Gala understood. The cruel man was as damaged in his own way as the unfortunate girl he'd tried to hurt. The warm, sharing feeling from before came over Gala again, and she reached out to the man's broken mind, trying to mend it as she had healed the girl's hand. The mind resisted, and Gala understood that by doing this, she would be changing the man fundamentally, making him become someone else. Deep inside, she knew she might not have the right to do this, but the instinct to heal was too strong. She needed to do this so he would not hurt anyone else in the future. Gathering her strength, she pushed harder into the overseer's mind and felt it finally letting her in.

"Gala! Gala, are you listening to me?" Maya's voice penetrated the haze surrounding her, bringing Gala out of her mindless state.

Blinking, she stared at Maya and Esther, becoming aware for the first time of the deep exhaustion overtaking her body.

"Come," Esther said, reaching for Gala. She looked anxious, and Gala let her guide her away, too weary to resist as the two women led her out of the square. All around them, she could see the spectators slowly coming out of their strange bliss-like state and starting to look around with confusion. Maya quickly wrapped the shawl around Gala's head again, covering her with the thick scratchy material.

When they got back to the inn, Gala collapsed on her bed and was asleep as soon as her head hit the pillow.

CHAPITRE 32 : BLAISE

Blaise était en train d'analyser son dernier sort quand il entendit frapper à la porte. Son cœur bondit et il eut un frisson de fureur. Le Conseil se mettait-il en marche ?

Il se précipita au cellier et prit un tas de cartes qu'il avait préparées exactement pour ce type de confrontation après la mort de son frère. C'était un mélange de sorts offensifs et défensifs, optimisés pour les forces et les faiblesses des membres du Conseil.

Pendant ce temps, on frappait toujours à sa porte.

Blaise réfléchit frénétiquement et prit un sort de défense générale qu'il mit dans la Pierre d'Interprétation. Cela le protègerait un peu contre les attaques mentales et physiques, lui laissant peut-être un peu de temps. En s'approchant de l'entrée, il appela :

— Qui est là ?

— Blaise, c'est moi, Ganir.

La colère de Blaise redoubla. Comment le vieil homme osait-il se montrer ici après ce qu'il avait fait à Louie ? La trahison de Ganir était en quelque sorte pire que celle d'Augusta : le vieux sorcier avait toujours traité Louie comme son fils, et personne n'avait été plus choqué que Blaise en apprenant le vote de Ganir en faveur de la punition de son frère.

Furieux, Blaise se mit à parler, faisant instinctivement appel à un sort destiné à paralyser son adversaire. Il ne réfléchit pas, il agit. Si le sort réussissait, il n'avait aucune idée de ce qu'il ferait du corps immobile du Chef du Conseil, mais il s'en moquait, car il était trop rongé par la rage pour être vraiment rationnel.

Après avoir fini, Blaise inspira profondément en essayant de reprendre le contrôle de ses émotions. Il ne savait pas si le sort avait été efficace, mais il avait peut-être pris Ganir par surprise. Au combat, les actes imprévus étaient les meilleurs, et il était peu probable que le vieux sorcier se soit attendu à ce qu'il exécute un sort aussi simple.

Il sentit qu'il était plus calme et qu'il y voyait plus clair. Très calme.

Trop calme, pensa Blaise. Ganir utilisait un sort apaisant sur lui — un sort qui avait partiellement pénétré les défenses mentales de Blaise.

L'idée d'avoir été manipulé enragea Blaise à nouveau et il sentit le calme artificiel se dissiper, laissant la place aux émotions explosives dont il avait fait l'expérience plus tôt. Cependant, le sort de Ganir avait dû être en partie efficace, car il n'avait plus envie de tuer le Chef du Conseil — il lui en voulut amèrement, mais calmement, pour cela aussi.

À ce moment-là, il entendit la voix de Ganir, amplifiée par un sort. Elle était forte et nette comme si le vieil homme se tenait à côté de lui pour crier :

— Blaise, je suis très déçu. Je sais que tu m'en veux, mais je pensais que tu étais meilleur que ça. Tu m'attaques sans même me regarder dans les yeux ? Ce n'est pas le Blaise dont je me souviens.

Blaise sentit sa fureur resurgir. Le vieil homme était un maître dans l'art des joutes mentales et Blaise détestait se faire manipuler.

— Je te donne une seconde pour partir, répondit Blaise en criant et en s'adressant à Ganir pour la première fois. Pour le provoquer, il ajouta : je ne suis pas le Blaise de tes souvenirs. Ce Blaise-là est mort avec Louie. Tu te souviens de Louie, n'est-ce pas ?

Tout en parlant, Blaise griffonna sur une carte les coordonnées approximatives de l'endroit où se tenait Ganir. Il y ajouta du code avant de charger la carte dans la Pierre d'Interprétation. Puis il recula pour s'assurer de ne pas se trouver dans le rayon d'action du sort.

Le sort qu'il lança était conçu pour paralyser mentalement sa victime, pour assaillir son esprit d'indécision, de peur, de surprise et de divers effets du manque de sommeil. Il était beaucoup plus terrible que le sort de paralysie physique que Blaise avait utilisé plus tôt, car celui-ci était une combinaison de plusieurs attaques mentales.

Puis il attendit.

Tout semblait silencieux. Pour vérifier si son attaque avait fonctionné, Blaise prépara un autre sort qu'il lança sur le mur du hall d'entrée afin de le rendre transparent comme le verre.

Blaise pouvait voir au-dehors à présent et il vit Ganir qui se tenait là en le regardant droit dans les yeux à travers le pan de mur transparent. Il était évident que le vieil homme n'avait pas été affecté par le sort, mais il semblait seul. Sa chaise marron foncé se trouvait à côté de lui.

Malgré sa déception, Blaise se sentit soulagé. Cela ne semblait pas une embuscade du Conseil : ils n'auraient jamais envoyé le Chef du Conseil tout seul.

— Tu m'insultes si tu penses que tes sorts ont une chance de fonctionner sur moi, dit Ganir calmement, sa voix pénétrant facilement dans la maison. Dans ses mains, il tenait une Pierre d'Interprétation. Il aurait pu attaquer Blaise avec un sort mortel à n'importe quel moment, mais il avait apparemment choisi de ne pas le faire.

Une partie de sa colère disparut et Blaise ouvrit la porte.

— Qu'est-ce que tu veux, Ganir ? demanda-t-il avec méfiance, las de leur confrontation.

— J'ai parlé à Augusta, dit Ganir en le regardant. Le Conseil n'est pas au courant de ta création.

— Pourquoi pas ? Blaise fut sincèrement surpris.

— Parce que je l'ai convaincue de ne pas leur en parler pour l'instant. Il reste une possibilité de régler ce bazar. Augusta finira par aller les voir. Je me suis assuré qu'elle ne le fasse pas encore, mais elle a peur de ce que tu as fait, elle en a peur au-delà du raisonnable.

Blaise eut l'impression de pouvoir respirer à nouveau. Le Conseil n'était pas au courant pour Gala. Il n'y avait que Ganir et Augusta — ce qui était déjà mauvais, mais qui était loin du désastre que cela aurait été si le Conseil entier s'en était mêlé. Malgré tout, il n'avait pas l'intention d'être poli avec Ganir.

— Comment as-tu l'intention de 'régler ce bazar' ? demanda-t-il sans cacher son amertume. De la même façon qu'avec Louie ?

Il vit que ses mots lui firent mal. Ganir grimaça et sa main se posa instinctivement sur la pochette qu'il portait à la taille avant de retomber. Blaise observa cette pochette : c'était sans doute là que le vieux sorcier conservait ses cartes de sorts. En se dissimulant derrière l'encadrement de la porte, il griffonna discrètement un sort rapide sur une de ses propres cartes et il se prépara à l'utiliser au moment opportun.

Pendant ce temps, Ganir fit un pas en avant.

— Blaise, dit-il doucement, ton frère a été plutôt franc au sujet de son crime. Même moi je ne pouvais pas cacher ce qu'il avait fait au Conseil. J'ai fait de mon mieux pour guider le Conseil vers une solution plus indulgente, mais ils n'ont pas voulu m'écouter — et l'entêtement de ton frère ainsi que son refus de feindre au moins le remords n'ont pas aidé.

Blaise fixa Ganir du regard en se souvenant du discours passionné que Louie avait prononcé face au Conseil au sujet des injustices de leur société. C'était un discours qui avait probablement scellé son sort. Blaise avait été d'accord avec chaque mot de son frère, mais même lui avait pensé que ce n'était pas une bonne idée de se mettre à dos les autres sorciers aussi ouvertement. Finalement, c'était le vote qui comptait — et Ganir avait voté en faveur de l'exécution de Louie.

— Ne me mens pas, dit Blaise sèchement. Tu sais aussi bien que moi que tu es comme eux, que vous avez tous voté la même chose. Et tu t'attends à ce que je te croie quand tu me dis avoir parlé en faveur de Louie ?

Ganir eut l'air stupéfait.

— Quoi ? J'ai voté contre la mort de Louie. Comment as-tu pu penser le contraire ?

Blaise eut un petit rire bref et froid.

— Ah bon ? Tu crois que tu peux te cacher derrière le fait que les votes sont anonymes et que personne ne connaît le décompte exact des voix ? Eh bien, j'ai appris la vérité — je connais la répartition des votes. Il n'y a eu qu'un seul vote contre la mort de Louie, et c'était le mien. Vous tous, toi, Augusta, chaque membre du Conseil, vous avez voté pour l'exécution de mon frère.

— C'est faux. Ganir avait toujours l'air surpris. Je ne sais pas d'où tu tiens ton information, mais tes méthodes doivent être défectueuses. J'ai voté *contre* la mort de Louie, je te le jure. Il était comme un fils pour moi, tout comme toi. Et Dania a voté comme moi, contre la punition.

Il semblait tellement sincère que Blaise douta de lui pendant un instant. Sa source avait-elle menti ? Si oui, pourquoi ? Blaise ne trouva aucune raison — ce qui signifiait que Ganir était en train de lui mentir maintenant.

— Pourquoi ne l'admets-tu pas, tout simplement, comme elle l'a fait ? demanda-t-il avec mépris en se souvenant qu'Augusta avait été incapable de lui cacher la vérité au sujet de sa trahison. Rien que d'y penser, il eut envie de tuer Ganir sur le champ.

— Tu parles d'Augusta ? demanda Ganir, confus. Tu veux dire qu'elle a voté pour l'exécution de Louie ?

— Bien sûr. Blaise eut un rictus. Comme toi.

— Non, j'ai voté contre, insista le Chef du Conseil en fronçant les sourcils. Et je ne savais pas pour son vote. J'ai toujours supposé qu'elle te soutenait, et Louie également. C'est pour ça que vous vous êtes séparés ? Parce que tu as appris ce qu'elle avait voté ?

Blaise sentit les vieux souvenirs refaire surface et empoisonner à nouveau son esprit de rage et d'amertume.

— Non. Ne parle pas de ça, Ganir, ou je te jure que je te tue sur place.

Le vieux sorcier ne tint pas compte de la menace de Blaise.

— Je dois dire que c'est un coup bas, même venant d'elle, songea Ganir. Mais maintenant que j'y pense, c'est logique. Tu sais que la famille d'Augusta descend de la vieille noblesse. Elle a été élevée avec les histoires de la Révolution et toute possibilité de réforme sociale la terrifie. Elle a agi par peur et non par raison quand elle a voté, et je ne serais pas étonné qu'elle regrette son geste. Il s'arrêta une seconde, puis il ajouta : tu n'as pas été le seul à souffrir après la mort de ton frère, mon fils.

Blaise regarda Ganir en se demandant si ce que le vieil homme lui disait pouvait être vrai. Si c'était le cas, sa haine pour le Chef du Conseil était erronée depuis le début.

— Est-ce pour ça que tu as juré de me tuer ? demanda Ganir en faisant écho à ses pensées. Parce que tu as cru que j'avais voté en faveur de l'exécution de Louie ? J'étais persuadé que tu me détestais parce que je n'ai pas réussi à le protéger, parce que malgré mon statut de Chef du Conseil, je n'avais pas pu le sauver.

Blaise fut presque tenté de le croire. Presque.

— Ganir, tu es un expert pour faire faire aux gens ce que tu veux, dit-il avec méfiance. Si tu avais réellement voulu sauver Louie, il serait toujours en vie. Nous aurions au moins pu joindre nos forces pour lutter contre les autres. Mais tu n'as même pas essayé, alors ne me mens pas maintenant.

Ganir prit un air peiné.

— Blaise, je suis désolé. Je ne pouvais plus aller à l'encontre du Conseil à ce moment-là : mon invention était au cœur du problème. J'ai essayé de les convaincre d'être indulgents, j'ai vraiment essayé, et j'ai eu l'impression que la plupart allaient voter comme moi : contre la punition. J'ai été aussi choqué que toi quand le verdict est tombé.

— Stop, dit Blaise d'un ton brusque en perdant patience. Arrête. Pourquoi es-tu là ?

— J'ai une proposition à te faire, dit Ganir en en venant enfin aux faits. Apporte-moi ta création et je ferai de mon mieux pour qu'il ne lui arrive rien. Je peux presque te garantir que tu seras disculpé de tout blâme. Après tout, ton sort n'a pas fonctionné comme prévu. Même si tu avais l'intention de faire quelque chose qu'ils désapprouvent, tu n'as pas réussi et cela convaincra le Conseil qu'aucun crime n'a été commis. Ses yeux brillaient d'un enthousiasme inhabituel. En fait, je peux même t'aider à reprendre ta place légitime au Conseil.

Blaise rit sardoniquement.

— Oh, je vois, dit-il en se moquant de l'intention évidente du vieil homme. Tu veux Gala pour toi. Et en ce qui me concerne, le puissant Ganir a-t-il besoin d'un autre allié au Conseil ?

— J'essaie de t'aider. Ganir commençait à paraître frustré. Oui, je trouve que ta création est fascinante et j'aimerais en apprendre plus à son sujet, mais ce n'est pas pour ça que je suis là. Le Conseil a besoin de toi, beaucoup plus que ces crétins entêtés ne le réalisent. J'ai besoin de toi, moi aussi. Blaise, s'il te plaît, abandonne Gala et reviens.

Blaise n'en croyait pas ses oreilles. Abandonner Gala ? C'était impensable.

— La réponse est non, dit-il froidement en tendant la main vers la carte de sort qu'il avait préparée quand il avait remarqué la pochette de Ganir. Elle était déjà prête à côté de la Pierre d'Interprétation qu'il tenait dans son autre main et il joignit rapidement les deux objets pour activer le sort.

Une seconde plus tard, la pochette de Ganir s'enflamma, laissant le vieux sorcier sans sorts pré-écrits et presque sans défense.

— Pars, mon vieux, dit Blaise à Ganir en regardant avec satisfaction son adversaire jeter les restes de sa pochette à terre. Je peux te tuer maintenant, et je le ferai. Tu as deux minutes pour partir.

Les yeux clairs du sorcier s'emplirent de tristesse.

— Si tu changes d'avis, fais-le-moi savoir, dit-il doucement et avec dignité. Il traîna des pieds jusqu'à sa chaise et s'envola en laissant Blaise perplexe et troublé.

CHAPTER 32: BLAISE

Blaise was analyzing his last spell when he heard knocking at the door. His heart jumped, and a tendril of fury snaked down his spine. Was this the Council making their move?

Rushing down to the storage room, he swiftly grabbed a bunch of cards he had written for just such a confrontation after his brother's death. It was a mixture of offensive and defensive spells, each optimized for the particular strengths and weaknesses of the Council members.

In the meantime, the knocking continued.

Thinking furiously, Blaise took a generic defense spell and fed it into the Interpreter Stone. It would afford him some protection against both mental and physical attacks, hopefully buying him some time. Approaching the entryway, he called out, "Who is it?"

"Blaise, it's me, Ganir."

Blaise's anger doubled. How dare the old man show his face here after what he'd done to Louie? Ganir's betrayal was in some way worse than Augusta's; the old sorcerer had always treated Louie as a son, and nobody had been more shocked than Blaise to learn of Ganir's vote in favor of his brother's punishment.

Filled with fury, Blaise began to speak, instinctively resorting to a spell designed to paralyze his opponent. He didn't think; he just acted. If the spell succeeded, he had no idea what he would do with the unmoving body of the Council Leader, but he didn't care at the moment, too consumed with anger to be fully rational.

After he was done, Blaise took a deep breath, trying to regain control of his emotions. He didn't know if the spell had been successful, but there was a chance that he had surprised Ganir. When it came to battle, unanticipated moves were the best, and it was unlikely the old sorcerer would've expected him to use such a simple spell.

He felt himself getting calm and clear-headed. Very calm.

Too calm, Blaise realized. Ganir was using a pacifying spell against him—a spell that had partially penetrated Blaise's mental defenses.

The thought of being manipulated infuriated Blaise again, and he felt the unnatural calm dissipate, bringing back some of the volatile emotions he'd experienced earlier. However, Ganir's spell must've been at least somewhat effective, since he was no longer feeling quite so murderous toward the Council Leader—something that Blaise bitterly, but calmly, resented.

At that moment, he heard Ganir's sorcery-enhanced voice. It was loud and clear, as if the old man was standing right next to him and shouting. "Blaise, I am extremely disappointed," the voice said. "I know you hold a grudge, but I thought you were better than this. Attacking me without even looking me in the eye? That's not the Blaise I remember."

Blaise felt his fury returning. The old man was a master of mental games, and Blaise hated being manipulated.

"I will give you a second to walk away," Blaise shouted back, speaking to Ganir for the first time. Tauntingly, he added, "And you're right—I'm not the Blaise you remember. That Blaise died along with Louie. You remember Louie, don't you?"

As he was speaking, Blaise scribbled the rough coordinates of where Ganir was standing on a card and added some code before loading the card into the Interpreter Stone. Then he jumped back a few feet, making sure that he wouldn't be in the radius of the spell.

The spell he unleashed was designed to paralyze his victim mentally—to blast the mind with indecision, fear, shock, and various effects of sleep deprivation. It was far worse than the physical paralysis spell Blaise had used earlier, since this one was an amalgamation of multiple attacks on the mind all rolled into one.

Then he waited.

All seemed quiet. To check if the mental attack worked, Blaise prepared another spell and directed it at the entryway wall, making it as transparent as glass.

Now Blaise could see outside, and he saw Ganir standing there, looking directly at Blaise through the now-see-through wall. It was obvious the old man was unaffected by the spell, but he appeared to be alone. His dark brown chaise stood next to him.

Despite his disappointment, Blaise felt a wave of relief. It didn't seem like this was a Council ambush; they wouldn't have sent the Council Leader just by himself.

"You insult me if you think your spells had any chance of success," Ganir said calmly, his voice still penetrating the walls of the house with ease. In his hands was an Interpreter Stone. He could've struck at Blaise with a deadly spell of his own at any time, but he had apparently chosen not to.

Some of his anger fading, Blaise opened the door. "What do you want, Ganir?" he asked wearily, beginning to tire of this confrontation.

"I spoke to Augusta," Ganir said, looking at him. "The Council does not know of your creation."

"Why not?" Blaise was genuinely surprised.

"Because I convinced her not to tell them for now. There is still a window of opportunity to untangle this mess. Augusta will go to them eventually. I made sure she did not do so yet, but she is scared of what you have done, scared beyond reason."

Blaise felt like he could breathe again. The Council didn't know about Gala. It was only Ganir and Augusta—which was bad enough, but not nearly the disaster it would've been if the entire Council got involved. Still, that didn't mean he had any intention of being civil to Ganir.

"How exactly are you planning to untangle this mess?" he asked, not bothering to keep the bitterness out of his voice. "The same way you did with Louie?"

He could see that his words stung. Ganir flinched, his hand instinctively reaching for the pouch hanging at his waist before dropping to his side. Blaise made a mental note of that pouch—it was likely where the old sorcerer kept his spell cards. Letting the door frame block Ganir's line of sight, he surreptitiously scribbled a quick spell on one of his own cards and prepared to use it at an opportune moment.

In the meantime, Ganir took a step forward. "Blaise," he said softly, "your brother was quite open about his crime. Even I could not hide what he had done from the Council. I tried my best to guide the Council toward a lenient resolution, but they would not listen—and your brother's stubbornness and refusal to even pretend at remorse did not help matters."

Blaise stared at Ganir, remembering the passionate speech Louie had made in front of the Council about the injustices in their society—a speech that had probably sealed his fate. Blaise had agreed with every word his brother had spoken, but even he had thought it unwise to antagonize the other sorcerers so openly. Ultimately, though, the vote was what mattered—and Ganir had voted in favor of Louie's execution.

"Don't lie to me," Blaise said harshly. "You know as well as I do that you're no different from them, that you all voted the same way. And you expect me to believe that you tried to speak on Louie's behalf?"

Ganir looked stunned. "What? I voted against Louie's death. How could you think otherwise?"

Blaise let out a short, hard laugh. "Oh, is that right? You think you can hide behind the fact that all votes are anonymous and nobody knows the exact count? Well, I learned the truth—I know the breakdown of the voting results. There was only one vote against Louie's death, and it was my own. All of you—you, Augusta, every single person on that Council—voted for my brother's execution."

"That's not true." Ganir still appeared shocked. "I don't know where you're getting your information from, but your methods must be flawed. I voted *against* Louie's death, I swear to you. He was like a son to me, just like you were. And Dania voted the same way—against the punishment."

He sounded so earnest that Blaise doubted himself for a moment. Could his source have lied? If so, why? Blaise couldn't think of a reason—which meant that Ganir had to be lying to him now. "Why don't you just admit it, like she did?" he asked scornfully, remembering how Augusta had been unable to conceal the truth of her betrayal from him. Just thinking about it made him want to kill Ganir on the spot.

"Are you talking about Augusta?" Ganir asked in confusion. "Are you saying she voted for Louie's execution?"

"Of course she did." Blaise's upper lip curled. "And so did you."

"No, I didn't," the Council Leader insisted, frowning. "And I didn't know about her vote. I had always assumed she supported you and Louie. Is that why the two of you parted, because you found out about the way she voted?"

Blaise felt the old memories bubbling to the surface, poisoning his mind with bitter hatred again. "Don't," he said quietly. "Don't go there, Ganir, or I swear, I will kill you on the spot."

The old sorcerer ignored Blaise's threat. "I have to say, that's low, even for her," Ganir mused, "though now that I think about it, it makes sense. You know Augusta's family is from the old nobility.

She was raised on stories of the Revolution, and any possibility of societal change terrifies her. She acted out of fear, not reason, when she cast her vote, and I wouldn't be surprised if she regrets her actions." Pausing for a second, he added, "You were not the only one suffering after your brother's death, my son."

Blaise looked at Ganir, wondering if there could possibly be any truth to what the old man was saying. If so, then his hatred for the Council Leader had been misplaced this whole time.

"Is that why you vowed to kill me?" Ganir asked, echoing his thoughts. "Because you thought I voted in favor of Louie's execution? I was sure you hated me because I failed to protect your brother—because, even though I was the head of the Council, I couldn't save him."

Blaise was almost tempted to believe him. Almost. "You're an expert when it comes to getting people to do what you want them to do, Ganir," he said wearily. "If you had truly wanted to save Louie, he would still be alive. If nothing else, you and I could've joined forces and fought the others. But you didn't even try—so don't lie to me now."

Ganir looked pained. "Blaise, I'm so sorry. I couldn't go against the rest of the Council at that point—not when it was my invention that was at the heart of the issue. I tried to convince them to be lenient, I truly did, and I got the impression that most of them would vote as I did—against the punishment. I was as shocked as you when the verdict came through—"

"Stop," Blaise snapped, losing his patience. "Just stop. Why are you here?"

"I have an offer," Ganir said, finally getting to the point. "Bring your creation to me, and I will do my best to make sure she is unharmed. I can almost guarantee you will be cleared of any wrongdoing; after all, your spell did not go as planned. Although you intended to do something they disapprove of, you have not succeeded, and that will convince the Council that no crime occurred." His eyes gleamed with unusual excitement. "In fact, I can even help you regain your rightful place on the Council."

Blaise laughed sardonically. "Oh, I see," he said, chuckling at the old man's transparent intent. "You want Gala for your own purposes. And as for me, does the almighty Ganir need another ally on the Council?"

"I am trying to help you." Ganir was beginning to look frustrated. "Yes, I do find your creation fascinating and would like to learn more about her, but that's not what this is all about. The

Council needs you right now—far more than any of those stubborn fools realize. *I need you. Blaise, please, give up Gala and come back.*"

Blaise couldn't believe his ears. Give up Gala? It was unthinkable. "The answer is no," he said coldly, reaching for the spell card he had prepared when he'd noticed Ganir's pouch. It was already next to the Stone he was holding in his other hand, and he swiftly joined the two objects, activating the spell.

A second later, Ganir's pouch went up in flames, leaving the old sorcerer without ready-made spells and nearly defenseless.

"Leave, old man," Blaise told Ganir, watching with satisfaction as his opponent threw remnants of the burning pouch on the ground. "I can kill you now, and I will. You have two minutes to get out of my sight."

The sorcerer's pale eyes filled with sadness. "If you change your mind, let me know," he said with quiet dignity. Shuffling over to his chaise, he rose into the air and flew away, leaving Blaise puzzled and disturbed.

CHAPITRE 33 : BARSON

En entrant dans la maison de sa sœur, Barson sentit l'odeur familière du pain cuit et des bougies parfumées. C'était l'odeur du foyer familial, cela lui rappelait les délicieux petits pains que préparait sa mère pour toute la famille. Contrairement à la plupart des magiciens, sa mère aimait travailler avec ses mains — c'était quelque chose dont Dara avait hérité, outre ses aptitudes à la sorcellerie.

— Barson ! Je suis contente que tu passes à la maison. Sa sœur lui fit un sourire radieux du haut de l'escalier avant de se précipiter vers lui.

Barson lui sourit à son tour. Il était sincèrement heureux de la voir. Elle lui manquait, même s'il ne pouvait pas lui reprocher de préférer cette maison de ville confortable plutôt que les logements étriqués de la Tour. Les sorciers subalternes y étaient très mal logés et la plupart choisissaient de vivre en dehors de la Tour.

— Ça me fait plaisir de te voir, Dara, dit-il en se penchant pour l'embrasser sur la joue. Larn est-il là, lui aussi ?

— Il sera bientôt rentré. Il passe devant le puits en ce moment même, dit-elle avec un sourire espiègle. Ses yeux noirs pétillaient, ce qui la rendait particulièrement jolie.

Barson soupira. Il savait ce qu'elle faisait.

— Tu lui as encore lancé un sort de Localisation ?

Le sourire de Dara s'élargit.

— Effectivement. Mais ne lui dis pas, ce sera notre petit secret.

Barson secoua la tête d'un air amusé. Sa sœur et son bras droit étaient ensemble depuis deux ans et elle rendait Larn fou à force d'insister pour utiliser des sorts dans la vie quotidienne. Pour Dara, c'était une façon de s'entraîner à la sorcellerie et d'affuter son savoir-faire, alors que Larn trouvait qu'elle faisait son intéressante.

— D'accord, promit Barson. Je ne dirai rien.

— Viens, dit Dara en le tirant par le bras. Laisse-moi te donner à manger. Je suis sûre que tu es mort de faim. Ta sorcière ne cuisine pas, je suppose ?

— Augusta ? Non, bien sûr que non. Cette idée lui sembla ridicule. Augusta était... eh bien, Augusta. Elle était beaucoup de choses, mais pas femme au foyer.

— Je m'en doutais, soupira Dara. Elle sait que tu as besoin de manger, quand même ?

— Je n'en suis pas sûr, avoua Barson en s'asseyant à table. La plupart des sorciers — contrairement à toi — pensent rarement à la nourriture et au fait que les autres en ont besoin.

— Eh bien, j'espère qu'elle est douée au lit alors, marmonna Dara en posant du pain et des tranches de fromage devant lui. Apparemment, elle n'est douée que pour ça et pour quelques sorts.

Barson éclata de rire. Sa sœur était jalouse du statut d'Augusta au Conseil et elle n'arrivait absolument pas à le cacher.

— Je ne vais pas te parler de ma vie amoureuse, dit-il au bout de quelques secondes, toujours en riant.

Elle souffla dédaigneusement, mais elle se tut jusqu'à ce que Barson ait eu le temps de manger un peu.

— Devine quoi ? demanda-t-elle quand Barson eut mangé sa deuxième tranche de pain. On m'a proposé de travailler avec Jandison aujourd'hui.

— Jandison ? Barson fronça les sourcils. Collaborer avec le plus vieux membre du Conseil n'était pas vraiment une opportunité pour Dara, étant donné son ambition.

— Je sais, dit-elle en comprenant son inquiétude non dite. Mais c'est quand même mieux que ce que je fais actuellement.

— Tu crois que c'est Ganir qui lui a demandé ?

Dara secoua la tête.

— J'en doute. J'ai l'impression que Jandison n'aime pas beaucoup Ganir.

— Ah bon ? Barson était surpris. Il était bien au courant de la politique du Conseil, mais il n'avait pas entendu parler d'une quelconque hostilité entre les deux sorciers. Qu'est-ce qui te fait penser ça ?

— Une intuition féminine, je dirais. C'est juste une impression que j'ai eue quand il a mentionné le nom de Ganir une fois. Quand j'y ai repensé après, ça m'a paru logique, en fait. Jandison est le plus vieux sorcier du Conseil et je ne serais pas surprise s'il voulait être Chef du Conseil à la place de Ganir.

Barson regarda sa sœur d'un air pensif.

— Tu sais quoi, tu as certainement raison. Vas-tu accepter l'offre de Jandison ?

— Je crois, oui. Elle sourit. Eh oui, je garderai les yeux et les oreilles bien ouverts.

Larn entra dans la cuisine à ce moment-là et Barson se leva pour le saluer.

Au début, quand Barson avait appris la relation de son meilleur ami avec Dara, il avait été plutôt contrarié. Notamment parce que c'était mal vu à la Tour de fréquenter un non-sorcier et que Barson craignait que sa relation avec Larn puisse nuire au désir de Dara d'être reconnue pour son talent de sorcellerie. Cependant, il voyait bien que Larn l'aimait sincèrement et c'était finalement ce qui comptait le plus. Ça et le fait que Larn était un des rares hommes que Barson n'avait pas envie de tuer sur place pour avoir approché sa grande sœur.

— Alors, raconte, dit Barson à Larn quand ils furent tous les trois attablés. As-tu des nouvelles pour moi ?

Larn hocha la tête en mâchant un morceau de pain.

— Il y a eu beaucoup d'activité autour de Ganir récemment. Augusta est retournée chez lui ainsi qu'un certain nombre de gens ordinaires.

— Des gens ordinaires ? Pourquoi ? Barson regarda son ami avec surprise.

— On ne le sait pas. Les espions de Ganir les ont fait sortir de la Tour avant qu'on ait pu connaître leur identité. Ils ont été amenés pour voir Ganir et ont été reconduits chez eux immédiatement. Mon gars ne les a aperçus qu'un très court instant.

— Autre chose ?

— On a eu un rapport d'une source qui surveille la maison de Blaise.

Les mains de Barson formèrent des poings sous la table.

— Augusta est retournée le voir ?

Dara le regarda avec curiosité et ouvrit la bouche pour parler quand Larn attrapa sa main et la serra pour l'avertir.

— Non, c'était plus étrange que ça. C'était Ganir.

— Ganir est allé voir Blaise ? La colère de Barson se calma immédiatement. Je croyais qu'ils ne se parlaient plus.

— Blaise ne parle à personne, ces jours-ci, dit Dara. Quand il a quitté le Conseil, c'était comme s'il avait disparu. Pourquoi quelqu'un irait-il le voir maintenant ?

— Notre allié a-t-il pu savoir ce que Ganir voulait ? demanda Barson.

— Non, répondit Larn. Il a trop peur de Ganir, comme tous les autres. Dès qu'il a vu le vieux sorcier arriver, il est parti aussi vite que sa chaise pouvait le porter.

Barson grimaça de mépris.

— Ces sorciers sont des lâches. Sans vouloir t'insulter, Dara.

— Ne t'inquiète pas, dit-elle en souriant. En fait, je suis tout à fait d'accord avec toi. Je serais vraiment restée dans les parages pour en apprendre le plus possible. Au fait, en parlant de sorcellerie, j'ai fini de travailler sur ton armure. Elle devrait maintenant résister à la plupart des sorts communs.

— Merci, sœurette. Barson lui sourit. T'es la meilleure.

— Je sais, dit-elle sans fausse modestie. Et ils le sauront bientôt eux aussi.

— Oui, ils le sauront, lui promit Barson. Ils passèrent les minutes qui suivirent à manger silencieusement, appréciant le repas que Dara leur avait préparé.

Quand son estomac fut agréablement plein, Barson leva la tête vers son ami.

— As-tu des nouvelles d'ailleurs que de Turingrad ? Y a-t-il eu d'autres émeutes ?

— Non, dit Larn. Tout a l'air calme pour l'instant. Il y a une seule chose, mais ce n'est probablement rien.

— Qu'est-ce que c'est ? demanda Barson.

— Il y a eu des rumeurs étranges concernant une puissante sorcière. Larn s'arrêta pour se servir de la bière. Apparemment, elle serait belle, jeune et très savante... Ils disent qu'elle guérit les malades, qu'elle ramène les enfants morts à la vie et qu'elle peut même faire prospérer les cultures là où elle se trouve.

Dara rit.

— C'est ridicule. Ramener les morts à la vie est impossible, même en théorie.

— Les gens ordinaires inventent toujours des histoires qui présentent les sorciers de cette façon, lui dit Barson. Ils veulent croire que l'élite se soucie d'eux, que leurs suzerains ignorent tout simplement qu'ils souffrent.

Larn ricana.

— Et je suis sûr qu'il y en a beaucoup qui l'ignorent — parce qu'ils s'en foutent.

Barson secoua la tête en pensant à la crédulité du peuple. Les paysans avaient été conditionnés pour penser que la vieille noblesse était mauvaise et que leurs nouveaux maîtres sorciers étaient meilleurs. Bien sûr, avec cette sécheresse, beaucoup d'entre eux commençaient à entrevoir la vérité — d'où les émeutes grandissantes dans tout Koldun.

En repensant à la dernière rébellion qu'il avait dû mater, Barson pensa à Ganir. Pourquoi avait-il rencontré Blaise ? Est-ce que c'était lié à la visite d'Augusta chez son ex-fiancé ? Et pourquoi tous ces gens ordinaires étaient-ils venus à la Tour ?

Ganir jouait manifestement à un jeu complexe et Barson décida d'en savoir plus.

CHAPTER 33: BARSON

Walking into his sister's house, Barson inhaled the familiar aroma of baking bread and scented candles. It smelled like home, reminding him of when their mother would bake delicious rolls for the entire household. Unlike most other sorcerers, their mother enjoyed working with her hands—something that Dara had inherited from her, along with her aptitude for sorcery.

"Barson! I'm so glad you came by." Standing at the top of the staircase, his sister gave him a radiant smile before hurrying down toward him.

Barson smiled back, genuinely happy to see her. He missed Dara, though he couldn't fault her for preferring this comfortable townhouse over cramped quarters back at the Tower. Low-ranking sorcerers received terrible accommodations there, and many of them chose to live outside of the Tower most of the time.

"It's good to see you, Dara," he said, leaning down to kiss her cheek. "Is Larn here also?"

"He should be here soon. He's passing by the well right now," she said, grinning up at him mischievously. Her dark eyes were sparkling, making her look extraordinarily pretty.

Barson sighed, knowing what she was up to. "Did you put a Locator spell on him again?"

Dara's grin widened. "I did indeed. But don't tell him; it'll be our secret."

Amused, Barson shook his head. His sister and his right-hand man had been together for the past two years, and she drove Larn insane with her insistence on using spells in everyday life. For Dara, it was a way to practice sorcery and sharpen her skills, while Larn viewed it as showing off. "All right," Barson promised, "I won't."

"Come," Dara said, tugging at his arm. "Let me feed you. I bet you're starved. That sorceress of yours doesn't cook, I presume?"

"Augusta? No, of course not." The very idea struck Barson as ridiculous. Augusta was . . . well, Augusta. She was many things, but homemaker was not one of them.

"That's what I assumed," Dara huffed. "She does know you need to eat, right?"

"I'm not sure," Barson admitted, taking a seat at the table. "Most sorcerers—unlike you—rarely think about food or consider that others might need it."

"Well, I hope she's good in bed then," Dara muttered, putting a bread basket and sliced cheese in front of him. "That and some spells is all she seems to be good for."

Barson burst out laughing. His sister was jealous of Augusta's position on the Council and was doing a terrible job of hiding it. "I'm not about to discuss my love life with you, sis," he said after a few seconds, still chuckling.

She sniffed disdainfully, but kept quiet until Barson had a chance to eat some bread with cheese. "So guess what?" she said after Barson ate his second slice. "I was offered a chance to work with Jandison today."

"Jandison?" Barson frowned. The oldest member of the Council was known for his teleportation skills and not much else. It was not exactly the most promising opportunity for Dara, given her ambitions.

"I know," she said, understanding his unspoken concern. "But it's still better than what I do now."

"Do you think Ganir put him up to it?"

Dara shook her head. "I doubt it. I get the sense Jandison doesn't like Ganir very much."

"Oh?" Barson was surprised. He was well-versed in Council politics, but he hadn't heard of any enmity between the two sorcerers. "What makes you think that?"

"A woman's intuition, I guess," Dara said. "It's just a vibe I got from him when he mentioned Ganir's name to me once. When I thought about it later, it actually made a lot of sense. Jandison is the oldest sorcerer on the Council, and I wouldn't be surprised if he thinks he should be the Council Leader instead of Ganir."

Barson gave his sister a thoughtful look. "You know, you may be right. Are you going to accept Jandison's offer?"

"I think so." She smiled. "And yes, I will definitely keep my eyes and ears open."

At that moment, Larn walked into the kitchen, and Barson got up to greet him.

When Barson had first learned of his best friend's involvement with Dara, he had been less than pleased. For one thing, being with a non-sorcerer was looked down upon in the Tower, and Barson had been concerned that her relationship with Larn might be detrimental to Dara's desire to be recognized for her sorcery talent. However, he could see that Larn genuinely loved her, and that ultimately proved to be the most important thing of all. That, and the fact that Larn was one of the few men Barson was not tempted to kill immediately for laying a finger on his older sister.

"So tell me," Barson said to Larn when the three of them sat down at the table, "do you have any news for me?"

Larn nodded, chewing on a piece of bread. "There has been a lot of activity with Ganir recently. Augusta visited his chambers again, and so did a number of commoners."

"Commoners? Why?" Barson looked at his friend in surprise.

"We don't know. Ganir's spies spirited them out of the Tower before we could learn their identities. They were literally brought in to see Ganir and then were taken away immediately. My man only got a quick look at them."

"Anything else?"

"We got a report from our source who's watching Blaise's house."

Barson's hands curled into fists underneath the table. "Did Augusta visit him again?"

Dara shot him a curious look and opened her mouth, but Larn reached over and squeezed her hand in gentle warning. "No," he said. "It was even stranger than that. It was Ganir."

"Ganir visited Blaise?" Barson's temper cooled immeasurably. "I thought they weren't on speaking terms."

"Blaise is not on speaking terms with anyone these days," Dara said. "Once he left the Council, it's like he disappeared. Why would anyone visit him now?"

"Was our ally able to figure out what Ganir wanted?" Barson asked.

"No," Larn replied. "He's petrified of Ganir. They all are. As soon as he saw the old sorcerer arrive, he got out of there as quickly as his chaise could carry him."

Barson's lip curled. "Those sorcerers are such cowards. No offense, Dara."

"None taken." She grinned. "I fully agree with you, in fact. I would've definitely stuck around to learn as much as I could. By the way, speaking of sorcery, I finished working on your armor. It should now be resistant to most of the common spells."

"Thank you, sis." Barson smiled at her. "You're the best."

"I know," she said without false modesty. "And soon they will know it, too."

"Yes, they will," Barson promised her, and for the next few minutes, they ate in companionable silence, enjoying the meal Dara had prepared for them.

When his stomach was comfortably full, Barson looked up at his friend again. "Any news from outside Turingrad? Any more uprisings anywhere?"

"No," Larn said, "everything seems quiet for now. There's just one thing, which is probably nothing."

"What is it?" Barson asked.

"There have been some curious rumors about a powerful sorceress." Larn paused to pour himself some ale. "Apparently, she's beautiful, young, and wise beyond her years . . . They say she heals the sick, brings dead children back to life, and can even make the crops prosper wherever she is."

Dara laughed. "That's ridiculous. Bringing back the dead is impossible, even in theory."

"The common people always make up stories that cast sorcerers in this kind of light," Barson told her. "They want to believe the elite cares about them, that their overlords simply don't know they're suffering."

Larn snorted. "And I'm sure many of them don't—because they just don't care."

Barson shook his head, thinking about the gullibility of the common people. The peasants had been conditioned to think that the old nobility had been bad, while their new sorcerer masters were an improvement. Of course, with this drought, many of them were starting to see the truth—hence the increasing uprisings throughout Koldun.

Remembering the last rebellion he'd been forced to quell made Barson's thoughts turn back to Ganir. Why had he met with Blaise? Could it somehow be connected with Augusta's visit to her former lover? And what about all those commoners coming to the Tower?

Ganir was obviously playing a deep game, and Barson intended to get to the bottom of it.

CHAPITRE 34 : AUGUSTA

Augusta se dirigea vers les quartiers de Ganir et frappa résolument à la porte. Le vieil homme l'avait évitée ces derniers jours et il était même allé jusqu'à ignorer ses messages de Contact, ce qu'elle n'était pas prête à laisser faire.

Quand la porte s'ouvrit enfin, la mauvaise humeur d'Augusta était arrivée à son comble. Elle prit quelques inspirations pour se calmer et entra dans le logement de Ganir.

— Comment vas-tu, mon enfant ? Ganir la salua calmement. Il était assis derrière son bureau et semblait avoir été en train de lire des parchemins avant qu'elle arrive.

— Tu as dit que tu me préviendrais quand tes hommes auraient des informations, dit-elle sans ménagement. Cela fait maintenant plusieurs jours et tu ne m'as donné aucune nouvelle. Où en est-on de la localisation de cette créature ? Si tes espions n'ont pas réussi à la trouver, alors je n'ai d'autre choix que d'en parler à la prochaine réunion du Conseil, celle qui a lieu jeudi.

Ganir soupira.

— Augusta, sois patiente. On ne peut pas agir à la hâte.

— Non, au contraire nous *devons* agir à la hâte, l'interrompit-elle. Nous devons contenir cette situation avant qu'elle soit totalement hors de contrôle. As-tu, ou n'as-tu pas appris quelque chose pour l'instant ?

Il hésita un moment, puis il inclina la tête.

— Oui, dit-il. Il y a quelque chose que je veux te montrer.

— Me montrer ?

Le vieil homme fit un geste en direction d'une gouttelette de Capture Vitale dans un bocal.

— Elle vient de l'un de mes observateurs du territoire de Kelvin, dit-il doucement. La création de Blaise y a été vue, au marché de Neumanngrad.

Le cœur d'Augusta bondit d'enthousiasme.

— Ton observateur l'a-t-il capturée ?

— Non, dit Ganir. Ce n'était pas son rôle.

— D'accord. Alors, que s'est-il passé ? Comment a-t-il pu trouver la chose ?

— Il vaut mieux que tu voies par toi-même. Ganir prit la gouttelette et la lui tendit. N'oublie pas que ceci vient d'un homme qui pratique la sorcellerie.

Augusta prit la gouttelette et elle fut sur le point de la mettre à la bouche quand Ganir leva la main.

— Attends, dit-il. Avant de faire ça, je veux que tu commences un nouvel enregistrement. Il montra la Sphère posée sur son bureau.

— Quoi ? Pourquoi ? Augusta le regarda avec perplexité.

— Je veux garder cette Capture Vitale pour l'étudier davantage, expliqua-t-il. Si tu t'enregistres en train d'utiliser la gouttelette de Capture Vitale, je ne perdrais pas l'information qu'elle contient. J'aurai une nouvelle gouttelette qui inclura l'instant avant que tu prennes la gouttelette originale et l'instant d'après, en plus d'un enregistrement de l'originale.

Augusta le dévisagea, stupéfaite et émerveillée. Pourquoi n'y avait-elle jamais pensé avant ? Cette idée était géniale de simplicité. Tout le monde croyait que les gouttelettes étaient consommables, qu'elles disparaissaient quand on s'en servait. Mais il semblait y avoir une façon de s'en servir encore et encore. Pourquoi le vieil homme n'avait-il rien dit ?

Les implications étaient ahurissantes. Ne serait-ce que dans la façon dont on enseignait la sorcellerie. Tout ce qu'il suffisait de faire c'était de donner une seule fois un cours à un groupe d'étudiants en leur faisant enregistrer le cours par Capture Vitale. Il suffisait de donner ces gouttelettes à la classe suivante et leurs expériences seraient enregistrées, à leur tour, et ainsi de suite. Cela diminuerait de façon significative le temps que chaque sorcier expérimenté aurait à passer à enseigner aux apprentis — une tâche qui déplaisait particulièrement à Augusta.

Évidemment, maintenant qu'elle y pensait, ce n'était pas étonnant que Ganir ait caché ce savoir. Augusta avait toujours soupçonné le vieux sorcier de garder des secrets au sujet de ses découvertes : il aimait être le seul à détenir certains savoirs.

Augusta se rendit compte qu'elle se tenait debout en silence et elle finit par s'approcher de la Sphère et par se piquer le doigt avec une aiguille posée sur le bureau. Puis elle appuya son doigt contre l'objet magique et elle mit la gouttelette dans sa bouche.

* * *

Ganir prit la gouttelette que Vik lui avait apportée. Il ferma les yeux en la portant à sa bouche et laissa la gouttelette l'envahir.

* * *

Vik était assis sur le toit d'un immeuble qui surplombait le marché. Il faisait beau et il était plutôt content. Il avait pour seule gêne une écharde qui s'était enfoncée dans son doigt lorsqu'il avait grimpé jusqu'ici.

Il pouvait voir tout le marché de l'endroit où il se trouvait et il se mit à l'aise en sachant qu'il allait encore commencer un tour de garde sans intérêt. Son travail dans ce territoire était d'observer les rassemblements publics, ce qui impliquait en général de rester assis pendant plusieurs heures et de regarder les gens faire leurs courses. Comme d'habitude, il enregistrait une Capture Vitale de son expérience comme Ganir le lui avait ordonné, même si Vik n'en voyait vraiment pas l'intérêt. Il ne se passait jamais rien d'intéressant dans cette région.

Il disposait d'une Pierre d'Interprétation et de cartes sur lesquelles étaient écrits des sorts prêts à lancer. Un sort particulièrement utile lui permettait d'améliorer sa vue, ce qui rendait le travail un peu plus supportable. Il n'y avait rien de tel que de voir une femme se changer dans sa chambre alors qu'elle était certaine que personne ne la verrait depuis la rue.

Ganir avait fourni de nombreuses cartes à Vik avec le code complexe de ce sort. Vik était un piètre codeur et il devait prendre Ganir au mot quand celui-ci affirmait que le sort d'amélioration de la vue était en fait assez simple.

Son ouïe était augmentée également et le cri d'une jeune femme fit porter son attention sur une poursuite qui se déroulait dans le marché au-dessous. Une autre voleuse, pensa Vik paresseusement. Vik regarda malgré tout la femme qui s'enfuyait et son poursuivant, puisqu'il n'avait rien de mieux à faire.

Sa curiosité fut piquée par une jolie jeune femme qui suivait la poursuite parmi la foule. Il ne pensa même pas réellement au fait qu'elle correspondait à la description de leur cible. Tout ce qu'ils savaient c'était qu'elle était jeune, qu'elle avait des yeux bleus et de longs cheveux blonds ondulés. Elle était également censée être très jolie. La jeune femme au-dessous correspondait bien à cette description, mais Vik en avait vu des centaines d'autres en passant — et même quelques-unes qu'il avait discrètement observées par leur fenêtre.

Une fois que la voleuse fut capturée, Vik continua à observer la scène. C'était beaucoup plus divertissant que les vieilles femmes qui marchandaient avec les commerçants.

Il entendit Davish parler et il fut amusé par la compassion du superviseur. Si on coupait la main à une pauvre femme qui mourait de faim, elle mourrait aussi certainement que si on lui avait coupé la tête — sauf que sa mort serait plus lente et plus douloureuse.

Comme le reste de la foule, il regarda la mutilation de la jeune femme avec un mélange de pitié et de curiosité malsaine.

Puis il entendit le Cri. Il eut l'impression que ses oreilles allaient exploser.

Sa tête résonnait encore quand Vik comprit que quelqu'un avait utilisé un sort puissant destiné à assourdir et à contrôler psychologiquement une émeute. C'était un sort dont il avait entendu parler, mais qu'il n'avait jamais vu à l'œuvre. Cette version en particulier semblait plus puissante que tout ce que Vik avait pu lire. S'il n'avait pas bénéficié du sort bouclier défensif que Ganir voulait absolument qu'ils utilisent en service, le Cri aurait été la dernière chose qu'il puisse entendre. Même ainsi, il souffrait le martyre. Les gens non protégés sur la place au-dessous tombaient à genoux et leurs oreilles saignaient.

Il ne restait qu'une seule personne debout : la femme que Vik avait remarquée plus tôt. Médusé, il observa comment la magnifique jeune femme se dirigea vers la plateforme d'exécution et entoura de ses bras la voleuse roulée en boule sanglante sur le sol.

Puis Vik le sentit : une impression de paix et de chaleur qu'il n'avait jamais ressentie. C'était la beauté, c'était l'amour, c'était le bonheur... c'était indescriptible. La vague sembla venir du centre de la place, à l'endroit où les deux femmes se tenaient dans les bras l'une de l'autre.

Un sort, comprit-il confusément. Il subissait les effets d'un sort. Un sort suffisamment puissant pour pénétrer ses défenses magiques.

Son doigt picota et il baissa les yeux pour voir l'écharde sortir lentement de sa chair et sa blessure guérir sans laisser de traces. Même son mal de tête violent causé par le Cri disparut instantanément.

Il vit la foule en contrebas qui était toujours agenouillée et tout le monde regardait la jeune sorcière avec ravissement. Avaient-ils eux aussi ressenti l'euphorie dont il venait de faire l'expérience ?

Il vit alors que c'était le cas, parce que lorsque la jolie jeune fille s'écarta de la voleuse, il vit que la main de la paysanne était à nouveau entière. Quel que soit le sort utilisé par la sorcière, il avait été si puissant qu'il avait débordé jusqu'aux spectateurs et guéri même la blessure mineure de Vik.

— Quelle sorte de sorcellerie est à l'œuvre ici ? se demanda-t-il avec effroi et admiration.

Vik savait à présent pourquoi Ganir avait envoyé autant d'hommes à la recherche de cette fille. Au moment où la sorcière toucha Davish, Vik se piqua le doigt et toucha la Sphère de Capture Vitale qu'il portait sur lui.

* * *

Ganir reprit ses esprits, son cœur battant à tout rompre. Pendant un bref instant, il se demanda s'il arriverait un jour à s'habituer aux effets désorientants de son invention, puis son esprit retourna à ce qu'il venait de voir.

— *Qu'avait donc fait Blaise ? pensa-t-il sombrement en se piquant le doigt pour toucher la Sphère de Capture Vitale.*

* * *

Augusta revint à elle en inspirant brusquement. Elle se piqua rapidement le doigt et toucha la Sphère de Capture Vitale qui se trouvait sur la table devant elle. Elle ne voulait surtout pas exposer ses pensées personnelles à la personne qui utiliserait la gouttelette après elle, comme Ganir l'avait fait. C'était déjà assez grave que ses sentiments eussent été capturés un instant sur l'enregistrement : un moment d'horreur et de dégoût accablants.

Ses craintes s'étaient avérées fondées : la chose avait des pouvoirs surnaturels.

— Qu'en est-il de Davish ? demanda-t-elle à Ganir en essayant de garder son calme. Dans la gouttelette, la créature allait le toucher.

Le Chef du Conseil hésita un instant.

— Il n'est plus... vraiment lui-même depuis qu'il l'a rencontrée, selon Vik.

— Qu'est-ce que tu veux dire ? Augusta lui lança un regard interrogateur.

— Qu'est-ce que tu sais au sujet de Davish ?

Elle fronça les sourcils.

— Pas grand-chose. Je sais que c'est le superviseur de Kelvin et on dit qu'il ne vaut pas mieux que notre estimé collègue.

Kelvin était le membre du Conseil des Sorciers qu'elle aimait le moins. Les mauvais traitements qu'il infligeait à son peuple étaient légendaires. Quelques années plus tôt, Blaise avait même requis que Kelvin soit viré du Conseil et que ses propriétés lui soient confisquées, mais, bien sûr, personne n'avait osé appliquer un tel précédent contre un autre sorcier. Au lieu de cela, Kelvin avait laissé le contrôle de ses terres à Davish : celui-ci s'avéra être une copie conforme de son maître en ce qui concernait son traitement des paysans.

Ganir hocha la tête avec une expression de dégoût.

— C'est peu dire. La réputation de Davish est connue aux quatre coins de la région. L'atrocité qu'ils appellent Colisée était une idée de lui d'ailleurs

— Que lui est-il arrivé ? L'interrompit Augusta.

— Eh bien, apparemment Davish s'est mis à changer beaucoup de choses dans le territoire après la rencontre que tu viens de voir. Il a organisé de l'aide pour les familles les plus affectées par la sécheresse et il y a des rumeurs disant qu'il pourrait clore ou modifier les Jeux du Colisée après les événements à venir. Ganir avait les yeux qui brillaient. Bref, Davish est un homme changé. Littéralement.

Augusta sentit son estomac se tordre désagréablement.

— La créature l'a changé ? Comme ça ? Comment fait-on pour changer quelqu'un ?

— Eh bien, en théorie, il existe des façons.

Augusta le fixa du regard.

— Tu sais le faire, toi aussi ?

— Non. Ganir secoua la tête. J'aimerais, mais je ne le peux pas. Au plus, je pourrais contrôler l'esprit d'une personne ordinaire pendant une courte période. Les mathématiques et la complexité d'un changement profond et fondamental sont au-delà des capacités humaines.

Au-delà des capacités humaines ?

— Mais ça ne te terrifie pas ? demanda Augusta, malade à l'idée qu'une telle chose puisse avoir un pouvoir pareil.

— Probablement moins que toi, dit Ganir en l'observant de ses yeux pâles. Mais oui, le pouvoir de faire perdre à quelqu'un son essence, sa personnalité, est en effet un pouvoir très dangereux. Surtout si l'on en abuse.

— Alors que vas-tu faire ?

— Je vais dépêcher La Garde des Sorciers sur place, dit Ganir. Ils la ramèneront ici. Tu as vu comment les sorts de défense ont protégé mon observateur de la pleine puissance de ses sorts. J'équiperai La Garde de sorts de défense encore plus puissants.

— Tu veux qu'ils te ramènent la chose en vie ? Tu risquerais leur vie et la nôtre juste pour avoir le loisir d'étudier cette créature ? Augusta entendait monter le ton de sa voix. Es-tu fou ? Il faut la détruire !

— Non, répondit Ganir fermement. Pas encore. Blaise ne nous le pardonnerait jamais si on la détruit sans raison valable.

— Et alors ? Il nous déteste de toute façon, dit Augusta avec amertume. Elle se retourna et quitta les quartiers de Ganir avant de dire quelque chose qu'elle risquait de regretter.

CHAPTER 34: AUGUSTA

Approaching Ganir's chambers, Augusta knocked decisively on his door. The old man had been avoiding her for the past couple of days, even going so far as to ignore her Contact messages, and she wasn't about to allow this.

By the time the door swung open, Augusta's temper was reaching a boiling point. Taking a few deep breaths to calm herself, she entered Ganir's chambers.

"How are you, my child?" Ganir greeted her calmly. He was sitting behind his desk, apparently looking over some scrolls prior to her arrival.

"You said you would notify me when your men had some information," she said bluntly. "It has now been several days, and I haven't heard anything from you. Where do we stand as far as locating this creature? If your spies have been unable to find it, then I'm going to have no choice but to speak about this at the upcoming Council meeting—the one that's happening on Thursday."

Ganir sighed. "Augusta, you need to have patience. We can't act in haste—"

"No, we *need* to act in haste," she interrupted. "We need to contain this situation before it gets completely out of control. Did you, or did you not, learn anything thus far?"

He hesitated for a moment, then inclined his head. "Yes," he said. "There is something that I want to show you."

"Show me?"

The old man gestured toward a Life Capture droplet sitting in a jar. "It's from one of my observers in Kelvin's territory," he said softly. "Blaise's creation has been spotted there, at the market in Neumanngrad."

Augusta's pulse jumped in excitement. "Did your observer capture it?"

"No," Ganir said. "That was not his task."

"All right," Augusta said, "so what happened? How was he able to find the thing?"

"You better see for yourself." Ganir picked up the droplet and handed it to her. "Keep in mind, this is from a man who is a sorcerer himself."

Augusta took the droplet and was about to bring it to her mouth when Ganir held up his hand.

"Wait," he said. "Before you do that, I want you to start a new recording." He pointed toward the Sphere sitting on his desk.

"What? Why?" Augusta gave him a confused look.

"I want to keep that Life Capture for more study," he explained. "By you recording yourself using the Life Capture droplet, I will not lose the information that this droplet contains. Instead, I will get a new droplet that will include a few moments before you took the original droplet and a few moments after, as well as a recording of the original."

Augusta stared at him in shock and amazement. Why hadn't she thought of this before? The idea was genius in its simplicity. It was widely believed that the droplets were consumable—gone forever once used. But now it seemed like there was a way to use them over and over again. Why had the old man kept this to himself?

The implications were staggering. If nothing else, it could change the way sorcery was taught. All one needed to do was teach a group of students once and have them record the class via Life Captures. Then the next class could be given those droplets, and their experiences would also be recorded—and so on. This would significantly cut the time each experienced sorcerer had to spend tutoring apprentices—a duty that Augusta particularly disliked.

Of course, now that she thought about it, it was not that surprising Ganir had hoarded this knowledge. Augusta had always suspected the old sorcerer of keeping secrets when it came to some of his discoveries; he took joy in possessing knowledge that no one else had.

Realizing that she was standing there in silence, Augusta approached the Sphere and pricked her finger on a needle lying on the desk. Then she pressed that finger to the magical object and put the droplet she was holding into her mouth.

* * *

Ganir reached for the droplet Vik had brought to him. Carrying it to his mouth, he closed his eyes, letting the droplet consume him.

* * *

Vik was sitting on the roof of a building overlooking the market. The weather was nice, and he was quite content. His only gripe was a large wooden splinter that had gotten stuck in his finger when he was climbing up there.

He could see the whole market from this vantage point, and he made himself comfortable, knowing he was likely in for another boring shift. His job in this territory was to observe public gatherings, which usually meant sitting for several hours and watching people shop. As usual, he was Life-Capturing the experience as Ganir ordered him to do, although Vik honestly didn't see the point in doing that. Nothing of interest ever happened in this region.

He had an Interpreter Stone and cards with spells written on them, ready to be cast. One particularly useful spell enabled him to enhance his vision, making his job a little bit more bearable. There was nothing quite like watching a woman changing in her bedroom, secure in the knowledge that nobody could see her from the street.

Ganir had supplied Vik with many cards that had the intricate code for the spell. Vik was a lousy coder, and he had to take Ganir's word for it when the old man assured him that the vision enhancement spell was actually an easy one.

His hearing was also sharpened, and the sound of a young woman's scream was what first alerted him to the chase happening in the market below. Another thief, he thought lazily. Still, Vik watched the running woman and her pursuer, since he had nothing better to do.

His interest was piqued further when he saw an attractive young woman in the crowd following the usual chase. That she looked like the description of the target barely registered at this point. All they knew of the target was that it was a young maiden with blue eyes and long, wavy blond hair. She was also supposedly very pretty. The woman below definitely fit the description, but so did hundreds of others that Vik had seen in passing—and even a few that he had watched surreptitiously through the windows.

Once the thief was captured, Vik continued to observe the scene. It was certainly more entertaining than watching some old women haggling with the merchants.

He heard Davish speak and was amused at the overseer's mercy. A poor, starving woman with her right hand chopped off would die just as surely as if she were beheaded—except her death would now be slower and more painful.

Like the rest of the crowd, he watched the girl's mutilation with a mix of pity and gruesome curiosity.

And then he suddenly heard the Shriek. His ears felt like they exploded.

His head ringing, Vik realized that someone had used a powerful spell designed to deafen and psychologically control a rioting mob—a spell he had learned about but had never seen used in real life. This version in particular seemed more potent than anything Vik had read about. If it weren't for the defensive shield spell Ganir insisted they all use while on duty, the Shriek would've been the last thing Vik heard. As it was, he was in agony. The unprotected people in the square below were falling to their knees, bleeding from their ears.

Only one person remained standing—the young woman Vik had noticed earlier. Dazed, he watched as the beautiful girl walked toward the execution platform and put her arms around the thief huddling in a bloody ball on the ground.

And then Vik felt it—a sense of peace and warmth unlike anything he had ever experienced before. It was beauty, it was love, it was bliss . . . it was indescribable. The wave seemed to emanate from the center of the square, where the two women stood hugging.

A spell, he realized dazedly. He was feeling the effects of some spell—a spell strong enough to penetrate his magical defenses.

His finger tingled, and he looked down, watching as the splinter slowly came out of his flesh and the wound healed itself, all traces of the injury disappearing without a trace. Even his head, which had been pounding just moments earlier from the Shriek, felt completely normal.

On the ground, he could see the crowd still on their knees, staring at the young sorceress with rapture on their faces. Had they felt it too, the euphoria he'd just experienced?

And then he knew that they had—because when the beautiful girl stepped away from the thief, the peasant woman's hand was whole again. Whatever spell the young sorceress had used, it had been so potent that it had spilled over to the spectators, healing even Vik's minor wound. "What kind of sorcery is this?" he wondered in terrified awe.

Vik now knew why Ganir had dispatched so many of his men to find this girl. As the sorceress touched Davish, Vik pricked his finger and touched the Life Capture Sphere he was carrying with him.

* * *

His heart racing, Ganir regained his senses. For a brief moment, he wondered if he would ever get used to the disorienting effects of his invention, and then his mind turned to what he had just witnessed.

"What had the boy done?" he thought darkly, pricking his finger and touching the Life Capture Sphere.

* * *

Augusta came back to herself with a gasp. Quickly pricking her finger, she touched the Life Capture Sphere on the table in front of her. The last thing she wanted was to expose her private thoughts to the person who would use this droplet next, as Ganir had just done. It was bad enough that there would still be a moment of her feelings captured for anyone to see—a moment of overwhelming horror and disgust.

Her fears had come true: the thing had unnatural powers.

"What of Davish?" she asked Ganir, trying to remain calm. "In the droplet, the creature was reaching for him."

The Council Leader hesitated for a moment. "He's not . . . exactly himself after meeting her, according to Vik."

"What do you mean?" Augusta gave him a questioning look.

"How much do you know about Davish?"

She frowned. "Not much. I know he's Kelvin's overseer and supposedly not much better than our esteemed colleague."

Kelvin was her least favorite member of the Sorcerer Council. His mistreatment of his people was legendary. Several years ago, Blaise had even petitioned for Kelvin to get kicked off the Council and have his holdings confiscated, but, of course, no one had dared to implement such a precedent against a fellow sorcerer. Instead, Kelvin ended up giving control of his lands to Davish—who turned out to be a mirror image of his master when it came to the treatment of peasants.

Ganir nodded, an expression of disgust appearing on his face. "That's an understatement. Davish's reputation has traveled far and wide. That atrocity they call the Coliseum was originally Davish's idea—"

"What happened to him?" Augusta interrupted.

"Well, apparently after the encounter you just saw, Davish has already begun to change many policies in the territory. He has initiated an aid effort for the families most affected by the drought, and there are rumors that he may close or change the Coliseum games after the upcoming events." Ganir's eyes gleamed. "In short, Davish is a changed man. Literally."

Augusta's stomach twisted unpleasantly. "The creature changed him? Just like that? How do you even change someone?"

"Well, theoretically, there are ways—"

Augusta stared at him. "You can do this, too?"

"No." Ganir shook his head. "I wish I could, but I can't. At most, I could control a commoner's mind for a short period of time. The mathematics and the complexity of deep fundamental change are beyond human capabilities."

Beyond human capabilities? "Doesn't this terrify you?" Augusta asked, sickened by the thought of this thing having such power.

"Probably not as much as it terrifies you," Ganir said, watching her with his pale gaze, "but yes, the power to make someone lose their essence, their personhood, is a dangerous power indeed. Especially if it is abused."

"So what are we going to do?"

"I am going to dispatch the Sorcerer Guard," Ganir said. "They will bring her here. You saw how the defenses protected my observer from the full power of her spells. I will equip the Guard with even better defenses."

"You are asking them to bring it here alive? You would risk their lives and ours just so that you could study this creature?" Augusta could hear her voice rising in angry disbelief. "Are you insane? It needs to be destroyed!"

"No," Ganir said implacably. "Not yet. If nothing else, Blaise would never forgive us if we destroy her without just cause."

"What does it matter? He hates us anyway," Augusta said bitterly. And turning, she left Ganir's chambers before she said something she would later regret.

CHAPITRE 35 : GALA

— Es-tu au courant ? Ils disent que ses yeux lançaient des flammes et que ses cheveux étaient blancs comme la neige et qu'ils traînaient derrière elle sur au moins cinq mètres. L'homme ventru assis au coin de la table rota puis s'essuya la bouche sur sa manche.

— Vraiment ? Son ami maigrelet se pencha en avant. J'ai entendu dire que les hommes qui l'ont regardé sont devenus aveugles et puis qu'elle les a guéris d'un geste de la main.

— Aveugles ? J'ai pas entendu ça. Mais il paraît qu'elle ramène les morts à la vie. La voleuse a eu la tête coupée et puis elle a repoussé.

L'homme maigre souleva une chope de bière.

— Elle n'est pas au Conseil, en plus. Personne ne sait d'où elle vient. Ils disent qu'elle portait des haillons, mais que sa beauté était telle que sa peau rayonnait.

Tout en balayant autour de la table, Gala, amusée et incrédule, écoutait la conversation des deux hommes. Comment avaient-ils fait pour inventer toutes ces histoires à son sujet ? Personne à l'auberge n'était allé au marché — chose qui l'aidait à protéger son identité presque autant que le châle qu'Esther voulait absolument qu'elle porte pour faire ses corvées à l'auberge.

Le nettoyage s'avéra être moins amusant que prévu. Gala s'était proposée pour aider dans l'auberge afin de sortir de sa chambre et de vivre de nouvelles choses. Même si elle avait aimé tricoter et coudre — deux activités avec lesquelles Maya et Esther l'avaient occupée après le fiasco du marché — elle avait eu envie de faire quelque chose de plus actif. Maya et Esther avaient évidemment été peu enclines à la laisser quitter sa chambre. Elles craignaient par-dessus tout que Gala soit reconnue.

Gala ne pensait pas que quelqu'un la reconnaîtrait, en particulier avec le déguisement qu'elle portait dans l'auberge, et elle avait eu raison. Toute la journée, elle avait nettoyé et gratté des marmites dans la cuisine et lavé les vitres, et personne n'avait accordé la moindre attention à la paysanne mal habillée qui portait un châle en laine épaisse autour de la tête. Maya avait même étalé de la suie sur le visage de Gala en tant que précaution supplémentaire. Gala n'appréciait pas spécialement, mais elle comprenait que ce soit nécessaire étant donné ce qui s'était passé au marché.

Maintenant, après une journée entière de labeur physique, elle avait mal au dos et des ampoules commençaient à apparaître sur ses mains à force de tenir le manche rugueux du balai. Même si ses blessures guérissaient vite, elle n'appréciait pas la sensation de douleur. Le nettoyage, ce n'était vraiment pas drôle, décida Gala, déterminée à finir cette tâche puis à se reposer. Elle n'arrivait pas à imaginer comment faisaient la plupart des femmes ordinaires pour travailler tous les jours de cette façon.

Elle avait essayé quelques fois de refaire de la magie, poussée par son succès retentissant au marché. Mais à sa grande frustration, elle ne semblait toujours pas pouvoir contrôler ses capacités. Elle ne pouvait même pas lancer un sort simple pour nettoyer une marmite : au lieu de ça, elle s'était presque ouvert les paumes de mains à force de frotter de toutes ses forces.

— Gala, tu es encore en train de nettoyer ? La voix d'Esther interrompit ses pensées. La vieille femme avait réussi à s'approcher de Gala sans qu'elle s'en rende compte.

— J'ai presque fini, dit Gala, épuisée. Elle n'en pouvait plus et tout ce qu'elle voulait c'était se laisser tomber sur son lit à l'étage.

— Ah, bien. Esther lui fit un grand sourire. Tu es prête à m'aider à préparer le repas ?

Gala sentit un frisson d'excitation qui vint combattre sa fatigue. Elle n'avait encore jamais cuisiné et elle avait très envie d'essayer.

— Oui, bien sûr, dit-elle en ignorant les protestations de ses muscles à chacun de ses mouvements.

— Alors, viens, mon enfant. Laisse-moi te présenter au cuisinier.

* * *

Quand Gala retourna à sa chambre, elle pouvait à peine marcher.

Elle lava la sueur et la saleté de son visage et de ses mains puis elle se laissa tomber sur son lit.

— Tu as aimé cuisiner le repas ? Maya était assise dans un coin de la chambre, tricotant calmement un autre châle. Tu as trouvé que c'était aussi amusant et instructif que tu l'espérais ?

Le regard perdu au plafond, Gala réfléchit un instant à la question.

— Pour être honnête, non, admit-elle. J'étais en train de couper un oignon et mes yeux se sont mis à couler. Ensuite, ils ont apporté des oiseaux morts et je ne pouvais même pas les regarder. Ils leur enlevaient les plumes et c'était vraiment horrible. Et puis toutes ces marmites et ces casseroles lourdes qu'il faut sans cesse transporter... Je ne sais vraiment pas comment les femmes en cuisine font pour faire ça tous les jours. Je ne crois pas que je pourrais me satisfaire de faire ça toute ma vie.

— La plupart des paysannes n'ont pas le choix, expliqua Maya. Si une femme est jolie, comme toi, elle a un peu plus de choix. Elle peut se trouver un homme riche qui s'occupera d'elle. Mais si elle n'a pas la beauté — ou l'aptitude à la sorcellerie — alors sa vie sera difficile. Pas aussi difficile que de faire les repas dans une auberge, mais certainement pas amusante ni plaisante. Même l'accouchement est rude. Je suis contente de n'avoir jamais eu à en passer par là.

— C'est plus facile pour les hommes ?

— À certains égards, dit Maya au moment où Esther entra dans la chambre. Mais ça peut aussi être plus difficile. La plupart des gens ordinaires doivent travailler très dur pour faire pousser leurs cultures, labourer leurs champs et prendre soin de leur bétail. Si un travail est trop difficile pour une femme, alors elle peut demander l'aide de son mari. Un homme, en revanche, ne peut compter que sur lui-même.

Gala hocha la tête tout en sentant ses paupières devenir lourdes. Les mots de Maya se mélangèrent et elle sentit la lassitude familière s'imposer à son corps. Elle savait que cela signifiait qu'elle était en train de s'endormir, et elle accueillit avec gratitude l'obscurité relaxante.

* * *

L'esprit de Gala s'éveilla. Plus précisément, elle eut conscience d'elle-même pour la première fois.

— *Je peux penser, fut sa première pensée cohérente. Où suis-*

je ? Fut la seconde.

D'une certaine manière, elle savait que les lieux étaient censés être différents de l'endroit où elle se trouvait. Elle se souvint vaguement de visions d'un endroit avec des couleurs, des formes, des goûts, des odeurs et d'autres sensations fugaces — des sensations qui étaient absentes ici. Il y avait d'autres choses, toutefois, des choses qu'elle ne savait pas nommer. Le monde autour d'elle ne semblait pas correspondre aux attentes de son esprit. Sa meilleure description aurait pu être une sorte d'obscurité mêlée d'éclats de lumière et de couleur. Sauf qu'il ne s'agissait ni de lumière ni de couleur : c'était autre chose, quelque chose qu'elle ne savait pas nommer.

Il y avait des pensées ici. Certaines lui appartenaient, d'autres appartenaient à des choses — des choses qui ne lui ressemblaient pas du tout. Il n'y avait qu'un seul courant de pensée qui ressemblait vaguement au sien.

Elle n'en était pas certaine, mais elle eut l'impression que ce courant de pensée la recherchait, qu'il essayait de se tendre vers elle.

Gala se réveilla en sursaut dans la chambre sombre. Elle s'assit dans son lit en regardant autour d'elle.

— Que s'est-il passé, mon enfant ? demanda Esther en posant le livre qu'elle était en train de lire à la lueur d'une bougie. As-tu fait un mauvais rêve ?

— Je ne crois pas, dit Gala lentement. Je crois que j'ai rêvé du moment qui précède ma naissance.

Esther la regarda bizarrement puis elle retourna à son livre.

Gala se recoucha et essaya de calmer son cœur qui battait la chamade. C'était la première fois qu'elle avait rêvé et elle aurait aimé que Blaise soit là pour pouvoir lui en parler. Il trouverait son rêve fascinant, puisqu'il concernait le Domaine des Sorts.

Elle ferma les yeux et elle s'endormit à nouveau en espérant que son prochain rêve serait au sujet de Blaise.

CHAPTER 35: GALA

"Did you hear? They said she was shooting fire out of her eyes, and her hair was as white as snow, streaming behind her for a solid five yards." The pot-bellied man sitting at the corner table burped, then wiped his mouth with his sleeve.

"Really?" The man's skinny friend leaned forward. "I heard men were blinded when they looked at her, and then she healed them by waving her hand."

"Blinded? I didn't hear that. But they say she brought back the dead. The thief got her head chopped off and then the whole thing regrew."

The skinny man picked up a tankard of ale. "She wasn't one of the Council either. Nobody knew where she came from. They say she wore rags, but her beauty was such that her skin glowed."

Sweeping the floor around the table, Gala listened to the men's conversation with amusement and disbelief. How had they made up all these stories about her? Nobody at the inn had even been at the market—a fact that helped protect her identity nearly as much as the rough shawl Esther insisted she wear when doing her chores at the inn.

Cleaning the inn turned out to be less fun than Gala had expected. She'd volunteered to help around the inn as a way to get out of the room and experience more of life. Although she had enjoyed knitting and sewing—two activities that Maya and Esther had occupied her with after the market fiasco—she had wanted to do something more active. Of course, Maya and Esther had been less than receptive to the idea of her leaving the room. Their biggest fear was that Gala would be recognized.

Gala had doubted that anyone would recognize her, particularly in the disguise she wore around the inn, and she was right. All day long, she had been cleaning, scrubbing pots in the kitchen, and washing windows, and nobody had paid the least bit of attention to a poorly dressed peasant girl with a thick woolen shawl wrapped around her head. To be extra safe, Maya had even smeared some soot on Gala's face—a look that Gala didn't particularly like, but accepted as a necessity in light of what had occurred at the market.

Now, after a full day of physical labor, her back was aching and her hands were beginning to blister from gripping the rough broom handle. Although her injuries healed quickly, she still disliked the feeling of pain. Cleaning was really not fun at all, Gala decided, determined to finish this particular task and then rest. She couldn't imagine how most common women worked like this day in and day out.

A few times she had tried to do magic again, emboldened by her tremendous success at the market. However, to her unending frustration, it seemed like she still had no control over her abilities. She couldn't even cast a simple spell to get a pot clean; instead, she'd nearly rubbed her palms raw scrubbing it with all her strength.

"Gala, are you still cleaning?" Esther's voice interrupted Gala's thoughts. The old woman had managed to approach Gala without her noticing.

"Almost done," Gala said wearily. She was exhausted and all she wanted to do was collapse into her bed upstairs.

"Oh, good." Esther gave her a wide smile. "Are you ready to help prepare dinner?"

Gala felt a trickle of excitement that battled with her exhaustion. She had never cooked before, and was dying to try it. "Of course," she said, ignoring the way her muscles protested every movement.

"Then come, child, let me introduce you to the cook."

* * *

By the time Gala got back to the room, she could barely walk. Pausing to wash some of the sweat and grime off her hands and face, she collapsed on her bed.

"So did you enjoy cooking dinner?" Maya was sitting on the cot in the corner, calmly knitting another shawl. "Did you find it as fun and educational as you hoped?"

Staring at the ceiling, Gala considered her question for a

353

minute. "To be honest with you, no," she admitted. "I was cutting up an onion, and my eyes began tearing up. Then they brought in the dead birds, and I couldn't look at them. They were plucking out their feathers, and the whole thing was utterly horrible. And then carrying around all those heavy pots and pans . . . I really don't know how those women in the kitchen do it every day. I don't think I would be happy doing that my entire life."

"Most peasants don't have a choice," Maya said. "If a woman is pretty, like you, then she has more options. She can find a wealthy man to take care of her. But if she doesn't have the looks—or the aptitude for sorcery—then life is hard. Maybe not always as hard as cooking dinner at a public inn, but it's not fun and pleasant. Childbirth alone is brutal. I'm glad I never had to go through that."

"Do men have it easier?"

"In some ways," Maya said as Esther entered the room. "In other ways, it's more difficult. Most commoners have to work very hard to grow their crops, plow their fields, and take care of their livestock. If a job is too difficult for a woman to do, then she can ask her husband to help her. A man, however, can only rely on himself."

Gala nodded, feeling her eyelids getting heavy. Maya's words began to blend together, and she felt a familiar lassitude sweeping over her body. She knew it meant she was falling asleep, and she welcomed the relaxing darkness.

* * *

Gala's mind awakened. Or, more precisely, she became self-aware for the first time.

'I can think' was her first fully coherent thought. 'Where is this?' was the second one.

She somehow knew that places were supposed to be different from where she found herself. She vaguely recalled visions of a place with colors, shapes, tastes, smells, and other fleeting sensations—sensations that were absent in here. There were other things here, however—things she didn't have names for. The world around her didn't seem to match her mind's expectations. The closest she could describe it was as darkness permeated by bright flashes of light and color. Except it wasn't light and color; it was something else, something she had no equivalent name for.

There were also thoughts out there. Some belonging to her, some to other things—things that were nothing like her. Only one stream of thought was vaguely similar to her own.

She wasn't sure, but it seemed like that stream of thought was seeking her, trying to reach out to her.

Waking up with a gasp, Gala sat up in bed, looking around the dark room.

"What happened, child?" Esther asked, putting down the book she had been reading by candle light. "Did you have a bad dream?"

"I don't think so," Gala said slowly. "I think I was dreaming of a time right before my birth."

Esther gave her a strange look and returned to her book.

Gala lay back down and tried to calm her racing heartbeat. This was the first time she had dreamed at all—and she wished Blaise was there, so she could talk to him about it. He would find this dream fascinating, since it had been about the Spell Realm.

Closing her eyes, she drifted off again, hoping her next dream would be about Blaise.

CHAPITRE 36 : BLAISE

Blaise se sentait étrangement troublé depuis sa confrontation avec Ganir. Le vieil homme avait-il été sincère en lui proposant son aide ? Il avait eu l'air si choqué quand Blaise lui avait parlé du vote qu'il était tenté de croire ses mensonges.

Le Conseil n'était pas au courant pour Gala — sauf si Ganir lui avait également menti à ce sujet. Mais si ce n'était pas le cas, et que le Conseil n'était pas au courant, alors qui avait suivi Blaise ? En y réfléchissant, il se dit que cela aurait aussi bien pu être un des espions de Ganir : le vieux sorcier était célèbre pour avoir des tentacules un peu partout.

Ganir avait clairement des plans pour Gala, c'était évident. Le Chef du Conseil était loin d'être idiot : lui, plus que tout autre pouvait voir le potentiel d'un objet magique intelligent ayant pris une forme humaine. Bien entendu, Blaise n'avait pas l'intention de laisser Gala à la merci de Ganir. Peu importe les intentions que Blaise avait eues en la créant, elle était une personne et il devait s'assurer qu'elle soit traitée en tant que telle.

Il retourna à son étude et il s'assit au bureau en essayant de trouver ce qu'il devait faire. Si le Conseil n'était pas au courant pour Gala, il lui restait encore un peu de temps. Blaise devait la rejoindre d'une manière ou d'une autre sans mener Ganir jusqu'à elle. Ses expériences avec le Domaine des Sorts n'allaient pas l'aider : cela prendrait trop de temps de parfaire quelque chose d'aussi complexe.

Blaise devait trouver une manière d'échapper à la personne qui surveillait sa maison.

En réfléchissant au problème, il se demanda s'il serait possible d'augmenter la vitesse de sa chaise. S'il parvenait à aller beaucoup plus vite que son poursuivant, alors il pourrait semer l'espion et récupérer Gala avant que quelqu'un ne les rattrape.

Il eut soudain une idée folle. Et si, au lieu de voler, il se téléportait sur une partie du chemin ? Si la téléportation était réalisée sur une distance assez courte, cela serait nettement plus sûr et cela réduirait les chances de se matérialiser à un endroit imprévu. En fait, il pourrait se téléporter jusqu'à un endroit qu'il pouvait voir grâce au sort de vue améliorée. De là, il pourrait le faire encore, puis encore. Cela raccourcirait le voyage et le rendrait impossible à suivre.

Le seul problème résidait dans la complexité du code qu'il allait devoir écrire, mais Blaise était prêt à relever le défi.

CHAPTER 36: BLAISE

The confrontation with Ganir left Blaise feeling strangely unsettled. Had the old man been genuine in offering his help? He'd seemed so shocked when Blaise had told him about the vote that Blaise had almost believed his lies.

The Council didn't know about Gala—unless Ganir had lied about that too. But if he hadn't, and if the Council was not involved, then who had been following Blaise that day? Thinking about it, Blaise decided that it could just as easily have been one of Ganir's spies; the old sorcerer was famous for having his tentacles everywhere.

Ganir clearly had some plans for Gala—that much was obvious to Blaise. The Council Leader was far from a fool; he, more than most, would see the potential in an intelligent magical object that had assumed human shape. Of course, Blaise had no intention of letting Gala become Ganir's tool. No matter what Blaise himself had intended for her originally, she was a person, and he needed to make sure she was treated as such.

Walking back to his study, he sat down at his desk, trying to figure out what to do next. If the Council didn't know about Gala, then there was still some time. Somehow Blaise had to get to her without leading Ganir there. His experiments with the Spell Realm were clearly not the answer; it would take too long to perfect something so complicated.

Blaise needed some way to evade whoever was watching his house.

Pondering the problem, he wondered if it would be possible to increase the speed of his chaise. If he could go significantly faster than his pursuer, then he could outrun the spy and collect Gala before anyone caught up to them.

Suddenly, a crazy idea occurred to him. What if, instead of flying, he teleported himself part of the way? If the teleportation was over a sufficiently short distance, it would be significantly safer, reducing the odds of materializing someplace unexpected. In fact, he could always teleport to a spot that he could see with enhanced vision—and from there, he could do it again and again. This would make the trip significantly shorter in length, and make him impossible to track.

The only problem would be the complexity of the code he would need to write—but Blaise was up for the challenge.

CHAPITRE 37 : BARSON

En entrant dans les quartiers de Ganir, Barson se força à garder un visage impassible.

— Vous m'avez convoqué ? Il omit intentionnellement le titre honorifique dû au Chef du Conseil. Il était certain que Ganir ne manquerait pas de remarquer cette insulte subtile.

— Barson. Ganir inclina la tête, omettant également le titre militaire de Barson.

— Comment puis-je vous servir ? demanda Barson d'un ton exagérément poli. Voulez-vous que j'écrase une autre petite rébellion pour vous ?

La bouche de Ganir se crispa.

— À ce sujet, je suis désolé d'avoir été mal informé au sujet de la situation dans le nord. Le sort de la personne responsable de cette grave erreur a été réglé.

— Bien entendu. Je ne m'attendais pas à autre chose de votre part. À la place de Ganir, Barson aurait fait la même chose. Le vieux sorcier ne voulait manifestement pas de témoins de sa trahison.

— J'ai une petite mission pour vous, dit le Chef du Conseil. Il y a une sorcière qui cause des problèmes dans le territoire de Kelvin. J'aimerais que vous preniez quelques-uns de vos meilleurs hommes et que vous me la rameniez, afin que je puisse discuter avec elle.

Barson fit de son mieux pour cacher sa surprise.

— Vous voulez que je ramène une sorcière ?

— Oui, répondit Ganir calmement. Elle est jeune et ne devrait pas présenter de grandes difficultés. Vous pouvez simplement lui parler et la convaincre de venir à Turingrad. Ce sera peut-être la meilleure manière. Évidemment, si elle résiste, je vous autorise à utiliser toute méthode de persuasion que vous estimerez nécessaire.

Barson baissa la tête en signe d'assentiment.

— Il sera fait selon vos souhaits.

* * *

Quittant Ganir, Barson traversa les couloirs de la Tour en essayant de comprendre la requête du Chef du Conseil. La sorcière du territoire de Kelvin devait être la même que celle dont Larn lui avait parlé : la femme mystérieuse qui faisait soi-disant des miracles. Pourquoi Ganir voulait-il la capturer ? Et pourquoi envoyait-il La Garde pour le faire ? En général, les sorciers réglaient leurs propres affaires, ne voulant pas avoir l'air vulnérable aux yeux des gens de l'extérieur, même pas aux yeux de La Garde. Le précédent de non-sorciers maîtrisant quelqu'un de l'élite était quelque chose que la plupart des occupants de la Tour trouveraient terrifiant.

Barson ne voyait que deux raisons pour la demande de Ganir : soit le vieux sorcier essayait de dissimuler cette affaire aux autres membres du Conseil, soit c'était un autre plan pour envoyer La Garde des Sorciers dans une situation potentiellement mortelle. Barson ne croyait pas une seule seconde à ce que Ganir appelait une 'grave erreur'. Il était évident que le vieil homme avait d'une manière ou d'une autre entendu parler des intentions de Barson et qu'il faisait de son mieux pour le saboter.

Bien sûr, il était également possible que Ganir ait mis en scène tout cela en espérant que Barson refuserait d'obéir à ses ordres, lui donnant ainsi le pouvoir de prendre des mesures à son encontre au niveau du Conseil. Le Chef du Conseil pensait sans aucun doute que s'il éliminait la menace directe de Barson et de ses plus proches lieutenants, le reste de La Garde redeviendrait l'outil loyal des sorciers.

En s'approchant de sa chambre, Barson fut surpris de trouver Augusta sur le point de frapper à sa porte. Elle était magnifique, mais elle avait l'air angoissée.

— Je dois te parler, dit-elle quand il s'approcha.

— Bien sûr, entre. On va parler. Barson sourit, son cœur battait plus vite auprès d'elle.

Il ouvrit la porte et la mena jusqu'à sa chambre. Cependant, avant même qu'il ait le temps de l'embrasser, elle se mit à arpenter la pièce de long en large.

Barson s'appuya contre un mur et attendit de voir ce qui la préoccupait.

Elle s'arrêta devant lui.

— Ganir va te convoquer, dit-elle d'un air inquiet. Il va vouloir t'envoyer en mission dans le territoire de Kelvin.

— Ah ? Barson fit de son mieux pour avoir l'air intéressé. Augusta ne savait manifestement pas qu'il venait de voir Ganir et il était curieux d'entendre ce qu'elle avait à dire.

— C'est une mission d'un genre différent. Il va te dire que tu dois arrêter une sorcière.

— Une sorcière ? Barson continua à feindre l'ignorance. C'était un sérieux coup de chance. Augusta allait peut-être lui donner l'information dont il avait besoin.

— Oui, dit-elle en levant les yeux vers lui. Une sorcière puissante dont Ganir veut se servir pour son propre bénéfice.

— Et quel est ce bénéfice ?

— Il veut me remplacer par elle au Conseil, dit Augusta en soutenant son regard. Comme tu le sais sans doute, Ganir et moi nous ne nous entendons pas très bien.

Barson ne s'était pas attendu à ça.

— C'est vrai ? demanda-t-il doucement en levant la main pour déplacer une mèche de cheveux qui tombait sur le visage d'Augusta. Était-elle en train de lui mentir en ce moment ? Pour quelqu'un avec qui elle ne s'entendait pas, Ganir et elle s'étaient souvent vus ces derniers temps.

Augusta hocha la tête et leva la main pour prendre la main de Barson dans la sienne. Elle la serra doucement.

— C'est la vérité. Et c'est pour cela que je voudrais te demander un service. Elle s'arrêta et le fixa du regard. Je ne veux pas qu'elle soit ramenée vivante.

Barson ne réussit pas à cacher sa surprise.

— Tu veux que je désobéisse au Chef du Conseil et que je tue une sorcière ?

— Son apparence est trompeuse, dit Augusta en serrant sa main autour de la paume de Ganir. Tu rendrais service au monde entier en te débarrassant d'elle. Il y avait de la peur dans sa voix, ce qui étonna Barson.

Il la fixa du regard en essayant de comprendre ce que tout ceci signifiait.

— Tu me demandes de désobéir au Chef du Conseil et de commettre le plus grand des crimes : tuer un sorcier, dit-il lentement. Te rends-tu compte des conséquences ?

Elle hocha la tête. Ses yeux brillaient d'une émotion étrange.

— Je sais ce que je te demande. Si tu le fais pour moi, Barson, je te serai éternellement redevable. Elle tenait toujours sa main et sa façon de la serrer trahissait son désespoir.

Barson fit de son mieux pour dissimuler sa réaction à ces mots.

— Nous travaillerons ensemble alors, n'est-ce pas ? demanda-t-il doucement en posant son autre main sur la joue d'Augusta. Si Ganir devient mon ennemi à cause de ça, tu seras de mon côté ?

— Toujours. Augusta soutint son regard sans baisser les yeux.

— Alors, considère que c'est réglé, dit Barson. Il avait du mal à croire à la tournure que prenaient les événements. Il s'était demandé comment il allait pouvoir convaincre Augusta de se joindre à sa cause, et elle venait tout juste de se jeter dans ses bras — au sens figuré cette fois.

Le visage d'Augusta s'éclaira et elle relâcha la main de Barson. Elle se mit sur la pointe des pieds et l'embrassa doucement sur la bouche.

— Fais attention, murmura-t-elle en lui caressant le visage. Il faut qu'elle ait l'air d'avoir résisté si violemment que toi et tes hommes vous n'aviez d'autre choix que de la tuer. Cela pourrait même réellement se passer ainsi.

— À quel point est-elle puissante ? demanda Barson dont les pensées se concentraient sur la quête à venir malgré le contact d'Augusta qui l'empêchait de réfléchir. Il n'aimait pas l'idée de devoir tuer une femme, mais il ignora ce sentiment. Une sorcière pouvait être tout aussi puissante que ses collègues masculins et potentiellement plus dangereuse qu'une centaine de ses hommes. Il se souvint de l'utilité d'Augusta pendant la rébellion des paysans et il savait que pour vaincre ce combat, il lui faudrait davantage que quelques épées et quelques flèches.

— Elle est puissante, avoua Augusta doucement en le regardant. Je ne sais pas à quel point, mais je veux que tu te prépares au pire. Je préparerai aussi quelques sorts pour garantir que tes sorciers et toi vous serez bien protégés, physiquement et mentalement, contre toute attaque qu'elle pourrait vous lancer.

— Ce serait utile, dit Barson. Même si Dara lui avait déjà donné quelques sorts de protection, Augusta était plus puissante et il acceptait volontiers une protection supplémentaire pour ses hommes.

— J'ai aussi un cadeau pour toi. Elle fit un pas en arrière et attrapa quelque chose dans une poche de sa jupe. Cela ressemblait à un pendentif. Grâce à ça, je pourrai voir tout ce qui se passe dans un miroir spécial, dit-elle en le lui donnant.

Barson prit le pendentif et le posa sur sa commode.

— Je le mettrai quand nous partirons, promit-il. Le fait qu'elle l'observe le limiterait un peu dans ses mouvements, mais cela renforcerait également leur alliance.

Pour l'instant, il avait envie de renforcer leurs liens d'une autre manière. Il se pencha vers Augusta et l'attira contre lui.

* * *

— Tu dois me laisser partir avec vous. Dara le regarda d'un air implorant. Barson, laisse-moi venir avec vous.

— Pour la centième fois : tu ne viendras pas. Barson savait que son ton était sec alors il se radoucit avant de poursuivre. C'est trop dangereux, sœurette. Si quelque chose devait t'arriver... Il ne put même pas finir cette pensée terrible. En outre, tu sais que tu es beaucoup trop importante pour notre cause. Si tu étais blessée, qui continuerait à recruter pour nous ? Tu sais ce qui est arrivé quand Ganir s'est rendu compte que je voyais ces cinq sorciers...

Sa sœur le regarda avec frustration.

— Tout ira bien pour moi, je...

— Non, rien ne le garantit. Barson secoua la tête. Je ne vais pas te mettre en danger comme ça. Et puis tu sais que si nous devons prendre le contrôle du Conseil, nous devons pouvoir les combattre. Nous devons commencer à tester tout cela pour voir comment mon armée s'en tire devant un des leurs. C'est l'occasion parfaite parce que nous n'avons qu'une seule sorcière à gérer, et pas tout le groupe entier.

Elle avait toujours l'air mécontente, mais elle savait qu'il ne servirait à rien d'argumenter. Une fois que Barson s'était décidé, personne ne pouvait le faire changer d'avis.

— Tu as pu jeter un œil aux sorts de défense qu'Augusta a mis en place ? demanda Barson en changeant de sujet.

Dara hocha la tête.

— Elle a fait un travail remarquable. Elle doit vraiment t'apprécier. Le sort qu'elle a lancé sur ton armure — et sur tes hommes en général — vous protègera contre les attaques les plus élémentaires, ainsi que contre de nombreuses attaques qui pourraient toucher à votre esprit. Sa défense anti-Cri en particulier est un chef-d'œuvre.

Barson sourit. Il aimait l'idée qu'Augusta l'apprécie.

— Pourquoi ne vient-elle pas avec vous ? demanda Dara en le regardant avec curiosité. Si cette mission est si importante pour elle, pourquoi ne vous accompagne-t-elle pas ?

— Pour qu'elle provoque ouvertement Ganir ? Le sourire de Barson s'élargit. Non, Augusta est trop maligne pour ça. Il y a une réunion du Conseil bientôt et si elle n'y est pas, Ganir saura immédiatement qu'il se trame quelque chose. Mes hommes ont des ordres explicites de la part du Chef du Conseil : ils doivent aller capturer cette sorcière et si jamais elle résiste à son arrestation... Il haussa ses épaules carrées. Eh bien, ces choses-là arrivent. Ce serait beaucoup plus difficile d'expliquer la mort d'une sorcière si Augusta était là — ou toi, d'ailleurs.

— Mais tu prends presque une armée entière, protesta Dara. Pas les quelques hommes suggérés par Ganir. Il ne va pas trouver ça suspect ?

Barson gloussa.

— Le nombre d'hommes que je prends pour une mission militaire relève entièrement de mon choix. Ganir n'a rien à dire à ce sujet.

— Crois-tu qu'il l'a fait de nouveau exprès ? demanda Dara. Il t'a dit de ne prendre que quelques-uns de tes meilleurs hommes alors qu'il t'envoie contrer une sorcière puissante.

— Je n'en suis pas certain. Il semblerait que Ganir ait vraiment besoin de cette sorcière, mais en même temps, je sais qu'il adorerait que mes hommes les plus proches et moi nous périssions au combat. C'est peut-être une mission où il gagne à tous les coups. Si on la ramène, il a ce qu'il veut. Et si on meurt au cours de cette mission, il sera débarrassé de ceux qu'il considère comme une menace — et il aura d'autres occasions de la capturer.

— Je me demande pourquoi il ne nous a toujours pas tués directement, s'étonna Dara. Ou pourquoi il n'est pas allé révéler ses soupçons au Conseil.

— Parce que je ne crois pas qu'il ait saisi la portée de nos plans, dit Barson. Il pense probablement que je suis un soldat trop ambitieux ayant la folie des grandeurs —

— C'est ton cas, l'interrompit Dara en souriant.

— Non, Barson secoua la tête. Je ne donne pas dans la folie. Je fais des plans. Ganir, comme tous les autres, nous sous-estime. Mais même s'il avait des soupçons, il serait trop malin pour agir ouvertement. Il ne sait pas combien de soutien nous avons ni jusqu'où s'étend la conspiration. S'il nous accuse ouvertement de trahison, mes hommes ne resteront pas passifs, tout comme ceux que nous avons convaincus de rejoindre notre cause. Il y aura une guerre, une véritable guerre civile, et je ne crois pas que Ganir y soit préparé.

Dara fronça les sourcils en prenant un air inquiet.

— Qu'est-ce qu'il y a, sœurette ? Tu as des doutes à nouveau ?

— Je ne peux pas m'en empêcher, admit Dara. Même avec tous nos alliés, j'ai l'impression qu'affronter le Conseil est une mission impossible.

— Tu as raison. Barson lui sourit. On n'est tout simplement pas prêts. Mais si j'arrive à convaincre Augusta de nous rejoindre, cela augmenterait considérablement nos chances de réussite.

— Tu crois vraiment qu'elle nous rejoindrait ? Elle fait partie du Conseil.

— Elle nous a déjà rejoints, c'est juste qu'elle ne le sait pas encore. Sa demande va à l'encontre de mes ordres — des ordres qui me viennent directement du Chef du Conseil — ce qui signifie que nous sommes maintenant tous deux impliqués dans une trahison envers le pouvoir.

Dara y réfléchit un instant.

— Oui, je comprends. Et avec elle à nos côtés, les choses seraient très différentes.

Barson hocha la tête. Il pouvait déjà imaginer les conséquences d'un changement de pouvoir. Il serait roi et Augusta serait sa reine. Tous deux avaient du sang noble, comme cela se devait pour des souverains.

— Fais attention avec cette mission, Barson. Dara avait l'air inhabituellement inquiète. Je ne la sens pas bien.

Barson fit un sourire rassurant à sa sœur.

— Ne t'inquiète pas, sœurette. Tout ira bien. C'est juste une sorcière. Ça ne devrait pas être bien terrible.

En sortant de la maison de Dara, il rejoignit la Tour où ses hommes se préparaient déjà au départ.

CHAPTER 37: BARSON

Walking into Ganir's chambers, Barson forced himself to keep his face expressionless.

"You summoned me?" He purposefully omitted any honorific due to the head of the Council—a subtle insult that he was sure Ganir would not miss.

"Barson." Ganir inclined his head, foregoing Barson's military title as well.

"How may I be of assistance?" Barson asked in an overly polite tone. "Should I put down another small rebellion for you?"

Ganir's mouth tightened. "About that. I regret that I was misinformed about the situation in the north. The person responsible for this grievous error has been dealt with."

"Of course. I would've expected no less from you." Barson would've done the same thing in Ganir's place. The old sorcerer clearly didn't want any witnesses to his treachery.

"I have a small task for you," the Council Leader said. "There is a sorceress who is causing some disturbances in Kelvin's territory. I'd like you to take a few of your best men and bring her to me, so we could have a discussion."

Barson did his best to conceal his surprise. "You wish me to bring in a sorceress?"

"Yes," Ganir said calmly. "She's young and shouldn't present much of a challenge. You can just talk to her and convince her to come to Turingrad. That might be the best way. Of course, if she's reluctant, then you have my leave to use whatever methods of persuasion you deem necessary."

Barson inclined his head in agreement. "It shall be done as you wish."

* * *

Leaving Ganir, Barson walked through the Tower halls, trying to make sense of the Council Leader's request. The sorceress in Kelvin's territory had to be the same one Larn had informed him about—the mystery woman who could supposedly perform miracles. Why did Ganir want her detained? And why would he send the Guard to do it? Sorcerers usually dealt with their own affairs, not wanting to seem vulnerable to outsiders—not even to the Guard. The precedent of non-sorcerers subduing one of the elite would be something most in the Tower would find frightening.

There were only two reasons Barson could think of for Ganir's request: the old sorcerer was either trying to keep this matter hidden from others on the Council, or it was another ploy to send the Sorcerer Guard into a potentially deadly situation. Barson did not for a second believe Ganir's claim of a 'grievous error.' It was obvious the old man had somehow caught wind of Barson's plans and was doing his best to sabotage him.

Of course, it was also possible that Ganir had staged this whole thing in the hopes that Barson would refuse to follow his orders, thus giving him cause to take up action against Barson at the Council level. No doubt the Council Leader thought that if he eliminated the immediate threat of Barson and his closest lieutenants, the rest of the Guard would return to being the sorcerers' loyal tool.

Approaching his chambers, Barson was surprised to find Augusta standing by his door, about to knock. She looked beautiful, but surprisingly anxious.

"I need to speak with you," she said as he got closer.

"Of course." Barson smiled, his heart beating faster at her nearness. "Come inside. We'll talk."

Opening the door, he led her into his room. However, before he could so much as kiss her, she started to pace back and forth in the middle of the room.

Barson leaned against the wall, waiting to see what was on her mind.

She stopped in front of him. "Ganir will summon you," she said, sounding worried. "He'll want to send you on a mission to Kelvin's territory."

"Oh?" Barson did his best to look mildly interested. Augusta was clearly unaware that he had just seen Ganir, and he was curious to hear what she was about to say.

"It's a different kind of a mission. He will tell you that you are to apprehend a dangerous sorceress."

"A sorceress?" Barson continued pretending ignorance. This was a serious stroke of luck. Perhaps Augusta would give him the information he needed.

"Yes," she said, looking up at him. "A powerful sorceress that Ganir wants to use for his own purposes."

"And what purposes would those be?"

"He wants to replace me with her on the Council," Augusta said, giving him a steady look. "As you probably know, Ganir and I don't get along very well."

That wasn't what Barson had been expecting to hear. "Is that right?" he asked softly, lifting his hand to brush a stray lock of hair off her face. Was she lying to him right now? For someone who didn't get along, she and Ganir had certainly been seeing a lot of each other.

Augusta nodded, reaching up to capture his hand with her own, squeezing it lightly. "It's the truth. And that's why I want to ask you for a favor." She paused, holding his gaze. "I don't want her brought in alive."

Barson couldn't conceal his shock. "You want me to go against the Council Leader and kill a sorceress?"

"She's not what she seems," Augusta said, her hand tightening around his palm. "You would be doing the entire world a favor by getting rid of her." Her voice held a note of fear that startled Barson.

He stared at her, trying to figure out what it all meant. "You are asking me to go against the Council Leader and to commit the greatest crime of all—murdering a sorcerer," he said slowly. "You do realize the consequences of this?"

She nodded, her eyes burning with some strange emotion. "I know what I am asking you to do. If you do this for me, Barson, I will be forever in your debt." Her hand still held his own, her tight grip betraying her desperation.

Barson did his best to conceal his reaction to her words. "We will be in this together then, right?" he asked quietly, curving his other palm around her cheek. "If Ganir becomes my enemy as a result, you will be on my side?"

"Always." Augusta held his gaze without flinching.

"Then consider it done," Barson said. He could hardly believe this turn of events. He had been wondering how to get Augusta to join his cause, and she just jumped into bed with him herself—figuratively this time.

Her face lightened, and her grip on his hand eased. Standing up on tiptoes, she kissed him softly on the lips. "Be careful," she murmured, reaching up to stroke the side of his face. "Make it look like she resisted so violently that you and your men had no choice but to kill her. It might even turn out to be true."

"Just how powerful is this sorceress?" Barson asked, his mind turning to the upcoming quest despite the distraction of Augusta's touch. He didn't like the idea of killing a woman, but he suppressed the feeling. A sorceress could be just as powerful as her male counterparts—and potentially deadlier than a hundred of his men. He remembered how useful Augusta had been during the peasant rebellion, and he knew that it would require more than a few swords and arrows to win this fight.

"She's powerful," Augusta admitted quietly, looking up at him. "I don't know just how powerful she is, but I want you to be ready for the worst. I will also prepare some spells to make sure you and your soldiers are well-protected, both physically and mentally, against whatever attacks she might launch against you."

"That would be helpful," Barson said. Although Dara had already given him some protective spells, Augusta was a stronger sorceress, and he would welcome the additional protection for his men.

"I also have a gift for you." Taking a step back, she reached into a pocket in her skirt and took out what looked like a pendant. "This will enable me to see everything that happens in a special mirror," she said, handing it to him.

Barson took the pendant and put it on his commode. "I will wear it when we depart," he promised. It would be somewhat limiting to have his lover watching him, but it would also strengthen their alliance.

For now, though, he wanted to reinforce their bond in a different way. Reaching for Augusta, he drew her toward him.

* * *

"You must let me come." Dara gave him an imploring look. "Barson, let me go with you."

"For the hundredth time, you're not going." Barson knew his tone was sharp, and he softened it a bit before continuing. "It's too dangerous, sis. If anything were to happen to you . . ." He couldn't even complete that horrifying thought. "Besides, you know you're far too important to our cause. If you got hurt, who would continue recruiting for us? You know what happened when Ganir found out I was meeting with those five sorcerers."

His sister stared at him in frustration. "I would be fine—"

"No, there's no guarantee of that." Barson shook his head. "I will not put you in danger like that. Besides, you know that if we are to overtake the Council, we have to be able to fight them. We need to start testing the waters now, to see how my army would fare against one of them. This is a perfect opportunity because we just have one sorceress to deal with, not the entire lot of them."

She still looked unhappy, but she knew better than to argue further. Once Barson made up his mind, there was very little anyone could do to change it.

"So did you have a chance to look at the defensive spells Augusta put in place?" Barson asked, changing the subject.

Dara nodded. "She did a superb job. She must really care about you. The spell that she put on your armor—and on your men in general—will protect you against most elemental attacks, as well as against many that could tamper with your mind. Her anti-Shriek defense, in particular, is a masterpiece."

Barson smiled. He liked the idea of Augusta caring about him.

"Why doesn't she come with you?" Dara asked, looking at him curiously. "If this mission is so important to her, why doesn't she come along?"

"And openly go against Ganir?" Barson's smile widened. "No, Augusta is too smart to do that. There is a Council meeting coming up, and if she's not there, Ganir will know immediately something is going on. My men have explicit orders from the Council Leader to go and capture this sorceress, and if she happens to resist arrest . . ." He shrugged his broad shoulders. "Well, these things happen. It would be much tougher to explain a dead sorceress if Augusta were there—or you, for that matter."

"But you're bringing almost your entire army," Dara protested, "not the few men that Ganir suggested. Won't he be suspicious of that fact?"

Barson chuckled. "How many men I take on a military mission is entirely my prerogative. Ganir doesn't have any say in that."

"Do you think he did it on purpose again?" Dara asked. "Telling you to take just a few of your best men while sending you against a powerful sorceress?"

"I'm not sure," Barson admitted. "It sounds like Ganir genuinely needs this sorceress, but at the same time, I know he'd love to have me and my closest men perish in battle. Maybe it's a win-win proposition for him. If we bring her, he gets what he wants. And if we die during this mission, he will get rid of what he perceives to be a threat—and there will be other opportunities for him to capture her."

"I still wonder why he hasn't killed us all outright," Dara mused, "or gone to the Council with his suspicions."

"Because I don't think he realizes the full extent of our plans," Barson said. "He probably thinks I'm just an overambitious soldier with fantasies of grandeur—"

"That is what you are," Dara interrupted, smiling.

"No." Barson shook his head. "I don't do fantasies. I make plans. Ganir, like all the rest of them, underestimates us. But even if he does have his suspicions, he's too smart to act on them openly. He doesn't know how many supporters we have, or how deep the conspiracy runs. If he openly accuses us of treason, my men will not stand idly by—nor will those we convinced to join our cause. There will be war—a real civil war—and I don't think Ganir is ready for that."

Dara frowned, an anxious look appearing on her face.

"What is it, sis? Are you doubting our plans again?"

"I can't help it," Dara admitted. "Even with all our allies, going up against the Council sounds like an impossible mission."

"You're right." Barson smiled at her. "We're not ready yet. However, if we can get Augusta to join us, that would significantly increase our odds of success."

"Do you really think she would join us? She's part of the Council."

"She has already joined us; she just doesn't realize it yet. Her request goes against my orders—orders that come directly from the Council Leader—which means that we are now both involved in a treasonous conspiracy."

Dara considered that for a moment. "Yes, I could see that. And with her on our side, things would be different."

Barson nodded. He could already see it—the aftermath of the eventual power shift. He would be king and Augusta his queen. Both of them of noble blood, as rulers should be.

"Be careful on this mission, Barson." Dara looked unusually worried. "I don't have a good feeling about this."

Barson gave his sister a reassuring smile. "Don't worry, sis. All will be well. It's just one sorceress. How bad could it get?"

And walking out of Dara's house, he headed back to the Tower, where his men were already preparing to depart.

CHAPITRE 38 : GALA

Le jour des Jeux du Colisée, Gala prit la décision de s'aventurer hors de l'auberge. Pendant les trois jours précédents, elle avait fait toutes les corvées imaginables, depuis le fait de vider les pots de chambre — elle comprit alors réellement le concept de dégoût — jusqu'à la fabrication de fromage à partir du lait que les fermiers déposaient à l'auberge tous les matins. Bien que la plupart des tâches étaient intéressantes à leur façon, et que Gala s'avéra exceptionnellement douée pour les accomplir, elle commençait à se sentir captive, prisonnière dans l'auberge où Maya et Esther insistaient pour rester en attendant l'arrivée de Blaise.

— Je vais aller assister aux Jeux aujourd'hui, dit-elle à Esther en ignorant l'inquiétude qui apparut immédiatement sur le visage de la vieille dame. Ils disent que le Colisée va fermer après ça et j'aimerais assister aux Jeux au moins une fois.

— Je ne pense pas que ces Jeux te plairont, mon enfant, dit Esther en fronçant les sourcils. Et puis que feras-tu si quelqu'un te reconnaît ?

Gala respira profondément.

— Je comprends et je respecte ton inquiétude, dit-elle, déterminée à apaiser les craintes de sa gardienne. J'y ai bien réfléchi et je pense qu'il n'y a pas de danger. Cela fait plusieurs jours depuis le marché et personne ne m'a encore reconnue. Le déguisement que vous me faites porter est tel que personne ne me regarde à deux fois. Je suis juste une paysanne qui travaille à l'auberge et personne ne pensera autre chose si j'assiste aux Jeux aujourd'hui. Je porterai le châle au Colisée aussi.

Esther soupira.

— Mon enfant, tu es de toute évidence une sorcière très

talentueuse et tu sembles devenir plus sage à chaque heure qui passe, mais Blaise veut que nous restions cachées. Ici à l'auberge, nous sommes juste un couple de vieilles tantes avec une jeune nièce qui essaie de gagner un peu d'argent en donnant un coup de main. Je m'inquiète de te savoir dans un lieu public, mon enfant. Il y a des choses qui surviennent en ta présence et que je ne comprends pas. Je ne sais pas comment tu fais ce que tu fais, mais nous ne pouvons pas davantage attirer l'attention sur nous.

— Je comprends, dit Gala calmement. Mais crois-moi, j'ai réfléchi au pour et au contre, et j'ai vraiment le sentiment que cela vaudra la peine que j'y aille. Ce genre d'événement est rare et j'aimerais le voir de mes propres yeux puisque c'est la dernière fois que ces Jeux auront lieu.

Esther secoua la tête d'un air résigné.

— Essayer d'argumenter avec toi c'est aussi difficile qu'avec Blaise, marmonna-t-elle en mettant un châle. Vous êtes tous les deux terribles avec vos raisonnements et vos cajoleries. Je ne sais pas quel est le pour et le contre d'après toi, mais je sais que c'est une mauvaise idée que tu y ailles. Bien évidemment, je ne peux pas plus t'arrêter qu'une autre force de la nature.

Gala répondit par un sourire en sachant qu'elle avait obtenu ce qu'elle voulait.

Quand elles sortirent toutes les trois de l'auberge, elle se demanda comment quelqu'un pouvait littéralement arrêter une force de la nature. Elle avait lu des textes relatant les terribles tempêtes dans les océans qui entouraient Koldun et maintenant elle était curieuse de savoir si celles-ci pouvaient être stoppées. La terre ferme était protégée de ces tempêtes par une chaîne de montagnes tout autour, mais à de rares occasions, les tempêtes franchissaient les montagnes et causaient de nombreux décès. Bien entendu, si les montagnes pouvaient arrêter les tempêtes, un sort approprié — bien que complexe — pourrait probablement en faire autant.

— Pour l'instant, tout va bien, dit Maya en passant devant un groupe de jeunes gens qui ne firent pas attention à elles. Tu avais peut-être raison, Gala. Mais garde ton châle en toute circonstance.

Gala hocha la tête et serra le châle autour de son visage. Elle n'aimait pas la sensation de cette matière qui grattait, mais elle acceptait la nécessité de le porter. Après tout, c'était à cause de ses propres actions qu'elle avait dû se déguiser à l'extérieur de l'auberge.

* * *

Le Colisée était le bâtiment le plus majestueux que Gala ait jamais vu. Maya avait réussi à obtenir des places vers le bas de l'amphithéâtre, plus près de la scène, et Gala avait du mal à contenir son enthousiasme alors que le début des Jeux approchait.

Il y eut d'abord des battements de tambour puis une étrange musique dynamique. Gala était fascinée. Une porte s'ouvrit lentement tout en bas de l'amphithéâtre et une douzaine de tonneaux en sortirent en roulant. Sur eux se tenaient des personnes en équilibre qui frottaient les tonneaux de leurs pieds nus. La foule les acclama et Gala observa avec intérêt les acrobates faire des tours incroyables au sommet de leurs tonneaux, coordonnant leurs mouvements avec une précision étonnante.

Davantage d'artistes sortirent de la porte en portant de grands paniers remplis de fruits. Des melons, devina Gala. Ils jetèrent les melons aux acrobates et ceux-ci les attrapèrent et se mirent à jongler avec tout en continuant à se mouvoir en cercles précis tout autour de l'arène.

En regardant les trajectoires complexes des fruits, Gala sentit son esprit entrer dans un état inhabituel mi-euphorique et mi-rêveur. Elle voyait les schémas mathématiques exacts qui gouvernaient les trajectoires des melons volants en même temps que ceux qui permettaient aux tonneaux de rouler. Pendant ce temps, le rythme de la musique et sa mélodie ajoutaient leur propre jeu de vibrations harmonieuses sur lesquelles les jongleurs se synchronisaient. C'était tellement merveilleux qu'elle eut presque l'impression de ne faire qu'un avec les acrobates, comme si elle pouvait elle-même y aller, monter sur un tonneau et jongler avec une douzaine de fruits sur la musique.

Elle regarda avec un grand sourire les acrobates qui faisaient leurs tours et elle était heureuse de ne pas avoir écouté Maya et Esther qui préféraient qu'elle n'assiste pas aux Jeux. Si elle n'avait pas vu ça, elle était sûre qu'elle l'aurait regretté toute sa vie.

Quand le numéro suivant sortit, Gala riait et s'amusait comme le reste de la foule. Elle fut surprise de voir que les artistes suivants étaient des ours et non des hommes. Elle avait lu quelque chose au sujet de ces animaux sauvages dans un des livres de Blaise.

Deux grandes bêtes sortirent en roulant sur des tonneaux. C'était amusant, et au début Gala continua de rire — jusqu'à ce qu'elle aperçoive un homme avec une épaisse moustache qui se tenait au milieu de la scène. Il faisait claquer son long fouet tout autour des ours, et à chaque fois, les animaux semblaient sursauter un peu à cause du bruit.

Gala fronça les sourcils quand elle se rendit compte que les ours n'aimaient pas être là et que, contrairement aux acrobates, ils ne s'épanouissaient pas sous les regards de la foule. En fait, d'après ce qu'elle voyait, tout ce qu'ils voulaient c'était descendre de ces tonneaux idiots pour se reposer, mais chaque fois que l'un d'entre eux faiblissait, l'affreux claquement du fouet résonnait et les animaux continuaient de faire le tour de la scène.

— Pourquoi obligent-ils les ours à faire ça ? chuchota-t-elle à Esther.

— Parce que c'est drôle à voir ? répondit Esther en chuchotant également.

— Je n'aime pas ça, marmonna Gala dans sa barbe. Elle était mécontente que ces animaux soient forcés à faire quelque chose qui allait clairement à l'encontre de leur nature.

— Devrions-nous partir, alors ? demanda Maya avec espoir.

— Non, Gala secoua la tête. Je veux voir ce qu'il y aura après.

Après la sortie des ours, ce fut le tour d'un numéro de cracheur de feu, suivi d'un groupe de jeunes femmes qui dansaient dans des costumes légers et colorés. Gala apprécia beaucoup, soulagée qu'il n'y ait plus d'animaux.

Et juste au moment où elle était sur le point de se dire que les Jeux du Colisée étaient le meilleur divertissement qu'elle puisse imaginer, une voix résonna dans l'arène, couvrant les bavardages enthousiastes de la foule :

— Mesdames et messieurs, voici le moment que vous attendiez tous. Il y eut un roulement de tambour. Voici les... lions !

La foule se tut et concentra son attention sur la scène. Gala attendait elle aussi de voir ce qui allait sortir, mais une intuition lui noua l'estomac.

La porte s'ouvrit à nouveau et une douzaine d'hommes vêtus d'armures solides en sortirent en traînant de lourdes chaînes derrière eux. Au bout de ces chaînes se trouvaient les lions : les plus belles créatures que Gala ait jamais vues.

Les chaînes étaient attachées à des colliers avec des pointes qui s'enfonçaient profondément dans les cous des animaux. Ils souffraient manifestement et grognaient pendant qu'on les forçait à marcher jusqu'au centre de l'arène. Une fois qu'il y eut plus d'une douzaine de lions, les hommes en armure attachèrent les chaînes à des anneaux fixés au sol et partirent à toute vitesse, en repoussant les lions avec de longues lances pour les empêcher de les attaquer. Cela sembla énerver les lions encore davantage et leurs rugissements augmentèrent, faisant pousser de petits cris d'excitation à certaines femmes de la foule.

Gala, dont l'horreur et le dégoût grandissaient à chaque minute qui passait, regarda les portes qui s'ouvrirent à nouveau en laissant entrer un groupe d'hommes dans l'arène. Contrairement aux gardes, ces hommes n'étaient armés de rien d'autre que quelques épées courtes et rouillées. Ils trébuchèrent dans l'arène et Gala comprit qu'ils avaient été poussés, qu'ils ne voulaient pas se trouver là, pas plus que les pauvres lions. Les visages de ces hommes étaient marqués par la peur et la panique.

Le cœur de Gala bondit dans sa gorge quand deux lions se mirent à suivre un des hommes dans l'arène. Il recula en agitant son épée devant eux, ses mouvements étaient maladroits et désespérés. Gala comprit alors que c'était ça qui était censé servir de divertissement.

Les lions et les hommes allaient se battre à mort.

Une rage plus puissante que tout ce que Gala avait pu ressentir jusque là s'empara d'elle. Elle monta en elle jusqu'à ce qu'elle ne puisse plus voir autre chose que la scène qui allait se dérouler dans l'arène.

— Stop, chuchota-t-elle presque sans savoir ce qu'elle disait. Du coin de l'œil, elle vit Maya et Esther qui la regardaient avec inquiétude. Elle sentit qu'elles la tiraient par la manche en essayant de la faire partir de là. Mais c'était comme si ses pieds avaient pris racine. Elle était figée sur place, incapable de faire autre chose que regarder le spectacle abominable au-dessous.

Un grand rugissement, puis du jaune... Un lion bondit et fit tomber un homme à terre et Gala eut la sensation maintenant familière de perdre le contrôle, de laisser cette autre partie d'elle-même prendre le relais. Elle eut vaguement conscience que quelque chose en elle était en train de calculer la distance entre son siège et le milieu de l'arène — puis elle avait quitté son siège et elle était en train de flotter en direction de sa destination.

Tout sembla devenir silencieux. Même les lions s'arrêtèrent de rugir, ils tournèrent la tête pour regarder l'incroyable vision d'une femme humaine qui flottait dans les airs. C'était tellement silencieux que Gala put entendre le tintement des chaînes lorsque les lions se déplacèrent sans hésiter, abandonnant leur proie, vers le centre de l'arène où elle était sur le point d'atterrir.

Et Gala atterrit parmi eux, entourée par les magnifiques créatures féroces. Elle savait qu'elles pouvaient être dangereuses, mais elle n'avait pas peur. Elle ne ressentait que de l'émerveillement. Elle tendit la main sans y penser et toucha le superbe animal qui se trouvait le plus près d'elle. Sa fourrure était rêche, presque piquante, mais en dessous le lion avait la peau chaude, aussi chaude que Gala elle-même. Elle sut alors qu'ils étaient une seule et même entité : faits d'os et de chair, une manifestation de pensée et de matière dans le Domaine Physique.

Elle tendit son esprit vers le lion et essaya de le rassurer, de lui dire qu'elle était une amie, qu'elle était là pour les aider. Et le lion eut l'air de comprendre. La bête s'allongea à ses pieds en ronronnant et ses longues moustaches chatouillèrent agréablement la cheville de Gala.

Gala se pencha et toucha le collier autour du cou du lion. L'animal gémit et elle souhaita que les chaînes et le collier soient enlevés, que la créature majestueuse soit délivrée. Tous les instruments de torture féline se détachèrent d'un seul coup et tombèrent avec fracas. Pas uniquement ceux du lion près d'elle, mais ceux de tous les lions.

Les lions rugirent tous en chœur, puis le plus grand s'approcha d'elle. Gala était toujours hébétée et tendit sans crainte une main vers le lion. Elle sourit quand il lécha sa main avec sa langue rugueuse.

Elle se calma lentement et prit conscience des murmures de la foule. En levant la tête, elle vit que tout le monde la regardait et elle se rendit compte de ce qu'elle avait fait. Elle avait à nouveau perdu le contrôle et elle l'avait fait à l'endroit le moins discret possible.

Sa main se porta instinctivement à sa tête pour toucher le châle, mais elle ne sentit que ses cheveux qui volaient dans la brise. Son déguisement était tombé, le châle formait un petit tas sur le sol de l'arène. Il avait dû tomber sans qu'elle s'en aperçoive.

La respiration de Gala s'accéléra. Des milliers d'yeux étaient fixés sur elle. Blaise lui avait demandé de rester discrète, et elle avait spectaculairement échoué coup sur coup. Gala regarda autour d'elle avec un malaise grandissant. Les lions se tenaient calmement près d'elle, comme un mur de chair animale, et à l'autre bout de l'arène, se trouvaient les hommes qui étaient censés les combattre. Ils étaient serrés les uns contre les autres et ils la regardaient avec surprise et incrédulité.

Gala sut alors ce qu'elle devait faire. Son esprit se porta sur l'endroit en elle qu'elle commençait maintenant à reconnaître : un endroit qui lui avait déjà permis de faire de la sorcellerie. Elle était encore très loin de pouvoir contrôler ses pouvoirs, mais maintenant au moins elle les reconnaissait quand elle était sur le point de les utiliser.

Elle sentit avec détachement qu'elle allait faire exactement la même chose que l'autre fois quand elle dansait. Elle se concentra de tout son être sur Esther, Maya et les lions et elle se laissa envahir par le désir de se trouver ailleurs. En fermant les yeux, elle voulut retourner à l'endroit qui leur avait servi de foyer au cours des derniers jours.

Elle voulut retourner à l'auberge.

Et lorsqu'elle ouvrit les yeux, c'était exactement l'endroit où ils se trouvaient tous : elle, les lions et les deux vieilles femmes.

Malheureusement, dans le champ de blé mort devant eux se trouvaient également des centaines de soldats armés jusqu'aux dents.

Ils se dirigeaient vers l'auberge et lorsqu'ils virent Gala se matérialiser devant eux en si étrange compagnie, ils ne s'arrêtèrent que brièvement. Leurs visages étaient durs et Gala sut soudain qu'ils étaient là pour elle, que ce que Blaise craignait s'était produit.

Son cœur bondit et avec une panique désespérée son esprit parvint à faire ce qu'elle essayait en vain depuis plusieurs jours : elle contacta le créateur de Gala.

'Blaise, je crois qu'on nous a trouvées.'

CHAPTER 38: GALA

On the day of the Coliseum games, Gala made the decision to venture out of the inn again. Over the past three days, she had done every chore imaginable, from emptying chamber pots (at which point she truly understood the concept of disgust) to making cheese out of the milk that farmers delivered to the inn every morning. While most of the tasks were interesting in their own way—and Gala turned out to be surprisingly good at them—she was beginning to feel caged, a prisoner in the inn where Maya and Esther insisted they stay while waiting for Blaise.

"I am going to attend the games today," she told Esther, ignoring the anxious expression that immediately appeared on the old woman's face. "They say the Coliseum is closing after this, and I would like to see the games at least once."

"I don't think you'd like those games, child," Esther said, frowning. "Besides, what if someone recognizes you?"

Gala took a deep breath. "I understand and respect your concern," she said, determined to allay her guardians' fears. "I considered it thoroughly, and I think it's safe. It has been several days since the market, and nobody has recognized me thus far. The disguise you've given me is such that nobody even looks at me twice. I'm just a peasant girl working at the inn, and nobody will think anything different if I attend the games today. I'll wear the shawl to the Coliseum as well."

Esther sighed. "Child, you are obviously a very talented sorceress and you seem to be getting wiser with every hour that goes by, but Blaise wants us to stay hidden. Here at the inn, we're just a couple of old women with a young niece who's trying to earn a little coin by helping out. I worry about you in a public venue, child. Things seem to happen around you that I don't understand. I don't know how you do what you do, but we can't draw any more attention to ourselves."

"I understand," Gala said soothingly. "But trust me, I have considered all the positives and negatives, and I strongly feel that it will be worth it for me to go there. This kind of event is a rare opportunity, and I must see it for myself since it's the last time the games are taking place."

Esther shook her head in resignation. "Arguing with you is like arguing with Blaise," she muttered, putting on her own shawl. "You two are impossible with all your smooth talk and reason. I don't know what all those positives and negatives are, but I do know it's a bad idea to go. Obviously, I can't stop you any more than I can stop a force of nature."

Gala just smiled in response, knowing she'd gotten her way.

As the three of them were walking out of the inn, she wondered how one would literally stop a force of nature. She'd read about the horrible ocean storms that surrounded Koldun, and now she was curious if those could be stopped. The mainland was protected from these storms by a ridge of mountains all around, but on rare occasions, the storms still crossed the mountains and caused many deaths. Of course, if the mountains could stop the storms, a proper—if complex—spell could likely do the same.

"So far, so good," Maya said as they passed by a crowd of young people and no one paid them any attention. "Maybe you were right, Gala. Just keep your shawl on at all times."

Gala nodded, pulling the shawl tighter around her head. She didn't like the feel of the scratchy material, but she accepted the necessity of wearing it. After all, if it hadn't been for her own actions at the market, she wouldn't have needed the disguise outside the inn at all.

* * *

The Coliseum was the most majestic structure Gala had ever seen. Maya had managed to get them seats toward the bottom of the huge amphitheater, closer to the stage, and Gala could barely contain her excitement as the start of the games approached.

A drumbeat began at first, followed by some strange, wonderfully energetic music. Gala was mesmerized. A gate slowly opened at the bottom of the amphitheater, and a dozen barrels rolled out, with people balancing on top of them, gripping the barrels with their bare feet. The crowd cheered, and Gala watched in fascination as the acrobats began to perform incredible feats on top of those barrels, coordinating their actions with stunning precision.

More performers came out of the gate, carrying large baskets of fruit that Gala recognized as melons. They threw the melons at the acrobats, and the performers caught the fruit and started juggling it, all the while moving in precise circles all around the arena.

Staring at the intricate flight path of the juggled fruit, Gala felt her mind going into an unusual half-absent, half-euphoric state. She was seeing the exact mathematical patterns that governed the trajectories of the flying melons, along with ones required to keep the barrels balanced, all the while the musical beat and melody had its own harmonious set of vibrations that the jugglers were in sync with. It was so amazing she almost felt like she was one with the acrobats—like she could walk out there, ride a barrel, and juggle a dozen fruits herself to the music.

Grinning, she watched the acrobats performing their tricks, happy that she hadn't listened to Maya and Esther about attending the event. If she hadn't seen this, she was sure she would've regretted it for life.

By the time the next act came out, Gala was laughing and thoroughly enjoying herself like the rest of the crowd. To her surprise, instead of people, the next performers were bears—wild animals she'd read about in one of Blaise's books.

Two large beasts rolled out on barrels. It was amusing, and at first, Gala continued laughing—until she saw a man with a thick mustache standing in the middle of the stage. He was cracking a long whip all around the bears, and every time he did so, the animals seemed to flinch, reacting to the sharp sound.

Frowning, Gala realized that the bears didn't enjoy being there—that, unlike the acrobats, they didn't thrive on the attention of the crowd. In fact, from what she could tell, all they wanted was to get off those silly barrels and rest, but every time one of them faltered, the ugly crack of the whip sounded, and the animals continued rolling around on stage.

"Why do they make those bears do that?" she whispered to Esther.

"Because it is fun to watch?" Esther whispered back.

"I don't like it," Gala muttered under her breath, unhappy that the animals were forced to do something that clearly went against their nature.

"Should we leave then?" Maya asked hopefully.

"No." Gala shook her head. "I want to see what happens next."

After the bears left the arena, the next act was that of a man swallowing fire, followed by a group of young women dancing in skimpy, colorful costumes. Gala greatly enjoyed all of it, relieved that no more animals were involved.

And just as she was about to decide that the Coliseum games were the best entertainment she could imagine, a voice echoed throughout the arena, cutting through the excited chatter of the crowd. "Ladies and Gentlemen, now is the moment you have all been waiting for." There was a drumroll. "I give you . . . the lions!"

The crowd went silent, all their attention focused on the stage. Gala waited to see what would emerge as well, some intuition making her stomach tighten unpleasantly.

The gate opened again, and a dozen men dressed in heavy armor came out, dragging heavy chains behind them. At the other end of those chains were the lions—the most beautiful creatures Gala had ever seen.

The chains were hooked to choking collars with spikes that were digging deeply into the animals' necks. In obvious pain, roaring and screaming, the lions were forced to walk toward the middle of the arena. Once more than a dozen lions were there, the armored men attached the chains to the hooks in the ground and hurried away, poking the lions with long spears to keep the animals from attacking them. This seemed to infuriate the beasts even more, and their roars grew in volume, causing some women in the crowd to squeal in excitement.

Her horror and disgust growing with every moment, Gala watched as the gates opened yet again, letting in a group of men into the arena. Unlike the guards before, these men were armed with nothing more than a few short, rusty-looking swords. They stumbled out into the arena, several of them tripping over their own feet, and Gala realized that they had been pushed out—that they didn't want to be there any more than the poor lions. The expressions on the men's faces were those of fear and panic.

Gala's heart jumped into her throat as two lions began to stalk one of the men in the arena. He was backing away, waving his sword at them, his motions desperate and clumsy—and Gala realized that *this* was the entertainment.

The lions and the people were about to fight to the death.

A rage more powerful than anything Gala had ever felt before started building inside her. It filled her until all she could see, all she could focus on, was the terrifying scene about to unfold.

"Stop," she whispered, barely knowing what she was saying. With the corner of her eye, she could see Maya and Esther looking at her worriedly, feel them tugging at her sleeve, trying to lead her away, but it was as though her feet grew roots. She was frozen in place, unable to do anything but watch the hideous spectacle below.

A loud roar, then a blur of yellow . . . A lion pounced, tackling a man to the ground, and Gala felt the now-familiar sensation of losing control, of letting that other, unknown part of herself take over. She was vaguely aware that something inside her was calculating the distance from her seat to the middle of the arena—and then she was out of her seat, floating toward her destination.

Everything seemed to grow silent. Even the lions stopped roaring, turning their heads to watch the amazing sight of a human girl flying through the air. It was so quiet, Gala could hear the clinking of chains as the lions moved toward the center of the arena where she was about to land, leaving their prey without a second glance.

And then Gala was among them, surrounded by the beautiful, fierce creatures. She knew they could be dangerous, but she didn't feel any fear. Instead, all she felt was wonder. Without conscious thought, she reached out and touched the gorgeous animal closest to her. His fur felt rough, almost bristly, but underneath, the lion was warm—as warm as Gala herself. In that moment, she knew that they were one and the same—both flesh and bone, a manifestation of thought and matter in the Physical Realm.

Reaching out to the lion with her mind, she tried to reassure him, to tell him she was a friend, here to help them. And the lion seemed to understand. Purring, the beast lay down in front of her, his long whiskers pleasantly tickling her ankle.

Bending down, Gala touched the choker around the lion's neck. The animal whimpered, and she willed the chains and the choker removed, desperate to free the majestic creature. With a loud clang, all the instruments of feline torture came off, not just on the lion next to her but on all of them.

The lions roared as one, and then the biggest one came up to her. Still dazed and feeling no fear, Gala extended her hand to him, smiling as he licked her palm with his rough tongue.

Slowly beginning to calm down, she became aware of

murmuring in the crowd. Looking up, she saw everyone watching her—and realized what she had done. She had lost control again, and she had done it in the most public venue possible.

Her hand instinctively rose to touch her shawl, but she felt her hair blowing in the breeze instead. Her disguise was gone, the shawl lying in a heap on the floor of the arena. It must've fallen off at some point without her noticing.

Gala's breathing quickened. Thousands of eyes were staring at her right now. Blaise had asked her to be discreet, and she'd failed him again and again, in the most spectacular fashion. Her discomfort growing with every moment, Gala cast a frantic glance around her. The lions were calmly standing there, like a wall of animal flesh, and at the far side of the arena were the men who were supposed to fight them, all huddling together and watching her with shock and disbelief.

And Gala knew what she had to do. Her mind went to that place inside herself that she was now beginning to recognize—the place that had enabled her to do sorcery before. It was a far cry from being able to control her abilities, but at least now she recognized when she was about to use them.

As though from a distance, she felt she was about to do exactly what she'd done the other day at the dance. Focusing with all her might on Esther, Maya, and the lions, Gala let the desire to be away overwhelm her. Closing her eyes, she willed them all back to the place that had served as home for the past several days.

She willed them back to the inn.

And when she opened her eyes, that was exactly where they were all standing—she, the lions, and the two elderly women.

Unfortunately, in front of them, on the dead field of wheat, were hundreds of heavily armed soldiers.

They were headed for the inn, and seeing Gala materializing with her strange entourage gave them only the briefest of pauses. Their faces were hard, expressionless, and Gala suddenly knew that they were there for her—that what Blaise had feared had come to pass.

Her heart jumped, and in her desperate panic, her mind succeeded in doing something she had been futilely trying to do for the past several days: it reached out to Gala's creator.

"Blaise, I think we have been found."

CHAPITRE 39 : BLAISE

Blaise se frotta les yeux en essayant de combattre la fatigue pour arriver à écrire une autre ligne de code. Son cerveau fonctionnait à peine, mais il n'était qu'à quelques heures de compléter le sort qui le mènerait jusqu'à Gala en une série de bonds téléportés. Sa tâche était rendue plus ardue par le fait qu'il n'ait que quelques cartes pré-écrites avec le code de téléportation, et que le code ne pouvait s'appliquer qu'à une seule personne : pas à une personne volant dans les airs avec une chaise, comme le voulait Blaise. Cela signifiait qu'il allait devoir faire le sort en entier, ce qui prenait toujours beaucoup de temps.

Il était profondément perdu dans ses pensées quand il eut à nouveau la sensation qui précédait un Contact.

'Blaise, je crois qu'on nous a trouvées.'

C'était comme si on lui avait lancé un verre d'eau froide dans le visage. Blaise bondit de sa chaise, le cœur battant. La voix avait été celle de Gala et elle avait parlé clairement dans sa tête. Il fut si surpris qu'il n'eut même pas le temps de penser au fait que Gala avait réussi à modifier le sort de Contact de façon à faire entendre sa vraie voix.

Il n'avait plus le temps de s'assoir pour finir le sort de téléportation. Il devait aller chercher Gala et il devait le faire maintenant.

Il attrapa sa Pierre d'Interprétation et le sort sur lequel il s'acharnait et sortit en courant de la maison. Il avait fait une assez grande partie du sort pour pouvoir se téléporter sur une bonne portion du chemin jusqu'à Neumanngrad. Il volerait sur le reste du trajet. Ce serait plus rapide que de terminer le sort maintenant.

Blaise sauta dans sa chaise, s'éleva dans les airs et mit rapidement une de ses cartes dans la Pierre. Il ne prit même pas le temps de regarder derrière lui pour voir s'il était suivi. Maintenant que Gala avait été retrouvée, cela n'avait plus d'importance. Tout ce qu'il voulait, c'était la rejoindre au plus vite.

Lorsqu'il se matérialisa à quelques kilomètres, il se servit de sa vision améliorée pour vérifier si la voie était libre devant lui et il inscrivit rapidement les coordonnées suivantes sur une carte pré-écrite. Puis il la mit elle aussi dans la Pierre.

Quand il eut épuisé toutes ses cartes, il était encore assez loin. Il essaya d'accélérer sa chaise en jurant, terrifié à l'idée que Gala n'avait que les deux vieilles femmes pour la protéger. Il avait été idiot de la laisser explorer le monde seule et il ne referait jamais cette erreur. Il se promit que quoi qu'il se passe ensuite, ils resteraient ensemble.

En approchant de sa destination, il entendit du tonnerre et vit de gros nuages se former. Les premières gouttes tombèrent sur sa peau peu après, avant de se transformer en une pluie torrentielle. Au-dessous, Blaise pouvait voir la terre desséchée absorber avidement l'eau qui tombait. C'était la première pluie de cette sorte depuis le début de la sécheresse.

Il regarda à travers le mur d'eau en plissant les yeux et il parvint à distinguer l'auberge au loin.

Ce qu'il y vit le secoua au plus profond de son Être.

CHAPTER 39: BLAISE

Rubbing his eyes, Blaise fought his exhaustion in order to write yet another line of code. His brain was barely functioning, but he was only a few hours away from completing the spell that would take him to Gala in a series of teleporting leaps. His task was complicated by the fact that he'd only had a couple of pre-written spell cards with teleportation code, and that the code would have only applied to one person—not a person and his chaise flying in the air, as Blaise was planning to do. That meant that he was essentially doing the spell from scratch, which always took much longer.

Deep in thought, he got that sensation again, the one that preceded Contact.

"Blaise, I think we have been found."

As though a glass of cold water had been thrown into his face. Blaise jumped up from his chair, his heart hammering. The voice had been Gala's, and it had spoken clearly in his head. He was so shocked he didn't even have a chance to ponder the fact that Gala had somehow altered the Contact spell enough that her actual voice had sounded in his mind.

There was no more time to sit and finish the teleportation spell. He had to get to Gala, and he had to do it now.

Grabbing his Interpreter Stone and the spell cards he had been painstakingly working on, Blaise ran out of the house. He had enough of the spell done by now that he would be able to tele-jump a good portion of the way to Neumanngrad. The rest of the way he would fly. It would be faster than finishing the spell right now.

Jumping onto his chaise, Blaise rose up into the air and quickly fed one of the cards into the Stone. He didn't even bother to look behind him to see if he was being followed. Now that Gala had been found, it didn't matter anymore. All he cared about was getting to her as quickly as possible.

When he materialized a few miles away, he looked ahead with his enhanced vision, making sure his path was clear, and quickly scribbled the next set of coordinates onto a pre-written card. Then he fed that into the Stone too.

By the time he ran out of cards, he was still a distance away. Cursing, he tried to get his chaise to go faster, his blood running cold at the thought of Gala being there with only two old women to protect her. He had been a fool to let her go see the world on her own, and he would never make that mistake again. Whatever happened next, they would be together, he mentally vowed to himself.

As he was getting closer to his destination, he heard thunder and saw large clouds forming. The first raindrops hit his skin soon thereafter, quickly turning into a torrential downpour. Below, Blaise could see the parched ground greedily absorbing the water—the first such rain since the drought had begun.

Squinting, he peered through the wall of water, trying to see what lay ahead. And in the distance, he spotted the inn.

What he saw there shook him to the very core of his being.

CHAPITRE 40 : GALA

Piégées. Elles étaient prises au piège.

Le mot résonna dans la tête de Gala pendant qu'elle observait les soldats qui se déplaçaient rapidement vers elle. Elle pouvait voir Esther et Maya du coin de l'œil : elles étaient figées sur place, leurs visages étaient pâles et effrayés. Même les lions semblaient hébétés, désorientés par le fait d'avoir été téléportés si soudainement d'un endroit à l'autre.

Elle les avait fait sortir du Colisée et elle les avait amenés dans une situation qui semblait mille fois pire.

Gala ferma les yeux et elle essaya de se déplacer ailleurs avec ses compagnons, mais lorsqu'elle les rouvrit, elle était toujours au même endroit. Ses capacités magiques, jamais fiables, l'avaient apparemment à nouveau abandonnée. Elle sentait que cette partie de son esprit était à l'œuvre, mais cette fois elle ne parvint pas à la contrôler suffisamment pour se téléporter.

Un vent de panique aiguisa sa vue. Gala put soudain tout voir, jusqu'aux grains de beauté et aux cicatrices sur les visages des soldats. Au lieu de se tenir en une seule grande formation, ils étaient organisés en petits groupes. Les archers étaient au milieu et des hommes portant de grands boucliers à deux mains étaient postés en arc de cercle à l'avant. Ils avaient l'air graves et déterminés. Les archers étaient déjà en train de préparer leurs flèches et les escrimeurs serraient les gardes de leurs épées, leurs bras musclés tendus d'anticipation.

Ils étaient prêts au combat.

Non, pensa Gala avec désespoir. Elle ne pouvait pas laisser faire ça. Si les soldats étaient là pour elle, alors elle devait leur faire face elle-même. Elle ne pouvait pas laisser Maya, Esther ou les lions être mêlés à cela.

En rassemblant son courage, elle se mit à marcher vers l'armée.

— Gala, attends !

Elle entendit Esther crier derrière elle et elle accéléra, voulant laisser les deux vieilles dames loin derrière elle.

— Restez là, cria-t-elle en se retournant pour voir que les lions et Maya et Esther la suivaient. Gala essaya mentalement de les forcer à s'arrêter, à reculer, mais sa magie était hors de contrôle, tout comme la peur et le désespoir qui faisaient trembler tout son corps.

Ne sachant pas quoi faire d'autre, elle se mit à courir tout droit vers les hommes armés. C'était étrangement libérateur de courir aussi vite que possible, et Gala sentit son allure accélérer à chaque pas, jusqu'à ce qu'elle vole pratiquement vers le champ de blé en laissant son entourage loin derrière elle.

Un des petits groupes de soldats s'avança en levant les boucliers comme s'ils s'attendaient à une attaque. En même temps, les archers décochèrent leurs flèches qui obscurcirent le ciel. Même bouleversée, Gala parvint à estimer la trajectoire de ces bâtons mortels et à l'adapter à la gravité et au vent. Elle savait qu'un grand nombre des flèches allaient l'atteindre et que certaines atteindraient même ses amis.

Courant toujours, elle sentit monter la fureur en elle. Sa colère éclata hors d'elle sous la forme d'une explosion de feu qui couvrit le ciel et tout le sol autour d'elle. La grêle de flèches mortelles se désintégra et se transforma en cendres en l'espace de quelques secondes, mais les soldats restèrent debout. Leurs boucliers émettaient une lumière à peine visible qui semblait protéger les hommes de la chaleur d'une manière ou d'une autre, tandis qu'un nuage de cendres se déposa majestueusement sur-le-champ en flammes.

Sans se démonter, Gala continua à courir. Elle se sentait impossible à arrêter, invincible, et lorsque le groupe de soldats surgit devant elle, elle ne put pas ralentir. Elle les percuta alors à toute vitesse, sans même sentir l'impact des boucliers en métal qui frappèrent son corps.

Les boucliers et les hommes qui les tenaient volèrent dans les airs comme s'ils étaient faits de paille. Leurs corps atterrirent lourdement quelques mètres plus loin et restèrent posés là, un tas d'os cassés et de chair contusionnée.

Gala se rendit soudain compte de ce qu'elle venait de faire, ce qui la tira de la folie qui l'avait submergée. Elle s'arrêta net et contempla avec horreur le carnage qu'elle venait de causer.

Avant de pouvoir digérer ce qu'il s'était passé, elle entendit une voix grave et dure aboyer des ordres et elle se retourna juste à temps pour voir un soldat courir vers elle en levant son épée.

— Stop, chuchota Gala en levant la main, paume vers le soldat. S'il vous plaît, arrêtez...

Mais il se précipita sur Gala en faisant tournoyer son épée.

Elle fit un bond en arrière et la lame la rata d'un cheveu.

Il attaqua à nouveau et elle l'évita encore. Ses mouvements étaient comme une danse étrange et elle leur répondit comme avec un partenaire de danse. Il frappa en direction de son coude et elle recula son bras, il frappa son cou et elle roula au sol avant de se relever. Il avança un pied et elle recula le sien. Il se mit à bouger plus vite, il se fendait à la vitesse de l'éclair et elle sentit son corps s'adapter, répondre à sa vitesse en accélérant aussi. Du coin de l'œil, elle put voir d'autres soldats approcher, même s'ils étaient encore assez loin.

Tout ça ne semblait pas réel et Gala sentit son esprit entrer dans une nouvelle phase. Maintenant, c'était comme si elle s'observait à distance. Au lieu de simplement réagir aux mouvements du soldat, c'était comme si elle prédisait ce qu'il allait faire d'après les mouvements subtils de ses muscles et les minuscules changements des expressions de son visage.

Elle était toujours prise par cette danse mortelle quand elle sentit quelqu'un approcher dans son dos. Elle le vit dans la dilatation des pupilles de son adversaire et dans un bref reflet sur ses yeux. Et juste au moment où l'autre soldat allait la frapper, elle se baissa et elle sentit l'épée trancher l'air à l'endroit où sa tête se trouvait à peine une seconde auparavant.

Elle avait maintenant deux adversaires, mais cela n'avait pas d'importance. Elle parvenait quand même à esquiver leurs épées. Un soldat attaqua son bras et l'autre sa cuisse, alors son corps se contorsionna d'une façon qu'elle n'aurait pas crue possible. Ce fut inconfortable un instant, mais efficace : les épées des soldats la manquèrent à nouveau.

C'est alors qu'elle entendit le premier rugissement et un cri. Un lion bondit vers les soldats et elle sentit sa douleur quand une épée transperça sa patte. Au même moment, elle entendit le cri d'agonie d'un soldat dont la gorge fut arrachée par les dents pointues du lion.

Un nouveau soldat rejoignit les adversaires de Gala. Ils étaient trois contre elle à présent, mais elle apprenait leurs mouvements et la danse devenait plus facile. C'était comme si elle pouvait se mouvoir comme eux, mais mieux et plus vite. Avec plus d'efficacité.

D'autres lions se jetèrent sur les soldats. Sans savoir comment, Gala put sentir les mouvements de ces animaux. Un étrange lien sembla se former entre elle et les bêtes sauvages et soudain, une partie du cerveau de Gala corrigea les mouvements des lions, les faisant esquiver les épées des soldats exactement comme Gala évitait les attaques de ses adversaires. En même temps, elle essayait de contenir les lions pour les empêcher de déchirer la peau des soldats comme ils avaient envie de le faire.

Ayant soif de sang, les lions luttèrent contre son contrôle et elle sentit son lien avec eux s'affaiblir alors que davantage de soldats rejoignirent le combat. Elle esquivait à présent cinq attaques à la fois. Une épée atteignit un des lions, tranchant brutalement son dos et Gala sentit une fureur renouvelée, seulement elle ne savait pas si c'était la sienne ou celle du lion.

À ce moment-là, elle entendit Maya et Esther hurler de peur.

Son esprit explosa de rage.

Gala en avait fini avec la simple défense.

Quand le soldat suivant attaqua, elle lui arracha l'épée des mains d'un geste rapide avant de lui enfoncer dans la poitrine. Elle retira l'épée, esquiva l'attaque du second adversaire et l'épée dans sa main se porta à la gorge du soldat. Elle synchronisa ses gestes fatals de telle façon que lorsqu'elle évita le coup du troisième attaquant, le bras du soldat continua sa course et trancha dans l'épaule de son camarade. Avant que le soldat blessé ait le temps de crier, Gala attrapa son épée au vol et fit tournoyer les deux armes en demi-cercles mortels.

Deux corps sans tête tombèrent au sol alors que Gala resta debout, son esprit toujours embrumé par une fureur incandescente. Quelque part, un lion était en train de mourir en souffrant et son agonie augmentait la rage de Gala.

D'autres soldats attaquèrent et les épées de Gala les découpèrent avec une précision brutale. Elle ne contrôlait pas consciemment les mouvements de ses mains et de son corps, c'était plutôt comme si elle était quelqu'un d'autre. Parer, attaquer, trancher, esquiver — tout se mélangeait pendant qu'elle se battait pour atteindre l'animal dont elle sentait la douleur. Les hommes tombaient comme des mouches autour d'elle et la terre se teinta de sang rouge.

Puis quatre grands soldats surgirent devant elle. Ils se

déplaçaient plus vite que tous ceux qu'elle avait rencontrés jusque là.

Le plus grand d'entre eux portait un pendentif autour du cou.

CHAPTER 40: GALA

Cornered. They were cornered.

The word hammered inside Gala's skull as she stared at the soldiers moving swiftly toward her. Out of the corner of her eye, she could see Esther and Maya frozen in place, shock and fear reflected on their pale faces. Even the lions seemed dazed, disoriented by being teleported so suddenly from place to place.

She had gotten them out of the Coliseum and brought them into a situation that seemed a thousand times worse.

Closing her eyes, Gala tried to will herself and her companions away, but when she opened them, she was still standing there. Her magical abilities, never reliable, had apparently deserted her again. Though she felt that part of her mind churning, she couldn't control it enough to teleport them this time.

A surge of panic sharpened her vision. Gala could suddenly see everything, right down to each mole and scar on the soldiers' faces. Instead of one big formation, they were organized into small groups, each one with archers in the middle and men with large two-handed shields standing in a semi-circle at the front. They looked grim and determined, the archers already drawing their arrows and the swordsmen holding the hilts of their weapons tightly, their muscular forearms tense in anticipation.

They were ready for battle.

No, Gala thought in desperation. She couldn't let this happen. If the soldiers were there for her, then she needed to face them herself. She couldn't allow Maya, Esther, or the lions to get pulled into this.

Gathering her courage, she began walking toward the army.

"Gala, wait!"

She could hear Esther yelling behind her, and she picked up

the pace, wanting to leave the old women far behind. "Stay there," she yelled back, turning her head to see the lions following her and Maya and Esther trailing in their wake. Gala willed them to stop, to turn back, but her magic was no more in her control than the dual emotions of fear and desperation that made her whole body shake.

Not knowing what else to do, she began running—running straight at the armed men. It felt liberating in a strange way, to just run as fast as she could, and Gala felt her speed picking up with each step until she was almost flying toward the wheat field, leaving her entourage far behind.

One of the small groups of soldiers stepped forward, putting up their shields as though expecting an attack. At the same time, the archers released their arrows, turning the sky black. Even with her mind in turmoil, Gala could estimate the current path of the deadly sticks, could calculate the trajectory adjusted for gravity and wind. She could tell that many arrows would hit her and a few would even reach her friends.

Still running, she felt a growing fury. It exploded out of her in a blast of fire that covered the sky and the ground all around her. The deadly hail of arrows disintegrated, turning to ash in a matter of seconds, but the soldiers remained standing. Their shields were emitting a faint glow that somehow protected the men from the heat as a cloud of ash settled magnificently over the burning field.

Unfazed, Gala kept running. She felt unstoppable, invincible, and when the group of soldiers loomed in front of her, she couldn't slow down. Instead she slammed into them at full speed, not even feeling the impact of the metal shields hitting her body.

The shields and the men holding them flew into the air, as though they were made of straw. Their bodies landed heavily several yards away and lay there in a heap of broken bones and bruised flesh.

The realization of what she had done washed over Gala in a terrible wave, breaking through whatever madness had her in its grip. Stopping in her tracks, she stared in horror at the carnage she had caused.

Before she could begin to process it all, she heard a deep, harsh voice barking out orders, and she turned just in time to see a soldier running at her, his sword raised.

"Stop," Gala whispered, holding out her hand, palm out. "Please stop . . ."

But he didn't. Instead, he came at Gala, his weapon swinging in a deadly arc.

She jumped back, missing the blade by a hair.

He swung again, and she dodged this, too. His movements were like a strange dance, and she matched him as she would a dancing partner. He swung at her elbow, and she moved back her arm; he swung at her neck, and she dropped down to the ground before springing up again. He moved his foot forward; she moved hers back. He started moving faster, stabbing and slashing at her with lightning speed, and she felt her body adjusting, responding to his speed with increasing quickness of her own. Out of the corner of her eye, she could see more soldiers approaching, though they were still a distance away.

It didn't seem real, any of it, and Gala could feel her mind going into a new kind of mode. Now it was as though she was watching herself from a distance. Rather than just reacting to the soldier's movements, it was almost like she was predicting what he would do based on the subtle movements of his muscles and minute changes in his facial expressions.

Still caught up in her deadly dance, she sensed someone approaching her from the back. It was there in the dilation of her opponent's pupils and a flash of reflection in his eyes. And just as the other soldier took a swing at her, she bent in time to feel the sword swishing through the air where her head had been just a second ago.

Now she was up against two attackers, but it didn't seem to matter. She was still able to dodge their swords. One swung at her arm and the other at her thigh, and her body contorted in a way she'd never had it bend before. It was uncomfortable for a moment, but effective—the soldiers' swords missed her again.

That was when she heard the first growl and a scream. A lion jumped at the soldiers, and she felt its agony as some soldier's sword pierced its paw. At the same time, she heard the pained cry of the soldier whose throat got ripped out by the lion's sharp teeth.

Yet another soldier joined Gala's opponents. Now she was up against three, but she was learning their movements and the dance was becoming easier, not harder. It seemed like she could move like them, only better and faster. More efficient.

More lions pounced at the soldiers. Without even knowing how, Gala could feel the animals' movements. It was as though a strange link was forming between her and the beasts, and suddenly, impossibly, some part of Gala's brain seemed to be correcting the lions' movements, making them dodge the soldiers' swords just as Gala was dodging the attacks that came her way. At the same time, she was keeping the lions contained, preventing them from tearing at the soldiers' flesh as the animals hungered to do.

Filled with bloodlust, the lions fought her control, and she felt the link between them weakening as more soldiers joined in the fight. She was now dodging five attacks at once. A sword reached one of the lions, brutally slicing through its back, and Gala felt renewed fury—only she couldn't tell if it was her own or the lion's.

And at that moment, she heard Maya and Esther screaming in fear.

Her mind exploded with rage.

Gala was through with mere defense.

As the next soldier made his move, she grabbed his sword, wrenching it out of his hand with one swift motion and burying it in his chest. Pulling it out, she dodged the swing of her second attacker, and the sword in her hand went for his throat. She synchronized her deadly movements in such a way that when she dodged the third attacker's blow, his sword arm continued on, slicing open the shoulder of his comrade. And before the wounded soldier could even scream, Gala caught his falling sword, swinging both weapons in a fatal arc.

Two headless bodies fell to the ground as Gala remained standing, her mind still clouded by white-hot fury. Somewhere out there was a lion in its death throes, its agony maddening her further.

More soldiers attacked, and Gala's swords sliced through them with brutal precision. She didn't consciously control how her hands and body were moving; instead, it was almost as if she was someone else. Parry, thrust, slice, dodge—everything blended together as she fought to get to the animal whose pain she could feel. Men fell all around her, dropping like flies, and the ground turned red with blood.

Then four large soldiers loomed in front of her, moving with a speed unlike anyone else she had encountered thus far.

The biggest of them had a pendant around his neck.

CHAPITRE 41 : BARSON

Rien ne se déroulait comme prévu. Barson regarda, incrédule, cette magnifique jeune femme qui se traçait un chemin à travers ses hommes, combattant avec une force et un talent surhumains.

Quand il l'avait vue apparaître de nulle part avec ses étranges compagnons, il avait su que les rumeurs disaient vrai, que c'était véritablement une sorcière puissante. Téléporter autant de monde était déjà un sort dont peu de membres du Conseil étaient capables, peut-être même aucun. Comment une jeune femme dont il n'avait jamais entendu parler avait-elle pu accomplir une telle prouesse ?

Il hésita pendant un instant en se demandant s'il agissait bien. C'était dommage de détruire quelque chose d'aussi beau, mais il avait fait une promesse à Augusta et il avait besoin qu'elle soit de son côté. Il finit par prendre une décision et il ordonna à ses hommes d'attaquer.

Ils étaient déjà préparés à une bataille d'un genre différent : aucune armée n'avait combattu un sorcier de cette façon depuis l'époque de la Révolution. Bien entendu, en ce temps-là, personne n'avait développé la stratégie qu'il était sur le point de tester.

Au lieu de rester ensemble, il sépara ses soldats en petits groupes pour minimiser les chances qu'un seul sort les affecte tous. Il n'oublierait jamais avec quelle facilité Augusta avait décimé l'armée de paysans et il n'avait pas l'intention de laisser subir le même sort à ses hommes. Contrairement à ces pauvres paysans, son armée était protégée contre les sorts élémentaires et elle possédait des instructions détaillées sur la façon dont il fallait gérer les mouvements inhabituels de la terre. Ainsi, lorsque la fille avait lancé le sort de feu le plus puissant qu'il ait jamais vu, ils avaient été épargnés.

En revanche, il ne s'était pas attendu à rencontrer un maître à l'épée. C'était pourtant bien ce qu'elle devait être, malgré son apparence délicate. Elle se battait comme un homme possédé, comme un démon des vieux contes de fées, avec une agilité et un talent qui surpassaient les siens. Son talent augmentait même à mesure que le temps passait. Comment faisait-elle pour apprendre si vite ? Qu'était-elle ? Ses mouvements gracieux avaient une sorte de précision calculée qui semblait presque... inhumaine.

Il ne remarqua qu'une seule faiblesse : elle semblait distraite quand les lions et les vieilles femmes étaient en danger. Et même si cela ne l'enchantait pas, Barson sut ce qu'il lui restait à faire

Il donna l'ordre de mettre le feu aux animaux et il s'avança résolument avec ses meilleurs hommes.

Elle les rejoignit sans même une trace de peur. Au bout de quelques instants, Barson et ses hommes durent se battre pour survivre. La fille utilisait deux épées, se fendant dès qu'elle apercevait une ouverture, parant chaque coup qui venait vers elle. Le pire de tout, cependant, c'était qu'elle s'adaptait à chaque coup, devenant plus rapide et plus efficace à mesure que le combat durait. S'il n'avait pas été en danger de mort, Barson aurait donné n'importe quoi pour étudier sa technique : elle était à présent la perfection même, une virtuose de l'épée, chacun de ses mouvements étaient imprégnés d'une finalité mortelle.

Le premier sang de cette confrontation frénétique vint d'un coup à l'épaule de Kiam. Une minute plus tard, Larn saignait de la cuisse. Furieux, Barson mit toutes ses forces dans le dernier assaut désespéré et il sentit alors l'odeur âcre de la fourrure des lions qui brûlait.

La fille frissonna, sa concentration fut rompue et Barson vit enfin une ouverture dans sa défense. Il se fendit rapidement et son épée lui ouvrit le ventre, laissant une profonde plaie ouverte.

Elle hurla et laissa tomber ses armes en se tenant le ventre.

Barson et ses hommes approchèrent pour l'achever.

CHAPTER 41: BARSON

Nothing was going according to plan. Barson watched incredulously as the beautiful young woman hacked her way through his men, fighting with superhuman strength and skill.

When he had first seen her appear out of thin air with her strange companions, he had known that the rumors were true—that she was a powerful sorceress indeed. Teleporting so many was an achievement that few, if any, members of the Council could match. How had a young woman he'd never heard of before managed such a feat?

For a moment, he'd hesitated, wondering if he was doing the right thing. To destroy something so beautiful would be a shame, yet he'd made a promise to Augusta—and he needed his lover on his side. Coming to a decision, he had ordered his men to attack.

They were already prepared for a different kind of battle; no army had met a sorcerer this way since the time of the Revolution. Of course, back then, nobody had developed the strategy he was about to test.

Instead of clustering together, he had his soldiers separate into small groups to minimize the chances of any one particular spell working on them all. He would never forget how easily Augusta had decimated the peasants' army, and he had no intention of letting his men meet the same fate. Unlike those poor souls, his army had protection from elemental spells and detailed instructions on how to handle unusual movements of the earth. Thus, when the girl had unleashed the most powerful fire spell he had ever seen, they had been spared.

What he had not counted on was encountering a master swordsman. Because that's what the girl had to be, despite her delicate appearance. She fought like a man possessed, like a demon of old fairy tales, with a skill and agility that possibly superseded his own—a skill that increased with every moment that passed. How was she learning so fast? What was she? There was a kind of calculated precision to her graceful movements that seemed almost . . . inhuman.

He noticed only one weakness. She seemed to get distracted when the lions and the old women were in danger. And as distasteful as it was, Barson knew what he had to do.

Giving the order to set the beasts on fire, he moved forward decisively with his best men.

She met them without even a hint of fear. Within moments, Barson and his men were fighting for their lives. The girl was working two swords in her hands, thrusting at any hint of an opening, parrying every blow that came her way. The worst thing of all, however, was that she was adapting with every strike, getting faster and more efficient as the fight went on. If he hadn't been in mortal danger, Barson would have given anything to study her technique—because at this point, she was perfection itself, a virtuoso with a blade, her every move imbued with deadly purpose.

The first blood in this frantic confrontation came from a strike at Kiam's shoulder. A minute later, Larn was bleeding from his thigh. Furious, Barson put all his strength into a last desperate assault—and then he smelled the acrid odor of burning lion fur.

The girl shuddered, her concentration broken, and Barson finally saw an opening in her defense. One quick lunge, and his sword sliced open her belly, leaving behind a deep, gushing wound.

She screamed, dropping her weapons and clutching at her stomach.

Barson and his men moved in for the kill.

CHAPITRE 42 : GALA

Gala avait déjà ressenti de la douleur, mais rien ne l'avait préparée à ça.

L'agonie fut débilitante. L'homme au pendentif — celui qui semblait se battre comme nul autre — lui avait ouvert le ventre.

Elle se tenait l'estomac et elle sentit le flot de sang chaud qui passait entre ses doigts, et pour la première fois, elle fut frappée par l'idée qu'elle pouvait cesser d'exister.

Non. Gala ne pouvait pas, ne voulait pas accepter cette possibilité.

Le temps sembla ralentir. Elle entendit les lions rugir au loin et elle sentit la douleur de leur chair brûlée. Elle vit aussi les lames des soldats s'approcher lentement d'elle, prêtes à lui ôter la vie.

Au cours de ce bref laps de temps, un million de pensées passèrent dans sa tête. La douleur de sa chair blessée était terrible et l'idée qu'elle avait blessé les soldats de la même façon ajoutait à sa tourmente. Allait-elle mourir maintenant ? Pouvait-elle mourir ? Jusqu'ici, son corps n'avait pas réagi comme celui d'une femme normale, mais il devait néanmoins être lié par des règles qui s'apparentaient à la façon dont les corps humains fonctionnaient. Elle se fatiguait, elle mangeait et elle dormait. Elle ressentait la peur et le bonheur, le froid et le chaud. Allait-elle être tuée si les épées qui bougeaient lentement atteignaient son corps ?

Non, décida Gala. Elle ne pouvait pas risquer que cela arrive, elle n'allait pas les laisser la tuer. Elle aimait trop exister. Elle avait encore tant de choses à voir et à faire. Elle voulait revoir Blaise, sentir ses baisers.

Elle devait aussi sauver les lions ainsi qu'Esther et Maya.

Juste au moment où les épées des quatre soldats allaient

transpercer sa chair, elle mit toute son énergie dans un dernier coup. Elle concentra toute sa fureur sur les lames de métal qui avaient causé tant de souffrance et elle souhaita de toutes ses forces qu'elles disparaissent.

Quand le sort qu'elle avait lancé se mit à fonctionner, Gala ressentit une douleur pire que tout ce qu'elle avait ressenti jusque là. Les lions rugirent et elle sentit *leur* souffrance. Les cris des soldats s'ajoutèrent au chaos.

Malgré le brouillard dans sa tête, elle comprit ce qu'il s'était passé. Elle avait fait exploser toutes les épées du champ de bataille, projetant des éclats de métal à travers les armures des soldats et dans chaque morceau de chair exposée. Personne ne s'en sortait indemne, ni les soldats, ni les lions et pas même Gala elle-même. Seules Maya et Esther étaient suffisamment loin pour être en sécurité. Ici dans le champ, les restes d'herbe brûlée étaient couverts de sang.

Hébétée, Gala regarda les morceaux de métal enfoncés dans son corps. Le fait de les voir rendait la douleur plus difficile à supporter. Elle tomba à genoux et elle jeta la tête en arrière en laissant échapper un cri d'agonie. Comme pour répondre à sa douleur, les morceaux de métal sortirent lentement de son corps et flottèrent un moment dans les airs avant de tomber à terre. Tout autour d'elle, la même chose se produisit sur les soldats et les lions.

Cela ne soulageait pourtant pas la douleur. La vue trouble, Gala se releva. Tout ce qu'elle voulait c'était partir, s'élever au-dessus de ce terrible massacre avant que quelqu'un recouvre suffisamment ses esprits pour l'attaquer à nouveau. Et c'est alors qu'elle sentit son corps s'élever lentement du sol.

Des mains puissantes attrapèrent sa jambe pendant qu'elle montait et Gala vit le soldat au pendentif — celui qui l'avait blessée — la tenir avec détermination. Son visage et son armure étaient couverts de sang, mais cela ne sembla pas l'arrêter. Elle était beaucoup trop faible pour se dégager de son emprise, alors ils flottèrent ensemble, s'élevant lentement au-dessus du champ.

Gala vit le champ de bataille au-dessous. Il était jonché de corps et trempé de sang. Elle avait causé tout cela, elle était à l'origine de toute cette souffrance. Cette prise de conscience fut pire que la douleur de son corps.

Gala leva les mains vers le ciel en regardant l'étendue bleue. Un son s'échappa de sa gorge, un son qui se transforma en autre chose. Elle ne supportait pas la sensation du sang sur ses mains :

elle devait nettoyer ce cauchemar.

Elle se mit à pleurer. Des sanglots s'échappèrent de sa gorge et des larmes coulèrent sur son visage. Son corps entier se mit à trembler tandis qu'elle continuait à s'élever de plus en plus loin au-dessus du sol. Les mains du soldat se serrèrent sur sa jambe, ses doigts s'enfoncèrent dans sa peau, mais elle n'arrivait pas à s'en préoccuper, tant elle était perturbée par l'horreur et les regrets.

Un éclair de lumière vive troubla sa vue. Il fut suivi d'un grondement sourd et le ciel s'obscurcit rapidement. Des nuages apparurent et ils cachèrent le soleil. Le vent se leva. Un autre éclair de lumière, un autre grondement, et Gala se rendit compte qu'il s'agissait des éclairs et du tonnerre. Un orage arrivait. C'était un phénomène météorologique qu'elle ne connaissait que de ses lectures.

Le ciel se déchira et la pluie commença. D'énormes gouttes tombèrent sur Gala et la trempèrent jusqu'aux os. L'humidité fraîche était agréable sur sa peau surchauffée, elle lavait le sang et la saleté.

La pluie sembla également ranimer le grand soldat accroché à sa jambe. Il lâcha une main et tira une dague de quelque part, qu'il colla contre sa cuisse.

— Fais-nous descendre, ordonna-t-il sèchement. Tout de suite.

Gala essaya de lui donner un coup de pied, mais la dague s'enfonça dans sa chair et elle put voir qu'il avait l'intention de la tuer. Il était déterminé à les refaire descendre à tout prix, même s'il devait perdre sa propre vie pour cela.

Son corps était toujours pris dans des souffrances terribles et Gala se concentra instinctivement sur l'orage, sentant sa fureur jusqu'au fond de ses os.

Il y eut soudain un autre éclair et une explosion de douleur. Des étincelles volèrent et Gala comprit que la foudre venait de frapper la dague du soldat, sa force traversant leurs deux corps. Le soldat desserra sa main... et il tomba vers le sol au-dessous.

Surprise et étourdie, Gala continua à flotter un instant avant de trouver la force de se concentrer sur autre chose que la douleur. En se souvenant de la voleuse qu'elle avait guérie, elle essaya de retrouver l'état dans lequel elle avait été : la paix qui avait imprégné chaque fibre de son être. Et elle se remit à la sentir, cette sensation de chaleur qui commençait profondément en elle et qui irradiait vers l'extérieur par ses bras tendus, s'intensifiant un peu plus à chaque instant, la douleur se changeant en plaisir, en chaleur, lumière et bonheur.

Elle voulut figer cet instant et se sentir aussi bien pour toujours.

À travers la brume de plaisir, elle sentit l'inconscience la gagner lentement, jusqu'à ce qu'elle ne puisse plus lutter.

Elle allait faire un rêve agréable, pensa-t-elle avant de perdre connaissance.

CHAPTER 42: GALA

Gala had experienced pain before, but nothing had prepared her for this.

The agony was debilitating. The man with the pendant—the man who seemed to fight like no other—had sliced her open.

Clutching her stomach, she could feel the warm flow of blood trickling through her fingers, and for the first time, she was struck by the realization that she could actually cease to exist.

No. Gala could not, would not accept that possibility.

Time seemed to slow. In the distance, she could hear the lions roaring and feel the pain of their burning flesh. She could also see the soldiers' blades moving ever so slowly toward her, ready to end her life.

In that brief moment of time, a million thoughts ran through her mind. The pain in her wounded flesh was terrible, and the realization that she'd hurt the soldiers in a similar way added to her turmoil. Would she die now? Could she die? Thus far, her body did not behave as that of a regular woman, but it still had to be bound by some rules that were at least somewhat based on how human bodies worked. She got tired; she ate and slept. She got scared and happy, felt heat and cold. Would she be killed if those swords that were moving ever so slowly reached her body?

No, Gala decided. She could not risk letting that happen; she could not let them kill her. She loved existing too much. She had too much to see, to experience. She wanted to see Blaise again, to feel his kisses.

She also had the lions, Esther, and Maya to save.

Just as the swords of the four soldiers were about to pierce her flesh, she put all her energy into one last desperate blast. Focusing all her fury on the metal blades that had caused so much pain, she willed them gone with all her might.

And as whatever spell she thus unleashed started working, Gala felt a burst of agony unlike anything she'd known before. The lions roared, and she felt *their* pain and suffering, the screams of the soldiers adding to the chaos.

Through the haze clouding her mind, she understood what happened. She'd made all the swords on the field explode, driving deadly shards of metal through the soldiers' armor and into every bit of exposed flesh. Nobody had escaped unscathed—not the soldiers, not the lions, and not even Gala herself. Only Maya and Esther were sufficiently far away to be safe. Here on the field, the smoldering remnants of grass were covered with blood.

Dazed, Gala stared at the metal shards sticking out of her body. Somehow, seeing them made the pain worse. Falling to her knees, she threw back her head with an agonized scream. As though responding to her agony, the shards of metal came out of her body, hanging for a moment in the air before falling to the ground. All around her, the same thing was happening to the soldiers and the lions.

It didn't help the pain, however. Her vision blurring, Gala struggled to her feet. All she wanted to do now was get away, rise above this terrible field of slaughter before anyone recovered enough to attack her again. And that was when she felt her body slowly floating up from the ground.

Strong hands grabbed her leg as she was rising into the air, and Gala saw the soldier with the pendant—the one who'd wounded her—holding on to her with grim determination. His face and armor were covered in blood, but that didn't seem to stop him. She was far too weak to shake him off, and they floated up together, rising slowly into the air.

Below, Gala could see the battlefield. It was littered with bodies and soaked with blood. She had done this; she had caused all this pain and suffering. The realization was worse than the agony wracking her body.

Lifting her hands up to the sky, Gala watched the bright blue expanse. A sound escaped her throat, a sound that turned into something else. She couldn't stand the feel of blood on her hands; she needed to wash this nightmare away.

She began to cry. Sobs escaped her throat and tears ran down her face, her entire body shaking as it rose higher and higher above the ground. The soldier's hands tightened on her leg, his fingers brutally digging into her skin, but she couldn't bring herself to care, too consumed by her own horror and bitter regret.

A flash of bright light shocked her vision. It was followed by a loud boom and a rapidly darkening sky. Clouds appeared, veiling the sun, and the wind picked up. Another flash of light, another boom, and Gala realized that it was lightning and thunder. A storm was gathering, a weather phenomenon she'd only read about before.

The skies opened and the rain began, huge drops falling on Gala, soaking her to the skin. The cold wetness felt good on her overheated skin, washing away the blood and grime.

The rain also seemed to reinvigorate the big soldier hanging on to her leg. He let go with one hand and pulled out a dagger from somewhere, holding it against her thigh.

"Take us down," he ordered harshly. "Right now."

Gala tried to kick at him, but the dagger dug into her skin, and she could see the murderous intent on the man's face. He was determined to bring them down at any cost—even if doing so meant losing his own life.

Her body still gripped by unbearable pain, Gala instinctively reached out to the storm, feeling its fury deep in her bones.

Suddenly, there was another flash of light and an explosion of pain. Sparks flew, and Gala realized that a lightning bolt had struck the man's dagger, its force traveling into both of their bodies. The soldier's grip on her leg loosened . . . and he plummeted to the ground below.

Shocked and dazed, Gala continued floating for a moment before she found the strength to focus on something other than the pain. Remembering the thief she had healed, she tried to recall the way she felt then—the peace that had permeated every fiber of her being. And then she began to feel it again, the warm sensation that started deep inside her and radiated outward through her outstretched arms, intensifying with every moment that passed, the pain melding into pleasure, into a sense of warmth, light, and happiness.

She wanted to freeze this moment and feel this good forever.

Through the fog of pleasure, she felt unconsciousness slowly creeping in, and she could not fight it anymore.

She would fall into a pleasant dream, Gala thought, and blanked out.

CHAPITRE 43 : AUGUSTA

En sortant de la réunion du Conseil, Augusta se précipita jusqu'à sa chambre en marchant aussi vite que possible sans courir. En règle générale, les réunions du Conseil étaient loin d'être ce qu'elle préférait, mais celle d'aujourd'hui avait été tout particulièrement insupportable. Jandison avait braillé en continu et pendant tout ce temps, Augusta était restée assise là en pensant que Barson était probablement en train de se débarrasser de l'abomination de Blaise.

Elle n'avait pas vraiment peur pour lui. Son amant était très doué sur le champ de bataille et elle avait utilisé beaucoup de sorts de protection pour l'aider dans sa mission. C'était surtout qu'elle était impatiente de voir la créature détruite, éliminée de façon permanente. Elle avait fait des cauchemars les deux nuits précédentes, des rêves où la chose devenait plus puissante et où la terre devenait rouge à cause du carnage qu'elle causait. Elle savait que les rêves n'étaient qu'un produit de son subconscient qui ressassait la situation, mais ils étaient néanmoins perturbants.

Ce serait bien de savoir que la situation avait été réglée.

En entrant dans ses quartiers, Augusta se dirigea tout droit vers le miroir qui allait lui montrer la bataille par l'intermédiaire du pendentif de Barson. Elle s'assit devant le miroir et enleva le tissu qui le couvrait.

L'image en face d'elle était celle d'un combat en cours. Augusta observa avec satisfaction la créature qui utilisa sans succès un sort de feu contre l'armée de Barson. Les défenses d'Augusta parvinrent à tenir le coup, comme elle s'y était attendue.

Cependant, à mesure que la bataille avançait, Augusta devint de plus en plus angoissée. La chose bougeait son corps d'une manière non naturelle et elle apprit le combat à l'épée avec une vitesse inhumaine. Augusta ne connaissait aucune sorcellerie qui permettait à quelqu'un de se battre de cette façon-là.

La bataille se transforma rapidement en massacre. La créature tuait encore et encore avec une précision terrible, jusqu'à ce qu'Augusta ne vit plus que mort et désolation. Le fait que la monstruosité se manifeste sous la forme d'une jeune femme délicate rendait la scène encore plus macabre.

Quand Barson se mit à marcher vers la créature, Augusta sentit son estomac se nouer.

— Non, n'y va pas, chuchota-t-elle au miroir en commençant à se rendre compte à quel point elle avait sous-estimé cet Être surnaturel.

Et Barson réussit alors à le blesser. Augusta bondit en hurlant de joie — jusqu'à ce qu'elle voie la créature accomplir sa magie la plus destructrice jusque là. Sans égard pour sa propre sécurité, elle fit exploser toutes les épées en morceaux, projetant des fragments de métal tout autour.

— Barson, stop ! hurla Augusta quand son amant — sanguinolent, mais vivant — attrapa la chose et flotta vers le ciel. Lâche-la, s'il te plaît lâche-la !

Il ne pouvait pas l'entendre, bien sûr, et Augusta vit avec terreur l'orage se former et la foudre passer dans le corps de Barson. Son sort de protection élémentaire avait probablement atténué le plein effet du coup, mais la douleur avait dû paraître insupportable, même pour Barson. Ses mains lâchèrent prise et il se mit à tomber.

Quelques secondes plus tard, l'image dans le miroir se brisa en morceaux puis devint noire.

Augusta se mit à frapper le miroir en poussant un cri de rage, jusqu'à ce que ses mains se mettent à saigner et que le miroir se brise sur le sol.

Elle se laissa tomber à genoux en sanglotant.

C'est elle qui avait fait tout ça. Elle avait causé la mort de son amant. Si elle avait été voir le Conseil directement après avoir appris l'existence de la créature, rien de tout cela ne se serait produit et Barson serait encore en vie. Elle poussa un grand cri de lamentation en se balançant d'avant en arrière.

Elle avait laissé ses sentiments pour Blaise influencer son jugement, mais elle ne referait pas la même erreur. Blaise était mort à ses yeux, aussi mort que la créature lorsque la puissance des sorciers de Koldun s'abattrait sur elle.

Cette chose était mauvaise, et le mal devait être arrêté par tous les moyens.

CHAPTER 43: AUGUSTA

Exiting the Council meeting, Augusta hurried to her room, walking as fast as she could without actually running. During the best of times, Council meetings were far from her favorite activity, but the one today had been particularly intolerable. Jandison had yammered on and on, and all the while Augusta had been sitting there thinking about the fact that, at that very moment, Barson was probably getting rid of Blaise's abomination.

She wasn't afraid for him, exactly. Her lover was a force to be reckoned with on a battlefield, and she had used plenty of protective spells to aid him in his task. It was more that she was anxious to see the creature destroyed, permanently wiped out of existence. For the past two nights, she'd had nightmares, dreams of that thing growing more powerful and the ground turning red with blood from the carnage that it caused. She knew the dreams were just a product of her subconscious mind dwelling on the situation, but they were disturbing nonetheless.

It would be good to know that the issue was taken care of.

Walking into her quarters, Augusta headed straight to the mirror that would show her the battle through Barson's pendant. Sitting down in front of it, she took off the cover.

The image in front of her was that of a battle in progress. Augusta watched with a sense of gratification as the creature unsuccessfully used a fire spell against Barson's army. Augusta's defenses held, as she'd known they would.

However, as the battle continued, Augusta grew increasingly anxious. The thing was moving its body in unnatural ways, learning sword fighting with inhuman speed. Augusta knew of no sorcery that could allow someone to fight like that.

Soon, the battle became a massacre. The creature killed with horrible precision again and again, until all Augusta could see was blood and death. The fact that the monstrosity manifested itself in the form of a delicate young woman made the scene that much more macabre.

As Barson began moving toward the creature, Augusta felt her stomach drop. "No, don't," she whispered at the mirror, beginning to realize how much she'd underestimated this unnatural being.

And then Barson succeeded in wounding it. Augusta jumped up, yelling in triumph—until she saw the creature perform its most destructive magic yet. Disregarding its own safety, it made all the swords shatter to bits, sending deadly pieces of metal flying everywhere.

"Barson, stop!" Augusta screamed as her lover—bleeding, but alive—grabbed on to the thing, floating upward with it. "Let go! Please, let go!"

He couldn't hear her, of course, and Augusta watched in horrified shock as the storm began and a lightning bolt speared through Barson's body. Her elemental protection spell had likely dampened the full effect of the strike, but the pain must've been unbearable, even for Barson. His hands unclasped, and he began falling to his death.

A few seconds later, the image in the mirror broke into a dozen pieces and went dark.

Letting out a scream of agonized rage, Augusta hit the mirror, over and over, until her hands were bleeding and the mirror lay shattered on the floor.

Sobbing, she sank to her knees.

She had done this. She had caused her own lover's death. If she had gone directly to the Council as soon as she'd learned about the creature, none of this would've happened, and Barson would still be alive. Keening in agony, Augusta rocked back and forth.

She had let her feelings for Blaise cloud her judgment, but she would not make that mistake again. Blaise was now dead to her—as dead as his creature would be when the full power of Koldun's sorcerers got unleashed upon it.

The thing was evil, and evil had to be stopped at all costs.

CHAPITRE 44 : BLAISE

Le cœur battant, Blaise volait aussi vite que possible. Là-bas, au centre du gigantesque orage, se trouvait Gala. Elle flottait dans le ciel avec un homme accroché à ses jambes. Le sol était couvert de corps de soldats. Blaise ne savait pas s'ils étaient morts ou simplement sévèrement blessés.

Sa chaise se mit à vibrer alors qu'il la poussait au bout de ses limites, essayant d'aller plus vite, plus vite. Le vent de l'orage contrait ses efforts alors il prit son sac et en sortit la Pierre d'Interprétation et quelques cartes. Il ajouta frénétiquement quelques paramètres au code et inséra les cartes dans la Pierre. Puis il attendit.

Un nouveau vent se leva immédiatement. Il était faible en comparaison des forces incroyables dont Blaise supposait que Gala était à l'origine, mais il soufflait exactement dans la bonne direction.

Ensuite, Blaise sortit un mouchoir. Il lança un sort verbal sans tenir compte de la pluie et des éclairs. Quand il eut fini, le mouchoir se mit à grandir jusqu'à atteindre la taille d'un drap. Un autre sort attacha le drap à l'arrière de la chaise pour former une sorte de voile improvisée.

La chaise accéléra, aidée par le vent.

La foudre frappait sans cesse le sol et Blaise vit avec horreur un éclair toucher l'homme qui se tenait à Gala. Dans la lumière qui suivit, Blaise vit le visage de cet homme.

C'était Barson, le Capitaine de La Garde des Sorciers — un homme réputé inégalé au combat.

Quand la foudre le frappa, le corps de Barson tressaillit. Puis il lâcha Gala et se mit à tomber.

Un instant plus tard, Blaise eut une drôle de sensation : une sorte de chaleur merveilleuse qui pénétrait son corps entier malgré le vent et la pluie qui fouettaient sa peau. Toute sa tension s'évapora et elle fut remplacée par un calme inhabituel, une quiétude différente de tout ce qu'il avait pu ressentir. C'était ensorcelant et Blaise se sentit partir, son esprit s'enfonçant dans un brouillard de plaisir intense.

Un sort de soin, comprit-il vaguement, ses pensées étant lentes et paresseuses, comme s'il était en train de s'endormir. Un sort de soin comme sa mère en faisait, mais mille fois plus puissant. Un sort de soin qui lui ferait tout oublier s'il se laissait faire.

Non, pensa Blaise en s'enfonçant les ongles dans la peau. Il ne pouvait pas se laisser aller. Il attrapa le coupe-papier qu'il portait toujours dans son sac et se poignarda la paume de main. La douleur était aiguë et elle le secoua un instant, puis la chair se referma, comme si rien ne s'était produit. Il répéta l'action, encore et encore. Les accès de douleur l'empêchaient de se laisser glisser dans cet état abrutissant de béatitude.

Devant lui, il vit que Gala commençait à tomber et il sentit faiblir les effets du sort de soin. Les éclairs et le tonnerre s'adoucirent même si la pluie continuait à tomber avec force.

Blaise orienta sa chaise vers le sol et il passa sous le corps de Gala juste au bon moment.

Elle atterrit sur lui. Blaise la prit dans ses bras et il l'attira contre lui. Elle semblait avoir perdu connaissance, mais elle était en vie. Son corps mince était doux et chaud contre son torse. En tremblant, Blaise remercia mentalement tous ses professeurs, même ce bâtard de Ganir, d'avoir encouragé et développé en lui ses dons mathématiques. Si l'angle de sa descente avait été légèrement différent, Gala serait tombée jusqu'au sol.

Blaise regarda son visage exquis et se pencha pour embrasser doucement les lèvres de Gala. Il goûta la pluie et l'essence unique de ce qui faisait que c'était elle. Il n'arrivait pas à croire qu'elle était enfin là, avec lui, et il la serra dans ses bras en essayant de ne pas l'écraser. Même vêtue d'une tenue de paysanne et le visage couvert de saleté, elle était si belle que cela lui faisait mal.

Ils descendirent lentement et il vit pour la première fois le champ tout entier. Tout autour d'eux, les soldats de La Garde des Sorciers se mirent à bouger, même s'il y en avait encore beaucoup chez qui des morceaux de métal étaient enfoncés dans les armures. Il y avait également des lions qui se promenaient, ce qui aurait davantage surpris Blaise s'il n'avait pas été aussi bouleversé par tout le reste. Tout au bord du champ, il put voir Maya et Esther. Elles étaient dans les bras l'une de l'autre et elles regardaient le champ avec des expressions terrifiées sur leur visage.

La chaise toucha le sol et Blaise en sortit en tenant toujours Gala au creux de ses bras. Elle bougea en faisant un petit bruit, puis ses yeux s'ouvrirent.

Blaise sourit en voyant son regard.

— Blaise ! son visage s'illumina de joie émerveillée. Tu es là !

— Oui, dit-il doucement. Je suis là et je ne pars pas. Il pencha la tête et l'embrassa à nouveau. Elle mit ses bras autour du cou de Blaise et tira sa tête vers elle en l'embrassant avec tant de passion que Blaise eut un coup de chaud malgré la pluie froide qui tombait toujours. Pour la première fois depuis que Gala était partie, il se sentait en vie — en vie et empli de désir pour elle.

Avant de perdre complètement la tête, Blaise s'écarta. Il n'avait pas du tout envie de s'arrêter, mais il fallait qu'il fasse le point sur la situation.

— Que s'est-il passé ici ? demanda-t-il en posant doucement Gala.

Gala cligna des yeux, apparemment étonnée, puis elle regarda désespérément autour d'elle.

— Ils sont guéris, dit-elle avec bonheur en faisant un pas en arrière et en montrant les lions. Regarde, Blaise, ils sont tous guéris !

Blaise regarda les animaux sauvages qui semblaient à présent se diriger vers Maya et Esther.

— C'est une bonne chose, j'imagine, dit-il en hésitant quelque peu. Autour d'eux, il put voir un certain nombre de soldats qui se relevaient lentement.

— Ils sont guéris aussi, dit Gala en suivant son regard. J'ai dû les guérir sans le faire exprès. Elle avait l'air soulagée, ce que Blaise trouva étrange.

— Je croyais qu'ils essayaient de te tuer, dit-il. Que s'est-il passé ici aujourd'hui ?

Pendant qu'ils marchaient vers Maya et Esther à travers le champ de soldats hébétés qui se remettaient petit à petit, Gala lui raconta le combat et les incidents du marché et du Colisée.

Blaise écouta, émerveillé. Il avait su qu'elle serait puissante, mais même lui n'avait pas pu imaginer certaines des choses qu'elle savait faire. Et elle ne semblait même pas encore contrôler ses pouvoirs.

— Je suis désolée d'être partie, dit Gala en s'approchant des deux vieilles femmes. Sa voix était pleine de regrets amers. J'ai causé tant de chaos et de souffrance... Je ne peux pas me contrôler, Blaise. J'aurais dû rester avec toi pour apprendre la sorcellerie comme tu le souhaitais, au lieu de sortir explorer le monde. Rien de tout ceci — elle fit un geste vers le champ ensanglanté — ne se serait produit.

Blaise lui prit la main et la serra doucement.

— Ne t'inquiète pas, dit-il à voix basse, je resterai avec toi à partir de maintenant. Sa main lui sembla petite et froide dans la sienne et il sut à quel point elle était fragile malgré ses pouvoirs.

Gala hocha la tête et il put voir qu'une partie de son ancienne exubérance avait disparu. Même si quelques jours seulement s'étaient écoulés, elle semblait différente, plus mature d'une certaine façon. En marchant, il put voir les larmes qui coulaient sur son visage et qui se mêlaient aux gouttes de pluie.

— Ils ne bougent pas tous, dit-elle en regardant les soldats. Blaise, je crois que j'en ai tué quelques-uns. Il y eut une note d'horreur mal dissimulée dans sa voix.

Blaise se maudit à nouveau de n'avoir pas été là pour la protéger.

— Tu te défendais. Il s'immobilisa et il la fit s'arrêter également. En posant ses mains sur ses joues mouillées, il observa son regard plein de douleur. Gala, écoute-moi. Tout ceci n'est pas de ta faute.

— Bien sûr que si, dit-elle amèrement. C'est moi qui ai fait ça. J'ai tué ces hommes.

— Ils essayaient de te tuer, dit Blaise sèchement. Ce sont eux qui sont en tort, pas toi. Si j'avais été là, je les aurais tous tués. Toi au moins tu as guéri les survivants. C'est plus que ce qu'ils méritent.

— Gala ! Le hurlement de Maya interrompit leur discussion et ils se tournèrent vers le bruit. Les deux femmes se tenaient à une dizaine de mètres de là, entourées par les lions. Gala, éloigne ces monstres mangeurs d'hommes de nous !

À la surprise de Blaise, un sourire apparut sur le visage de Gala et les lions s'allongèrent, se roulant en boule aux pieds de Maya et d'Esther.

— Non, dit Esther paniquée. Ne les laisse pas nous encercler, fais-les partir. En se tournant vers Maya, elle dit bruyamment : et toi, tu ne comprends pas que si tu leur cries dessus ils pourraient se sentir menacés ? Les deux femmes se remirent à se chamailler tandis que les lions levaient à peine les oreilles de temps en temps, contents d'ignorer les humains.

— Elles semblent aller bien, dit Blaise à Gala quand elle se retourna vers lui. Tu les as sauvées, tu sais. Je ne sais pas ce que les soldats leur auraient fait.

Elle hocha la tête, mais ses yeux étaient encore beaucoup trop sombres selon lui et Blaise sut que cela ne la consolait pas beaucoup, qu'elle ne serait jamais capable d'oublier entièrement les événements de cette terrible journée.

CHAPTER 44: BLAISE

His heart pounding in his chest, Blaise flew as fast as he could. Out there, in the middle of the giant storm, was Gala. She was floating in the air, with a man hanging on to her legs. The ground was covered with bodies of soldiers. Blaise couldn't tell if they were dead or just severely wounded.

His chaise shook as he pushed it to its very limits, trying to go faster and faster. The wind from the storm was hampering his efforts, so he grabbed for his bag, fishing out the Interpreter Stone and a few cards. Frantically adding a few key parameters to the code, he fed the cards into the Stone and waited.

Immediately, a new wind picked up. It was weak compared to the insane forces Blaise assumed Gala had somehow unleashed, but it was blowing in exactly the direction he needed.

Next, Blaise took out a handkerchief. Ignoring the rain and the lightning, he did a verbal spell. When he was done, the handkerchief began to grow until it was more like a sheet. Another spell, and the sheet was attached to the back of the chaise, becoming an impromptu sail of sorts.

The chaise went faster, helped by the wind.

Lightning kept hitting the ground, and Blaise watched in horror as one bolt hit the man holding on to Gala. In the bright flash that followed, Blaise saw the man's face.

It was Barson, the Captain of the Sorcerer Guard—a man known to be a fighter without equal.

At the lightning strike, Barson's entire body jerked. Then he let go of Gala and began to fall.

A moment later, Blaise began to feel a strange sensation—a blissful warmth that somehow permeated his body despite the wind and rain lashing at his skin. All the tension drained out of him and was replaced with a kind of unusual calmness, a peace unlike anything he had ever experienced before. It was mesmerizing, hypnotic, and Blaise felt himself starting to drift under, his mind clouding with the intense pleasure.

A healing spell, he realized vaguely, his thoughts slow and sluggish, as though he was falling asleep. A healing spell like his mother used to do, only a thousand times more powerful. A healing spell that would make him forget everything if he allowed it.

No, Blaise thought, his nails digging into his skin. He couldn't let himself go under. Reaching for the letter opener he always carried in his bag, he pulled it out and stabbed his palm. The pain was sharp and jarring for a moment, and then his flesh sealed itself, as though nothing had happened. He repeated the action, over and over. The bursts of pain prevented him from getting sucked into that mindless, blissful state.

Up ahead, he saw Gala starting to fall and felt the effects of the healing spell beginning to wane. The lightning and thunder eased, though the rain continued pouring at a steady pace.

Angling his chaise toward the ground, Blaise got underneath Gala's falling body just in time.

She landed on top of him, and Blaise caught her in his arms, pulling her close. She seemed to be unconscious but alive, her slim body soft and warm against his chest. Shaking, Blaise mentally thanked all his teachers, even the bastard Ganir, for encouraging and nurturing his mathematical gifts. Had the angle of his descent been even slightly different, Gala would've plummeted to the ground below.

Looking down at her exquisite face, Blaise bent down and gently kissed her lips, tasting the rain and the unique essence that was Gala. He couldn't believe she was finally here, with him, and he hugged her, trying not to crush her in his arms. Even dressed in a peasant outfit and with dirt marring her cheeks, she was beautiful enough to make him ache.

They descended slowly, and he saw the field fully for the first time. All around them, the soldiers of the Sorcerer Guard were beginning to stir, though many still had shards of metal sticking out of their armor. There were also lions walking around, a sight that would've surprised Blaise more if he hadn't been so overwhelmed with everything else. On the very edge of the field, he could see Maya and Esther. They had their arms around each other and were staring at the field with terrified expressions on their faces.

The chaise touched the ground, and Blaise climbed out, still holding Gala cradled in his arms. She shifted, making a soft noise, and then her eyes fluttered open.

Smiling, Blaise met her gaze.

"Blaise!" Her face lit up with joyous wonder. "You're here!"

"Yes," he said softly. "I'm here, and I am not going anywhere." Bending his head, he kissed her again. Her arms wound around his neck, and she pulled his head down, kissing him back with so much passion that Blaise felt a bolt of heat despite the cold rain that kept coming down. For the first time since Gala left, he felt alive—alive and craving her with every part of his being.

Before he could completely lose his mind, Blaise pulled back. As loath as he was to stop, he needed to take stock of the situation. "What happened here?" he asked, gently placing her on her feet.

Gala blinked, seemingly taken aback for a moment, then frantically looked around. "They're healed," she said in amazement, stepping back and pointing at the lions. "Look, Blaise, they are all healed!"

Blaise looked at the wild beasts that now seemed to be heading toward Maya and Esther. "That's good, I guess," he said, a bit uncertainly. Around them, he could see some of the soldiers slowly starting to get up.

"They're healed, too," Gala said, following his gaze. "I must have done it without meaning to." She sounded relieved, which struck Blaise as odd.

"I thought they were trying to kill you," he said. "What happened here today?"

And as they walked toward Maya and Esther through the field of dazed, but slowly recovering soldiers, Gala told him all about the fight and the incidents at the market and Coliseum.

Blaise listened in awe. He had known she would be powerful, but even he couldn't have imagined some of the things she would do. And she didn't even seem to have control over her powers yet.

"I'm sorry I left," Gala said as they were approaching the two older women. Her voice was filled with bitter regret. "I caused so much havoc and suffering . . . I can't control myself, Blaise. I should've stayed with you and tried to learn sorcery like you wanted me to do, instead of going off to see the world. None of this—" she motioned toward the bloody field, "—should've happened."

Blaise took her hand, squeezing it lightly. "Don't worry," he said quietly. "I will be with you from now on." Her hand felt small and cold within his own, and he realized how fragile she was despite her powers.

Gala nodded, and he could see that some of her earlier exuberance was no longer there. Even though only a few days had passed, she seemed different, more mature somehow. As they walked, he could see tears running down her face, mixing with the raindrops.

"Not all of them are moving," she said, looking at the fallen soldiers. "Blaise, I think I killed some of them." There was a note of poorly concealed horror in her voice.

Blaise again cursed himself for not being there to protect her. "You were defending yourself." He stopped, bringing her to a halt as well. Placing his hands on her wet cheeks, he met her grief-stricken gaze. "Gala, listen to me, this was not your fault."

"Of course it was," she said bitterly. "I did this. I killed those men."

"They were trying to kill you," Blaise said harshly. "They are the ones at fault, not you. If I had been here, I would've killed them all. You, at least, healed the survivors. That's more mercy than they deserve—"

"Gala!" Maya's shriek interrupted the moment, and they both turned toward the sound. The two women were standing a dozen yards away, surrounded by a circle of lions. "Gala, get these man-eating monsters away from us!"

To Blaise's surprise, a tiny smile appeared on Gala's face, and the lions lay down, curling into giant furry balls at Maya and Esther's feet.

"No," Esther said frantically, "don't make them corner us—just make them go away." Turning to Maya, she said loudly, "And you, don't you realize that yelling at them might make them feel threatened?" The two women went on to bicker, and the lions merely raised their ears from time to time, content to ignore the humans.

"They seem to be fine," Blaise said to Gala when she turned her attention back to him. "You saved them, you know. I don't know what the soldiers would've done to them."

She nodded, her eyes still looking far too shadowed for his liking, and Blaise knew that it was little consolation to her right now, that she would never be able to completely forget the events of this terrible day.

CHAPITRE 45 : BARSON

Barson était en train de tomber quand il sentit la première vague d'extase le prendre. C'est donc ça de mourir, pensa-t-il alors que la douleur quittait son corps et qu'une paix agréable prit sa place. C'était différent de tout ce qu'il avait pu ressentir avant. Toutes ses blessures semblèrent guérir et les morceaux de métal qui restaient dans son corps en sortirent, comme si quelqu'un les poussait avec une force invisible.

Puis il s'écrasa au sol.

L'impact lui coupa le souffle. Sa vue fut obscurcie par des points noirs. Barson lutta pour reprendre une inspiration avec la cavité comprimée de sa poitrine. Il put voir le pendentif en petits morceaux sur le sol devant lui. Il se trouvait juste à côté de son bras recouvert par l'armure, qui semblait former un angle étrange. Il eut l'étrange impression d'être cassé comme le pendentif.

Puis la douleur le submergea. C'était comme si tous les os de son corps étaient brisés, tous ses organes contusionnés et saignants de l'intérieur. Sa vue se troubla et la nausée se mit à bouillonner dans sa gorge, mais il lutta contre l'obscurité qui essayait de l'engouffrer. Il ne pouvait pas, il ne voulait pas mourir de cette façon.

Et juste au moment où Barson se dit qu'il allait perdre ce combat, la douleur se remit à diminuer et elle disparut aussi miraculeusement qu'auparavant. Il sentit son corps guérir et se réparer et ce fut une sensation incroyable. La sensation de paix réapparut et il se sentit baigné d'une chaleur exquise.

Il ne put pas combattre la douceur de l'oubli plus longtemps et il se laissa submerger par la vague de plaisir.

CHAPTER 45: BARSON

Barson was plummeting toward the ground when he felt the first wave of ecstasy washing over him. This must be what it feels like to die, he thought, as all pain left his body and a blissful peace took its place. It was unlike anything he had ever experienced before. All his wounds seemed to heal, the remaining shards of metal exiting his body as though pushed out by some invisible force.

Then he slammed into the ground.

The impact knocked all air out of his lungs. Black spots swimming in front of his vision, Barson fought to draw in a breath through the compressed cavity of his chest. He could see the pendant lying on the ground in front of him in pieces. It was right next to his armor-plated arm, which seemed twisted at an odd angle. He had a strange thought that he was broken too, just like the pendant.

Then the pain hit him in one massive wave. It felt like every bone in his body was shattered, every organ bruised and bleeding on the inside. His vision blurred, and hot nausea boiled up in his throat, but he fought the blackness that tried to suck him under. He couldn't, wouldn't allow himself to die like this.

And just as Barson felt that he would lose that fight, the pain began to lessen again, disappearing as miraculously as it did before. He could feel his body healing, mending, and it was the most amazing sensation—until that blissful peace hit again, bathing him in the exquisite warmth.

He couldn't fight the sweetness of the oblivion any longer, and he let the wave of pleasure sweep him under.

CHAPITRE 46 : GALA

— Je veux quitter cet endroit, dit Gala à Blaise quand les lions eurent laissé Maya et Esther tranquilles et qu'ils étaient allés se rouler en boule un peu plus loin.

Elle se sentait mieux avec Blaise ici à ses côtés, mais il fallait qu'elle s'éloigne de ce carnage. Elle était rongée par une culpabilité brutale et terrible. Elle avait tué des gens aujourd'hui : elle avait coupé court à leur existence. C'était le pire crime que Gala puisse imaginer et elle l'avait commis aujourd'hui : pas juste une fois, mais plusieurs fois.

Les différents scénarii possibles tournaient en rond dans sa tête. Et si elle avait été capable de les endormir ? Et si elle avait fait disparaître leurs épées au lieu de les briser en mille morceaux ? Si elle avait été capable de contrôler ses pouvoirs, elle aurait pu se défendre sans en venir au meurtre.

— Oui, admit Blaise. Nous devons y aller. On pourra éventuellement se cacher dans un des autres territoires.

— Non, l'interrompit Esther en venant vers eux. Tu seras reconnu. Et elle aussi maintenant. Aucun déguisement ne pourra la cacher après ça. Elle fit un geste vers le champ.

Maya s'approcha également.

— Esther a raison. D'ailleurs, celle-ci — elle montra Gala du doigt — se met à faire de la sorcellerie de fou chaque fois qu'elle est bouleversée.

Gala regarda Maya, frappée par le fait que la vieille femme avait raison. Sa magie, ses pouvoirs incontrôlables, étaient liés à ses émotions. Elle s'en voulait de ne pas avoir fait le rapprochement évident plus tôt.

— Alors qu'est-ce que tu suggères ? Blaise fronça les sourcils en regardant Esther. On ne peut pas retourner au village et

Turingrad est hors de question aussi. Dès que le Conseil entendra parler de ceci — et cela arrivera vite —, ils nous poursuivront. Même si Gala est très puissante, à nous deux nous n'aurons aucune chance contre la puissance conjuguée du Conseil.

Esther hésita une seconde.

— Il n'y a qu'un endroit où ils ne vous chercheront pas, dit-elle lentement. Les montagnes. C'est peut-être là que nous devrions aller.

Un silence s'ensuivit. Gala avait lu quelques textes au sujet des montagnes qui entouraient Koldun et qui protégeaient la terre des tempêtes brutales de l'océan. À aucun moment, les livres n'avaient décrit les montagnes comme des endroits habitables.

Blaise eut l'air d'envisager l'idée.

— Eh bien, dit-il finalement, ce n'est que de la nature sauvage, mais nous pourrions peut-être y survivre. Ce ne sera pas confortable, mais je suis sûr que nous nous débrouillerons.

— Je ne suis pas sûre que ce soit inhabité, dit Maya d'un air effrayé. J'ai entendu des rumeurs.

— Quelles rumeurs ? demanda Gala dont la curiosité naturelle venait de se réveiller. Elle s'imaginait dans la forêt avec Blaise, tous les deux entourés de plantes et d'animaux magnifiques, et les images étaient plaisantes. Les lions y seraient heureux également : elle s'était demandé comment libérer ces superbes créatures sans qu'elles mangent quelqu'un ou sans qu'elles soient blessées par des humains effrayés, et cela semblait la solution parfaite.

— Ils disent qu'il y a des gens qui y vivent, dit Esther en se penchant vers eux comme si elle avait peur que quelqu'un entende ses mots. Ils disent que ces hommes sont libres, qu'ils n'appartiennent à aucun sorcier.

Blaise eut l'air surpris.

— Pourquoi n'en ai-je jamais entendu parler ?

— Je suppose que la plupart des sorciers n'en ont jamais entendu parler, dit Maya. C'est pour cela que ces hommes sont soi-disant libres. Les rumeurs disent que la plupart d'entre eux viennent des territoires du nord, où la sécheresse est particulièrement mauvaise, mais certains viennent de plus au sud.

Gala regarda Blaise et les deux femmes. Aller dans les montagnes signifiait qu'elle s'éloignerait des soldats et de tous ceux qui lui voulaient du mal — et qu'elle n'aurait plus jamais besoin de blesser quelqu'un.

— Allons-y, dit-elle d'un ton déterminé. Peut-être pourrions-nous aider ces gens en échange de leur hospitalité ? Blaise, tu pourrais améliorer leurs semences, non ?

Son créateur lui fit un sourire chaleureux.

— Oui, en effet. On dirait bien que nous avons un plan.

* * *

Gala regarda avec fascination comment Blaise travailla sur un sort pour agrandir sa chaise. Le but était de la rendre assez grande pour héberger quatre personnes et treize lions.

Quand l'objet élargi fut prêt, bloquant presque entièrement la vue de l'auberge, ils montèrent tous à bord, même les lions. Gala guida mentalement les animaux sur l'objet en s'assurant qu'ils ne paniquent pas ni ne grognent contre Maya et Esther — qui les regardaient avec méfiance, effrayées de se trouver aussi près de ces animaux sauvages. Gala au contraire aimait les avoir près d'elle, la proximité de leurs corps poilus rendait la chaise chaleureuse et agréable. Blaise fit un sort rapide pour ajouter un bouclier imperméable autour de la chaise, afin de les protéger de la pluie qui tombait toujours sans discontinuer.

Alors qu'ils s'élevaient dans les airs et qu'ils commencèrent à se diriger vers les montagnes, Blaise se tourna vers Gala avec un drôle de regard.

— Gala, dit-il doucement. Tu vois ça ?

— Voir quoi ? Tout ce qu'elle voyait c'étaient les trombes d'eau qui changeaient tout en gris. L'orage n'était plus aussi violent qu'avant, mais il semblait s'étendre aussi loin que ses yeux purent voir.

— La pluie. Elle s'étend rapidement, dit Blaise en lui prenant la main. Son regard était tendre et admiratif. Gala, je crois que tu as mis fin à la sécheresse.

CHAPTER 46: GALA

"I want to leave this place," Gala told Blaise after the lions left Maya and Esther alone, curling up a few yards away instead.

Having Blaise here, with her, made her feel better, but she needed to get away from this field of carnage. Guilt, sharp and terrible, was gnawing at her insides. She had killed people today; she had cut short their existence. It was the worst crime Gala could think of, and she had committed it—not once, but many times today.

The different what-if scenarios kept running through her head. What if she had been able to just make them fall asleep? What if she had made their swords disappear instead of shattering into a thousand pieces? If she had been able to control her powers, she could've defended herself without resorting to murder.

"Yes," Blaise agreed. "We need to go. We might be able to hide in one of the other territories—"

"No," Esther interrupted, coming up to them. "You will be recognized—and now, so will she. No disguise will be able to hide her after this." She motioned toward the field.

Maya approached as well. "Esther is right. Besides, this one—" she pointed at Gala, "—starts doing insane sorcery whenever she's upset."

Gala stared at Maya, struck by the fact that the old woman was right. Her magic—her uncontrollable powers—were very much tied to her emotions. She wanted to kick herself for not making this obvious connection before.

"So what do you suggest instead?" Blaise frowned at Esther. "We can't go back to the village, and Turingrad is out of the question. As soon as the Council hears about this—and they will—they're going to be after us. As powerful as Gala is, the two of us don't stand a chance against the combined might of the Council."

Esther hesitated for a second. "There is one place they wouldn't look," she said slowly. "The mountains. That might be where we need to go."

A silence followed. Gala had read a little bit about the mountains that surrounded Koldun and protected the land from the brutal ocean storms. At no point did the books describe the mountains as a habitable place.

Blaise looked like he was considering the idea. "Well," he said finally, "it is just wilderness, but we might be able to survive there. It won't be comfortable, but I'm sure we'll manage—"

"I'm not sure if it's just wilderness," Maya said, looking frightened. "I've heard rumors."

"What rumors?" Gala asked, her natural curiosity awakening. She could picture herself in the forest with Blaise, surrounded by beautiful plants and animals, and the images were quite appealing. The lions would be happy there, too; she had been wondering how to set the magnificent creatures free without them eating anyone or getting hurt by frightened humans, and this seemed like the perfect solution.

"They say that people live there," Esther said, leaning in as though afraid someone would overhear her words. "They say that those people are free, that they don't belong to any sorcerers."

Blaise appeared surprised. "Why haven't I heard about this?"

"I imagine most sorcerers haven't heard about this," Maya said. "That's why those people are supposedly free. Rumors say many of them are from the northern territories, where the drought is especially bad, but some come from further south."

Gala looked at Blaise and the two women. Going to the mountains meant that she would be far away from the soldiers and anyone else seeking to harm her—and that she would never have to harm anyone else in return. "Let's go there," she said decisively. "Maybe we could help those people in exchange for their hospitality. Blaise, you could enhance their crops, right?"

Her creator gave her a warm smile. "Yes, indeed. Sounds like we have a plan."

* * *

Gala watched in fascination as Blaise worked on a spell to expand his chaise. The goal was to make it big enough to accommodate four people and thirteen lions.

When the enlarged object stood there, almost blocking the inn, they all got on, even the lions. Gala mentally guided the animals onto the object, making sure they didn't panic or growl at Maya and Esther—who were eyeing them quite warily, afraid of having the wild beasts so close. In contrast, Gala liked having the animals near, the proximity of their furry bodies making the chaise feel warm and cozy. Blaise did a quick spell to add a waterproof shield around the chaise, so they were also protected from the steadily falling rain.

As they rose into the air and began heading toward the mountains, Blaise turned to Gala with a strange expression on his face. "Gala," he said softly. "Are you seeing this?"

"Seeing what?" Gala asked. All she could see were the sheets of rain, coming down hard and turning everything grey. The storm was not as violent as before, but it seemed to stretch as far as the eye could see.

"The rain. It's rapidly spreading," Blaise said, reaching out to take her hand. The look on his face as he gazed at her was tender and reverent. "Gala, I think you might have ended the drought."

ABOUT DIMA ZALES

Dima Zales is a *USA Today* bestselling science fiction and fantasy author residing in Palm Coast, Florida. You can connect with him at www.dimazales.com. Prior to becoming a writer, he worked in the software development industry in New York as both a programmer and an executive. From high-frequency trading software for big banks to mobile apps for popular magazines, Dima has done it all. In 2013, he left the software industry in order to concentrate on his writing career.

Dima holds a Master's degree in Computer Science from NYU and a dual undergraduate degree in Computer Science / Psychology from Brooklyn College. He also has a number of hobbies and interests, the most unusual of which might be professional-level mentalism. He simulates mind reading on stage and close-up, and has done shows for corporations, wealthy individuals, and friends.

He is also into healthy eating and fitness, so he should live long enough to finish all the book projects he starts. In fact, he very much hopes to catch the technological advancements that might let him live forever (biologically or otherwise). Aside from that, he also enjoys learning about current and future technologies that might enhance our lives, including artificial intelligence, biofeedback, brain-to-computer interfaces, and brain-enhancing implants.

In addition to writing *The Sorcery Code* series and *Mind Dimensions* series, Dima has collaborated on a number of romance novels with his wife, Anna Zaires. The Krinar Chronicles, an erotic science fiction series, is an international bestseller and has been recognized by the likes of *Marie Claire* and *Woman's Day*. If you like erotic romance with a unique plot, please feel free to check it out, especially since the first book in the series (*Close Liaisons*) is available for free everywhere. Keep in mind, though, Anna Zaires's books are going to be much more explicit.

Anna Zaires is the love of his life and a huge inspiration in every aspect of his writing. She definitely adds her magic touch to anything Dima creates, and the books would not be the same without her. Dima's fans are strongly encouraged to learn more about Anna and her work at www.annazaires.com.